Ruth Eder

Die Glocken von Kronstadt

Ruth Eder

Die Glocken von Kronstadt

Ein Siebenbürgen-Roman

EDITION
Noack
Block

Umschlagabbildung: Doppelporträt von Hans Eder, Maler, mit Frau Ida, Kronstadt

Die Rede zum Honterus-Fest übernahmen wir aus Adolf Meschendörfer: Honterusfest in Kronstadt. Aus: »Siebenbürger Deutschtum«. Langen-Müller-Verlag, München 1937.

ISBN 978-3-86813-092-8

Herstellung durch Frank & Timme GmbH,
Wittelsbacherstraße 27a, 10707 Berlin.
Gedruckt auf säurefreiem, alterungsbeständigem Papier.

www.noack-block.de

Für meine Tochter Martyna und meine Großeltern

Weidenbach 1913

Es wurde allmählich Frühling in Siebenbürgen. Morgens lag noch feiner Reif auf den Wiesen, in einigen Mulden des Hügellandes hielten sich gelbliche Schneeflecken. Aber über Mittag war die Luft schon sanft, und die Vögel wärmten ihre schmal gewordenen, roten und gelben Brüste in den Hecken. Die Triebe der Pflanzen wurden mit jedem Tag Frühlingssonne praller. Im Morgengrauen lauschten die Menschen dem ersten, zögernden Vogelgezwitscher und wußten, daß die strenge Stille des Winters vorüber war. In Weidenbach hatte das Tauwetter die lehmige Dorfstraße wie jedes Jahr in Morast verwandelt. Über den matschigen Pfützen bildete sich nachts noch eine dünne Eisschicht. Die Dorfbuben, die die Büffelherde mittags schon manchmal an den Bach hinaustrieben, freuten sich, wenn das Eis unter ihren groben, dick eingewachsten Schnürstiefeln leise knisternd nachgab.

Das Dorf erwachte aus der Winterruhe.

Dann und wann kamen die alten Bäuerinnen mit ihren schwarzen Kopftüchern aus den Häusern hervor und setzten sich für ein paar Minuten auf eine der verwitterten Holzbänke, die neben den mächtigen Rundbögen der Hofeinfahrten links und rechts entlang der Straße standen.

Sie hatten dabei die alte Kirchenburg vor Augen, die das Dorf überragte und seinen Bewohnern seit Jahrhunderten Schutz bot. Dicht neben der Kirche lag das Pfarrhaus, wuchtig, efeuumrankt wie die Mauer des Gotteshauses.

Alles war so, wie es immer gewesen war. Nichts deutete in diesem südöstlichen Winkel Europas darauf hin, daß es draußen in der Welt brodelte, daß das Habsburger Reich, zu dessen

Kronländern Siebenbürgen seit langer Zeit zählte, seinem Untergang entgegenging. Die Zeitenwende des Ersten Weltkriegs stand bevor. Es wurde Frühling, und die Felder mußten bestellt werden. Das allein zählte in Weidenbach.

Im Pfarrhaus war es still.

Es war Samstag. Der alte Pfarrer bereitete seine Predigt vor. Er wollte dabei keinesfalls gestört werden. So war es immer gehalten worden. Pfarrer Fabritius saß in seiner Studierstube im ersten Stock am Biedermeiersekretär. Wie fast alle Möbel im Haus, hatte ihn ein Vorfahre, der – wie es hieß – Kunstschreiner gewesen war, angefertigt. Der Pfarrer war ein eher zierlicher, sich sehr aufrecht haltender Mann um die Sechzig, dessen weißes, feines, jedoch dichtes Haar und dessen ebenfalls weißer Vollbart kurz gestutzt waren. Sein kantiges, auffallend gutgeschnittenes Gesicht mit den ernsten, dunklen Augen stach, wenn er sonntags auf der Kanzel der Kirchenburg stand, entschieden von denen seiner Schäfchen ab. Blauäugig, semmelblond und rotbackig saßen die Männer in ihren reichbestickten Kirchenpelzen, die Frauen in ihren üppigen, gebauschten Trachten da.

»Du bist nicht bei der Sache«, tadelte sich der Pfarrer. Anders als sonst, ließ seine Laune an diesem Samstag zu wünschen übrig. Für gewöhnlich liebte er diese stillen Vormittage, an denen er ohne Hast arbeiten und sein Thema für den Sonntag formulieren konnte. Er liebte es auch, wenn gegen Mittag allmählich die Düfte des Essens durchs Haus zogen, das seine Frau, Kathi und seine Tochter Ida zubereiteten. Ida.

Sie würde nicht mehr lang zu Hause sein.

Er würde samstags zum Mittagessen die Treppe hinuntersteigen, und sie würde nicht mehr da sein.

Dem Pfarrer wurde es zu warm. Der Geruch von Hendl stieg ihm in die Nase. Er störte ihn plötzlich. Er hatte wegen des feierlichen Anlasses, der heute bevorstand, bereits seine Amtstracht, den pelzbesetzten, plissierten Talar sächsischer Pfarrer angelegt, der aussah wie ein Rittermantel.

Er hatte nicht erwartet, daß es heute schon so frühlingshaft warm werden würde. Er verbot es sich, den Talar kurz abzulegen. Der Besuch konnte jeden Augenblick eintreffen. Er war es schließlich gewohnt, streng und ernst seine Pflicht zu tun, seit er vor vielen Jahren nach dem Studium in Tübingen wieder in seine Heimat zurückgekehrt war, um seine erste Pfarrstelle zu übernehmen. Unerbittliches Pflichtgefühl war das Korsett, das ihn zugleich stützte und einengte.

Der Pfarrer mußte sich eingestehen, daß er der Aufwartung seines künftigen Schwiegersohnes mit äußerst gemischten Gefühlen entgegensah. »Du willst ja nur deine Tochter nicht hergeben, alter Egoist«, sagte er sich. »Schäm dich ...« Er beschloß, am Sonntag eine Predigt über die Gefahren der Ichsucht zu halten. Wenn nur dieser Johannes Greysing bürgerlichen Maßstäben wenigstens ein bißchen gerechter würde!

Bodenständig, eigensinnig und solide, wie die meisten Siebenbürger Sachsen waren, hätte er sich eigentlich einen anderen Mann für seine Jüngste gewünscht. Andererseits war Ida bereits vierundzwanzig, und die Tatsache, daß ihr Auserwählter zwar bedauerlicherweise Künstler, aber immerhin Abkömmling einer angesehenen und vermögenden Kronstädter Familie sowie alleiniger Eigentümer eines mehrstöckigen Hauses am Marktplatz der Stadt zu sein schien, stimmte den Pfarrer einigermaßen versöhnlich.

»Dieser Mensch fällt in jeder Hinsicht aus dem Rahmen«, sagte er sich mit Unbehagen. Plötzlich schmunzelte er. Er wußte nur zu genau, daß ihm keiner gut genug für seine Jüngste gewesen wäre. Nun würde sie also mit diesem Greysing weggehen …

Einem Maler.

Wer weiß wohin. Es hieß, er reise gern um die Welt, habe jahrelang im Ausland gelebt.

In der Beurteilung seines künftigen Schwiegersohnes stimmte der Pfarrer, ohne es zu ahnen, aufs Haar mit derjenigen von Johannes Greysing sen., Vater des aufstrebenden Künstlers und Direktor der ehrwürdigen Kronstädter Allgemeinen Sparkassa überein: Ein »Sachs«, so viel war gewiß, malte höchstens in seiner Freizeit, die ihm ein ordentliches und einträgliches Berufsleben ließ.

Der Pfarrer klappte seine in Schweinsleder gebundene Bibel über dem in siebenbürgischen Farben gestickten Lesezeichen, das ihm Ida vor langer Zeit in der Schule angefertigt hatte, zusammen. Sein Blick fiel auf sein rubinrotes, mit silbernen Eichenblättern verziertes Studentenkäppi, das, inzwischen ziemlich ausgebleicht, schon immer auf seinem Schreibtisch lag. Dann seufzte Pfarrer Fabritius, richtete sich kerzengerade auf und stieg langsam die in der Mitte ausgetretene, frisch gescheuerte Holztreppe hinunter.

»*Wo bleift der Besach*… wo bleibt denn der Besuch?« fragte er unwirsch in die Küche hinein. Er verfiel dabei in die Mundart seiner Heimat, die seine Vorfahren vor achthundert Jahren aus der Luxemburger Gegend mitgebracht hatten.

»*Hi wit schi kun* … er wird schon noch kommen«, konterte seine Frau unbeeindruckt.

Die Pfarrerin war gerade damit beschäftigt, mit Kathi, der hübschen, schwarzgelockten Szeklerin, besonders sorgfältig das Essen herzurichten, und ließ sich nicht gern in die Töpfe schauen. Die Küche war ihr Reich. Besuchern wurde im Pfarrhaus immer ordentlich aufgewartet, das war bekannt, aber in diesem Fall gab sich die Pfarrerin besondere Mühe. Die speckgefüllten Hendl waren soweit, daß sie, sobald der offizielle Teil des Besuches ausgestanden war, serviert werden konnten, Gemüse, Krebssuppe, im Hendlsaft gegarte Kartoffeln, Nockerl, Baumstriezel und Gebäck waren ebenfalls vorbereitet. Der Kokelthaler Weiße stand auf einem Silbertablett, der Flaschenöffner und die guten Kristallgläser griffbereit. Kathi hatte eine frische, weiße Bluse an, unter den roten, bauschigen Röcken lugten weiße, gestärkte Unterröcke hervor. Die Pfarrerin war zufrieden.

Die Pfarrerin streifte ihren Mann mit einem Blick. Sie wußte, daß er sich vor dem Tag fürchtete, an dem Ida das Haus verlassen würde. Ihr würde es genauso gehen. Doch sie hatte den Mann, den Ida vom ersten Augenblick an geliebt hatte, mit deren Augen zu sehen versucht. Sie würde den Schmerz des Vaters teilen, aber ebenso das Glück des Kindes.

Idas künftigem Mann mußte heute ordentlich aufgewartet werden.

»*Dat de mer en uch urentlich emfehst* … daß du ihn mir auch ordentlich empfängst«, ermahnte sie ihren Mann. Sie sah den Mann, den ihr letztes noch zu Hause lebendes Kind liebte und heiraten würde, bereits mit den Augen der Tochter. Die Pfarrerin war zwar nie eine Schönheit gewesen, aber sie wußte, daß sie als Hausfrau, Pfarrerin und vierfache Mutter immer eine untadelige Figur abgegeben hatte und daß ihr Mann dies zu schätzen wußte. Er selbst war immer ein gutaussehender Mann gewesen, aber was bedeutete das im Grunde schon?

»Eine deutsche Pfarrfrau am äußersten Rand des christlichen Abendlandes hat nicht hübsch zu sein, sondern ihre Pflicht zu tun«, hatte Fabritius einmal gesagt. Mit den Jahren, das schien er schon bei der Hochzeit gewußt zu haben, hatte er ihr Äußeres immer weniger, ihre innere Schönheit jedoch immer klarer wahrgenommen. Leider war nur die Jüngste in ihrem Aussehen nach dem Vater geraten.

»*Wo stächt des Känd iverhift* ... wo steckt das Kind überhaupt?« hörte sie ihren Mann sagen. Er klang gereizt, wie immer, wenn er nervös war. »Schließlich geht es ja heute um sie.«

»Hier ist sie«, erwiderte Ida und verschwand in der Küche.

In den meisten deutschen Häusern Siebenbürgens bildete die Küche den Mittelpunkt des Familienlebens. Hier wurde erzählt, geklatscht, gelacht und geweint. Hier wurden Entscheidungen gefällt oder auch zurückgenommen. Ein riesiger, holzgefeuerter Herd verbreitete Wärme, es roch nach Essen, nach Leben. In der Mitte des großen, anheimelnd dämmrigen Raums mit dem rauhen, gescheuerten Holzfußboden stand ein schwerer, roher Arbeitstisch aus Holz. Auf ihm wurde Fleisch geschnitten, Hähnchen gefüllt, Teig ausgerollt, waren früher Schularbeiten gemacht worden und hatten die Kinder nicht selten Kathi beim Essen Gesellschaft geleistet. Ida lächelte, als sie daran dachte, wie sie und auch ihre Geschwister viel lieber mit Kathi in der Küche gesessen hatten als mit den Eltern nebenan in dem vornehmen Speisezimmer.

Ida fing einen arglos bewundernden Blick Kathis auf. Ursprünglich war sie auf Wunsch ihrer Familie für ein Jahr ins Pfarrhaus gekommen, um dort Lebensart und vielleicht auch ein wenig Deutsch zu lernen. Jetzt war sie, Jahre später, immer noch da, half der Pfarrerin beim Kochen, wusch ab, putzte, besorgte den Pfarrgarten, fütterte die Hühner und sprach immer noch kein Deutsch. Alle fanden es einfacher, mit ihr Ungarisch, die offizielle Landessprache, zu sprechen.

Kathi hatte sich oft gewundert, daß das *kisaçzony,* das »Fräulein«, wie sie Ida nannte, nicht schon längst unter der Haube war. An interessierten jungen Herren hatte es bei den Kränzchen im Pfarrhaus nie gefehlt. Dafür sorgten schon die zwei älteren Brüder des Fräuleins. Aber das Fräulein war für keinen zu erwärmen gewesen.

Daß bei solchen Anlässen mitunter der eine oder andere fesche Studiosus kurzfristig bei Kathi hängengeblieben war, darüber wurde in einem Pfarrhaus selbstverständlich hinweggesehen.

Ida Fabritius war zierlich, wirkte aber größer, als sie war, was vermutlich an ihrer mächtigen Stimme, aber ebenso an ihrer aparten, fremdländischen Schönheit lag. Alles an ihr war dunkel, die Stimme, das seidenzarte, hüftlange Haar und die übergroßen, aufmerksamen Augen. Ihr Gesicht war fast dreieckig, Kinn und Nase ausgeprägt, aber weich, die hohen Backenknochen gingen von zarthäutigen Schläfen in eine runde, hohe Stirn über. Das Mädchen unterstrich das Dunkle, Geheimnisvolle ihrer Erscheinung, indem sie mit Vorliebe dunkle Farben, vor allem Schwarz trug. Auch heute hatte sie ein schwarzes Kleid gewählt, mit hohem, eng am Hals anliegenden Kragen, einem weitgeschnittenen Oberteil mit runden, kleinen Silberknöpfen und passender, dünner Silberkette. Der Rock war schmal geschnitten und knöchellang. Unter dem Saum lugten schwarze lederne Knöpfstiefelchen hervor. Sie trug ihr weiches, ebenholzfarbenes Haar in der Mitte gescheitelt, an den Seiten über den Ohren wellig gebauscht und an ihrem schönen, außergewöhnlich hohen Hinterkopf locker aufgesteckt. Sie bewegte sich mit einer auffallend gelassenen Anmut. Ihre Erscheinung sollte einen Stammtischbruder von Johannes Greysing aus dem Kronstädter Literatencafé später einmal zu der äußerst treffenden Bemerkung inspirieren: »Sie hat Augen wie rumänischer

Bernstein, tiefbraun, mit kleinen, goldenen Lichtern darin, und einen Gang wie ein junger Indianer.«

Der alte Pfarrer sah seine Tochter an und versuchte sich vorzustellen, wie es im Pfarrhaus ohne sie sein würde. Auf einmal erschien ihm dieser Maler noch unseriöser. »Ich möcht nur wissen, ob dieser Greysing überhaupt auf Dauer eine Familie wird ernähren können«, sagte er in einem Ton, den er mitunter auf der Kanzel anschlug. Sofort bereute er, diesen Satz nicht lediglich gedacht zu haben. Daß Töchter weggeheiratet wurden, war nun einmal der Lauf der Welt. Er gestand sich ein, daß es ihn weniger geschmerzt hatte, als Lilly, die ältere Tochter, ihren Gutsverwalter aus Deutschland nahm und das Haus verließ. Von den beiden Söhnen hatte er sich ohnehin schon viel früher gelöst. Ob alle Väter mehr an ihren Töchtern, besonders an der Jüngsten hingen?

Pfarrer Fabritius hörte durch seine Gedanken hindurch die Stimme seiner Frau. Wie gewöhnlich sprang sie, die Glucke, dem letzten ihrer Küken bei. Sie sagte irgend etwas wie »Aber Tata …«, wobei sie die bei den Sachsen übliche rumänische Form von Papa benutzte, und dann das Übliche über die allseits angesehene Greysingsche Familie. Er hatte es schon hundertmal gehört.

Pferdegetrappel riß ihn aus seinen Gedanken. Es kam von der Straße her.

»Er kommt.«

Ida wurde blaß.

Kutschenräder drehten sich im Matsch. »Brrrrr«, beschwichtigte der Kutscher die Pferde. Dann fiel ein Wagenschlag zu.

Ida spürte ihren Herzschlag in der Kehle. Es war ihr, als könnte sie jeden Augenblick Schluckauf bekommen. »Nur das nicht«, dachte sie. »Nur jetzt das nicht, lieber Gott!«

Wie sollte sie sich benehmen? Sie hatte keine Ahnung. Wie trat man dem Mann entgegen, mit dem man sein ganzes Leben verbringen wollte? Sie hatte ihn vor kurzem erst mit ihrem Bruder Hermann auf einem Kostümfest in Kronstadt getroffen.

Er war tatsächlich gekommen. Er würde bei ihrem Vater um ihre Hand anhalten.

Angst schnürte ihr die Kehle zu.

Er hatte mit ihr doch nur auf den großen Faschingsball in der Kronstädter Redoute gehen wollen. Ihr Vater hatte es nicht erlaubt. »So etwas geht vielleicht in Paris, aber nicht bei uns in Siebenbürgen«, hatte Tata nur gesagt.

»Dann verloben wir uns eben«, hatte Johannes lachend gemeint.

Ihr hatte das Herz geklopft.

Und nun war er tatsächlich da.

Er war es gewohnt, seinen Kopf durchzusetzen.

Ihr Hals und ihr Gesicht prickelten. Ihr war heiß. Lampenfieber dachte sie. Wie eine Schauspielerin vor der Premiere. Nur daß es für dieses Stück keine Proben gegeben hatte. Ihre Hände wurden feucht. Es kam ihr vor, als ob sie an viel zu langen Armen unbeholfen und kalt herabhingen. »Na servus, so wirst du ihm ja wunderbar gefallen«, dachte sie grimmig und unterdrückte den Impuls, hysterisch loszukichern. Er überkam sie meist, wenn es die Situation absolut verbot. Tata konnte von manchen Predigten her ein Lied davon singen.

Tata! Er hatte so traurig ausgesehen.

Johannes würde sie mitnehmen. Sie liebte ihn und doch …

Draußen auf der Straße johlten die Dorfbuben. Sicher standen sie schon um die Kutsche herum. Die Buben bekamen ja auch nicht jeden Tag den Lebensstil eines Johannes Greysing vorgeführt. Stolz machte sich in ihr breit. Und plötzlich wilde, jubelnde Freude. Johannes!

Dieser faszinierende Mann war gerade erst aus der Welt gekommen, aus Paris, aus Brügge, aus München. Zehn Jahre war er weg gewesen. Und jetzt kam er nach Weidenbach, um sie, die Tochter des Dorfpfarrers, zu holen. Johannes, der alles war, der alles hatte. Gutes Aussehen, Begabung, Intelligenz, Bildung, Stil, Sensibilität. Er wußte es. Er wußte es nur zu gut.

Ida wurde ganz ruhig. Sie würde diesem Mann ihr ganzes Leben zu Füßen legen. Langsam, versunken, ging sie hinter ihrem Vater her in den Garten, dem Gast entgegen. Der Himmel war bedeckt, die Luft schon mild. Auf dem Kiesweg, der um ein kleines, grasbewachsenes Rondell führte, das im Sommer von bunten Blumen überquoll, jetzt aber bräunlich und unscheinbar aussah, verwestes, glitschiges Laub. Die Obstbäume neben dem Haus reckten ihre noch kahlen, aber schon knospenbesetzten Äste über die ziegelgedeckte, massive Mauer des Pfarrgartens. Ida lächelte ruhig und froh. »Sie recken sich genauso, wie ich Johannes zustrebe«, dachte sie versonnen.

Sie schaute sich um. Mutter und Kathi waren in der Tür ihres Elternhauses stehengeblieben. Kathis dunkle Augen lugten neugierig hinter der Pfarrerin hervor. Ach, Mamas vertrautes, geliebtes Gesicht. Ida umfaßte das alte Pfarrhaus, den Garten, die Mauer, die Eltern mit einem Blick, in dem Liebe und Wehmut lag. Sie würde nicht mehr lange hier leben …

Ida war am Zaun stehengeblieben. Ihr Herz klopfte. Das Lachen und Kreischen der Dorfkinder, die tatsächlich den lackschwarzen, eleganten Jagdwagen umringten, verstummte. Dann steigerte es sich mit einem Mal zu frenetischem Geschrei.

Wo war Johannes?

»*Der bies Bäffel kit, der bies Büffel kit,* der böse Büffel kommt!« Die Kinder kreischten und stoben auseinander. Da sah sie Johannes stehen.

Mitten auf der Dorfstraße, an den Jagdwagen gelehnt, großgewachsen, blond und ungemein elegant im schwarzgrauen Cut und Zylinder.

Mit zusammengekniffenen Augen, in denen Spott lag, beobachtete er die träge dahinschaukelnde Büffelherde, die sich offenbar schon im Dorfbach gesuhlt hatte. Die Tiere fielen in schweren Galopp. Atemlos beobachtete Ida, wie sich eine dieser lehmverschmierten, schwarzen Urgestalten, denen die nach hinten gebogenen Hörner ein noch verwegeneres Aussehen gaben, aus der Herde löste und direkt auf Johannes zukam. Es war das Leittier, der böse Büffel. Sie wußte wie alle im Dorf, daß er gefährlich war, wenn ihm etwas Ungewohntes begegnete. Der Spott war aus Johannes' Augen gewichen.

Die Erde schien unter den Hufen der gewaltigen Tiere zu beben. Der Büffel schnaubte, griff an …

Ida schrie auf.

»Joi«, hörte sie Kathi in der Haustür jammern, »joi.«

Mit einer gewaltigen Flanke rettete sich Johannes Greysing über den Zaun des Pfarrgartens. Der Büffel donnerte an ihm vorüber und zertrampelte den Habig-Zylinder, der im Matsch liegenblieb.

Johannes richtete sich auf, kam die wenigen Schritte auf die entsetzte Pfarrersfamilie zu, korrigierte mit einer knappen Bewegung den Sitz seiner Fliege und lächelte. Leise Belustigung war in seine glitzernden Augen zurückgekehrt.

»Küß die Hand«, sagte er mit ausgesuchter Höflichkeit und beugte sich über die Hand der sprachlosen Ida. Und zu ihrem Vater gewandt: »Darf ich mir erlauben, Herr Pfarrer, Ihnen meine Aufwartung zu machen …«

Diese Geschichte pflegte das Ehepaar Greysing später oft und gern bei geselligen Anlässen zum Besten zu geben. Sie sollte den sechsjährigen Nachkommen schließlich zu der Bemerkung veranlassen: »Ohne den Büffel hätte er es sich vielleicht noch einmal überlegt, und es würde mich gar nicht geben …«

Die beiden Herren zogen sich ins Studierzimmer im ersten Stock zurück.

Johannes Greysing, immer um sorgsam inszenierte Auftritte bemüht, fühlte sich erbärmlich. Er war, gelinde gesagt, nicht ganz so einwandfrei ausstaffiert, wie er es schätzte, ja er war sogar, wie er es insgeheim nannte, ziemlich »derangiert«. Wie haarklein hatte er sich doch seine Ankunft und seine wohlgesetzten Worte diesem zwar ehrwürdigen, jedoch reichlich provinziellen Pfaffen gegenüber zurechtgelegt. Jetzt hatte ausgerechnet ein dummes Vieh den blendenden Eindruck, mit dem er gedacht hatte, den Alten zu überfahren, zunichte gemacht. Johannes war ziemlich gehemmt, auch wenn er es sich nicht anmerken ließ. Er ahnte nicht, daß gerade seine Unsicherheit und Verwirrung weit sympathischer auf den Menschenkenner Fabritius wirkten, als seine üblicherweise zur Schau gestellte, stets ein wenig überhebliche Attitüde es je vermocht hätte.

Die beiden Männer kamen rasch zur Sache.

»Und Sie meinen tatsächlich, mit ihrem doch etwas unsicheren Beruf … Sie verstehen, was ich meine, lieber Greysing …« sagte der Pfarrer.

Johannes holte aus der Brusttasche seines Cuts ein silbernes Zigarettenetui hervor.

»Sie rauchen?«

»Nein danke.«

»Ist es erlaubt?«

»Aber selbstredend, junger Freund.«

»Nun, ich kann Ihnen versichern, Herr Pfarrer, daß Ihre Bedenken völlig überflüssig sind. Immerhin kann ich über ein mehrstöckiges Haus auf der Kornzeile in Kronstadt frei verfügen, so daß eine standesgemäße Lebensführung Ihres Fräulein Tochter …«

»Ich verstehe. Das stellt immerhin eine beachtliche Reserve dar, für den Fall, daß …«

Der alte Pfarrer räusperte sich. Das Gespräch schien eine erfreuliche Wendung zu nehmen.

»Na dann, meinen Segen haben Sie … Gott befohlen.«

Die Männer schüttelten sich, gleichermaßen peinlich berührt und erleichtert, die Hand.

Wenig später standen Ida und Johannes endlich allein unter dem alten Nußbaum im Pfarrgarten. Sie waren ganz still. Erst jetzt wußten sie, was mit ihnen geschehen war. Sie hatten diesen Schritt so unüberlegt und impulsiv getan. Aber jetzt fühlten sie, das es gut war.

»Laß uns bald heiraten und unsere Hochzeitsreise nach Konstantinopel machen«, sagte Johannes leise. Er konnte sich nicht erinnern, wann er sich das letzte Mal so restlos glücklich gefühlt hatte. Er stand dicht neben Ida, aber es erschien ihm unpassend, sie zu berühren.

»Ich könnte das mit einer Malreise verbinden und dort viele lichte Farben verbrauchen …«, murmelte er dicht über ihrem duftenden, schimmerndem Haar.

Ida schwieg. Sie wagte kaum zu atmen.

»Stell dir nur vor, Idalein, das goldene Horn am Bosporus … ich freue mich wie ein Kind!«

Ida schwieg noch immer. Sie wußte, das dies der schönste Frühling ihres Lebens sein würde.

Broos 1914

Es war Krieg. Kaum einer hatte die Anzeichen wahrgenommen. Selbst als das österreichische Thronfolgerpaar in Sarajewo ermordet worden war, hatte man noch am Glauben an einen lokalen Konflikt innerhalb der zwar morschen, aber im Grunde doch unerschütterlichen Habsburger Monarchie festgehalten. Niemand hatte sich diesen Weltkrieg vorstellen können.

Die »schöne Malvine«, wie sie allgemein genannt wurde, fühlte sich durch die weltgeschichtlichen Ereignisse zunächst nur insofern tangiert, als sie etwas früher als vorgesehen das höhere Töchterinstitut in Genf, wo sie in der Kunst gehobener Lebensführung unterwiesen worden war, verließ, um in ihr Heimatstädtchen Broos am östlichen Rand der Donaumonarchie zurückzukehren.

Daß das alte Reich und somit die Lebensgrundlage ihrer Familie dem Untergang geweiht waren, ahnten weder sie noch ihr Bruder Rudi, studierter Agronom und passionierter Dandy, der sie in einem Salonabteil des Orient-Expreß aus der großen Welt nach Hause ins ferne Siebenbürgen zurückbegleitete. Malvine liebte es, in der Welt herumzugondeln, wobei gelegentlich ein »Fräulein«, zumeist aber irgendein teures Internat über ihre Jungfräulichkeit wachte. Bereits mit fünfzehn Jahren, kurz nach dem für Mädchen durchaus üblichen Schulabschluß, hatte sie den Wunsch geäußert, ihre Erziehung im Ausland zu vervollkommnen. Sie wurde daraufhin ein Jahr in das renommierte Pensionat »Weißer Hirsch« in Dresden geschickt. Gleich im Anschluß an Genf war ein Aufenthalt in einem selbstverständlich erstklassigen britischen Mädchenpensionat vorgesehen gewesen, um ihre Erziehung zur künftigen Gattin eines Angehörigen der siebenbürgischen Finanzwelt abzurunden. Ein Bierfabrikant aus dem nahen Hermannstadt stand auch bereit, man munkelte sogar schon von einer Verlobung. Malvine äußerte sich dazu nicht.

Aus der Englandreise wurde nichts, aber Malvine schien sich nicht allzuviel daraus zu machen: Sie ging in der für sie typischen, pragmatischen Art zur Tagesordnung über.

Ihr Vater, der »reiche Sartori«, wie er in der Stadt genannt wurde, Großgrundbesitzer und Spirituosenfabrikant, war mit der Ausbildung seiner jüngsten Tochter überaus zufrieden. Sie besaß nun den gesellschaftlichen Schliff, der ihm, dem gleichermaßen grobschlächtigen wie lebenstüchtigen Sohn eines Gerbermeisters, der seine Felle noch am Mühlenbach gewässert hatte, immer abgegangen war. Malvines Unternehmungslust, die sie von ihm geerbt hatte, kam dem Vater sehr entgegen. Der Gedanke jedoch, sie ebenso studieren zu lassen wie ihre beiden älteren Brüder, lag ihm genauso fern wie Malvine selbst. Aber Malvine hatte noch einen weiteren Grund, weshalb es sie nicht zu Hause hielt: Sie floh vor der bedrückenden Atmosphäre, die immer stärker von dem Alkoholkonsum ihres Vaters geprägt wurde. Ihre drei älteren Geschwister schienen unter dem auch im Suff noch mit einer schon legendären Nase für einträgliche Geschäfte gesegneten Vater weit weniger zu leiden, gewannen ihm im Gegenteil sogar liebenswert komische Seiten ab. So erinnerte eine Nichte Malvines Jahre später die Situation eher heiter: »Wenn sich der Otata besoffen hat, mußten wir mit Töpfen und Deckeln Radau machen, damit ihn die Leute nicht hörten.«

In Genf war Malvine in der Kunst unterwiesen worden, erlesene Tafelrunden zusammenzustellen, sich elegant zu bewegen, zu kleiden und Konversation zu machen, hauchdünne

Petit-Point-Stickereien anzufertigen sowie standesgemäß mit Hauspersonal umzugehen. »Fermez la porte«, pflegte sie noch sehr viel später, als sie längst kein Hauspersonal mehr hatte, zu Angehörigen der Familie zu sagen. Ihr Ton, wiewohl äußerst verbindlich, schien die Möglichkeit einer Weigerung des so Angesprochenen nicht einmal in Betracht zu ziehen. Hatte sie als Greisin einen Wunsch, hob sie, in Ermangelung des melodischen Tischglöckchens von damals, ihren Stock, um mit dem Knauf unüberhörbar an die Wand neben ihrem Bett zu bollern, worauf unweigerlich irgendein Familienmitglied alles stehen und liegen ließ und zu ihr eilte, um schließlich für eine kleine, meist ganz unwichtige Handreichung ein graziös geflötetes »Thank you very much« zu ernten.

Die Mobilmachung in der kleinen Garnisonsstadt wurde zum Volksfest. Auf dem sonnenüberfluteten Corso, der mittelalterlichen Häuserzeile am Marktplatz, und auf der »Schießstätte«, dem Park, flanierten, noch etwas schneidiger als sonst, die Husarenoffiziere. Ihre Säbel klirrten auf dem alten Kopfsteinpflaster. Mit möglichst elegantem Schwung hatte das rechte Bein der Waffe auszuweichen. Diese Bewegung galt als besonders flott. Die meisten k. u. k. Husare in den tressenbesetzten, graublauen Uniformen mit hohem Kragen trugen Silbersporen an den von ihren Burschen täglich blankpolierten Stiefeln. Man hörte das Klirren von weitem, bevor noch der Hauch von Chipre und Juchten ihrer feudalen Anwesenheit vorauseilte.

Die »schöne Malvine« war, wie andere junge Damen der Brooser Gesellschaft, vom örtlichen Frauenverein gebeten worden, an einer Sammlung zu Gunsten des zweifellos schon in Bälde siegreichen Heeres teilzunehmen. Künstliche Blumen, Veilchen, Margeriten und Rosen aus zarten Stoffen wurden hübsch in Körbchen arrangiert und sollten von den jungen Damen zu stattlichen Preisen verkauft werden. Dieses Unternehmen hatte – da waren sich die Mütter der Mädchen insgeheim einig – den schönen Nebeneffekt, daß die jungen Damen, durchweg im heiratsfähigen Alter, unter die Leute kamen, während sie einer guten und patriotischen Sache dienten.

Malvine machte sich also, sorgfältig »adjustiert«, wie sie ihr ganzes Leben lang sagte, an einem lichterfüllten, trockenheißen Augusttag auf den Weg, holte um die Ecke ihre beste Freundin Gerda ab und schlenderte mit ihr die schmale, leicht ansteigende, kopfsteingepflasterte Gasse von ihrem Elternhaus zum Marktplatz hinauf. Malvine genoß diesen »Ausgang«, es war der erste seit ihrer Rückkehr aus Genf. Sie sah »ihre Straße« noch mit fremden Augen. Links und rechts der Straße lagen die Häuser ihrer Großeltern, die alte, jetzt umgebaute Gerberei, die Häuser ihrer Onkeln, Tanten und bereits verheirateten älteren Geschwister. »Eigentlich hocken wir hier wie die Hühner auf der Stange, so Wand an Wand«, dachte sie. Merkwürdig, bisher war ihr das gar nicht aufgefallen. Aber das kam durch die lange Abwesenheit.

Die ebenerdigen, in die Breite gebauten Wohnhäuser schlossen mit einer für die Bauweise der Deutschen in diesem Land typischen, schmucklosen Mauer zur Straße hin ab. Große, hölzerne Rundbogentore bildeten den Zugang zu den Innenhöfen, dort wo sich das eigentliche Leben der Häuser entfaltete. Malvine erkannte an diesen Häusern plötzlich das Wesen ihres alten Kolonistenvolkes: gedeckt und solide, biedere Farben, erbsengrün, rostbraun, braunbeige, die Häusermauern nach außen abweisend und schmucklos.

»Genauso leben wir Siebenbürger Sachsen auch, wir bleiben am liebsten unter uns«, dachte Malvine. Aber sie kannte auch die andere Seite der Mauer, das Innenleben dieser Häuser und Menschen. Sie kannte die freundlichen, lichten Innenhöfe mit großem Baum in der Mitte, sah die Gartenmöbel und Hängematten vor sich, sah Kinder spielen, Hunde und Katzen tollen. Der Salon in ihrem Elternhaus fiel ihr ein: ein großer, heller Raum, mit hellblauem, schimmerndem Samt überzogene Jugendstilmöbel, die riesige Kredenz voll edlem Geschirr und alten, funkelnden Gläsern, Bilder in schweren Rahmen.

Malvine und Gerda kamen am Haus von Sissi, Malvines zwei Jahre älterer Schwester, vorbei. Das Haus war anders als die übrigen in dieser Straße. Es paßte zu Sissi. Im ersten Stock ging ein fein geschwungener Balkon mit ziseliertem Schmiedeeisengitter, der Malvine an den Balkon in »Romeo und Julia« erinnerte, auf die Straße hinaus. Bereits seit längerem war Sissi die Ehefrau des weit älteren Rektors ihrer früheren Schule, des örtlichen ungarischen Lyzeums, sowie Mutter dreier Kinder. Auch heute saß sie wieder auf dem Balkon und beobachtete die vor dem Haus vorbeiflanierenden Husarenoffiziere.

»Ich weiß nicht, was sie an diesem alten Knacker gefressen hatte«, sagte Malvine halb zu sich, halb zu Gerda.

»Tja, Malvin«, flötete diese, »er war halt ihr Rektor und hat sich in sie verliebt. Welches Schulmädel von vierzehn könnte da widerstehen.« Die sonst meist wortkarge Gerda war bei ihrem Lieblingsthema angelangt.

Die Mädchen winkten zum Balkon hinauf. Neidlos bemerkte Sissi, wie hübsch ihre kleine Schwester aussah, und wie gut den Mädchen die Körbchen mit den bunten Stoffblumen standen. Wie gern wäre sie mitgegangen!

»Er muß schon irgendwas gehabt haben«, setzte Malvine im Weitergehen die Unterhaltung mit Gerda fort, »denn sonst hätte Sissi nicht so lange um ihn gekämpft.«

Malvine hatte nur zu gut die Kräche in ihrem Elternhaus in Erinnerung, als sich Sissi der Heirat mit einem vom Vater auserkorenen ungarischen Grafen widersetzte und statt dessen darauf bestand, diesen braven, farblosen und vor allem unvermögenden Werner Schneider zu ehelichen. Vier Jahre Verlobungszeit hatte es gekostet, bis Sissi, die zwar gutmütig und freundlich, aber auch willensstark und stur wie der Vater sein konnte, Frau Rektor geworden war.

»Das hat sie nun davon«, dachte Malvine laut, »jetzt hockt sie auf dem Balkon und schaut den Husaren nach.«

»Wenn sie nicht gerade ihren Kindern den Hintern abwischt,« ergänzte Gerda. Sie verschwieg dabei, daß sich der ebenfalls um vieles ältere Regimentskommandeur der Stadt seit neuestem für sie interessierte. »Eine Partie«, hatte ihr Vater gesagt.

Dachte sie an das Leben, das ihre sanfte Mutter und jetzt auch ihre lebensvolle Schwester führten, war Malvine sich sicher, daß es mit der Ehe für sie noch Zeit hatte, obgleich sie bereits über einundzwanzig war.

Ihr Leben lang der Macht und guten Geschäften zugeneigt, war sie mehr, als sie es wahrhaben wollte, nach dem Vater geraten.

Friedrich Sartori war der unangefochtene Herrscher der weitläufigen Sartori-Familie. Er hatte das Sagen auf den zwei riesigen Mustergütern der Familie, eins in Simeria, ein Weingut in der Nähe von Mediasch, in der Spiritus- und Likörfabrik, in den Ochsenmästereien, auf den Kukuruzfeldern und in den vierundsechzig Trinkstuben der Umgebung, die zum Unternehmen »Gebrüder Friedrich Sartori« gehörten.

Dafür, das mußte man ihm lassen, arbeitete er auch hart. Malvine wußte, daß ihr Vater jeden Tag um vier Uhr aufstand, anschließend in den Fabriken, angetan mit einem »Blauen Anton«, das Schnapsbrennen und die Likörherstellung überwachte, wobei er immer nüchtern blieb. Malvine erinnerte sich an den Fabrikhof, wo in einem breiten Brunnen das »Geschläbber«, die beim Schnapsbrennen vom Kukuruz zurückgebliebene Maische, aufbewahrt wurde, die sich die Dorfbewohner mit Karren abholen kamen. Das übrige Geschläbber floß über Leitungen von der Fabrik direkt in die Krippen der nebenan liegenden Mastochsenstallungen. Die Tiere wiederum pflegte der Alte sehr gewinnbringend in Wien und Budapest loszuschlagen.

Malvine dachte nicht ohne Stolz an die familieneigene Schmiede und die Stallungen für die Pferde, mit denen jeden Morgen Wein und Schnaps in die Trinkstuben geliefert wurden, und an die Emailleschüsselchen, die unter den Fässern in der Likörfabrik standen, aus denen man als Kind so gern mit dem Finger gekostet hatte. Der Meister hatte sie und ihre Geschwister damals schon wie Erwachsene behandelt. Mit Ehrerbietung fast. Malvine vor allem hatte das immer genossen.

Nach getaner Arbeit zog es den Alten jedoch zum täglichen Frühschoppen ins »Café Eisenburger«, wo er mitunter von einer Militärkapelle mit dem »Fritz-Sartori-Marsch« begrüßt wurde. Hier sprach er immer reichlich dem Champagner zu und spendierte etliche Lokalrunden. Gegen Nachmittag verließ er dann das Lokal, gestützt auf einen herbeigewunkenen Polizisten, der ihn für ein Goldstück nach Hause zu begleiten hatte. Die Familie hatte mit dem Mittagessen auf den Patriarchen zu warten. Malvine haßte ihn dafür, besonders wenn er beim Hereinkommen schon von der Mutter einen Seidel Bier verlangte.

»Gebrüder Friedrich Sartori« stand übrigens mehr oder weniger pro forma auf dem Firmenschild, denn Malvines Vater hatte ohne jede Rücksicht seinen weniger energischen Bruder Karl, der ihn einmal in jungen Jahren um zwei Fuhren Korn betrogen haben soll, zum äußerst stillen Teilhaber degradiert. Die beiden Brüder waren sich, wie zahlreiche Sartori-Söhne vor und auch nach ihnen, spinnefeind. Von einem Vorfahren erzählte man sich sogar, er habe bei einem Streit um ein Mädchen seinen Bruder mitten auf dem Tanzboden erschlagen und sei dann nach Polen geflüchtet.

Selbstmord, Totschlag, Alkoholexzesse, man traute jedenfalls der Sippe in dem biederen Städtchen Broos allerhand zu. Besonders über den alten Sartori, Unikum, Finanzgenie und Trunkenbold, waren zahlreiche Anekdoten im Umlauf.

Malvine fühlte sich heute ausgesprochen wohl. Sie wußte, daß sie gut angezogen war. »Eine elegante Erscheinung«, hätte sie über eine junge Dame im selben zartgelben Leinenkostüm mit Schößchen, dessen schmaler Rock in Kniehöhe glockig aufsprang, gesagt. Malvine hatte es sich vor ihrer etwas überstürzten Abreise von Genf mit ein paar anderen Sachen schnell noch nach der neuesten Mode machen lassen. Die Farbe betonte ihren südländischen Teint, die runden, beinahe schwarzen Augen und das starke, dunkelbraune Haar, das sich drahtig anfühlte wie eine Pferdemähne. Sie war eher klein, aber kräftig gebaut und immer schon etwas rundlich gewesen. Auf ihre schmale Taille jedoch war sie besonders stolz.

»Du bist aber fesch«, hatte Gerda vorhin gesagt, aber ihr Lächeln war, wie Malvines immer sehr direkter Blick befriedigt konstatierte, dabei nicht ganz aufrichtig gewesen. Gerda war einundzwanzig wie Malvine und stand mit ihr seit der Schulzeit in uneingestandenem Wettstreit. Daß Gerda, wenn es nach ihrem Vater ginge, mit dem Regimentskommandeur bereits so gut wie verlobt war, gab ihr einen Vorsprung, der nicht von der Hand zu weisen war. Vorerst jedoch sollte die Partie mit strengster Diskretion behandelt werden.

Die Mädchen bogen auf den Marktplatz ein, wo ein paar Damen des Frauenvereins bereits unter einem großen Sonnenschirm einen mit buntem Kreppapier dekorierten Stand eröffnet hatten und Baumstriezel verkauften.

Malvine spürte, wie der Anblick der ringförmigen, warmen Kuchen, die man zum Essen über einen Arm stülpte, ihren Appetit anregte. Sie aß ausgesprochen gern, hatte jedoch gerade ein ausgedehntes zweites Frühstück hinter sich und außerdem wegen des Körbchens keinen Arm frei. Es war gegen Mittag, und die Sonne hatte den Marktplatz schon so stark aufgeheizt, daß jeder nach Schatten suchte. Nur vor dem Kuchenstand lungerten auf dem warmen Pflaster ein paar Zigeunerkinder herum. Sie waren barfuß, unsagbar schmutzig, zerlumpt, aber bunt gekleidet und von aparter Schönheit. Den barschen Versuchen der Frauenvereins-Damen, sie vom Stand fortzuscheuchen, widerstanden sie mit Ausdauer und Gelassenheit.

Malvine stolzierte mit ihrem resoluten, ein wenig schweren Gang an dem Stand vorbei, nicht ohne die Damen, zumeist Mütter ihrer alten Schulfreundinnen, mit der in Genf erlernten, wohldosierten Mischung aus Charme und Herablassung zu grüßen. Sie trat mit den Absätzen ihrer zierlichen Schnürstiefeletten so kräftig auf, daß man sie von weitem kommen hörte.

»*Glifstde, dat mer hät as Blämen los bekun* … was glaubst du, werden wir heute unsere Blumen los?« wandte sie sich ihrer Freundin zu. Gerda antwortete nicht, ließ dann aber ein schrill quiekendes »Joi, Malvin, schau dir den an!« vernehmen.

Auf die beiden Mädchen kam, daran konnte jetzt kein Zweifel mehr sein, ein gutaussehender Husarenoffizier zu. Er klirrte mit den Silbersporen, vollführte die bewährte flotte Bewegung mit dem rechten Bein, um dem Säbel auszuweichen, und roch nach Chipre oder vielleicht auch nach Juchten, Malvine war sich da nicht ganz sicher. Allerdings hatte er die Mütze um einiges schräger auf als die anderen und auch, als es das Reglement erlaubte. Das Auffallendste an diesem jungen Mann waren seine Augen: Sie standen leicht schräg, waren von dunklen, dichten Wimpern umgeben, was ihnen den Anschein gab, mit einem feinen Strich umrandet zu sein, und waren von intensivem, ganz hellen und sehnsüchtigen Blau.

»Was halten 'S davon, gnädiges Fräulein Sartori, wenn ich Ihnen gleich alle Blumen auf einmal abkauf?« fragte er mit jener lässigen Zackigkeit, die Generationen von k. u. k. Offizieren vor ihm bereits zu einem Stilmittel kultiviert hatten und die zu diesem bereits von Kindesbeinen an auf der Kadettenanstalt vorgeformten Menschentypus gehörte wie makellose Handschuhe und Tressen.

Leutnant Ossi war ein Mann der Tat. Er wartete keine Antwort der verblüfften Malvine ab, sondern salutierte mit der genau richtig dosierten Mischung von Knappheit, Energie und Eleganz, warf mehrere Kronen ins Körbchen, schlug andeutungsweise die Hacken zusammen und nahm die Stoffblumen an sich. Dabei sah er Malvine mit seinen auffallenden Augen eine Spur zu frech ins Gesicht.

Sie ärgerte sich über ihre Befangenheit. Was fiel dem Kerl ein? Aber fesch war er, das mußte man ihm lassen. Schlank, blond, vielleicht ein bißchen schmächtig, aber nicht übel.

»Nicht übel«, dachte auch Ossi. Er hatte irgendwo gehört, daß ihre Mutter ein italienisches Blumenmädchen gewesen war, bevor sie der reiche Sartori geheiratet hatte. Konnte stimmen. *»Merci, Monsieur, c'est très gentil«*, sagte Malvine von oben herab, um schnell ihre eben erst erworbenen Französischkenntnisse an den Mann zu bringen, und ging weiter, ohne Ossi noch eines Blickes zu würdigen.

»Was, du bist schon fertig?« hörte sie hinter sich die Stimme ihrer Busenfreundin. Ihr Erstaunen war gespielt. Malvine schwenkte das leere Körbchen und wußte, daß Gerda die Szene mit dem Leutnant sehr wohl beobachtet hatte, um sie beim nächsten Kränzchen *en détail* – auch Gerda war in einem Genfer Pensionat gewesen – zum besten zu geben.

»Na stell dir vor, der Leutnant hat mir alle Blumen auf einmal abgekauft«, ging sie auf das Spielchen ein.

»Nicht sag! Der Leutnant Held? Paß auf, wenn das keine Eroberung ist ...«

»Ach geh mir weg mit dem ...«

»Du wirst schon sehen, er hat angebissen ...«

»Das ist mir doch alles eins«, schloß Malvine das Geplänkel schroff ab.

In der Stadt hieß es später, es hätte im Zusammenhang mit dem Leutnant und der schönen Malvine eine Wette gegeben. Der erst vor kurzem und gegen seinen Willen in das kleine, verschlafene Garnisonsstädtchen versetzte Leutnant soll sich dem Vernehmen nach über die gerade aus Genf zurückgekehrte Malvine erkundigt haben. Seine Regimentskameraden sollen ihm von der eingebildeten Schönheit abgeraten haben: »Schlag dir die aus dem Kopf, die hat noch allen einen Korb gegeben, die wird auch dich abblitzen lassen.«

Überdies sprach man bei den Kränzchen des Frauenvereins davon, selbstverständlich nur in Abwesenheit der Familie Sartori, daß Malvine doch schon so gut wie oder gar bereits verlobt sei mit einem reichen Bierfabrikanten aus der Nachbarstadt.

Oder hatte sie sich gerade entlobt? Den Sartoris sähe so etwas wieder einmal ähnlich. Genaueres wußte niemand.

In Wirklichkeit verhielt sich die Sache mit der geplatzten Verlobung so, daß sich Malvine – bis zu ihrem Tode halsstarrig und stolz – dem ausdrücklichen Wunsch ihres despotischen Vaters widersetzte: Sie weigerte sich schlankweg, den zwar standesgemäßen, aber völlig unansehnlichen, dicken Bierbrauer zum Manne zu nehmen. Die Verlobung mußte – was dem alten Sartori sehr peinlich war, denn es handelte sich bei dem verschmähten Verlobten um einen wichtigen Geschäftspartner – gelöst und die Hochzeit abgeblasen werden.

Friedrich Sartori war nicht bewußt, daß es seine eigene Sturheit und derbe Lebenskraft waren, die ihm seine Jüngste da entgegensetzte. Sie war ihm weit ähnlicher als die drei anderen, die alle älter, vernünftiger und nachgiebiger waren. Malvine setzte zwar ihren Kopf durch, doch blieb an der Sache mit der Verlobung eine gewisse Peinlichkeit hängen, ein *haut goût,* wie man zu sagen pflegte.

Noch Jahre später, sie hatte längst die Heirat mit dem blauäugigen, aber unvermögenden Leutnant ertrotzt, vermochte sie der unverhoffte Anblick des Zurückgewiesenen in Verwirrung zu stürzen: Als sie einmal, inzwischen bereits zweifache Mutter, mit ihrem Lieblingskind, dem blondgelockten Sohn, auf einer Bank im Stadtpark saß, sah sie plötzlich jenen Bierfabrikanten, dessen Namen sie niemals erwähnte, auf sich zukommen. »Plötzlich«, erinnerte sich der Sohn, als seine Locken längst schon grau waren, »wurde Mama zu meinem maßlosen Erstaunen knallrot im Gesicht. So hatte ich sie noch nie gesehen.« »Schau weg, schau weg«, zischte sie ganz aufgeregt, »der darf uns nicht sehen! Mit dem war ich einmal verlobt!«

Malvine hatte die Sache mit den Blumen fast vergessen. Es machten ihr schließlich eine beachtliche Anzahl dieser Husarenoffiziere den Hof, denn sie war hübsch und außerdem eine glänzende Partie.

Da wurde in der Stadt bekannt, daß das in Broos stationierte k. u. k. Regiment an die Front verlegt werden würde.

Bevölkerung und Regiment reagierten auf den Marschbefehl in Richtung Osten mit Freude, Stolz und Siegesgewißheit. Man war sich sicher, Gott auf seiner Seite zu haben, ein Irrglaube, der von hohen Militärs, Politikern und Pfarrern eifrig gefördert und auch geteilt wurde.

Die Verabschiedung der künftigen Helden sollte in der kleinen Provinzstadt, die sonst nicht allzuviel Abwechslung zu bieten hatte, deshalb auch mit großem Aufwand als unvergeßliches Ereignis begangen werden.

Der große Tag war gekommen.

Die Bevölkerung des Städtchens war nahezu vollzählig am festlich geschmückten Bahnhof erschienen. Schon Tage vorher hatte man bunte Girlanden aufgehängt, Blumenschmuck und Standarten mit dem Doppeladler malerisch arrangiert, Siegesparolen angebracht und vor allem Fahnen, Fahnen, Fahnen.

Festlich gekleidet fand man sich am Bahnsteig ein, die Damen in aufwendigen Sommertoiletten, die Herren in feierlich ernstem Schwarz oder Silbergrau. Der Zug stand schon zur Abfahrt bereit. Niemand rechnete jedoch hierzulande ernsthaft mit Pünktlichkeit. Durch die Menge ging ein Raunen, als Compagnie auf Compagnie Aufstellung nahm und mit Waffen, Sturmgepäck, Tornistern und anderem Kriegsgerät die Abteile stürmte. Auf dem Nebengleis stand ein Kriegszug, der mit Kanonen, Trainwagen und Lastern beladen war. Die blumengeschmückten Soldaten jubelten, sangen und winkten aus den

Fenstern. Manche nahmen noch schnell und verstohlen Abschied von ihren Frauen oder den Eltern. Ein junger Soldat mit einem scheuen Bubengesicht klammerte sich, während er sich aus dem Zugfenster beugte, an die Hände seiner Mutter, einer Bäuerin. Beide weinten. Dann wandte sich der Bub hastig ab, wischte sich übers Gesicht und verschwand wortlos im Inneren des Zuges. Dies war schließlich ein Freudentag.

Die Militär-Blaskapelle spielte, dem feierlichen Anlaß angemessen, beinahe fehlerfrei Marschmusik. Gerade war sie, was ihrem begrenzten Repertoire entsprach, zum zweiten Mal beim Radetzkymarsch angelangt, als Malvine Sartori zusammen mit Gerda in deren Equipage am Bahnhof eintraf. Malvine kutschierte und dirigierte die Pferde sehr energisch so nahe wie möglich an den Bahnsteig und die Menschenmenge heran. Dies erregte durchaus das gewünschte Aufsehen. Malvine hatte keine Lust gehabt, wie die übrige Sartori-Sippe brav am Bahnsteig zu warten, und war deshalb mit Gerda nachgekommen. Gerda war gerade erst in aller Eile mit dem Kommandeur des abrückenden Regiments verheiratet worden. Dadurch bekam das Erscheinen der beiden jungen Damen zusätzliche Bedeutung, die vor allem Malvine genoß. Doch der unansehnliche, dicke und, wie sie einmal mehr feststellte, auch noch glatzköpfige Oberst hatte selbst als Flitterwöchner nur Augen für seine Soldaten und sorgte sich höchstens um das Konzept seiner genau ausgearbeiteten Rede, die er kurz vor Abfahrt des Zuges zu halten beabsichtigte. Er schob den zerknitterten Zettel von einer Rocktasche in die andere, warf hin und wieder erschrockene Blicke darauf und bewegte dabei eifrig memorierend die wulstigen Lippen.

Unwillkürlich verglich Malvine Gerdas fetten Oberst mit dem feschen Leutnant Ossi Held, den sie erst gestern noch zufällig auf der Promenade getroffen hatte.

»*Tsokolom*... küß die Hand, gnädiges Fräulein. Ihre schönen Blumen hab ich noch immer«, hatte er gesagt und die behandschuhte Rechte mit einer, zugegeben, äußerst eleganten Bewegung an die Mütze geführt.

» ... und Ihr Geld ist schon längst in die Kriegskasse gewandert«, hatte Malvine unnötig patzig geantwortet. Etwas Schlagfertigeres war ihr leider nicht eingefallen. »Ich bin schon wieder befangen«, dachte sie, »sonst bin ich doch nicht so auf den Mund gefallen ...«

»Geh, kommen'S doch morgen auch auf den Bahnhof zum Abschied«, hatte sie diesen Kerl schmeicheln hören. Seine Stimme war für einen Berufssoldaten ungewöhnlich sanft und etwas belegt.

»Vielleicht, vielleicht aber auch nicht«, hatte sie ihm schnippisch beschieden. Sein Blick aber hatte sie noch verlegener gemacht. Wo war er überhaupt? Er mußte sich doch hier irgendwo am Bahnsteig herumtreiben. Aber die Offiziere sahen in ihren Uniformen alle gleich aus.

Malvine war überrascht, wie schnell ihre Augen Ossi in der Menge entdeckten. Er stand mit einer Gruppe seiner Kameraden unschlüssig und irgendwie verloren auf dem Perron. Er hatte bei aller Forschheit etwas Hilfsbedürftiges, das sie anrührte.

Die Trillerpfeife des Stationsvorstehers riß Malvine aus ihren Gedanken. Wie anderentags allgemein moniert wurde, salutierte dieser Tölpel in seiner kriegerischen Begeisterung, was gänzlich unpassend war. Er war schließlich nur Zivilist. Blaskapelle, Honoratioren und Bevölkerung nahmen jetzt feierlich Aufstellung, während die Offiziere des Regiments in der erwarteten, tadellosen Haltung als letzte den Zug bestiegen. Der Kommandant, Gerdas Mann, brüllte Unverständliches von Ehre, Gott, Kaiser und Vaterland, wovon er ebenso gerührt war wie seine

Zuhörer. Niemand zweifelte daran, daß dieser Feldzug sehr bald ein ruhmreiches Ende nehmen würde.

Der Zug dampfte und zischte, er würde sich jeden Augenblick in Bewegung setzen. Da löste sich Leutnant Ossi von seinen Kameraden, eilte mit raschen Schritten auf die Gruppe seines Obersten zu, bei der auch Malvine Sartori stand. Sie hatte sich in der Zwischenzeit überlegt, daß sie Ossi, falls es sich zwanglos ergab, die schneeweiße Nelke aus dem Revers ihres weißen Seidenkostüms überreichen wollte. Zum Abschied. Wieder eine Blume, diesmal jedoch eine echte …

Was aber nun geschah, war unerhört: Ossi Held trat auf sie zu und drückte ihr vor aller Augen mit weichen, ein wenig trockenen Lippen einen Kuß auf die Hand und dann ganz schnell einen auf die Wange. Dann sprang er auf den langsam anrollenden Zug auf.

Malvine stand auf dem sonnenüberfluteten Bahnsteig allein in der Menschenmenge.

Tschippendorf 1914

Am dritten September erreichte Michael Held, den Pfarrer von Tschippendorf, ungarisch Csepan, einem kleinen Marktflecken unweit von Bistritz in Nordsiebenbürgen, folgender ausführlicher Brief seines Sohnes Ossi, der bei Rohatin und Delatin an der galizischen Front gegen die mit fünfzehn Corps ins Gebiet der Habsburger Monarchie eingebrochenen Russen kämpfte:

»Mein lieber Vater! Ich habe drei Gefechte und eine Schlacht mitgemacht, ich habe mannhaft im heftigsten Feuer ausgehalten. Ich habe keinen Moment den Tod gefürchtet, das heißt, keine Zeit gehabt, daran zu denken. Es ist ein unbeschreibliches Gefühl, das normale Denken und Fühlen wird ausgeschaltet. Man stürmt über Leichen, man sieht den Kameraden fallen. Tod und Verderben und kein Mitleid, kein Gefühl. Ich verstehe das nicht, und dennoch ist es so. Grausam ist der Krieg! Unser Batallion sollte seinen Gefechtsraum einnehmen – wir kämpften am rechten Flügel. Tags zuvor hatten wir einen heftigen Angriff der Russen zurückgeschlagen, darauf in der Nacht eine Attacke abgewehrt, da bekamen wir den Befehl, unsere vorgeschobene Stellung zu räumen, nachdem ein dreimal stärkerer Feind, als wir es waren, heranrückte. Wir sollten über Rohatin nach Babykov anschließen. Unser Train war in den Händen des Feindes, und wir mußten uns von Feldfrüchten ernähren. Wir kamen ganz erschöpft in den Kampf. Die Herrlichkeit dauerte nicht lange. Im Anmarsch wurden wir von Artillerie in der Flanke erwischt. Zweiunddreißig Granaten sausten in das Batallion, im Nu war's gesprengt. Ich sprang mit meinem Major vorwärts in ein Kartoffelfeld, befahl die erste Compagnie in die

Schwarmlinie, und nun sausten die Maschinengewehrgeschosse über unsere Köpfe, wie eine Sense fegten sie die Reihen nieder. Die Infanteriegeschosse schwirrten durch die Luft wie Mücken. Mein Major und sechs Offiziere fallen, ich kehre mich und sehe, wie eine Compagnie, vom Artilleriefeuer derart moralisch hergenommen, durchgeht. Ich springe im heftigen Kugelregen auf und brülle: Batallion vierundsechzig, *după mine!* Mir nach!

In dem Moment zwei Granaten, ich spüre einen Schlag ins Gesicht, bald den zweiten in der Seite und flieg an die zwanzig Meter in einen Graben, mein Säbel samt Kuppel weggerissen, und bleib ohnmächtig liegen. Ein Schrapnell, eine Granate nach der anderen platzt, Erde, Geröll fliegt auf mich. Ich will aufstehen, doch meine Füße versagen den Dienst. Ich bleibe nun sechs Stunden liegen, mich dünken sie eine Ewigkeit. Truppen rückten vor, Geschosse aller Art schlugen über mich. Wir waren von drei Seiten im Feuer. Ich mußte mitansehen, wie zwei Batterien, ein Geschütz nach dem anderen, vernichtet wurden, und verstummte. Angeschossene Pferde rasten herum, der Hilfsplatz wurde zusammengeschossen. Kurz – Tod und Verderben.

Das Feuer wurde schwächer, wir zogen uns fluchtartig zurück, alles lief … Ich lag noch immer im Graben. Dreimal setzte ich den Revolver an, ich wollte lieber sterben, als in Gefangenschaft. Ich dachte an meinen Vater, an meine Lieben, die weißlichgrauen Mützen der Russen vierhundert Meter vor mir … Ich raffte mich auf und schleppte mich im Graben weiter. Die Sonne war untergegangen, das Abendrot leuchtete. Wohin soll ich?

Nach Westen, in Richtung der Truppen, in Richtung unserer Heimat? Ich verließ den Graben. Nun erst begann meine Verfolgung. Ein Schuß nach dem anderen sauste nieder, neben mir, vor mir, hinter mir. Ich suchte Deckung hinter einem Strohhaufen, da krachte Schrapnell hernieder, ich schleppte mich weiter, warf mich in ein Kartoffelfeld, doch auch hier wurde ich bemerkt und fortgeschossen …

Ich werde mich kurz fassen: Mindestens dreihundert Schüsse sandten mir die Kerle nach, doch das Schicksal war mir günstig. Endlich, nach beiläufig tausend Schritten, war ich außer dem feindlichen Feuerbereich und sank erschöpft nieder. Eine Sanitätspatrouille von der ungarischen »Honwed« nahm mich auf, und in der Frühe erwachte ich in Chodorov, fünfundzwanzig Kilometer vom Schlachtfeld entfernt, wohin sich auch die anderen Truppen zurückgezogen hatten. Der Arzt konstatierte Gehirnerschütterung und Nervenschock, und ich bekam einen vierwöchigen Urlaub. In Broos wurde ich von einer sehr reichen Familie Fritz Sartori aufgenommen und gepflegt. Ich fühle mich soweit wohl, daß ich mich wieder zum Dienst gemeldet habe. Ich mußte dies thun, weil niemand da, der sich im Maschinengewehrswesen auskennt.

Ich bin vollständig abgebrannt – meine ganze Bagage verloren, mein Pferd erschossen, sämtliche Monturen verloren, nicht einmal ein Hemd mehr, doch moralisch nicht gebrochen. So Gott will, werden wir zum Schlusse doch siegen. Bitte schreibe an Frau Pepi Sartori. Frau und Tochter behandelten mich wie ihren eigenen Sohn.«

Der alte Pfarrer Held hatte den Feldpostbrief in seiner Amtsstube stehend gelesen. Jetzt hielt es ihn nicht länger im Haus, er mußte ins Freie. Ihm war übel und schwindelig vor Aufregung. »Tod und Verderben« hatte der Bub geschrieben. Er kannte jetzt also das wahre Gesicht des Krieges. Und er hatte überlebt! Aber wie lange noch? Pfarrer Held, ein kräftiger, großer Mann mit bedächtigen und etwas schwerfälligen Bewegungen, dessen gütigem, fast rechteckigen Gesicht ein dichter graumelierter

Schnauzbart den Ausdruck eines freundlichen, aber würdevollen Seelöwen verlieh, stieg langsam die Treppe seines Pfarrhauses hinunter. Der Pfarrgarten war durch ein kleines, eisernes Tor mit dem danebenliegenden Friedhof verbunden. Er schritt hindurch.

Immer wenn Michael Held Kummer hatte, zog es ihn zum Familiengrab an der Friedhofsmauer, die Pfarrgarten und Friedhof trennte. Dort waren seine Frau Marie, zwei kleine Söhne, die an Diphterie gestorben waren, und seine älteste Tochter Anna begraben. »Wenn nur nicht bald noch einer hinzukommt«, dachte der Pfarrer angstvoll, aber gleichzeitig fiel ihm ein, daß auf dem sogenannten Felde der Ehre Gefallene ja immer gleich an Ort und Stelle verscharrt wurden.

Natürlich. Weshalb war denn sein jüngster Sohn Claudius in einem Lazarett in Galizien Kriegspfarrer? Auch Erwin, der Apotheker und älteste der drei Söhne, war in einem Lazarett irgendwo in derselben Gegend tätig und relativ sicher. Gottseidank!

Ossi dagegen stand als Berufsoffizier augenblicklich in vorderster Linie. »Der Himmel möge ihn beschützen«, dachte der Pfarrer, »ich kann es nun nicht mehr.«

Warum aber ließ Gott überhaupt zu, daß sich junge Menschen im Namen von Ehre und Vaterland gegenseitig niedermetzelten? Warum ließ er diesen Irrsinn geschehen?

Es war nicht das erste Mal, daß der alte, zutiefst gläubige Pfarrer mit seinem Gott haderte. »Dein Wille geschehe« war schon immer der Satz im Vaterunser gewesen, der ihm am schwersten von den Lippen ging. Mit schweren Schritten ging er an den Grabreihen entlang. Viele von denen, die hier lagen, hatte er selbst auf ihrem letzten Gang begleitet.

Auch er würde einmal hier ruhen.

Sein Blick wanderte beim Gehen über die vertrauten Namen auf den Grabsteinen. Immer dieselben Namen. Im frühen Mittelalter hatten Mongolen diese neugegründete deutsche Siedlung verwüstet. Alle Dorfbewohner wurden getötet oder verschleppt. Bis auf die Ohlers, die Pralls und die Webers. Sie bauten das Dorf schließlich wieder auf. Wozu? Ihre Nachkommen mußten wieder in den Krieg …

Am Familiengrab der Helds blieb der Pfarrer stehen. Er sah, wie sich die Dämmerung langsam über den Friedhof senkte. Es wurde allmählich Herbst. Die Luft war schon frischer als an lauen Sommerabenden. Den Pfarrer fröstelte. Ob dieser Wind aus Rußland kam? Ob seine drei Buben in Galizien jetzt vielleicht auch den Abendstern am noch hellen Himmel zart glitzernd sahen?

Michael Held war mit Leib und Seele Pfarrer. Aber in der selbstverständlichen, genauen und liebevollen Art, mit der er die Natur beobachtete, war er immer noch Bauer. Er paßte in dieses Dorf. Er entsprach der fleißigen Art der Menschen hier. Nicht weit von Csepan, in Malmkrog, lebte noch seine ganze Bauernsippe. Sie waren stolz auf ihn, weil er, der Bauernsohn, es zum Pfarrer gebracht hatte. Und die hiesigen Bauern schätzten ihn, weil er ihr Leben kannte und verstand.

Versunken schaute Michael Held auf den Grabstein. Der Tod war schon oft ins Pfarrhaus gekommen. Ossi dagegen hatte als Kadett in Hermannstadt eine Typhus-Epidemie überlebt, war aber seither zart, anfällig und leicht irritierbar geblieben. »Mein Gott, Held! Wo sind Ihre Waden?« hatte der Oberstabsarzt gerufen, als er, der Pfarrer, seinen fast erwachsenen Sohn in die Ordination getragen hatte. Ossi war lange schwach gewesen, aber er hatte überlebt.

Auch die furchtbare Schlacht in Galizien hatte er überlebt. Aber die nächste?

Plötzlich sah er seine Frau Marie vor sich, wie sie mit ihrem endlich genesenen Ossi und den beiden anderen Söhnen Arm in Arm auf der Dorfstraße spazierenging und stolz die Komplimente der Vorbeikommenden entgegennahm. Sie hatte wirklich die prächtigsten Söhne, das fanden alle, sogar die weniger Wohlmeinenden. Ein paar Tage später war Marie beim Schlachten einer Sau – zum Pfarrhof gehörte auch eine kleine Landwirtschaft – zusammengebrochen. Vielleicht war die Angst um Ossi zu viel für ihr ohnehin schwaches Herz gewesen. Seither hatte er ohne sie und ihre mütterliche Wärme auskommen müssen.

Der Pfarrer und seine Söhne vermochten den frühen Tod der Mutter nie ganz zu überwinden. Die »vier Helden«, wie sie sich gern scherzhaft nannten, kamen einander dadurch noch näher. Für jeden von ihnen, besonders jedoch für den Mittleren, Ossi, sollte dieses Zusammengehörigkeitsgefühl das Tiefste und Beständigste im Leben bleiben. Der Pfarrer spürte, daß er lächelte.

Ossi war so siegessicher und strahlend in die Schlacht gezogen. Und jetzt? Ein Regimentskamerad hatte ihm bei einem Besuch erzählt, wie Ossi am Abend des 31. Juli noch auf einem Regimentsball im Brooser »Hotel Central« auf den Tisch gesprungen und von der Kapelle den »Prinz-Eugen-Marsch« gefordert hatte, als bekannt geworden war, daß Serbien nach dem Attentat in Sarajewo auf das Ultimatum der Habsburger nicht einzugehen gewillt war. Seinem aufwallenden Temperament gemäß hätte Ossi die Kameraden mit seiner kriegerischen Begeisterung fortgerissen, und man hätte allgemein dem »allerhöchsten Kriegsherrn Treu geschworen und feierlich versprochen, Blut und Leben für Gott, Kaiser und Vaterland zu opfern«.

Der Pfarrer stand immer noch vor dem Grab, holte jetzt Ossis Brief aus der Tasche und entfaltete ihn sorgsam. Er hielt die eng beschriebenen Seiten dicht vor seine Augen. Es war schon beinahe dunkel geworden. Der Duft von Harz wurde aus dem nahen Wald herübergetragen.

Michael Held erkannte, als sähe er sie zum ersten Mal, wie akkurat, weich, rund und sorgfältig vom Rand abgesetzt, die tintenblaue Handschrift seines Sohnes das Papier bedeckte. Sie entsprach so gar nicht dem Bild des forsch männlichen, schwerenöterhaften Leutnants, das Ossi darzustellen sich bemühte. Diese Schrift entsprach Ossis Seele. Sprach man ihn jedoch darauf an, brauste er auf. Ob es nicht besser gewesen wäre, einen der beiden robusteren Brüder die Offizierslaufbahn einschlagen zu lassen?

Während der Pfarrer am Friedhof noch immer seinen Gedanken nachhing, befand sich sein Sohn Ossi, wie er seinem Vater mitgeteilt hatte, in dem von der Familie Sartori eingerichteten Privatlazarett in Broos und wurde dort von den Damen des Hauses wie ein Sohn behandelt. Daß er vorher bereits die Bekanntschaft der »schönen Malvine« gemacht, ja in dieser Angelegenheit vielleicht sogar eine folgenschwere Wette abgeschlossen hatte, hielt er vorerst nicht für erwähnenswert. Das mit dem Sohn entsprach indes nicht so ganz dem augenblicklichen Stand der Dinge: Denn inzwischen war es Ossi gelungen, der Tochter des Hauses so nahe zu kommen, daß er es wagen konnte – als sie sich eines Morgens voll pflegerischen Eifers über ihn beugte, um ihm die Kissen aufzuschütteln –, ihr seine Offiziersschärpe um die äußerst schmale Taille zu schlingen, sie zu sich herabzuziehen und sich einen langen Kuß zu erzwingen.

Dieser wurde anschließend von den Beteiligten zweifelsfrei als Verlobungskuß angesehen.

Das Sartorische Lazarett, selbstverständlich nur für Offiziere gedacht, war im leerstehenden Haus vom »Em-Onkel«, dem wunderlichen dritten Bruder der beiden verfeindeten Sartoris, untergebracht. Dieser Em-Onkel, der eigentlich Emanuel hieß, hatte in seiner Jugend als Schiffsarzt die Weltmeere bereist und aus fernen Ländern allerlei exotischen Krimskrams wie Elfenbeinfigürchen aus Siam oder Ebenholzschnitzereien aus Südafrika mitgebracht, die heute noch die Vitrine mancher Nachkommen zieren.

Seine Verschrobenheit steigerte sich mit den Jahren zu schlichter Verrücktheit und wurde von der übrigen Sippe auf nicht besonders einleuchtende Weise bemäntelt. Die Sartoris hatten jedenfalls für die Klatschmäuler der Stadt auch noch einen Irren zu bieten, der ebenso wie die übrige Familie für höchst willkommenen Gesprächsstoff sorgte.

Bei den zahlreichen Kindern der Großfamilie war der verrückte Onkel in klaren Momenten wegen seiner aufregenden Reisegeschichten sehr beliebt. Sie umringten gern seine Bank im Innenhof des graugrünen Hauses seines Bruders Fritz, wo er dahinvegetierte und im Sommer tagsüber aus Gründen der Sicherheit mit einem Seil am alten Nußbaum festgebunden wurde. Ihn ins nahegelegene Hermannstädter »Irrenhaus« abzuschieben, lehnte man aus Gründen der Diskretion sowie aus Familiensinn ab.

Viele Jahre später erzählte Malvine ihren Enkeln einmal, wie gern sie beim Em-Onkel unter dem Nußbaum gesessen und Schularbeiten gemacht hatte. »Er hat auf alles eine Antwort gewußt«, sagte sie. »*Et kit weder*… es kommt wieder«, hatte er dann manchmal gesagt, und sie hatte gewußt, daß sie ihn nun allein lassen mußte. Eines Tages hatte er sich bei einem Anfall mit einem Messerstich in den Bauch getötet. Er hatte immer gesagt, daß dort seine Dämonen hausten. Niemand wußte, wie er zu dem Messer gekommen war.

So kam es, daß im Hause des unglücklichen Em-Onkels Malvine und Ossi dem begegneten, was sie zu diesem Zeitpunkt als ihr Lebensglück ansahen. Die Liebesgeschichte zwischen den beiden hatte sich in der für Kriegszeiten typischen Geschwindigkeit entwickelt, gefördert von der effektvollen Hinfälligkeit des Werbenden sowie der Tatsache, daß sich der Genesungsurlaub Ossis langsam seinem Ende zuneigte.

Der alte Held bekam, kaum zwei Wochen nach dem ersten, zwei Briefe, den einen von seinem Sohn Otjo, wie ihn Malvine inzwischen nannte, den anderen von Malvine selbst.

Otjo schrieb: »Mein lieber Vater! In Anbetracht der neuen Verhältnisse möchte ich ganz hierbleiben, weil ich scheinbar in Broos doch mein Lebensglück gefunden habe. Mein Verhältnis zur Familie und zur lieben Malve wird ein immer innigeres. Vielleicht habe ich diesmal auch Glück an der Front und komme als dekorierter ›Held‹ nach Hause.«

Malvines Brief stellte die Situation vollends klar: »Lieber Vater! Du erlaubst wohl, daß ich Dich so nenne? Um so eher, da Du doch unsere Verhältnisse kennst und weißt, wie wenig ich einen Vater habe. Ich kann diese finstere Wolke, die über uns schwebt, die Krankheit meines alten Herren, ohne Oskar kaum ertragen. Er verscheuchte mir immer wieder die trüben Gedanken und tröstete mich jedesmal. Heute nun, da er wieder eingerückt ist, erscheint mir alles schrecklicher denn je, und es ist wirklich kein Wunder, wenn es uns Kinder nicht zu Hause hält. Wann kommst Du herüber? Die Wohnung von Otjo steht nun so einsam und verlassen, Du müßtest schon deshalb kommen, damit Du ein wenig Leben in die Bude bringst. Ja? Sei tausendmal gegrüßt und geküßt von Deiner mittleren Schwiegertochter Malvine!«

Daß der alte Sartori trotz seines Zustands die Energie aufbrachte, die Heirat seiner Jüngsten wenn nicht gänzlich zu hintertreiben, so doch erheblich zu verzögern, hatte diese nicht erwartet. Sie war jedoch keineswegs gewillt, sich auf eine vierjährige Verlobungszeit einzurichten, wie es ihre Schwester Sissi getan hatte. Malvine war aus härterem Holz. »*No dem Kräch* ... nach dem Krieg«, vertröstete der Patriarch sie immer wieder mit dem Hochzeitstermin, hatte aber nicht mit ihrem Eigensinn gerechnet. Selbst ein demütigendes Gesundheitszeugnis, daß der Alte von Ossi verlangte – ihm schien zu Ohren gekommen zu sein, daß der fesche Leutnant in Karlsbad zwar ein Lungenleiden ausgeheilt, sich dafür aber ein venerisches Leiden zugezogen hatte –, konnte Malvine nicht von Ossi abbringen. Nachdem Sartori endlich resignierend seine Einwilligung zur Hochzeit gegeben hatte, legte sich plötzlich die andere Seite quer: Erst als das Haus der Brautmutter als Kaution zur Sicherung eines einem k. u. k. Offizier angemessenen Lebensstils, zehntausend Kronen Aussteuer und eine sogenannte Monatsgabe des Vaters von dreihundert Kronen für die Braut vereinbart worden waren, erklärte sich Ossis Kommandant seinerseits mit dieser Heirat einverstanden und versetzte ihn nach Wien.

Kronstadt 1916

An der Tür des alten, lindgrünen Erkerhauses mit den hohen weißen Sprossenfenstern am Marktplatz hing ein täglich poliertes Messingschild: Dr. Hermann Fabritius, *ügyvéd*/Advokat. Ida Greysing, geborene Fabritius, sah es schon von weitem und lächelte: Das Schild war wie ihr Bruder, gediegen und heiter zugleich. In letzter Zeit hatte er sich einen Namen als Strafverteidiger gemacht.

Ida war den kurzen Weg von ihrer Wohnung in der Hirschergasse zu Fuß gegangen, obgleich sie im achten Monat schwanger war. Es waren ihr, wie gewöhnlich, manche Blicke gefolgt, denn sie war keineswegs schwerfällig geworden und besaß noch immer die Anmut eines jungen Mädchens.

In der Stadt herrschte Aufregung. Das Königreich Rumänien hatte den Mittelmächten Österreich-Ungarn und Deutschland überraschend den Krieg erklärt und befand sich auf dem Vormarsch. Man befürchtete, daß Kronstadt, das nach wie vor zu Ungarn gehörte, für die über den nahen Karpatenpaß bei Predeal heranrückenden Rumänen zum strategisch wichtigen Kriegsschauplatz werden könnte. Viele Familien flohen Hals über Kopf in Richtung Nordwesten, wo sie sich unter dem unmittelbaren Schutz des Habsburger Reiches sicher wähnten. Der kleine Kronstädter Bahnhof war überfüllt, die Menschen drängten sich mit eilig zusammengepackten Habseligkeiten in die überfüllten Züge Richtung Arad.

Ida stieg, nun doch etwas langsamer als sonst, die ausgetretenen Holzstiegen zur Kanzlei ihres Bruders hinauf. Das Kind bewegte sich. Ida lächelte erneut.

Sie wußte, daß sie hier wegwollte – und doch auch wieder nicht. Sie wollte dieses Kind in Frieden zur Welt bringen, es durfte nicht sterben wie ihr erstes, das im letzten Sommer, kaum zwei Jahre nach ihrer Hochzeit mit Johannes, geboren worden war und das wenige Monate später eines Morgens tot in seiner Wiege gelegen hatte. Kein Arzt hatte gewußt weshalb. Sie fühlte sich dieser Stadt, der Heimat von Johannes, zutiefst zugehörig und wollte, daß das Kind hier in Kronstadt geboren würde. Unvermittelt kam ihr ihre Hochzeit in den Sinn. Alle Dorfbewohner waren zu Ehren der Pfarrerstochter und auch des Pfarrers selbst, der die Trauung in der Weidenbacher Kirchenburg vornahm, in ihren uralten Trachten erschienen. Sie kannten die Braut alle von kleinauf und waren gekommen, Abschied von ihr zu nehmen, denn sie würde nun ihrem Mann in die Stadt folgen.

Seither hatte Ida noch weitere zwei Mal Abschied nehmen müssen: Einmal von Maria, ihrer kleinen Tochter, und einmal von Johannes, der als Reserveoffizier an die Front nach Galizien einrücken mußte. Sie betete, daß dieser Abschied nicht auch einer für immer sein würde. Ohne es zu merken, legte sie in einer unendlich fürsorglichen Geste eine ihrer warmen, auffallend langgliedrigen Hände auf den Bauch. Das Kind wurde still.

Am Treppenabsatz eilte ihr schon Hermann entgegen.

Sein gutartiges Gesicht war besorgt, die hervortretenden, wasserblauen Augen hinter den dicken Brillengläsern schauten sie mit nicht ganz ernst gemeinter Empörung an. »Warum rennst du die Treppe allein hinauf? Ich wollte dich doch grad holen, du Dumme«, meinte er anklagend, mit der immer etwas heiseren Stimme eines Kettenrauchers, und hob vorwurfsvoll den gelblich verfärbten Zeigefinger.

Plötzlich fühlte Ida sich so aufgehoben wie lange nicht mehr. Sie wußte, daß es jedermann in Hermanns Gegenwart so ging. Er faßte sie ganz behutsam unter dem Ellbogen, weil er wußte, daß sie weder Überschwang noch Aufhebens um ihre Person sonderlich schätzte. Nicht einmal jetzt, da sie schwanger war.

Sie machte alles im stillen mit sich selber ab. Hermann führte die zarte Frau, die einmal seine kleine Schwester gewesen war, sacht in das Studierzimmer seiner weitläufigen Kanzlei.

Das Licht eines warmen, milden Altweibersommertags hüllte die Stadt und den Zinnenberg allmählich in leuchtende Braun-, Rot- und Gelbtöne. Auf der Burgpromenade fing es schon an nach Erde und vermodertem Laub zu riechen. Oder bildete man sich das nur ein, weil es zum Herbst gehörte? Es hatte kurz geregnet. Durch das leicht geöffnete Erkerfenster der Kanzlei strömte der Duft des feuchten Pflasters.

Auf Hermanns Ledercouch dösten, dem Nichtstun völlig hingegeben, seine beiden feisten Foxel Kitty und Bobbes. Sie blinzelten Ida kurz entgegen, erkannten sie als eine, die zum Rudel gehörte, klopften ein paarmal mit den Stummelschwänzen auf die Polsterung und schlossen aufschnaufend wieder die Augen. Sie lagen, was durchaus ihrer Stellung im Hause Hermann Fabritius entsprach, auf einem ebenso weichen wie teuren Mohairplaid britischer Provenienz.

»Hast du etwas von Johannes gehört?« fragte Hermann obenhin und bemühte sich, optimistisch zu klingen.

»Ja, ich hab endlich Nachricht. Er ist jetzt beim Armeeoberkommando als Kriegsmaler. Aus Galizien ist er zum Glück weg. Es soll dort furchtbar gewesen sein. Unsere Leute haben schrecklich Dresche bekommen. Johannes hat in Kolomea und

Turka Kriegsbilder gemalt, zerschossene Häuser, Ruinen, Gefallene. Ganz gegen den Krieg, schreibt er.«

»Bekommt er Urlaub?«

»Nein, ich glaub nicht. Ich muß wohl allein hier weg. Ich hab mir gedacht, daß ich zu Lilly aufs Gut nach Kisjenö fahre. Dort warte ich die Geburt ab, und dann sehen wir weiter.«

»Wie du meinst? Ich bring dich jedenfalls zum Bahnhof«, bot sich Hermann an. »Wann willst du fahren?«

»Morgen um zehn Uhr zweiundvierzig geht der Zug nach Arad.«

»Gut. Ich denk auch, daß du bei unserer Schwester gut aufgehoben bist. Sie hat ja schon Kinder. Ich werde hier die Stellung halten.«

»Willst du nicht lieber mitkommen? Die Rumänen sollen jeden Tag hier sein!« gab Ida zu bedenken.

»Wie soll ich das machen? Ich kann doch meine Kanzlei nicht einfach zusperren. Es wird außerdem nichts so heiß gegessen wie gekocht. Ich glaub nicht, daß es so schlimm wird, die Rumänen sind auch Menschen ...«, sagte Hermann, und damit war das Thema für ihn abgeschlossen.

Die Geschwister schwiegen. Alles Wesentliche war gesagt. Sie hatten immer schon gut miteinander schweigen können. Ida noch besser als Hermann, der der Mitteilsamere von beiden war.

Ida stand auf. »Ich hab mich noch vis à vis bei meinem Schwiegervater angesagt. Ich will ihm mitteilen, daß ich wegfahre, und ihm von Johannes erzählen. Er schreibt ihm ja nicht. Kommst du mit?«

»Selbstverständlich. Ich hol nur meinen Hut und sag Anusch Bescheid«, sagte Hermann. Anusch war seine langjährige Sekretärin und hatte ihn im Büro ebenso unter der Fuchtel wie seine Frau Dora zu Hause. Es war unglücklicherweise elf Uhr vormittags, und es galt, Anuschs Bedenken zu zerstreuen, daß er – wie täglich um diese Zeit – seinem Frühschoppen Kokelthaler Weines im »Café Central« zustrebte. Zwar pflegte er jeden Tag zu Anusch zu sagen: »Ich gehe ein Testament machen«, aber beide wußten, daß es nicht der Wahrheit entsprach.

Schräg gegenüber der Kanzlei lag das alte Walbaumsche Patrizierhaus, in dem Idas Mann aufgewachsen war, wenige Häuser weiter, auf der linken Seite, sah sie die schnörkelige Fassade der »Allgemeinen Sparkassa«, der ihr Schwiegervater vorstand.

Ida fühlte sich sehr erleichtert. Bis zu dem Gespräch mit Hermann war sie sich nicht ganz sicher gewesen, ob sie überhaupt zu Lilly aufs Gut wollte. Sie fürchtete die Reise in den überfüllten Zügen, mied überhaupt, wie die meisten schwangeren Frauen, jede Veränderung.

Ida war es nicht gewohnt, schwerwiegende Entscheidungen allein zu treffen. Jetzt aber war Johannes im Krieg, und sie mußte, so gut es eben ging, für sich und das Kind sorgen. Wenn er nur wiederkam! Sie lebte doch nur für ihn. Während Ida am Arm ihres Bruders über den Marktplatz schritt, bemerkte sie, wie fremd ihr heute alles erschien. Sie sah die vertrauten Häuserzeilen, die Menschen, sogar ihren Bruder bereits mit den Augen einer Abreisenden.

Die Stadt hatte nicht ihr gewohntes, gemächliches Tempo. Es herrschte Aufbruchsstimmung, Unruhe, ja Panik. Überall hasteten Menschen vorbei, mit Paketen, Koffern, Kartons beladen. Am Fiakerstand beim Rathaus drängten sich Menschentrauben, zwei Männer stritten lautstark um einen Wagen, ein kleiner Bub weinte. Zwei unglaublich zerlumpte Zigeunermädchen, halbwüchsig noch, die blauschwarzen Mähnen verfilzt, bettelten die

Wartenden an, streckten flehend die Hand aus, obwohl man sie immer wieder ungeduldig davonscheuchte.

Hermann schien dies alles nicht zu irritieren. Langsam ging er, während er die Hunde überall schnüffeln ließ, freundlich nach links und rechts grüßend, gelegentlich andeutungsweise den Hut ziehend, über den Platz.

Ida hatte bereits jetzt Heimweh. Als sie ihren schmächtigen Bruder mit dem kleinen Schmerbauch unter der Weste seines hocheleganten hellen Leinenanzugs von der Seite ansah, hätte sie gern seine Hand genommen. Aber solcher Gefühlsüberschwang galt bei den spröden Kronstädtern als eher peinlich. Deshalb hängte sie sich nur wie zufällig bei ihm ein. Es war noch warm über Mittag. Dennoch trug Hermann, dem korrekte Kleidung zeitlebens als wesentliches Element gehobener Lebensart erschien, Weste und Vatermörder. Schneeweiße Manschetten schauten, zusammengehalten von edelsteinbesetzten, weißgoldenen Manschettenknöpfen, haargenau zwei Zentimeter unter den Ärmeln des gutgeschnittenen Sakkos hervor.

Auf dem Kopf trug er einen Strohhut mit schokoladenfarbenem Ripsband, von dem er hoffte, es würde ihm eine schwerenöterhafte Note verleihen. Selbst der Spazierstock blieb selten zu Hause.

Ida beobachtete die Milde, mit der er durch dicke Brillengläser auf alles blickte, was ihnen begegnete. Sie schmunzelte voller Nachsicht, als sie nun bemerkte, mit welcher Akribie er seine immer größer werdende Glatze durch ein paar schüttere Strähnen seines Schläfenhaares zu verdecken suchte. Sie registrierte seine großen, fülligen Lippen, die den Genußmenschen verrieten, seine ebenfalls großen, abstehenden Ohren, und sie liebte ihn.

Hermann war rund. Er war dem Leben, den Menschen zugetan. Er liebte die Frauen im allgemeinen und seine zweite, um viele Jahre ältere, jüdische Frau Dora im besonderen, und er liebte, weil das Paar leider keine Kinder hatte, seine Hunde. Sie schliefen mit im Ehebett. Ida bemerkte, wie Hermanns Blicke einer blutjungen Zigeunerin in buntem Rock und leuchtend rotgrünem Umschlagetuch folgten, die eben ihren Weg gekreuzt hatte. Die Frau lachte ihn an und zeigte dabei stolz ihre Goldzähne. Sie war barfuß, elastisch, schlank und von vollendeter Schönheit. Ida kam sich auf einmal plump vor.

Die Geschwister waren endlich vor dem erdfarbenen, mit hellbeigem Stuck dezent verzierten Patrizierhaus auf der Kornzeile, dem »Corso« der eleganten Welt Kronstadts angelangt, wo man am Nachmittag zu flanieren pflegte. Ida mußte durchatmen und sah sich dabei um.

Vor ihr lag der weite, großzügig angelegte Marktplatz, auf allen vier Seiten von den mittelalterlichen Häuserzeilen begrenzt. Überall gedeckte Erdfarben: beige, hellblau, zartgelb, ein weiches Hellbraun, selbst das Rathaus in der Mitte des Platzes. Die Sachsen liebten solche Farben. Von weitem schon sah man, ob in den Häusern des Landes Rumänen, Ungarn oder Deutsche lebten. Ernst, arbeitsam und streng, aber nicht ohne Wärme die Farben der Sachsen, fröhlich, lebendig und licht die Farben der Ungarn und erst recht die der kleinen rumänischen Holzhäuser in der Vorstadt.

Auch an den Trachten der Bauern, die auf dem Marktplatz unterwegs waren, konnte man in diesem bunten Völkergemisch, das hier seit vielen Jahrhunderten friedlich nebeneinander lebte, ihre Mentalität ablesen. Beige, weiß, schwarz die Sachsen, weiß, rot, schwarz die Ungarn. Am farbenfrohesten die Zigeuner. »Ob Farbigkeit etwas mit Ungebundenheit zu tun hat«, überlegte Ida und prägte sich alles genau ein. »Wer weiß, wann ich zurückkomme und wie der Krieg ausgeht. Wenn nur Johannes zurückkommt.« Sie sah den ernsten, dunklen Riesenbau der Schwarzen Kirche, des größten, mittlerweile protestantischen Doms in Osteuropa, über die rostfarbenen Ziegeldächer der Stadt hinausragen und dahinter gleich die Zinne, deren Mischwald sich schon hier und da zu färben begann. Sie hörte die Geräusche der Stadt: das Knarren der Kutschenräder und das Getrappel der Pferdehufe auf dem Pflaster, manchmal ein Rufen: »Fiakäääär!« Sie sah die roten Jacken und schwarzen Schnauzbärte der ungarischen Kutscher. Sie wußte, daß sie im Winter das helle, rhythmische Klirren der Schlittenglöckchen vermissen würde, das die knapp gesetzten Tritte der Pferde begleitete, beim Stehenbleiben langsamer wurde und schließlich verstummte. Sie war jetzt hier zu Hause. Mehr noch als im Dorf ihrer Kindheit, denn hier war Johannes zu Hause.

Ida schritt durch die Arkaden vor dem Greysingschen Haus und läutete. Es schien ihr, als habe dies Bauwerk immer schon an diesem Platz gestanden, breit, im Mittelpunkt, die Front würdevoll auf Marktplatz, Rathaus, Schwarze Kirche und den Zinnenberg gerichtet. Es atmete den Stil der Menschen, die es seit Jahrhunderten mit Leben erfüllten: Großbürgerlich solide, ernsthafte Behäbigkeit auf zwei Stockwerken. Das Künstlerische höchstens als Ornament strenger Bürgerlichkeit aufgefaßt. Ida begriff, was es bedeutete, wenn der Sohn und Erbe dieses Hauses ausgerechnet in ein Künstlerleben ausbrach.

Im Haus hörte man rasche Schritte näherkommen. Etelka, eins der ungarischen Dienstmädchen, öffnete. Sie war Hermann des öfteren aufgefallen, wenn er vom Erker seiner Kanzlei aus beobachtete, wie sie am Markt zum Einkaufen ging. »Du hast

Glück bei den Frauen, sie gefallen dir alle«, hatte sein Vater, der Weidenbacher Pfarrer vor Jahren schon zu ihm gesagt.

»*Kezét Csokolom* … küß die Hand«, sagte sie freundlich und vollführte einen flinken Knicks. Hermanns Kennerblick entging dabei nicht, wie ihre roten, bauschigen Röcke wippten und die weiße Bluse über dem Mieder spannte. Leutselig fing er an, mit ihr in ihrer Muttersprache zu plaudern.

»*Jó napot* … guten Tag«, sagte Hermann, »*mit csináltál tegnap* … was hast du denn gestern gemacht?«

Gestern war Sonntag gewesen, und da hatte sie vermutlich frei gehabt. Es war für ihn selbstverständlich, daß er Etelka duzte, während sie respektvoll Abstand hielt. Das Mädchen lächelte unsicher. Sie war es nicht gewohnt, von den »Herrschaften« auf private Dinge angesprochen zu werden.

»*Mozibán voltunk, olyan szép volt, úgy sirtunk*«, antwortete sie, faßte Mut und schaute den freundlichen Herrn mit dem lustigen Gesicht an, »wir waren im Kino, es war so schön. Wir haben so geweint!«

Hermann Fabritius betrachtete sie lange und mit Genuß. In der Stadt waren seit längerem reisende Filmvorführer aus Wien oder Budapest unterwegs, die in den Wirtshäusern Filme vorführten. Eine kleine Kapelle, manchmal auch nur ein Klavierspieler begleitete das meistens äußerst rührselige Geschehen. In letzter Zeit war sogar davon die Rede gewesen, ein richtiges Filmtheater einzurichten.

Kaum daß die Geschwister die hohe, weitläufige Eingangshalle durchquert hatten, begann Etelka hinter ihnen aufzuwischen. Wie gut, daß die gnädige Frau nicht zu Hause war!

Jedermann in der Stadt wußte, daß die Dame des Hauses, die erst viele Jahre nach dem Tod der ersten Frau Direktor im Kindbett des alten Greysings »Zweite« geworden war, an einem ausgeprägten »Putzfimmel« litt. In Wien praktizierte zu dieser Zeit zwar bereits ein Doktor Freud, der solches Verhalten zweifellos als »Zwangsneurose« diagnostiziert hätte, doch bis Kronstadt war solch modischer Großstadtfirlefanz noch nicht vorgedrungen.

In der näheren Verwandtschaft, ja in der ganzen Stadt, wo jeder jeden kannte oder man sogar weitläufig verwandt war, kursierten Geschichten, wonach »Eva-Tant« mit der Zeit jeglichen gesellschaftlichen Umgang aus Gründen der Hygiene hatte einschlafen lassen.

Tatsächlich kam auch bald keiner mehr in das ehemals so gastliche, weltoffene Haus, und man machte dem alten Sparkassa-Direktor, der als solcher immer noch ein wichtiger und angesehener Mann des siebenbürgisch-sächsischen Gemeinwesens war, lieber in dessen Büro seine Aufwartung. »Eva-Tant« war das nur recht.

Der Besuch seiner Schwiegertochter, die er bei der Taufe des verstorbenen Kindes zum letzten Mal gesehen hatte, war dem alten Greysing jedoch wichtig genug, diese Ordnung sehr zum Verdruß seiner erheblich jüngeren Frau umzustoßen. Er hoffte auf Neuigkeiten über seinen abtrünnigen Sohn Johannes. Um die Beziehung von Vater und Sohn – ohnehin belastet durch die Entscheidung zum Künstlerdasein – stand es seit der erneuten Heirat des Vaters erst recht nicht mehr zum besten. Man hörte gelegentlich auf dem Damenkränzchen in der »Meerwald-Mühle«, die neue Frau Direktor habe ein beträchtliches Teil des Familienvermögens zu Gunsten ihrer drei ungeratenen Söhne aus erster Ehe – man munkelte sogar von einem Morphinisten –abgezweigt und die eigentlichen Erben, die Kinder des alten Greysings, ziemlich leer ausgehen lassen. Offiziell wurde nichts bekannt, aber es genügte Johannes und Mariechen, um den Kontakt zu Vater und Stiefmutter weitgehend abzubrechen.

Frau Direktor Greysing zog es vor, bei diesem Besuch demonstrativ abwesend zu sein.

Erst Jahre später ließ sie sich dazu herab, Idas Sohn von Zeit zu Zeit mit majestätischer Güte zu empfangen, mit dem Knaben ein Weilchen zu plaudern, ihm den reichen Inhalt ihrer Schmuckschatullen zu zeigen und den Stammhalter der Familie schließlich wieder in den vor dem Hause wartenden Fiaker zu setzen, so daß der Kutscher Baranay ihn wohlbehütet nach Hause bringen konnte. Der Knabe behielt diese seltenen Besuche in durchaus angenehmer Erinnerung. Seine Eltern jedoch sollten nie wieder einen Fuß in das alte Patrizierhaus setzen.

Nun also kam der alte Greysing seiner Schwiegertochter in der Tür zum Salon entgegen. Hermann gönnte sich noch einen letzten Blick auf Etelka, kam dann aber zur Sache und nahm die für solche Gelegenheiten angemessene, würdevolle Haltung ein. Ida spürte, wie sich sein Arm anspannte.

Ida hatte den Vater ihres Mannes bisher nur zweimal gesehen: einmal bei ihrer Hochzeit und einmal bei der Taufe des ersten Kindes. Bei diesen Anlässen hatte sie wenig Gelegenheit gehabt, ihren Schwiegervater näher kennenzulernen. Sie mußte sich eingestehen, daß sie den Alten kritisch betrachtet hatte, weil Johannes es tat. Johannes Greysing sen., so wollte es Ida jedenfalls jetzt scheinen, war eine Respektsperson. Ihm war jene natürliche Autorität eigen, die auch sein Sohn besaß. Er war groß, stattlich, etwa sechzig Jahre alt und neigte, wie fast jedermann in diesem Alter, zur Fülle. Man lebte gut in Siebenbürgen, auch noch im dritten Kriegsjahr. Der alte Greysing war auffallend elegant gekleidet, wenn auch bedeutend konservativer als sein Sohn. Das weiße, dichte Haar trug er ganz kurz geschnitten, ebenso den weißen Vollbart, den er in jüngeren Jahren auf der Oberlippe noch nach oben gezwirbelt hatte. Ida erinnerte sich an ein kleines Foto, das ihn so zeigte.

»Hast du Nachricht von meinem Sohn?« fragte er streng und schaute Ida dabei unverblümt in die Augen.

Ida berichtete, ein wenig verlegen, von dem Brief, den sie kürzlich erhalten hatte. Greysing sen. atmete hörbar auf, sein Blick war immer noch streng, aber nicht mehr ohne Wärme. Er machte nicht gern große Worte. Er war Kronstädter. Aber in seinen Augenwinkeln tauchte jetzt ein Lächeln auf. Ida kannte diesen Zug bereits von ihrem Mann. Sie wußte, daß dieses Lächeln plötzlich aus seinem völlig unnahbaren Gesicht aufstrahlen und es wunderbar verwandeln konnte. Der Charme dieses Lächelns war bestrickend. Sie spürte, wie ähnlich Johannes Greysing sen. ihrem eigenen Vater war.

Man saß inzwischen auf den weichen, mit glattem Leder bezogenen Jugendstil-Sesseln im großen Salon. Die Hunde hatten sich unter dem Kirschholz-Rauchtischchen, ausgerechnet auf einer der Perserbrücken, zusammengerollt und warfen hin und wieder vorwurfsvolle Blicke auf ihren Herrn. Hermann wagte jedoch nicht, sie in diesem hygienisch sauberen Haus aufs Sofa springen zu lassen, das sie als ihren eigentlichen, ihnen rechtmäßig zustehenden Platz ansahen. Die Hunde und Hermann Fabritius fühlten sich gleich unbehaglich.

Ida bemühte sich, eine peinliche Gesprächspause mit Geplapper über ihre Eltern, Geschwister und Weidenbach zu überbrücken, obwohl dies niemanden interessierte.

Da schnitt der Alte glücklicherweise mit lauter, etwas näselnder Stimme sein Lieblingsthema an: »Ich hab mir jetzt übrigens in meinen Jagdwagen einen Eisbehälter einbauen lassen. Da kann ich den Wein und das Sodawasser für den Mischmasch kühlen, wenn ich mit dem Meerwald und dem Heßheimer auf der Jagd bin.« Hermann Fabritius zeigte sofort lebhaft Interesse. Auf solche Finessen der Lebenskunst verstand er sich vortrefflich. Zwischen den beiden Männern entwickelte sich ein Gespräch über die waidmännischen Vorzüge der Karpaten gegenüber westeuropäischen Wäldern, wo weder Braunbär noch Wolf aufzutreiben seien. Beide hatten, wie es in ihren Kreisen üblich war, in Deutschland studiert und waren dann, der Konvention gehorchend, in ihre abgelegene Heimat zurückgekehrt. Die Erwähnung ausländischer Studienaufenthalte brachte Johannes Greysing auf ein weiteres seiner Lieblingsthemen: »Ich hatte ja darauf bestanden, daß mein Sohn in München Architektur belegen soll. Aber es mußte ja schon nach einem Semester die brotlose Kunst sein!«

Der alte Greysing trug schwer am »windigen« Beruf seines einzigen Sohnes. Und nun mußte es auch noch Kriegsmaler sein! Die Männer der Familie, auch der Vater des Alten, der Weinfabrikant gewesen war und sich bei bester Gesundheit den Neunzigern näherte, hatten von jeher tapfer an jeder Front gestanden und gekämpft. Und hatten nicht alle in Friedenszeiten, ansehnlich dekoriert, einflußreiche Stellungen in der Stadt bekleidet? »Als Bankier wie ich, Weinfabrikant wie mein Vater, Rechtsanwalt wie Sie, Herr Doktor Fabritius, oder Kaufmann wie der Meerwald?«

Doch ehe er sich noch mehr über die Familienschande echauffieren würde, wollte er lieber die Unterhaltung beenden. So klingelte er nach dem Mädchen und fragte abschließend: »Johannes ist ja wohl noch länger weg. Brauchst du Hilfe?«

Ida erhob sich. »Danke«, sagte sie knapp, »ich fahre morgen zu meiner Schwester aufs Gut nach Kisjenö. Ihr Mann ist dort

Verwalter. Es geht ihnen sehr gut. Ich werde das Kind dort zur Welt bringen. Mein Bruder begleitet mich zum Bahnhof.« Sie war wütend über die Anspielung des Alten auf ihre im Moment tatsächlich etwas prekäre Geldsituation. Johannes war in wirtschaftlichen Dingen immer recht genial …

Sie würde schon zurechtkommen. Und wenn er erst zurück war, würde er allen beweisen, daß er ein Künstler war!

Der alte Greysing merkte, daß sein Seitenhieb besser gesessen hatte als beabsichtigt. Eigentlich war diese junge Frau schön und auch mutig. Außerdem, und darauf kam es schließlich in erster Linie an, war sie aus gutem sächsischen Hause. Da der Alte zwar gern stichelte, aber im Grund nicht boshaft war, erkundigte er sich noch auf diskreteste Weise nach ihrem Gesundheitszustand. Ida verstand und verzieh.

»Jetzt wird die Dame des Hauses aber gewaltig hinter uns herputzen lassen«, bemerkte Ida vor dem Haus und atmete auf. Die Geschwister gingen mit den hin- und herzerrenden Foxeln so gemächlich wie möglich zu Hermanns Kanzlei zurück. Anusch merkte schon an der Art, wie er die Tür aufsperrte, daß der Herr Doktor diesmal tatsächlich nicht beim Schoppen gewesen war.

Im Erkerzimmer ließ sich Ida mit der gebotenen Vorsicht in einen der tiefen Lederfauteuils nieder. Gedämpft hörte sie, wie Anusch im Flur einen Klienten auf den späteren Nachmittag vertröstete. Ihr Blick wanderte ein wenig müde über den Schreibtisch ihres Bruders, den zwei silbergerahmte Fotos, eins von Dora, seiner Frau, und eins von Kitty und Bobbes, seinen Ersatzkindern, zierten. In einem zur Schreibtischlampe passenden Messingkrug standen die ersten Astern, lila und braunrot. Das gebrochene Grün ihrer Blätter harmonierte genau mit dem

Grün der goldumrandeten Schreibplatte. Anusch wußte, daß der Herr Doktor solche Details schätzte.

Ida lächelte, als ihr Bruder ins Zimmer trat. Durch den Luftzug wirbelten unzählige Staubkörnchen im Sonnenlicht durcheinander.

»Warum lächelst du?« fragte Hermann aufgeräumt. Er war froh, wieder in seiner freundlichen Kanzlei zu sein, freute sich, daß seine Hunde wieder auf dem Sofa schnarchten, und fühlte sich im ganzen wieder im Lot. Überdies würde Anusch ihm und seiner Schwester gleich einen kühlen Mischmasch servieren, den Gespritzten, den man hier tagsüber trank. War das Leben nicht herrlich? Sogar in Kriegszeiten. Es kam nur darauf an, es sich so angenehm wie möglich zu gestalten.

»Was glaubst du, wie froh die da drüben waren, als wir wieder gegangen sind«, erklärte Ida ihre Heiterkeit. »Die Dienstmädel tun mir nur leid .... Sag, kennst du eigentlich die Geschichte des Hauses, in dem wir gerade waren?« Ida war eigentlich eine schweigsame Frau. Aber die Aufregung der letzten Tage und ihre bevorstehende Abreise machten sie gesprächiger als sonst.

Hermann Fabritius setzte sich zu ihr. »Na nein, ich hab keine Ahnung. Ist denn etwas Besonderes an dem Haus?« Verstohlen schaute er auf ihren Bauch. Wie gern hätte er Dora einmal so gesehen.

»Das Walbaumhaus hat schon viel erlebt«, sagte Ida versonnen. »Hör zu, ich muß dir davon erzählen ...

Angefangen hat alles mit der Urahnin von Johannes. Vielleicht erinnerst du dich an das wunderbare, blaue, mit Gold gefaßte Service, das bei uns in der Kredenz steht. Es ist von ihr.«

»O ja, es ist wunderschön. Ich glaub, Johannes hat mir einmal eine Tasse gezeigt, auf der mit goldener, ganz verschnörkelter Schrift Louise Walbaum stand. Ist sie das?«

»Ja, das ist sie. Er spricht viel von ihr. Sie muß eine unglaubliche Ausstrahlung gehabt haben, mit einem Hang zum Ausgefallenen und Abenteuerlichen. Das gefällt Johannes natürlich. Er spürt wohl eine Art Seelenverwandtschaft.« Ida zwinkerte ihrem Bruder zu.

»Das sieht dem alten Egoisten ähnlich«, sagte Hermann.

»Jetzt hör weiter. Sie war die Tochter eines Kronstädters, von Meiling hieß er, und hat sich mit sechzehn Jahren den Weimarer Verleger Heinrich Walbaum geangelt. Er hatte in Bukarest eine Druckerei eröffnet und sich mit ihr im nämlichen Haus niedergelassen. Sie haben immer ein sehr großes Haus geführt. Wenn sie wüßte, wie es heute darin aussieht …«

Hermann hatte es sich auf der Couch neben seinen Foxeln gemütlich gemacht und kraulte abwechselnd einmal Kitty und einmal Bobbes am Bauch und hinter den Ohren. Die Hunde schnauften und grunzten. Auch der Mischmasch stand inzwischen auf dem Tisch.

»Wer weiß, vielleicht sieht sie es ja von oben … erzähl weiter«, ermunterte er seine Schwester.

Ida dachte kurz nach und fuhr fort: »Goethe hat ihr einmal auf einer ihrer Reisen nach Weimar einen Vierzeiler gewidmet. Weißt du, daß Johannes diesen Vers als Student in Geldnöten irgendwo in München versetzt hat?«

»Hört, hört, das hat der Halunke mir verschwiegen. Aber ein Genie darf so etwas, denkt er sicher …« Hermann war sich nicht sicher, ob Johannes mit seiner Selbsteinschätzung recht hatte.

»Louise Walbaum war um vieles jünger als ihr Mann, der als erster Verleger Rumäniens Goethe und Schiller in Gesamtausgaben in deutscher Sprache herausbrachte. Walbaum war oft in Bukarest, und seine Frau wurde schnell zu einem Mittelpunkt der hiesigen Gesellschaft. Einer der jungen Hauslehrer ihres Sohnes, Rudolf Neumeister, hat für sie sogar das berühmte Siebenbürgische Volkslied ›Die Gipfel der Karpaten‹ komponiert.«

Ida begann mit ihrer dunklen Stimme zu singen. Eigentlich hatte sie einmal Sängerin werden wollen:

Die Gipfel der Karpaten,
geküßt vom Abendstrahl
umschlingen wie ein Faden
von Gold ein schönes Tal …

»Was, der Gassenhauer? Na, er hat schon gewußt, weshalb er sie besungen hat. Eine junge Frau, der Mann in Bukarest und ein fescher Hauslehrer …« Hermann freute sich, wenn die Rede auf amouröse Abenteuer und Verwicklungen kam.

»Ach woher, was du schon wieder denkst …« Ida entrüstete sich mit gespielter Empörung. »Aber du scheinst recht zu haben. Johannes hat mir erzählt, daß der Alte mit ihr mehrere halbjährige Reisen unternommen hat, nur um sie bei Laune zu halten.«

»Nicht sag … und woher weiß er das?«

»Es gibt ein Tagebuch, in dem er als Bub stöbern durfte. Er hat ja mit ihr noch unter einem Dach gelebt im Walbaumhaus. Sie wurde über neunzig Jahre alt.«

»Und was steht in dem Tagebuch?«

Ida mußte lachen. »Johannes erinnert sich vor allem an einen Satz: Auch heute floß der Champagner in Strömen … Es sei auch ziemlich häufig von Husarenoffizieren und ausländischen Diplomaten die Rede gewesen, die das Ehepaar für einige Zeit begleiten durften. Sie reisten per Postkutsche bis nach England, Belgien und Frankreich, stell dir vor …«

Jetzt lachte auch Hermann. Er genoß es, endlich einmal wieder ausführlich mit seiner Schwester zu plaudern. Sonst hatte in letzter Zeit meistens Johannes das große Wort geführt. Und mit solchem Familientratsch hätte der sich ohnehin nicht gern abgegeben.

»Sie soll bis zum Schluß anspruchsvoll und despotisch gewesen sein, mit einem unerhörten Geltungsanspruch. Es haben sich ihr aber alle gebeugt …«, sagte Ida.

»Das kennt man ja von Johannes und von seiner Schwester. Haben sie noch mehr von ihr?« wollte Hermann wissen.

»O ja, den Charme. Den unglaublichen Charme, in den sie ihre Ansprüche verpacken. Findest du nicht?«

»Findest du wirklich, daß Johannes Charme hat?« frotzelte Hermann seine Schwester.

Ida streckte ihm die Zunge heraus, wie damals, als sie Kinder waren, und fuhr fort: »Sie hat noch als über Neunzigjährige draußen in der Noa, im Sommerhaus, Hof gehalten. Johannes hat es mir einmal vorgemacht, ich habe mich gekugelt vor Lachen. Sie war laut und unduldsam und bestand auf täglichen Spaziergängen zum Räuberbrunnen. Der Hofrat von Boresch, in ihren Augen ein Springinsfeld von kaum siebzig, mußte sie immer begleiten. Johannes war öfter dabei …«

»Wie war das, liebe Walbaum-Tante, als du per Ax deine Hochzeitsreise von Kronstadt nach Weimar gemacht und den schönen Vierzeiler von Goethe bekommen hast?«

»Na – ich hab ihm halt gefallen. Ich war damals siebzehn Jahre alt und nicht von schlechten Eltern. Mein Mann war mit den Cottas, bei denen er als junger Mann praktiziert hatte, gut bekannt. Die haben uns zu seiner Exzellenz, dem Herrn Geheimrat Goethe, geführt und ihm gesagt, wir kämen aus dem fernen Siebenbürgen, um ihn zu sehen. Er hat uns sehr freundlich begrüßt und mich nach dem Orte Hermannstadt, den er dem Namen nach kannte, gefragt. Es soll eine schöne deutsche Stadt sein, habe er gehört. Ich sagte ihm, wir seien aus Kronstadt, und das liege an der Grenze der Walachei zwischen hohen Bergen, in denen sich der Wolf und der Bär gute Nacht sagen. Er lächelte über meine Worte, ging dann zu seinem Schreibpult und brachte ein bescheidenes Blatt, das er vor mir mit seinem Namen unterschrieb. Das ist der Vierzeiler, den ich mitgebracht hab. Er überreichte ihn mir mit den Worten: ›Nehmen Sie das als Erinnerung an Ihre Weimarer Reise.‹ Ich machte einen tiefen Hofknicks und, ich weiß nicht warum, es kamen mir die Tränen in die Augen. Zum Glück kam gerade der Kurier vom Großherzog, und so merkte der Herr Geheimrat es nicht, und wir wurden in Gnaden entlassen.

Hab ich dir schon erzählt, lieber Julius, wie im Jahre achtundvierzig der oberkommandierende General der Russen bei mir auf der Kornzeile gewohnt hat? Ich hab damals ihm zu Ehren einen Hausball gegeben, und wir haben im großen Zimmer mit den Sternen im Parkett ein Buffet aufgestellt und dort auch getanzt. Der General eröffnete mit mir die Polonaise, und als wir nachher zum Buffet gingen, sagte er: ›Friss, Madame! Ist gute Friss!‹ Einer schonen Bäckersfrau, die auch beim Buffet stand (sie hatte die Kuchen gebacken), machte er ein Kompliment und sagte ihr: ›Madame, votra Buest ist sehr schön!‹ Die Bäckersfrau hob zierlich ihren Reifrock, machte vor dem General eine Verbeugung und antwortete: ›Hochderen Frau Gemahling Zitzker werden noch viel schöner sein.‹ Weißt du, sie war nicht aus unseren Kreisen. Sie hat es ihm aber gut gesagt.

Den Vierzeiler von Goethe soll einmal der kleine Johannes bekommen, und du, lieber Julius, wirst einmal meine Tagebücher erben, denn du bist noch jung und hast keine Reisen per Ax nach Weimar gemacht …«

Am nächsten Tag nahm Ida den Morgenzug, der allerdings, was in diesem Teil Europas niemanden beunruhigte, erst eine gute halbe Stunde später als geplant zur Abfahrt bereit war. Das Abteil war völlig überfüllt, und es roch nach Schweiß und Knoblauch. Ihr Bruder hatte sie zum Bahnhof gebracht und hatte ihre zahlreichen Gepäckstücke, darunter ein sogenannter Soxhlet-Apparat, den man zum Sterilisieren von Babynahrung benutzte, verstaut. Der Soxhlet diente dazu, verdünnte und mit Nährzucker angereicherte Milch zuzubereiten und hygienisch aufzubewahren. Sollte eine Frau nur schwer selber stillen können, war der Apparat unentbehrlich. Ida hatte das Gerät noch von ihrem ersten Kind aufbewahrt.

Piszky 1921

Es würde ein heißer Tag werden. Noch war es kühl, eine feuchte Frische lag in der Luft. Von den Stallungen her drangen die vertrauten Geräusche morgendlicher Geschäftigkeit herüber, das Klappern von Blecheimern, die Rufe der rumänischen Stallknechte. Dann und wann zwitscherte ein Vogel. Auf dem Hof bellte irgendwo einer der Hunde und verstummte wieder.

Im gleißenden Licht der sich bereits ankündigenden Schwüle saß die Großfamilie Sartori auf der noch im Schatten liegenden Terrasse des alten Gutshauses beim ausgiebigen zweiten Frühstück. Betty, die seit Jahrzehnten unentbehrliche, inzwischen ergraute »Perle«, wartete mit goldgelbem Bisquit auf, etwas Milchgebäck, schenkte Kaffee oder Tee nach, heiße Milch und Kakao für die Kinder. Die sechsjährige Hella, Malvines Tochter, spielte Bedienung, balancierte den silbernen Brotkorb und die Kristallglocke, unter der die kleinen, geriffelten Butterkugeln lagen. Ihr viereinhalbjähriger Bruder Karli drückte sich, wie zumeist, an seine Mutter und beobachtete versonnen einen weißen Schmetterling, der auf dem Rand seiner hauchdünnen, goldgeränderten Tasse saß und gelassen seine Flügel auf und zu klappte.

Alles war, wie es immer gewesen war.

Die Familie war – wie jeden Sommer – Ende Juni aus der immer heißer werdenden Stadt ins nahegelegene Gutshaus gezogen. Man wollte, wie immer, bis nach den Schulferien im September in der Sommerfrische bleiben. Die Männer gingen unter der Woche in der Stadt ihren Geschäften nach und stießen nur am Wochenende dazu. Nur Ossi lebte bereits das ganze Jahr auf Piszky. Er hatte sich vom Militärdienst beurlauben lassen. Die Kinder liebten das riesige Gut. Jedesmal, wenn die Pferdekutschen endlich wieder auf die Pappelallee einbogen, die schnurgerade zum großen Haupttor führte, kreischten sie vor Freude durcheinander.

Der Gutshof, von unendlich scheinendem Hügelland, goldbraun wogenden Kornfeldern und staubig grünen Kukuruz-Pflanzungen umgeben, wurde von einer blendend weißen, rechteckigen Mauer begrenzt. Auf jeder Seite gewährte ein großes Rundbogentor Zutritt. Alle Gebäude, das einstöckige stattliche Herrenhaus in der Mitte, links daneben die sechs ebenerdigen Häuschen der »Beresch«, der Landarbeiter, die Stallungen und der Kornsilo waren weiß getüncht und stachen im kraftvollen Sommerlicht leuchtend vom tiefen Grün der Akazien ab, die dick und knorrig im Rücken des Hauses standen. Ihre wuchtigen Stämme mit der rissigen, dunklen Rinde bildeten einen merkwürdigen Gegensatz zur gefiederten Zartheit ihrer Blätter und Blüten. Ihr süßlicher, schwüler Duft erfüllte die Sommerwochen auf dem Gut und blieb für die Kinder der Sippe – vermischt mit dem Geruch des Misthaufens, der Schweineställe und dem Gestank des Gartenklos für immer mit Piszky verbunden. In der Dämmerung flatterten die Perlhühner, die den ganzen Tag über im Hof gescharrt und gepickt hatten, auf die weiter unten liegenden Äste der Akazien, steckten die Köpfe unter die Flügel und schliefen, hie und da noch leise aufgackernd, ein. In einem Teil der Stallungen standen die Arbeits- und Reitpferde, mehr Platz aber nahmen die Zuchtschweine ein. Ossi Held, inzwischen zum Major befördert, hatte, seiner deutschnationalen Gesinnung folgend, das Deutsche Edelschwein auf Piszky eingeführt, das jedoch weit weniger gut gedieh als die bewährte, ganz gewöhnliche und weit robustere Balkan-Sau. Die Kinder sahen manchmal zu, wenn Betty, Anuschka, oder einer der Stallknechte ihnen die Essensreste aus dem Herrenhaus in die Tröge schwappten.

Betty war eine stille, ernste, fleißige und verschlossene Sächsin, die bereits bei den seligen Eltern Sartori im Dienst gestanden hatte, für die Kinder eine Art zweite Mutter darstellte und nun, im Alter sozusagen, ihr Gnadenbrot bekam, weil sie niemanden hatte, zu dem sie hätte gehen können.

Anuschka dagegen war blutjung, klein und lustig und schwang ihre ungarischen Röcke mit einer Keckheit, die alle Männer der Sippe mit Wohlgefallen beobachteten. Sie putzte, half Betty, die nicht mehr die Flinkste war, großmütig bei allen ihren Arbeiten. Sie kochte gelegentlich, und mehrmals am Tag stopfte sie die Gänse. Mit Betty, deren ältere Rechte sie neidlos anerkannte, bemühte sie sich, in einem ungarisch-sächsischen Kauderwelsch zu sprechen, das ungemein komisch klang.

Hinter dem Gutshaus lag ein großer, umzäunter Gemüsegarten, in dem Betty die frischen Kräuter für ihre herrlichen, sämigen Saucen zog. Daneben, etwas abseits, standen die farbigen Bienenhäuser, in denen Honig entstand, der immer ein wenig nach Akazien schmeckte. Ganz hinten dann, schamhaft versteckt neben einem Holunderstrauch, das aus Holzbrettern grob zusammengezimmerte Gartenklo, durch dessen Ritzen die Kinder gerne lugten, um die »Beresch« mit heruntergelassenen Hosen sitzen zu sehen. Sie lachten jedesmal gutmütig, wenn sie sie dabei erwischten.

Alles war wie immer. Und doch auch nicht.

Seit drei Jahren schon gab es kein österreich-ungarisches Kaiserreich mehr. Der Krieg, in den man so siegesgewiß gezogen, war verloren. Siebenbürgen mußte von Ungarn an Rumänien abgetreten werden. Auf den Ämtern wurde jetzt statt Ungarisch

Rumänisch gesprochen, was aber jeder im Lande einigermaßen beherrschte. Und Marosvasarhély hieß jetzt offiziell Tîrgu Mures. Was tat das schon. Man hatte in dieser abgelegenen kleinen Welt schon Mongolen, Tataren- und Türkenstürme, Magyaren-Herrschaft sowie den Habsburger Absolutismus überdauert. Die Husarenoffiziere trugen jetzt rumänische Uniformen, die zwar weniger operettenhaft, dafür aber zweckmäßig und verwegen aussahen.

Ossi Held war 1919 zum Major des rumänischen Heeres befördert worden. Da er, wie die meisten Siebenbürger Sachsen, von Geburt an außer Deutsch auch Ungarisch und Rumänisch sprach, fiel ihm die Umstellung nicht schwer. Nur daß die Ungarn seinem Herzen wesentlich näher standen. Er hatte aber mit seiner jungen Familie ohnehin nicht für immer in Wien bleiben wollen. Malvine hatte es noch vor Kriegsende nach Hause gezogen, zur Mutter, denn der alte Sartori war plötzlich, wie es offiziell hieß, an einem Schlaganfall gestorben. Zum Schluß hatte er jedoch – was ein offenes Geheimnis war – hauptsächlich über einem der Tische im »Café Eisenburger« gelegen, den Wirtschaftsteil der Zeitung unter sich. Erstaunlicherweise sei er immer noch im Stande gewesen, seinen Saufkumpanen oder Zufallsbekanntschaften wertvolle Börsentips für alle Arten von An- und Verkäufen zu geben. Pepi, seine Frau, die sein wildes Leben mit Langmut geteilt hatte, war dem Patriarchen sehr schnell nachgefolgt, wie sie ihm ihr Leben lang nachgefolgt war.

Die Großfamilie saß also auf der Terrasse des Sartorischen Herrenhauses. Die tiefen, mit buntgewebten rumänischen Polstern ausgelegten Korbsessel begleiteten jede Bewegung mit knirschenden Lauten. Auch dieses »Sommer-Geräusch« sollten die Kinder bis ins hohe Alter mit Piszky verbinden.

Das üppige Mahl neigte sich seinem Ende zu. Die größeren Kinder der vier Sartori-Geschwister waren schon hinunter in den Hof gelaufen, nicht ohne vorher artig gefragt zu haben, ob sie sich erheben dürften. Die Männer, die sich seit dem Tod des Alten gemeinsam den Geschäften des Familienunternehmens widmeten, hatten sich auf eine Zigarre ins Innere des Hauses zurückgezogen. Es ließ sich nicht länger leugnen, daß das Unternehmen die fehlenden Absatzmärkte der Donaumonarchie zu spüren bekam, die Firmen und die beiden riesigen Mustergüter aber immer noch genug abwarfen, um den gewohnten Lebensstil aufrechterhalten zu können. Somit schien ein Umdenken für den Augenblick nicht erforderlich.

»Was glaubt ihr, kommt nun die Agrarreform, oder kommt sie nicht?« fragte Werner Schneider in die Vormittagsstille hinein und blies den Rauch seiner russischen Zigarre in die Luft. Der brave, schon merklich alternde Rektor hatte auf Wunsch des alten Sartori den Schuldienst quittiert und stand nun – so hatte es der sterbende Patriarch noch angeordnet – penibel und korrekt, jedoch wenig geschäftstüchtig, dem großen Unternehmen vor.

»Red nicht, die Agrarreform ist doch längst beschlossene Sache«, erwiderte Ossi Held, der sogar am Sonntagvormittag Uniform trug.

»Es ist nur noch eine Frage der Zeit, bis die Rumänen die Güter enteignen. *Basszama,* der Teufel soll die Walachen holen!« fuhr Ossi in seiner forschen Art, die er mit ungarischen Kraftausdrücken der alten k. u. k. Schule zu spicken pflegte, fort. »Deshalb hab ich mich ja auch für den Augenblick beurlauben lassen und wohne jetzt hier im Ägrisch. Einen rumänischen Offizier enteignen die Walachen nicht!«

»Recht hast du, Otjo«, mischte sich Ossis Schwager Rudi ein. »Einen rumänischen Offizier enteignet man nicht!«

»Wir haben ja auch deshalb die Rumänen in die Firma genommen, damit sie uns in Ruhe lassen«, warf Werner Schneider ein.

»Der klingt noch immer wie ein Schulmeister«, dachte Ossi halb gereizt, halb amüsiert. Eigentlich mochte er diesen korrekten, unauffälligen Schwager mit der Halbglatze ganz gern. »Nur schade, daß er den Rumänen in der Geschäftsführung nicht gewachsen ist. Die werden ihn nicht schlecht übers Ohr hauen. Dem Alten wär das nicht passiert«, ging es Ossi weiter durch den Kopf, während er sich eine zweite türkische Zigarette anzündete. Vor dem alten Sartori hatte er jedenfalls Respekt gehabt. Der war eine Persönlichkeit, auch wenn er gesoffen hat. Der hat uns alle in den Sack gesteckt.

Malvine hatte einiges von ihm, soviel war sicher. Vor allem die Sturheit, aber auch den Geschäftssinn. Sie fügte sich nicht, obwohl sie jetzt doch Mutter war. Er hatte gehofft, daß sie mit der Zeit nachgiebiger werden würde, so wie seine Mutter es gewesen war. Ossi gestand sich ein, daß Malvine im Grunde der beste Geschäftsmann der Familie war. Wenn er sich dagegen so ihre lahmen Brüder ansah … Rudi der Schönling und dann dieser verhinderte Förster Gotthold, der immer nur seine Hunde, Füchse und Dachse im Kopf hatte.

Gotthold Sartori hatte sich bisher aus dem Gespräch herausgehalten. Er hing seinen Gedanken nach.

»Ich möcht nur zu gern wissen, ob die Weiber jetzt wieder allerhand zu tratschen haben«, sagte er laut.

»Na nicht werden sie tratschen«, sagte Ossi verächtlich, »sicher haben sie's wieder mit uns Mannsbildern, von was denn sonst. Aber sicher ist man bei denen ja nie.« Er summte ein paar

Takte einer Melodie, die sich anhörte wie: Ja das Studium der Weiber ist schwer …

Gotthold traf diese Anspielung seines Schwagers wie eine Ohrfeige. Er neigte, wie alle Sartoris, zum Jähzorn. Was bildete sich dieser Habenichts eigentlich ein. Er konnte froh sein, eine Sartori erwischt zu haben. Lange genug hatte er ja dazu gebraucht. Aber Ossi war trotzdem immer forsch und vornedran. Einfach unangenehm. Er würde ihm schon das Maul stopfen.

»Sag mal, Otjo«, begann Gotthold gedehnt und benutzte absichtlich Malvines Kosenamen, obwohl er wußte, daß er Ossi nicht gefiel, »wie geht es eigentlich deiner Malvine und dir? Sie beklagt sich doch immer bei allen, daß sie bei dir nicht auf ihre Kosten kommt?«

Das hatte gesessen. Ossi wurde bleich, bezwang aber seine Wut – er paßte, jähzornig wie er war, vortrefflich in diese Familie – und entgegnete sehr deutlich: »Wenn ich meine Frau im Nachthemd durch die ganze Stadt verfolgen würde wie du, dann würde ich das Maul halten.« Darauf verließ er in aufrechter Haltung, vielleicht etwas steifbeinig, das Zimmer.

Gotthold und Rudi Sartori, auch Werner Schneider, schwiegen betreten. Im Grunde saßen sie ja alle in einem Boot. Sie betrieben ein gemeinsames Geschäft und hatten dieselben Probleme. Lediglich Rudi, dessen Frau eine Reichsdeutsche war und vermutlich auf Grund des germanischen Phlegmas den Eskapaden ihres Mannes gelassen gegenüberstand, war in seiner Ehe zufrieden. Im Schoße einer Großfamilie, die jahraus, jahrein Haus an Haus, Wand an Wand aufeinanderhockte, blieb eben nicht das geringste verborgen.

Auch nicht, daß jeder, außer Werner – und vermutlich sogar der, aber darüber wurde strengstes Stillschweigen bewahrt –, darüber im Bilde war, wie zugetan seine vitale Sissi gewissen jungen, gutaussehenden rumänischen Offizieren war. In späteren Jahren, als sie schon auf das Matronenalter zuging, sollte sich diese pikante Neigung noch verstärken, so daß man sogar von einer Art »Separée« im Erdgeschoß des grünen Hauses mit dem Romeo-und-Julia-Balkon zu wissen meinte.

Ebenso blieb natürlich niemand verborgen, daß sich Gotthold mit seiner krankhaften, jedoch höchstwahrscheinlich grundlosen Eifersucht zur tragikomischen Figur degradierte, indem er seiner koketten und eitlen, jedoch im Grunde korrekten Frau Ira beispielsweise ausgeschnittene Kleider verbot, was noch das Harmloseste war. Es war auch bekannt, daß er die arme Ira nicht einmal zum Arzt gehen ließ, ohne sie selbst dort noch zu bewachen, und sie, worauf Ossi angespielt hatte, sogar schon mehrmals unter lautem Geschrei nächtens aus dem Hause gejagt und durch die Straßen verfolgt hatte.

Der alte Sartori, wäre er noch am Leben gewesen, hätte sicher weit früher als seine Erben das Damoklesschwert über dem Haupt der Sippe erahnt und, schlitzohrig wie er war, zumindest einen Teil der Güter noch rechtzeitig vor der Enteignung, wahrscheinlich unter der Hand, veräußert. Malvine hatte als einzige gelegentliche Anläufe in dieser Richtung unternommen, war jedoch in ihrer Rolle als Ehefrau und Mutter zu sehr verhaftet, um diese Verantwortung an sich zu reißen. Auch konnte sich niemand ernsthaft vorstellen, daß die Tage der »reichen Sartoris« gezählt sein sollten.

War nicht alles so, wie es immer gewesen war?

Die Damen des Hauses, ausgenommen die umsichtige Schwägerin Emma, die erst am Wochenende nachkommen würde und solange noch in den Stadthäusern nach dem Rechten sah, saßen in der angenehmen Morgenkühle auf der Terrasse des alten Gutshauses. Malvine zerbröckelte einen der herrlich lockeren Biskuits, die Julisch, die ungarische Köchin unter Bettys Aufsicht gebacken hatte, und schob sich unablässig kleine Stückchen davon in den Mund. Sie aß immer noch ausgesprochen gern und war deshalb bereits mit Ende Zwanzig ziemlich schwer und auch etwas träge geworden. Auch der viereinhalbjährige Karli, der sich abwechselnd an seine Mutter und an seine geliebte »Sissi-Tant« schmiegte, hatte ein Stück in der Hand und lutschte zufrieden daran herum. Seine Schwester Hella war mit Sissis älteren Kindern und Iras zwar kleinen, aber sehr unternehmenden Söhnen im Hof unterwegs.

»Sie hat kein Sitzfleisch«, dachte Malvine. »Wie Geschwister nur so unterschiedlich sein können?« Ob es daran lag, daß Hella in der ersten Eheeuphorie und in der naiven Siegesgewißheit des Kriegsbeginns geboren war? Denn genau so war auch ihr Wesen: fest, siegesgewiß, egoistisch und klar. Malvine beobachtete über die Balustrade hinweg, wie ihre Sechsjährige auf ihren braunen Beinchen, die vom Klettern und Raufen immer ganz zerkratzt waren, am Brunnentrog im Hof stand und mit konzentriertem, energischen Gesicht einen Abzählvers hersagte. Die übrigen Kinder standen brav um sie herum.

Sissi folgte Malvines Blick: »Deine Hella ist mal wieder der Rädelsführer«, sagte sie lächelnd und strich Karli, dessen braune Augen mit dem Ausdruck bedingungsloser Liebe und Bewunderung an der Schwester hingen, über die Haare: Sie waren so kräftig wie die seiner Mutter, aber honigblond und sehr stark gekraust. Er war sensibel und oft krank, obwohl ihn Malvine ebenso wie Hella bis ins dritte Lebensjahr gestillt hatte.

Als Karli geboren wurde, hatten seine Eltern allerdings bereits die Ernüchterung des Ehealltags und die Realität des Krieges kennengelernt. Der kleine Sohn, der viel Trost und Aufmunterung brauchte, stand seiner Mutter näher als die kratzbürstige, trotzige Tochter, die immer in Bewegung sein mußte. Vielleicht auch schon deshalb, weil Karlis Geburt für Malvine einen Triumph bedeutete: Sie hatte den ersten Stammhalter der Helds hervorgebracht. Alle drei Held-Brüder konnten als Erstgeborenes nur ein Mädchen vorweisen. Bei Hellas Geburt hatte Ossi seinem Vater geschrieben: »Du kannst ja jetzt das Dreimäderlhaus aufführen. Na, schön schaun wir aus!«

Allerdings entwickelte sich Karli weit weniger zu dem energischen Rangen, als sich sein Vater erhofft hatte. Er war zart und hilfsbedürftig und entschädigte seine Mutter für entgangene Ehefreuden. Die Energische war Hella. Sie spürte früh, daß ihr damit die Liebe ihres Vaters sicher war.

Malvine fühlte sich an diesem Morgen ausnahmsweise ausgesprochen wohl. Sie war jetzt achtundzwanzig und immer noch eine schöne Frau. Ihre Fülle fiel kaum auf, da sie ohnehin zumeist saß und stickte oder mit Migräne im abgedunkelten Zimmer auf dem Canapée ruhte und Pralinen aß.

Ihr weiches, frauliches Gesicht mit den fast schwarzen Augen des italienischen Ahnen hatte, wenn es ihr gut ging, immer noch den kräftigen, erwartungsvollen Ausdruck. Manchmal glaubte Sissi aber schon eine Spur von Bitterkeit darin zu entdecken, die ihr selber völlig fremd war.

»Sie könnte sich auch besser pflegen«, dachte Sissi und meinte zu erkennen, daß der Kragen von Malvines Bluse einen schmutzigen Rand aufwies. Malvine war immer bequem und nachlässig gewesen, aber das? Sissi, die Ältere, Fürsorgliche, Hilfsbereite hatte schon in der Kindheit oft die Aufgaben des faulen Nesthäkchens übernommen. Elisabeth lächelte voller Nachsicht.

»Weißt du noch, Malvin, wie ich immer für dich den Abwasch gemacht hab?«

Jetzt lächelte auch Malvine. Der Hauch von Bitterkeit und Resignation war aus ihrem Gesicht verschwunden. Sissi war erleichtert.

»Na, nicht wär ich 's wissen. Der Tata wollte doch immer, daß wir in der Küche mithelfen bei der Betty. Wir sollten das Arbeiten lernen, hat er immer gesagt. Mir hat das nicht gefallen. Dann hast du es für mich gemacht. Einmal hab ich dich doch gefragt, ob du so gut oder so dumm bist mit deiner Selbstlosigkeit. Weißt du noch?«

»Du hättest lieber mit Tata die Börsenkurse studiert, nicht wahr?« sagte Sissi. Sie war weicher, nachgiebiger als ihre Schwester, aber keineswegs schwächer. Auch sie hatte die Lebenskraft des Vaters mitbekommen. Sie hatte sogar studieren und Lehrerin werden wollen und hatte bereits das ungarische Gymnasium besucht. Eine weiterführende deutsche Schule hatte es für Mädchen in Broos leider nicht gegeben. Dann aber hatte sie sich mit vierzehn Jahren mit ihrem Rektor verlobt … Der alte Sartori hatte es ohnehin für überflüssig gehalten, daß Mädchen studierten.

»Es ist komisch, Sissi, findest du nicht? Jetzt wo der Tata tot ist, fehlt er einem doch«, sagte Malvine. Sie hatte den Vater von allen Sartori-Kindern am unbeugsamsten abgelehnt.

»Du hast recht, Malvin. Aber so schlimm war er ja gar nicht. Er hatte auch seine guten Seiten.«

»Ich konnte nur seine Sauferei nicht ausstehen, und wie er dann die Mama behandelt hat. Ich weiß noch wie heut, wie sie am Sterbebett immer gesagt hat: Laßt mich noch leben, ich will noch nicht sterben. Aber ohne ihn hatte sie einfach nicht mehr die Kraft.«

Malvine spürte, wie sich in ihren Augenwinkeln Tränen sammelten.

Karli hatte sich ganz leise in einen der Korbsessel gesetzt und hörte still und aufmerksam zu.

Die Sonne kroch langsam über den Giebel des Hauses, Sissi lehnte sich in ihrem Sessel zurück, um im Schatten zu bleiben, und verschränkte dabei die Hände hinter dem Kopf. Eine Haltung, die sie gern einnahm. Auch sie hatte den südländischen, matt olivfarbenen Teint der italienischen Vorfahren und das dicke, drahtige Haar geerbt, das sie nach der Mode ums Gesicht herum gekürzt und mit der Brennschere onduliert, hinten jedoch bis über die Hüften herabreichend trug. Tagsüber war es, wie bei ihrer Schwester und allen Frauen, die sie kannte, mit kräftigen, perlenverzierten Schildpattkämmen aufgesteckt. Sissi hatte gehört, daß die Frauen in den Großstädten Europas anfingen, sich die Haare kurz zu schneiden, zu rauchen und kniekurze Kleider zu tragen. Aber bis nach Siebenbürgen waren diese unerhörten Dinge Gott sei Dank noch nicht vorgedrungen.

Sissi trug ein leichtes, rosa-weiß gestreiftes Musselinkleid, das in vielen zarten Längsbisen abgesteppt war. Die bauschigen Ärmel hatten an den Bündchen einen Kranz kühler, weißer Spitze. Sissi war schlanker, leichtfüßiger und beweglicher als Malvine, obwohl sie zwei Jahre älter war. »Elisabeth ist fesch, Malvine ist schön«, hatte die Mutter immer über ihre Töchter gesagt. Die Kinder der Familie fühlten sich von Sissi gleichermaßen durchschaut wie verstanden, denn niemals war sie taktlos oder verletzend, wie Malvine es sein konnte. Mit den Jahren wurde »Sissi-Tant« für alle Nachkommen der Sippe ein geliebter und immer wieder gern besuchter Anziehungspunkt im Leben von Broos.

»Was tragt ihr beiden da nur für wunderbare Ringe. Ist das alter Familienschmuck?« Ira, Gottholds Frau, war nie sehr gesprächig. Im Laufe der Unterhaltung hatte sie sich jedoch zu langweilen begonnen und hoffte nun, dem Gespräch eine für sie etwas interessantere Wendung zu geben. Sie hatte immer schon ein Faible für schönen, alten Schmuck gehabt. Zwar hatte sie von ihrer Schwiegermutter zur Hochzeit einen ganz ähnlichen Ring bekommen, hatte sich aber zum Ärger Gottholds nie für dessen Geschichte interessiert.

Ira saß schmal, blond, hellhäutig und aufrecht zwischen den beiden dunklen Schwestern. »Sie sieht aus wie ein Cherubim«, hatte Malvines Tochter Hella einmal über sie gesagt, obwohl sie nicht ganz sicher war, was ein Cherubim eigentlich war. Es klang aber so schön und verwunschen, daß es auf Ira auf jeden Fall paßte. »Die steckt uns mit ihrem Aussehen alle in die Tasche«, hatte ihre Mutter Malvine weit weniger poetisch hinzugefügt.

»*Köszönöm* … Danke«, wandte diese sich jetzt an Ira, »die Ringe sind wirklich einmalig schön. Du hast ja auch einen bekommen. Wieso trägst du ihn nicht?« Malvine war wütend darüber, daß Ira immer noch nicht wußte, mit welchen Kostbarkeiten sie Gotthold behängte. Sie fühlte sich in ihrem Familiensinn beleidigt. Malvine nahm zur Beruhigung schon wieder ein Stück Biskuit und sprach mit vollem Mund.

»Diese beiden Ringe, auch der deine«, fuhr Malvine mit gewichtiger Miene und einem gewissen Vorwurf in der Stimme fort, »sind das einzige, was uns von unserem Vorfahren mütterlicherseits, dem Kirchenmaler Valepagi aus der Lombardei, geblieben ist. Emma hat auch noch einen, und diese Perlenkette, die ich trage, gehört ebenfalls dazu.« Sie kaute immer noch. »Er hieß eigentlich de Valepagi. Er war ein Edelmann und ein bedeutender Künstler. Wir haben noch ein altes Messingsiegel an einem Lederband, das einen Valepagi in Rüstung und Federbusch zeigt. Nicht wahr, Sissi?«

»Du hast recht. Er hat dann in Großau einen Flügelaltar gemalt. Daraus schließen wir, daß er bedeutend gewesen sein muß. Dort hat er dann unsere Urahnin, eine Sächsin, geheiratet«, warf Sissi ein.

Und Malvine fuhr fort: »Er ist dadurch in Siebenbürgen hängengeblieben. Sein Sohn, Mamas Vater, kam dann mit einer Goldmine bei Abrud Banya zu sehr viel Geld. Es gibt heute noch in Mühlbach die Gruft mit dem Familienwappen der Valepagis.« Sie hatte sich in Fahrt geredet und in ihrem Sessel aufgesetzt. Sie genoß es sichtlich, nicht nur einer betuchten, sondern auch einer offenbar kultivierten Familie anzugehören.

»Das Goldbergwerk lag zwischen der ungarischen Puszta und den siebenbürgischen Bergen.«

Ira sagte nichts.

»Nur leider hatte er ein Laster«, warf Sissi ein, um ihre Schwester in ihrem Eifer etwas zu bremsen. »Er war Spieler und hat das ganze schöne Geld gleich wieder durchgebracht. In guten Zeiten soll er sogar ein eigenes Bordell gehabt haben, mit lauter wunderschönen Zigeunerinnen.« Sissi brachte die Dinge, wie gewöhnlich, auf den Punkt. »Der Niedergang der Familie war nicht aufzuhalten. Als Mamas Vater alles verspielt hatte, mußten sie in die Vorstadt, die Prohada, von Mühlbach ziehen. Stell dir vor, Ira, sie haben sich von Näharbeiten und vom Schirmemachen kümmerlich ernährt. Sie lebten in einem winzigen, schäbigen Häuschen. Eines Tages lehnte Mama, sie war gerade achtzehn, im Fenster und schaute auf die Straße, wie man das so tut. Da fuhr der reiche Sartori, der Tata, in seinem Pferdegespann vorbei und sah sie. Er hat schon am nächsten Tag um ihre Hand angehalten. Mama hat den restlichen Schmuck, den ihre Mutter noch hatte, als Aussteuer bekommen. Hat dir denn Gotthold nie davon erzählt?«

Mit diesen Worten begann Sissi Teller und Tassen des hauchdünnen Services, das noch auf dem Tisch stand, ineinanderzustellen, um Betty das Abdecken zu erleichtern. Dann zog sie ihren Ring ab. Seine handgeschliffenen Diamanten waren wie der Blütenkelch einer Rose angeordnet, und die Weißgoldfassung hatte die Form von fein geschwungenen Rosenblättern. Sie reichte ihn zu Ira hinüber.

»Wunderschön«, sagte Ira, »das klingt alles wie ein Märchen. Daß solche Dinge wirklich geschehen sind! Kaum zu glauben.«

»Na, ihr werdet in eurer jungen Ehe auch anderes zu tun haben, als über die Familie zu sprechen. Bei euch sind die Flitterwochen ja noch kaum vorüber«, sagte Malvine und ließ dem plumpen Scherz, wie sie es gerne tat, eine perlende Koloratur ihres Lachens folgen, die Ira allerdings etwas zu laut fand.

Iras zarter Teint färbte sich vom Hals aufsteigend rosarot. Sie schwieg.

Sissi lächelte nachsichtig, denn sie kannte und verstand Malvines meist etwas derbe Späßchen, kam aber dennoch Ira zu Hilfe: »Ja weißt du, es war dann schließlich für unsere Mutter gar nicht so märchenhaft, mit Tata zu leben. Sie hat es nicht leicht gehabt mit ihm. So gut es ihr materiell auch gegangen ist. Wenn er getrunken hatte, hat er sie immer als Katzelmacherin oder Prohada-Mädchen beschimpft. Sie mußte immer tun, was er wollte. Er war ein Tyrann. Aber er hatte auch seine guten Seiten.«

»Es war schrecklich, ganz furchtbar«, mischte sich Malvine ein. »Wenn er besoffen war, war er wie ein Schwein. Wir hatten alle Angst vor ihm. Er wollte immer, daß ich mit ihm nach Wien fahre, wenn er dort die Mastochsen verkauft hat. Komm mit, ich kauf dir alles, was du willst, hat er gesäuselt. Ich bin nicht ein einziges Mal mitgefahren. Denk dir, Ira, er sagte immer: Geld ist Vater, Geld ist Mutter, Geld ist alles auf der Welt! Das war sein Leitspruch. Und die arme Mama hat immer alles geduldig ertragen.«

Malvine hatte sich in Wut geredet. Ihre Trägheit war verschwunden: Sie war etwas schwerfällig aufgestanden und stellte nun geräuschvoll das restliche Geschirr zusammen.

Sissi fand es an der Zeit, das Gespräch zu beenden. »Wir sollten langsam nach den Kindern sehen. Sie sind so ruhig, das heißt nichts Gutes«, sagte sie lachend. Sie ließ ihre beiden Mädchen und den Buben nicht gern aus den Augen. Am liebsten hatte sie die Kinder um sich und las ihnen jeden Wunsch von den Augen ab. Sie bedachte aber die anderen Kinder der Familie mit derselben Fürsorglichkeit.

Malvine war da anders. Ein bißchen mehr, fand Sissi, könnte sie sich schon um ihre Kinder kümmern. Allzuoft flüchtete sie sich mit einem Migräneanfall vor dem Alltag und lag dann tagelang im abgedunkelten Zimmer. Wenn es aber ums Geschäftliche oder das Meistern einer plötzlichen Krise ging, dann war Malvine unbezahlbar. Dann krempelte sie die Ärmel hoch.

Sissi sah ihre Schwester förmlich vor sich, wie sie in Unterröcken in einer Dampfwolke mitten auf dem Gutshof stand und in einem riesigen Kessel aus den Resten verendeter Schweine Seife kochte. Letzten Sommer war das gewesen, als unter Ossis teuren, deutschen Zuchtschweinen die Schweinepest ausgebrochen war. Man konnte die Kadaver doch nicht einfach so verkommen lassen, hatte Malvine gefunden und angepackt. Tata wäre stolz auf sie gewesen.

Sissi mußte lachen und nahm damit Malvines Zorn die Spitze. »Weißt du, Ira, du hast ihn ja in seinen guten Tagen gar nicht mehr gekannt. Unser Vater war ein Unikum, auf jeden Fall eine ungewöhnliche Persönlichkeit«, sagte sie versöhnlich. »Er wußte nur nicht, wohin mit seiner Kraft.« Sissi merkte, wie sich das Bild ihres Vaters in ihr bereits zu verklären begann. Seine Schattenseiten traten langsam zurück und würden mit den Jahren wohl fast verschwinden. Malvine hingegen hatte nichts vergessen. Sie war unversöhnlich, wie er.

»Ich möchte nicht, daß du schlecht von ihm denkst, Ira. Ich will dir schnell noch ein paar Geschichten aus seinem Leben erzählen, und dann gehen wir und schauen nach den Kindern. Wer weiß, zu welchen Streichen sie Hella schon wieder anstiftet!«

»*Borzasztó* … schrecklich! Da sitzen die Damen ja immer noch beim Frühstück und tratschen«, sagte Ossi mit gezwungener Fröhlichkeit, als er in diesem Augenblick mit seinen drei Schwagern auf die Terrasse trat. »Wird es euch denn hier oben nicht zu langweilig? Wir wollten euch gerade eine kleine Kutschenpartie vorschlagen.« Seiner Art gemäß, versuchte Ossi den unangenehmen Zusammenstoß mit Gotthold durch geschäftige Unternehmungslust zu überspielen. »Des echten Mannes wahre Feier ist die That«, hieß einer seiner Lieblingssätze von Schiller. Leider ging er in seinem Bemühen oft etwas zu weit: »Wie wär's, Schwägerin, mit uns beiden … hättest du nicht Lust, an meiner Seite zu sitzen …« Er tätschelte Sissi, die aufgestanden war, das ausladende Hinterteil.

Sissi lachte gutmütig. Ossi grapschte gern. Na und? Im Grunde war das harmlos. Er wollte auf diese Weise seine Männlichkeit beweisen. Warum mußte ihn Malvine auch immer vor allen als allzu voreiligen Liebhaber bloßstellen!

Karli sah, wie sich das Gesicht seiner Mutter augenblicklich verfinsterte, und drückte sich an sie, um sie zu entschädigen. Er spürte, daß Mama so etwas nicht mochte.

Ossi hatte offenbar nicht begriffen, daß Malvine von derselben leidenschaftlichen Eifersucht verzehrt wurde wie ihr Bruder. Oder vielleicht doch? Es wäre immerhin denkbar, daß er sich für ihre demütigenden Indiskretionen über die unbefriedigenden Vorkommnisse im Ehebett rächen wollte. Vielleicht lagen die Dinge aber auch genau andersherum. Niemand wußte das so genau.

»Na, was ist … kommt ihr jetzt, oder nicht? Ich will mir die Felder ansehen. Der Verwalter will mir einiges zeigen. Also los, ihr faule Bagage«, rief Ossi forsch.

»Kommandier hier nicht so herum. Wir sind nicht auf dem Kasernenhof«, fuhr ihm seine Gattin patzig über den Mund, »diese dreizehnhundert Joch sind außerdem immer noch Sartori-Grund!«

Auch Karli spürte augenblicklich das Gefühl des Triumphes eines wahren Sartori.

Die gutmütige Sissi lenkte wie gewöhnlich ein, trug noch rasch die restlichen Teller ab, um die alte Betty zu entlasten, und blies dann ebenfalls zum Aufbruch. Ira erhob sich jetzt auch mit träger Anmut, nicht ohne einen koketten Blick auf ihren Schwager Rudi, den Dandy, zu werfen, der angelegentlich damit beschäftigt war, imaginäre Staubkörnchen von seinen makellosen Beinkleidern zu entfernen. Auf diese Art hatte er sich in der Kindheit schon unangenehmen Wortgefechten entzogen.

Der Blick war lang genug, um Rudi aufzufallen, ihn verlegen zu machen und Gotthold bis zur Weißglut zu reizen. Jedoch auch wieder kurz genug, um jederzeit mit Unschuldsmiene abgestritten werden zu können.

Auch Ira kämpfte mit ihrem Mann. Sie würde sich niemals beugen. Dieser Blick war ihre Art des Widerstandes. Sie kämpfte leiser, versteckter, aber sie war nicht weniger halsstarrig als Malvine. Sie sahen beide nicht ein, weshalb man sich seinem Mann zu fügen hatte, so wie ihre Mütter es getan hatten.

Aus der Kutschenfahrt wurde nichts.

Mit lautem Geschrei stürmten die Kinder die alte, mattgescheuerte Stiege zur Terasse herauf.

»Tata, Mama, schaut … schnell! Da kommen Rumänen … ganz viele, mit Fahnen. Ich hab sie vom Nußbaum aus gesehen!« stieß Hella atemlos hervor. Sie war blaß vor Aufregung.

Die kleine Sissi und Mausi, ihre beiden Cousinen, die verhätschelten Töchter von Sissi-Tant, weinten. »Sie werden uns alle umbringen, ihr werdet schon sehen«, jammerte Mausi, die eigentlich Edith hieß, und versteckte ihr immer etwas kummervolles, dunkles Eulengesicht in den Röcken ihrer erschrockenen Mutter.

Auch Mucki, ihr Bruder, klein, stämmig und vital, hing für diesmal lieber seiner Mutter am Rock. Rudis Kinder, die erst drei und vier waren, flüchteten zu Betty in die Küche. Karli schmiegte sich an den wogenden, warmen Busen seiner Mutter und schaute, schaute…

Männerstimmen kamen näher. Rufe, plötzlich Gesang: »*Trăiasca România Mare…* es lebe Großrumänien«, sangen sie. Die vielen Stimmen schwollen laut und bedrohlich an. Da marschierten die Männer auch schon zum mittleren, großen Hoftor herein.

»*Trăiasca România mare*«, brüllten sie. Fünfzig bis sechzig Männer. Was würden sie tun? Karli hatte Angst. Tata sagte immer, daß die Rumänen unters Joch gehörten. Vielleicht wollten sie das nicht mehr.

Einige schüttelten die geballte Faust in Richtung Terrasse. Ein kleiner dunkelhäutiger Mann mit einem Schnauzbart trug die rumänische Fahne. Blau, gelb und blutrot schwenkte er sie in der gleißenden Windstille der Mittagshitze. Es waren Bauern. Die meisten trugen rumänische Tracht. Man erkannte die weißen, eng anliegenden Leinenhosen, die weiten aus grobem, handgewebten Leinen genähten Hemden.

Karli erkannte unter ihnen sogar den alten Cioban, den Almhirt, in der Tracht der alten Dakier. Rot stach seine Schärpe um den Leib gegen das Naturweiß seiner Hosen ab. Er trug, trotz der Hitze, wie viele andere die ärmellose, buntbestickte Schaffelljacke und hochgeschnürte Opanken. Auf seinem strähnigen, schulterlangen, grauen Haar saß die hohe, schwarze Lammfellmütze. Viele der anderen Männer waren barfuß, ihre Kleidung zerschlissen. Karli bemerkte erschrocken, daß noch mehr bekannte Gesichter in der Menge waren. Er erkannte Nicu, einen der Stallburschen und ein paar Feldarbeiter, die seit Jahren auf dem Gut ihr Brot verdienten. Jetzt waren sie doch gekommen.

»Das ist also die Kommission, die uns enteignen soll. Daß ich nicht lache«, hörte Karli seinen Vater mit heiserer Stimme krächzen. »Kommunisten-Gesindel! Die meinen wohl, sie könnten hier Revolution machen wie in Rußland. Na, ich danke!« Ossis Stimme war kaum noch zu hören. Er hatte nie daran geglaubt, daß sie es tatsächlich wagen würden, aufs Gut zu kommen.

Man hatte zwar von Tumulten in der neuen Hauptstadt Bukarest gehört, von Krawallen in der Moldaugegend. Und Emma hatte aus Broos geschrieben, daß der ungarische Graf Nobsa, dessen Güter als einzige der Gegend Sartorische Ausmaße erreicht hatten, bereits von einer Kommission enteignet worden sei. Aber es hatte geheißen, daß sich diese sogenannte Agrarreform vor allem gegen die Bojaren, die rumänischen Großgrundbesitzer im Moldaugebiet, richten würde. Ossi war zur Sicherheit mit seiner Familie nach Piszky gezogen und hatte sich vom Militärdienst beurlauben lassen. Jetzt waren sie trotzdem da.

Auch Hella beobachtete ihren Vater. Was würde er tun? Sicher würde er diese bösen Leute verjagen. Sie fror in ihrem Matrosenkleidchen, trotz der Hitze. Dennoch blieb sie trotzig allein an der Balustrade stehen. Sie hatte überhaupt keine Angst. Schließlich war sie ein Held.

»Sie werden uns doch nichts tun, Mama?« flüsterte Karli in die Stille, die sich breit gemacht hatte. Malvine sagte nichts. Ihre Stimme hätte sie verraten. »Joi«, kam es nur leise. »Joi!«

Unten im Hof wurde es immer lauter, heftiger. Die Männer sangen, schrien und fluchten durcheinander. »*Li-ber-ta-te,* Freiheit«, skandierten sie und wieder: »*Li-ber-ta-te!* Gebt uns unser Land, es gehört uns!… *Daţi-ne înapoi Tara. Ea ne apartine!*«

Jene gutmütige Unterwürfigkeit, die all die Gutsherren, denen sie seit Jahrhunderten gedient hatten, immer als Selbstverständlichkeit vorausgesetzt hatten, war aus ihren Gesichtern gewichen. Sie sahen stolz, wild und schön aus. Sie würden sich nicht länger ducken. Vor niemandem. Nicu, der Stallbursche, mit dem der alte Sartori dann und wann ein paar freundliche Worte gewechselt und dem er auch gelegentlich ein Goldstück geschenkt hatte – er wußte schließlich, wie Personal bei Laune zu halten war–, schämte sich fast, zum ersten Mal in seinem Leben etwas von der Herrschaft zu fordern.

Einer der Burschen, größer und kräftiger als die meisten, bückte sich, hob einen faustgroßen Stein auf und wollte ihn in Richtung Terrasse schleudern. »*Jos cŭ exploatatorii!...* Weg mit den Ausbeutern da oben«, schrie er. Aber sein Nachbar, ein kleiner, zierlicher Mann mit graumelierten Schläfen, barfuß wie der Große, fiel ihm in den Arm. Der Stein plumpste zu Boden.

Der vordere Innenhof war jetzt voller Menschen. Von der Terrasse her hörte man keinen Laut. Die Sartoris saßen wie versteinert in der prallen Sonne. Plötzlich schwiegen auch die Männer im Hof. Verwirrt und unsicher, was nun weiter zu geschehen habe. Begeistert waren sie zum Gut hinausgezogen, um sich zu nehmen, was ihnen zustand. Und jetzt?

Man konnte diese Deutschen doch nicht einfach davonjagen! Viele hatten den alten Sartori noch gekannt. Er war immer großzügig gewesen und hatte viel selbst mit angepackt. Der konnte arbeiten! Es hieß, er hätte sich sein Vermögen selbst erarbeitet und nicht einfach ererbt.

Nicu, warmherzig, hilfsbereit und genügsam, wie viele Angehörigen seines Hirtenvolkes, das nie etwas anderes als Fremdherrschaft gekannt hatte, vermochte keinen Haß zu spüren. Er wollte nur, was ihm zustand. Man hatte ihm gesagt, daß jeder rumänische Bauer ein kleines Stück Ackerland bekommen würde.

Die Stille wurde unerträglich. Mausi fing an, leise zu wimmern. Leichenblaß war Ossi Held im Inneren des Hauses verschwunden.

»Laßt mich mit ihnen reden. Sie meinen es nicht ernst. Sie wollen nur ein wenig Krawall machen wie Schulbuben. Ich werd sie wieder nach Hause schicken«, sagte Rektor a. D. Werner Schneider endlich verhalten.

»Ja gut, red du mit ihnen, du kannst das am besten. Vielleicht kannst du sie beruhigen«, zischte sein Schwager Rudi Sartori zurück.

In diesem Moment setzte sich die Menschenmenge unten im Hof langsam in Bewegung: Als die Stille nicht mehr länger auszuhalten gewesen war, hatte Nicu einfach zu singen begonnen. *»Traiasca romania mare«,* erscholl seine Stimme hell, rein und jubelnd, als sänge er beim Gottesdienst in der Kirche. *»Traiasca romania mare«,* fielen die anderen begeistert mit rauhen Kehlen ein. Erleichtert, fast fröhlich, zogen die Männer in Richtung Osttor. Ihre Stimmung war, vielleicht durch Nicus feierliche Stimme, augenblicklich ins Festliche umgeschlagen.

Da stand plötzlich Major Ossi Held, die Dienstpistole im Anschlag, an der Balustrade. Hella beobachtete merkwürdig ruhig, wie sich die Kiefermuskeln ihres Vaters, dessen Gesicht noch um einige Nuancen blasser schien als zuvor, rhythmisch anspannten. Unwillkürlich ahmte sie ihn nach.

»Ossi! Um Gottes Willen!« Werner Schneider kannte den Jähzorn seines Schwagers nur zu gut. Unpassenderweise fiel ihm jetzt ein, daß Ossi vorgestern erst im Zorn ein Perlhuhn erschossen hatte, weil es vor seinem Fenster gackerte und ihn nicht schlafen ließ. »Um Gottes Willen, Ossi, laß sie in Ruhe. Sie ziehen ja schon wieder ab!«

Rudi und Gotthold Sartori versuchten ebenfalls Ossi zurückzuhalten, ja sie ließen sich sogar auf ein Handgemenge ein. »Laß sie! Du machst alles nur schlimmer ... Sie tun uns doch nichts!« keuchte Rudi, während er versuchte, Ossis Arm festzuhalten und ihm die Pistole zu entwinden.

»*Basszama*… laßt mich… *az angyalat!* Dem Walachengesindel werd ich's geben! Uns unseren Grund und Boden wegzunehmen«, preßte Ossi zwischen den Zähnen hervor.

Er war in Rage. Sein Gesicht hatte sich gelblich-weiß verfärbt, und seine schräggeschnittenen, tiefblauen Augen wurden schmal. Er riß sich los. Malvine schrie auf und raufte sich die Haare, alle Kinder außer Hella wimmerten. Ossi Held schoß mehrmals, ungeheure ungarische Flüche ausstoßend, die er noch als Fähnrich von seinem Feldwebel gelernt hatte, in die Luft. Die Rumänen waren bereits außer Reichweite, schauten bei der Knallerei kurz zurück und zogen unbeeindruckt, immer weitersingend, hinaus auf den Hügel. Dort standen die Männer noch eine Weile unschlüssig herum und begaben sich dann in kleinen Grüppchen nach Hause.

Die gehobene Stimmung hielt an. Alle redeten durcheinander und hatten das Gefühl, an diesem Tag etwas Entscheidendes vollbracht zu haben. Aber wie es weitergehen sollte, wußte niemand. Ob man morgen einfach wieder zur Arbeit auf dem Gutshof erscheinen sollte?

So tun, als sei nichts gewesen?

Wer teilte ihnen nun eigentlich den Grund zu?

Oder waren morgen vielleicht die Sartoris gar nicht mehr da?

Wer würde dann den Lohn bezahlen?

Aber das hatte alles Zeit. Nicu dachte an seine Frau, die sicher schon mit einer heißen Mamaliga, dem dicken Maisbrei, auf ihn wartete. Manchmal gab es auch sämige Büffelmilch dazu.

Morgen war schließlich auch noch ein Tag.

Die Sartoris saßen noch einige Zeit wie betäubt auf der Terrasse. Schließlich zwang sie die Hitze, sich ins kühle Haus zurückzuziehen.

Major Held hatte zwar mit den Schüssen der Soldatenehre Genüge getan, der Vorfall, nachdem er seinen sofortigen Abschied nahm, zog für die Familie jedoch nicht nur die Enteignung eines ursprünglich von der neuen Regierung vorgesehenen Restbestandes des Mustergutes nach sich, sondern kostete Ossi nach siebenundzwanzig Dienstjahren auch seine Offizierspension. In seiner Akte stand seither der Vermerk *»Ura pe români,«* was soviel wie Rumänenhaß bedeutet. Nicht ganz zu Unrecht, denn für Ossi Held, durch und durch Kind des untergegangenen Habsburger Reiches, waren die neuen Landesherren zeitlebens »Abkömmlinge dakischer Huren und römischer Sträflinge«, eine Meinung, mit der er in seinen Kreisen nicht alleine stand.

Ossi Held hatte versucht mit seiner Dienstpistole die Zeitenwende aufzuhalten, deren Zeichen er lange nicht hatte wahrnehmen wollen. Die alte Ordnung, an die er und seine Familie sich klammerten, war zusammen mit der Habsburger Monarchie untergegangen.

Die Sartoris gehörten, ohne es zu erkennen, bereits seit Ende des Ersten Weltkrieges nicht mehr zur herrschenden, weil deutschsprechenden Schicht eines Vielvölker-Kolonialreiches, sondern zur deutschen Minderheit des Königreiches Rumänien. Die Enteignung der Güter hatte lediglich den neuen Status offensichtlich gemacht.

Die Existenz des alten Sartori war ebenso wie die seines ungeliebten Schwiegersohnes Ossi unauflöslich mit der k. u. k. Monarchie und ihrer Lebensweise verwoben gewesen. Seine Spiritus- und Sodawasserfabrik, seine Weine und Liköre, von denen er so gern gekostet hatte, seine Ochsenmästereien waren auf die Märkte von Wien, Prag und Budapest angewiesen. Als das Reich zerfiel, wurde die Firma »Gebrüder Friedrich Sartori« zu einem Anachronismus, genauso wie ihre Eigentümer. Dem alten Sartori, einem Unikum, wie es nur die entlegenen Balkan-Provinzen hervorgebracht haben, blieb der Niedergang der Monarchie und seiner Familie, seiner Firma und seiner Güter erspart.

Ossi Held, Major a. D., ohne Pensionsanspruch, lebte weiter.

Kronstadt 1923

Es war schon fast dunkel geworden. Durch die Zweige der mächtigen, an einer Seite ihres wohl zwei Meter dicken Stammes mit Zement ausgegossenen Kastanie rauschte der Sommerregen. Dann und wann drückte ein Windstoß prasselnd Regenwasser gegen die Fenster des alten, efeubewachsenen Landhauses. Hinter den Bergen grollte immer ferner hin und wieder ein Donner.

Bald würde auch der Regen nachlassen.

Auf der dem Wetter abgewandten Seite des schindelgedeckten Hauses stand bereits wieder ein Fenster offen. Der weiche, warme Duft regenschwerer Erde und blühender Jasminsträucher drang ins Zimmer.

Ida Greysing liebte diesen Duft. Lag nicht schon die sachte Betörung des Orients in ihm?

Wie gut war es, endlich wieder zu Hause zu sein. Lautlos ging sie ans Fenster und stützte sich mit ihren schmalen, langfingrigen Händen, auf deren Rücken bläuliche Adern durch die Haut schimmerten, aufs Fensterbrett. Sie spürte das rauhe Holz unter den Fingern und atmete tief ein. War der Regen schon leiser geworden oder hatte sie sich nur an das gleichmäßige Geräusch gewöhnt?

Wie wunderbar war dieser Sommerabend.

Ein Gefühl der Andacht und des Friedens erwärmte sie. Ohne es zu wissen, faltete sie die Hände, so wie sie es vor vielen Jahren im Pfarrhaus immer getan hatte, wenn sie glücklich war. Danke, flüsterte es in ihr, danke für alles. Spontan wollte sie niederknien. Aber dann blieb sie stehen, aufrecht und ganz bei sich. »Versammelt« nannte das Johannes. Jeden Augenblick konnte jemand ins Zimmer kommen. Ida hatte immer schon ihre Gefühle lieber für sich behalten. Dies wird einmal unsere beste Zeit gewesen sein, dachte sie. An Abende wie diesen werde ich zurückdenken, wenn ich alt bin. Sie lächelte. Wenn Johannes mich so sehen würde …

Das Aufblitzen leiser Belustigung in seinen Augen war ihr so vertraut, daß ihr Lächeln unmerklich ironische Züge annahm, die ihr sonst fremd waren. Wie um wieder ganz sie selbst zu werden, strich Ida sich mit einer ruhigen Bewegung ihr weiches Haar aus der Stirn. Nach der Mode war es kinnlang geschnitten, »Garçon-Stil« hatte das der Friseur in Salzburg genannt und ihr gezeigt, wie man die Koteletten vor den Ohren kess zurechtzupfte.

Johannes legte Wert darauf, daß Ida sich immer an den neuesten Modeströmungen orientierte, um seiner Rolle als avantgardistischer Künstler zu entsprechen.

Ida war jetzt vierunddreißig. Sie wußte, daß sie schön war: eine Frau in der Blüte ihrer Jahre.

Die Vierecke der Bleiglasscheiben zeigten ihr verschwommen die Umrisse ihres Kopfes und ihres Oberkörpers. Sie trug ein locker fallendes, kniekurzes Kleid aus leichtem Seidenstoff, über und über mit bunten Blumen bedruckt. Johannes liebte kräftige Farben. Ihr Körper war immer noch drahtig und knabenhaft schlank, ihre etwas zu langen Arme waren nackt und kräftig, die Beine waren unter taupe-farbenen, hauchdünnen Seidenstrümpfen verborgen. Ebenfalls taupe-farbene geschmeidige Schnallenpumps rundeten das modische Bild ab.

Seit sie wieder zu Hause in Kronstadt waren, hatte sie noch kaum eine Frau mit kurzen Haaren gesehen, und die Marktfrauen tuschelten hinter ihren kurzen Röcken her. In Salzburg war das anders gewesen. Salzburg lag eben doch nicht so weit ab von den Metropolen Europas. Trotzdem tat es so gut, wieder zu Hause zu sein.

In Salzburg hatten sie vor wenigen Wochen ihren zehnten Hochzeitstag gefeiert. Nun hatte ein neues Kapitel begonnen.

Warum stehe ich hier eigentlich noch träumend herum, es gibt doch weiß Gott genug zu tun, schalt sie sich. Sie ging in die Küche, um Julisch, der Köchin, beim Anrichten des kalten Buffets zu helfen.

In der »Noa«, dem alten Greysingschen Landhaus, sechs Kilometer vor der Stadt, erwartete man Gäste. Heute war der 24. Juni, zugleich Namenstag und Zusammenkunft der Johannesloge, wo Johannes den Rang eines Meisters vom Stuhl bekleidete. Seit dem Tod des alten Greysing und seiner Frau gehörte das Landhaus Johannes, der es zunächst von Salzburg aus kaum genutzt hatte. Genaugenommen hatte es der alte Greysing seinem Enkel Hannes vererbt, da er dem Finanzgebaren des Künstler-Sohnes nicht so ganz traute. Nun sollte endlich alles wieder so werden, wie es schon immer gewesen war, zumal die »Noa« als einziges Überbleibsel des väterlichen Wohlstandes immerhin ein Festhalten an der Illusion ermöglichte, daß sich am Lebensstil der Patrizierfamilie nicht das geringste geändert habe.

Von September bis Juni würde man wieder in der Kornzeile in Kronstadt wohnen, direkt am Marktplatz, freilich nicht im Walbaumschen Patrizierhaus, das längst vermietet war, sondern in einer Etagenwohnung beinahe daneben, was kaum ins Gewicht fiel. Im Juni, zu Beginn der Schulferien, würde man wieder in die Noa ziehen, das vertraute Sommerhaus, inmitten uralter Tannen in einer rumänischen Siedlung aus winzigen, hölzernen Bauernhäusern gelegen, die meistens an Sommerfrischler vermietet waren.

Das knappe Dutzend größerer Höfe und deren schöne Gärten und Parkanlagen waren seit alters her Besitz einiger Kronstädter Patrizierfamilien, die untereinander zum größten Teil verwandt waren.

Das Greysingsche Landhaus war mit kleinen, spitzen Holzschindeln gedeckt, die einen grausilbernen Glanz hatten, und auf zwei Seiten von einem Holzbalkon umgeben.

Die Einfahrt bildete ein altes, mit reichen Schnitzereien verziertes Szekler-Tor, das der alte Greysing seinerzeit auf einer seiner Jagdfahrten in einem ungarischen Dorf entdeckt und mit großen Kosten ins Haus in der Noa hatte schaffen lassen. In seiner Kindheit war es Johannes unendlich groß, bei seiner Rückkehr nach Jahren im Ausland um vieles kleiner, jedoch immer noch von schlichter Schönheit erschienen.

Von der Wiese aus trat man in eine sächsische Diele, eingerichtet mit bemalten Bauernmöbeln. Rechts von der Diele lag das geräumige Wohnzimmer, ebenfalls bäuerlich eingerichtet und an der Decke mit dunklen Eichenbalken verziert; auf dem mittleren war die Zahl 1780 eingeschnitzt. Aus der Wohndiele führte eine breite Treppe nach oben. Dort hingen immer noch überall Jagdtrophäen des alten Greysing an den Wänden: das Fell eines Braunbären aus den Karpaten, der Kopf eines riesigen Keilers, Hirschgeweihe, Rehkrickel sowie Kopf und Brust einer Trappe. Schlafzimmer, Kinderzimmer und ein um die Jahrhundertwende angebautes Badezimmer von saalartigen Ausmaßen komplettierten das Innere des Hauses.

Unter der alten Kastanie befand sich eine gedeckte, mit dunkelgrüner Ölfarbe gestrichene Laube, die an allen Seiten mit großen Fenstern versehen war. Hier würde man von nun an bei schlechtem Wetter wieder am großen runden Tisch Hammer-und-Glocke spielen.

»*Julisch, te majdnem már kész vagy a tálakkal, varly egy kicsit, segit lek!* ... du bist ja fast schon fertig mit den Platten. Komm, laß mich dir helfen«, sagte Ida, als sie in die Küche kam. Dabei fiel sie ganz selbstverständlich ins Ungarische, denn Julisch war Szeklerin, wie die meisten Dienstmädchen in der Kronstädter Gegend.

»*Köszönöm szépen, nagyságos asszony. Talán már, a paprikasálátát megcsinálné* ... Danke, gnädige Frau. Sie könnten vielleicht den Paprikasalat anrichten«, entgegnete Julisch unwirsch. Sie schätzte es nicht, bei der Arbeit gestört zu werden, besonders dann, wenn Gäste erwartet wurden.

»*Mar nem esik, én azt gondolom, hogy a buffét kint álithassuk fel* .... Der Regen hat fast aufgehört. Ich denk, wir können das Buffet nachher im Freien aufstellen«, sagte Ida, setzte sich auf einen der mit blauen und roten Blumen bemalten Küchenstühle, die um den massiven Holztisch in der Mitte des Raumes standen, und begann, die gebratenen Paprikaschoten zu enthäuten, die vor ihr in einer großen, irdenen Schüssel standen.«

»*A winete már kécz van?* ... sind die Winete schon soweit?«

Julisch antwortete nicht. Die gnädige Frau sah doch, daß sie eben dabei war, die gebratenen, ebenfalls enthäuteten Auberginen mit einem großen Holzmesser kleinzuhacken und dabei tropfenweise Öl und etwas Zitronensaft hinzuzufügen. Der Saft einer ausgepreßten Zwiebel kam wie immer zum Schluß. So hielt sie es hier in der Noa, und so hatte sie es in Salzburg gehalten. Die Gnädige sollte lieber sehen, daß sie mit den Paprika und den Burzenrettichen fertig wurde, die immer noch ungeschält auf der Anrichte lagen.

Mit ruhigen, routinierten Bewegungen zog Ida die zarte Haut der goldgelb gedünsteten Paprika ab. Für den Salat mußten es die gelben, dünnhäutigen sein, nur die und keine anderen. Dann legte sie die weichen, abgehäuteten Früchte in eine Marinade ein, die sie schon am Nachmittag vorbereitet hatte: Essig, viel Öl, Salz, Knoblauch, ein paar Küchenkräuter und schließlich eine gute Prise Zucker. Johannes liebte diesen Salat, und auch Johannes junior konnte nicht genug davon bekommen.

Wieder wurde ihr Herz weit vor Freude, und ihre Liebe umschloß auch Julisch, die nun schon so lange fast zur Familie gehörte. Ida schaute zu Julisch hinüber, die neben dem Herd stand, eine Aubergine nach der anderen aus der Pfanne nahm, abzog und auf einem großen, zentimeterdicken Holzbrett so fein wie möglich zerhackte. Ida schmunzelte. Sie wußte, daß Julisch ihren Blick spürte, obwohl sie es sich nicht anmerken ließ. Ida wußte auch, daß Julisch inzwischen viel besser Deutsch sprach, als sie zuzugeben bereit war. Und Julisch wußte, daß die gnädige Frau es wußte.

Keiner rührte daran. In stillem Einverständnis sprachen die beiden Frauen Ungarisch miteinander – falls es überhaupt etwas zu besprechen gab.

Die Küche war erfüllt vom Duft gebratener Auberginen, gehackter Zwiebeln, Paprika, Öl, frisch gepreßter Knoblauchzehen und eines riesigen Stücks Roastbeef. Nur zaghaft mischte sich dann und wann ein Hauch des auf einer großen, ziselierten Silberplatte dampfenden Spargels ein. Ida würde ihn ihren Gästen heute »Vinaigrette« servieren.

Ida war mit den Paprika fertig. Sie stand auf und legte auf jedes der Eier in Aspik eine Kaper und ganz dünn geschnittene Hähnchenbrust und Lammbrüstel auf einer Silberplatte aus. Sie überflog ihre Küche mit einem kurzen Blick. Ida war zufrieden. Tief sog sie den Geruch ein. Es roch nach Zuhause.

War es nicht genau dieser Hauch des Orients gewesen, den sie in der Salzburger Küche vermißt hatte?

Wie sie sich auf ihren Bruder Hermann und Dora, seine Frau, freute. Fast zwei Jahre hatten sie sich nicht mehr gesehen.

»*A batyam is itt fog lenni este*… Mein Bruder Hermann wird heut abend auch da sein«, sagte Ida knapp. Nichts schien ihre Freude und Ungeduld zu verraten. Vielleicht war ihre Stimme noch ein bißchen dunkler als sonst. Julisch kannte dieses Timbre. Meistens galt es dem gnädigen Herren oder dem Jungen. Julisch sagte nichts. Sie hörte zu.

»*En azt gondolom, hogy most vissza huzodok* … Ich denke, ich werde mich jetzt zurückziehen«, verkündete Ida. »*Köszönöm szepen* … Es ist ja alles ziemlich fertig. Danke Julisch.«

Ida wusch sich am Küchenwaschbecken, in dem noch die benutzten Töpfe und Pfannen standen, die Hände. Sie wußte, daß Johannes, bis die Gäste kamen, nach oben gegangen war. Wenn er nicht malte, las er. Johannes junior spielte im Kinderzimmer.

Merkwürdig – plötzlich war ihr Mann »der alte Greysing« geworden. Wie schnell das gegangen war. Jetzt war Hannes schon acht. Ihre beiden Männer waren es gewohnt, daß sie sich um alles im Alltagsleben kümmerte. Und Ida fand es selbstverständlich, daß beide erst zu erscheinen pflegten, wenn es galt, die Gäste zu begrüßen und Geschenke entgegenzunehmen.

Ida genoß das Gefühl, ihre beiden Männer wohlbehalten zu wissen und für sie sorgen zu können.

Mit einer bedächtigen Geste griff sie nach einem Brotlaib mit einer kräftigen, an mehreren Stellen kantig aufgeplatzten Kruste, der auf der blaulackierten, alten Kredenz lag, und preßte ihn mit einer Hand an die Brust. Bevor sie anfing, ihn aufzuschneiden, zog sie mit der spitzen Schneide des Brotmessers ein

Kreuzzeichen auf der mehligen Unterseite des Laibes. So war es in Siebenbürgen der Brauch, und so hatte sie es zu Hause im Pfarrhaus gelernt. Die saftigen, noch ein wenig feuchten Scheiben fielen, eine nach der anderen, in den alten, aus Weiden geflochtenen Brotkorb, den Johannes schon irgendwann einmal auf einem Stilleben verewigt hatte.

»Das Brot ist wie wir Kronstädter«, dachte sie plötzlich, »rauhe Schale, weiches Herz. Seit Jahrhunderten wird dieses Krustenbrot nach demselben Rezept gebacken … und wir Kronstädter auch.« Ida mußte lachen.

Die Tür flog auf, und Johannes junior stand mit seinem Hund Peter, einem ockerfarbenen Spaniel, in der Küche.

»Das riecht aber gut hier. Komm, Peter, wir schaun mal, was es alles für uns zu probieren gibt«, sagte Idas Sohn, den alle Hannes nannten, um ihn vom »Alten« zu unterscheiden.

»Na ihr Zigeuner, hinaus aus der Küche! Ihr habt hier gar nichts verloren. Das kalte Buffet wird erst später aufgebaut!« rief Ida, und ihre Stimme schien keinen Widerspruch zu dulden.

»Wir haben Hunger …« maulte Hannes so kläglich wie möglich. »Wer weiß, wann die Gäste kommen.« Er wußte, daß seine Mutter diesem Ton noch nie widerstanden hatte. Hannes war für seine acht Jahre ungewöhnlich groß, ziemlich dünn und trug bereits seinen neuen Matrosenanzug, den er haßte, weil er fürchtete, darin wie ein Mädchen auszusehen. Seine Weigerung, den Anzug zu tragen, war allerdings kläglich gescheitert. »Johannes gefällt er«, hatte seine Mutter nur gesagt. Im Hause Greysing wurde den Wünschen des Hausherrn entsprochen.

Ida ging zu ihrem Sohn und strich ihm zart über den seidigen, dunklen Pagenkopf. Hannes sah mit seinen dunklen, ernsten Augen vertrauensvoll zu seiner Mutter auf. Mama würde es schon richtig machen, das wußte er. Und er wußte auch, daß

Ida diesem Blick nur dann Widerstand entgegensetzte, wenn er den Interessen seines Vaters zuwiderlief. Hannes aber hatte gelernt, daß sich seine Bedürfnisse viel besser durchsetzen ließen, wenn er sich auf seinen Charme und den Zauber seiner Augen verließ. Das wirkte immer.

Außerdem kannte Hannes niemanden, der Ärger mit Johannes' Autorität riskierte.

»Los, Peter, mach Männchen. Vielleicht läßt sich Mama dann erweichen«, sagte er.

Peter gehorchte zögernd.

»Also, da kann ja keiner widerstehen«, sagte Ida lachend. »Hier, ihr beiden Schlingel … hier habt ihr ein paar Eier in Aspik. Aber jetzt marsch, hinaus aus der Küche. Und bring mir nachher den Teller zurück, hörst du …«

Hannes hörte nichts mehr. Er war mit Peter vermutlich in der Laube verschwunden. Auch gut. Ida lächelte.

»Lieber Gott, hab Dank für diesen Sohn, hab Dank, daß du mir dieses Kind gelassen hast«, dachte sie und ordnete das Brot in den Weidenkorb.

Julisch warf einen strafenden Blick auf die gnädige Frau. Es stand ihr zwar nicht zu, die Gnädige zu kritisieren. Aber ein Bub gehörte doch etwas härter angefaßt. Julisch hatte das von Anfang an beobachtet. Die gnädige Frau war einfach zu nachgiebig. Wie sie den Buben verwöhnte! Fast so wie ihren Mann.

Das mochte ja noch angehen. Aber der gnädige Herr war auch nicht immer einverstanden, wie seine Frau mit dem Buben umging. »Pack ihn dir in Watte! « hatte er zornig gerufen, als er seinen Sohn zum Schwimmen in einem kalten See zwingen wollte und die Gnädige das verhindert hatte. Julisch konnte sich noch genau erinnern. Es kam nicht oft vor, daß sich die Gnädige dem Herrn widersetzte, aber jedesmal ging es dabei um das Kind. Dann nahm sie ihren ganzen Mut zusammen.

Und der gnädige Herr. Das war auch so ein Kapitel.

Er war ein schöner und eleganter Herr, das mußte man ihm lassen. Aber er saß den ganzen Tag in seinem Atelier und malte. Manchmal war er in Salzburg sogar an den Fluß gegangen und hatte gemalt. Oder hier in der Noa.

Das war doch keine Beschäftigung für einen erwachsenen Mann. Und wenn er nicht malte, las er. Stundenlang. Und saß dabei in einer dichten Rauchwolke. Gewiß, es kamen oft wichtige Leute zu ihm und ließen sich von ihm malen. Wieso ließen sich die nicht lieber fotografieren? Der Herr verkehrte mit berühmten Leuten und war, so sagte man, ein berühmter Künstler. Für ein großes Bild zahlten die Leute, das war ihr zu Ohren gekommen, bis zu hunderttausend Lei, für ein kleineres mehr als dreißigtausend Lei! Viel mehr als sie in vielen Monaten verdiente! Meistens ließen sich fette Bankiers oder alte Fabrikanten vom gnädigen Herrn porträtieren. Wenn die wüßten, wie der von ihnen sprach!

Aber was die Leute an den Bildern fanden?

Die Menschen darauf hatten grüne und lila Flecken im Gesicht, der Herr schmierte die Farbe dick herum. Wenn man allerdings von weitem hinschaute, sah das ziemlich echt und lebendig aus. Sie hatte es erst kürzlich im Atelier ausprobiert, als sie dort putzte. Sie tat das nicht gern, weil sie dort nichts anfassen, aufräumen oder zurechtrücken durfte. Es mußte alles so bleiben, wie es war. So wollte es der gnädige Herr. Er war sehr anspruchsvoll.

Dabei reichte es nicht einmal für ein Zimmermädchen. Manchmal bekam Julisch ein oder zwei Monate keinen Lohn bezahlt, bis wieder ein paar Bilder verkauft waren. Bis dahin ging die gnädige Frau lieber selbst zum Einkaufen. Sie ließ dann überall anschreiben. Waren Bilder verkauft, dann wurde gleich groß angeschafft und gefeiert, so wie heute. Sogar eine Zigeunerkapelle hatte die Gnädige nach dem Essen bestellt …

Es hatte ganz aufgehört zu regnen.

Eine Amsel saß über dem Küchenfenster im Fliederbusch und sang ihr Abendlied. Als sie davonflog, wippten einige üppige, zartlila Blütendolden sanft nach, und ein paar schwere Tropfen, die in den fein verästelten Zweigen gehangen hatten, fielen zu Boden. Die noch feuchten, tiefgrünen Blätter, auf deren wachsiger Oberfläche winzige Regenperlen schimmerten, zwischen denen die duftigen Blüten wie Schaumkronen prangten, glänzten im Lichtstrahl der Küchenlampe, der durch das offene Fenster fiel.

In der Einfahrt knirschten Schritte im Kies. Peter hatte sie als erster gehört und schoß, frenetisch kläffend, aus dem Haus. Ida folgte ihm.

Ihr Herz schien ein- oder zweimal für den Bruchteil von Sekunden aus dem Takt zu geraten. Nur mühsam wurde sie ihrer Aufregung Herr. War es Hermann? Es war noch etwas zu früh.

Ida blickte auf. Sie spürte, wie ihre Augen sich mit Tränen füllten: Hermann und Dora.

Wie immer zerrten ihn seine mittlerweile noch um einiges fetteren Foxel Kitty und Bobbes an der Doppelleine hinter sich her. Wie immer hatte er Sommerhütchen und Spazierstock dabei. Jetzt erst war Ida wirklich zu Hause.

Ida und Hermann waren froh, daß die Begrüßung im Getümmel der keifenden Hunde unterging. Alle waren damit beschäftigt, die Tiere zu beruhigen und auseinanderzuhalten.

Man blickte zu Boden, konnte die Rührung in den eigenen Augen verbergen und den Blick in die gefährlich schimmernden Augen des anderen vermeiden.

»Da bist du ja endlich wieder zu Haus«, sagte Hermann, als er sicher war, daß seine Stimme nicht mehr zittern würde, nahm seine Schwester kurz und scheu in den Arm.

In Kronstadt vermied man Gefühlsüberschwang sogar dann noch, wenn man sich beinahe zwei Jahre nicht gesehen hatte. Dora sah es einmal mehr mit Befremden. »Wir Juden schämen uns unserer Bewegung nicht«, dachte sie und umarmte Ida mit Überschwang. »Wie schön, daß ihr wieder da seid! Wir haben euch so vermißt! Ihr müßt uns so viel erzählen. Wie schön, dich zu sehen«, schluchzte sie. Dora spürte, wie Idas Körper steif wurde, und ließ schnell wieder von ihr ab.

Erst jetzt bemerkte Dora mit einer Mischung aus Entsetzen und Bewunderung, daß Idas Kleid gerade noch die Knie bedeckte. Und die Haare. Meine Güte!

»Fesch bist du, Schwester«, sagte Hermann, dem Idas Aufmachung ebenfalls nicht entgangen war, »damit wirst du hier Aufsehen erregen. Ich denk, das wird dir gefallen, oder?«

»Du hast recht, du Schlawiner. Aber Musen haben es so an sich, daß sie gerne glänzen«, entgegnete Ida und lachte. Sie war erleichtert, denn der Kloß im Hals war endlich verschwunden. »Ich freu mich so sehr, euch zu sehen. Ich hab euch in Salzburg so vermißt. Und auch unser Land, die Kornfelder, die Wälder, die Luft. Stellt euch vor, auf der Rückfahrt im Zug ist mir aufgefallen, wie viele Störche bei uns in jedem Dorf nisten. Ich hatte das schon ganz vergessen.«

Hermann hörte ihr aufmerksam zu, seine gütigen Augen hefteten sich auf ihr Gesicht und nahmen jede Regung wahr.

Als träfe sie ihn zum ersten Mal, fiel Ida plötzlich auf, daß es eben diese Fähigkeit zur Nähe, zu anteilnehmender Wärme war, die das Besondere ihres Bruders ausmachte. Sie meinte, in ihrem Sohn ebenfalls etwas davon gespürt zu haben.

Wie anders war dagegen Johannes.

Sie hatte lange gebraucht, um zu erkennen, wie unnahbar er war. Einsam und stolz rang er mit sich und ließ niemanden wirklich an sich heran. Sie hatte gelitten und mit ihm gekämpft, manchmal gebettelt wie ein Hund, daß er sie hereinließe zu sich, damit sie seine Seele mit ihrer Liebe umfangen konnte. Ihn heil machen konnte, um selbst heil zu werden. Sie hatte viele Jahre das Bett mit ihm geteilt, hatte viele Male seinen zuckenden Körper zitternd in ihren Armen gewiegt – doch eine scheue Distanz war geblieben.

Allein sein Lächeln, das unvermittelt sein Gesicht verzauberte, war für sie eine Tür in sein Innerstes. Doch diese Türe öffnete sich nur seltene kurze Momente. Sie fand schließlich ihr Glück darin, ihn mit ihrer Fürsorge zu umgeben.

»Kommt, Johannes wird schon ungeduldig warten«, sagte sie und wandte sich zum Haus. Dora und Hermann folgten ihrem Blick.

Im Rahmen der alten Holztüre lehnte, vielleicht schon eine geraume Weile, Johannes Greysing. In einer Hand hielt er, als wäre es sein Pinsel, die unvermeidliche Zigarette, die in einer dicken Spitze aus rumänischem Bernstein steckte. Um seinen weichen Mund spielte jenes mokante Lächeln, das er für rührende Familienszenen wie diese übrig hatte. Die Linke steckte lässig in der Hosentasche, statt des Sakko trug er noch seinen schmal geschnittenen weinroten Samt-Hausrock.

»Wie groß, schön und elegant er ist«, dachte Hermann voller Bewunderung und schämte sich des Anflugs von Neid.

»Na, habt ihr jetzt genug in Wiedersehensfreude geschwelgt?« spöttelte Johannes Greysing und kam seinem Schwager ein paar Schritte entgegen. Er streckte nicht ganz ohne Herablassung die Hand aus. Johannes mußte sich eingestehen, daß er sich über das Wiedersehen mit seinem Schwager, diesem gescheiten, anhänglichen Provinzkauz und seiner dicken, gutherzigen Jüdin freute.

Unerwartet sprengte Johannes junior mit den aufgeregten Hunden die Begrüßungszeremonie. Sofort hob Dora den kleinen Hannes mit einem Jubelschrei in ihre Arme. »Hannes, bist du aber erwachsen geworden ... wie groß du schon bist! Wir haben dich ja so vermißt, der Hermann-Onkel und ich.« Dem Kind gegenüber konnte nun auch Hermann seinen Gefühlen freien Lauf lassen.

Hannes ließ Umarmungen sowie Küsse artig über sich ergehen und hielt dabei so unauffällig wie möglich nach dem Geschenkpaket Ausschau, das Hermann-Onkel ohne Zweifel dabeihaben mußte.

»Schau, Hannes, wir haben dir etwas mitgebracht. Soviel ich weiß, hast du dir so etwas schon eine Zeit lang gewünscht«, sagte Hermann-Onkel geheimnisvoll und holte ein riesiges Paket, daß er bei der Begrüßung auf dem Kiesweg abgestellt hatte, herbei. Er brachte auch den Reisekorb näher, in dem das Ehepaar Fabritius stets verschiedene Leckerbissen für seine Hunde mitführte.

Hannes hatte nur Augen für den in knallrotes Glanzpapier eingewickelten Karton. Es war also Gott sei Dank nicht wieder etwas zum Anziehen wie letztes Mal, als ihm Dora-Tant und Hermann-Onkel diesen gräßlichen Paletot nach Salzburg geschickt hatten. Er war lodengrün, pelzgefüttert und tailliert, und Hannes haßte ihn von Herzen. Fast mehr noch als den blöden Matrosenanzug, den er heute tragen mußte.

Hannes ergriff das Paket mit beiden Händen und ging damit vorsichtig ins Haus, um es sich näher anzusehen. »Danke«, murmelte er noch, »vielen Dank.« Dann war die Erwachsenenwelt da draußen für ihn vergessen. Wehmütig schaute Dora Fabritius dem Buben nach. Was hätte sie dafür gegeben, auch so einen Sohn großziehen zu dürfen.

»Kommt ins Haus, hier draußen ist es noch ein wenig naß. Ich denk aber, daß wir, sobald alle Gäste da sind, draußen sitzen können«, sagte Ida schnell, um Dora abzulenken.

»Also, Johannes«, hörte sie ihren Bruder sagen, »du verstehst es wirklich, deine Rückkehr in die Heimat gebührend zu feiern.«

»Wart ab, wir werden sehen, ob das Fest ein Erfolg wird«, wiegelte Johannes ab und sog mit zusammengekniffenen Augen den Rauch seiner Zigarette ein.

»Was kommen denn außer uns noch für Berühmtheiten?« scherzte Hermann.

»Also, ich hab den Chefredakteur des *Gîndirea* eingeladen, du weißt, diese Bukarester Monatszeitschrift. Er hat gerade etwas über mich veröffentlicht. Dann hat noch Minister Munteanu, der Lyriker, zugesagt. Er will sich anscheinend von mir malen lassen. Sagt dir die Gästeliste zu, lieber Schwager?« erkundigte sich Johannes Greysing. In seinen Augen lag Spott.

Hermann Fabritius war es als Advokat gewohnt, auf einzelne Worte zu achten. Er bemerkte, daß Johannes das Wörtchen »wir« höchst selten benutzte. War das immer schon so gewesen? Vermutlich fiel es ihm heute nach so langer Zeit besonders auf. Aber Künstler waren nun einmal Egozentriker, das war bekannt.

»Kommt denn niemand von der Familie außer uns?« mischte sich Dora ein, die gern ihre gesamte Verwandtschaft um sich hatte, »schließlich wart ihr doch zwei Jahre fort?«

»Wir erwarten noch etliche Freunde, den Brosch und den Meerwald und den ganzen alten Kreis. Und natürlich die Freimaurer. Unsere Schwester Lilly und ihre Familie haben wir ja in Salzburg ein paarmal getroffen: Ihr wißt, daß sie auch eine Zeitlang dort waren. Wir treffen sie ein andermal. Und der arme Willy … na, Hermann, du weißt ja, wie er ist«, beeilte Ida sich zu sagen. Sie mußte sich eingestehen, daß sie Doras Meinung teilte. Sie hätte ihre anderen Geschwister an diesem Abend auch gern dabeigehabt. Und nicht nur an diesem Abend. Aber Johannes schätzte nun einmal keinen Umgang, der nicht in irgendeiner Weise seinen Vorstellungen entsprach. Ida vermied Doras Blick. Sie schämte sich auf einmal des Verrats, den sie an ihren beiden Geschwistern beging. Hatte nicht Lilly sie damals im Krieg, als Hannes geboren wurde, viele Monate bei sich in Kisjenö auf dem Gut aufgenommen? Die Agrarreform vor zwei Jahren hatte ihren Mann, der aus Deutschland stammte, und auch den armen Willy die Arbeit als Gutsverwalter gekostet. Es gab jetzt keine privaten Güter mehr. Nur Hermann hatte Johannes als gescheiten, erfolgreichen, jedoch bequemen Vasallen akzeptiert, der überdies interessanterweise als Pfarrerssohn mit einer zehn Jahre älteren Jüdin verheiratet war.

»Du hast recht, Idalein«, kam er Ida zu Hilfe. »Stell dir nur vor, er sitzt mit dem Chefredakteur zur Linken und dem Minister vis à vis, und dann brockt er sein Brot in die Suppe.«

»Das wäre ja noch ganz originell. Viel schlimmer ist doch, daß er keinen Tropfen anrührt. Wahrscheinlich würde er Apfelsaft von dir verlangen«, fügte Johannes mit einer ungeduldigen Geste hinzu. Das Thema langweilte ihn bereits.

Er glich, ohne es zu wissen, in diesem Augenblick sehr seiner Urgroßmutter Louise Walbaum. Bereits über neunzig, pflegte sie ihre Nachkommen mit einem unerbittlichen Blick zu kategorisieren, in solche, die schön und intelligent, sowie jene, die lieb und gut waren. Von letzteren hatte sie, bis zuletzt stolz, hochfahrend und unbeugsam, so weit wie möglich Abstand genommen.

»Kommt dann wenigstens deine Schwester, Johannes?« Dora ließ nicht locker. Jedermann in der Stadt wußte, daß Mariechen, Johannes mondäne und exzentrische Schwester, wieder aus Wien zurück war. Jedermann wußte auch, daß vom einstigen Glanz dieser Frau, der so sehr an die Walbaums erinnert hatte, nichts mehr übriggeblieben war. Es wurde gemunkelt, daß ihr österreichischer Ehemann, von dem sie inzwischen schmählicherweise geschieden war, das ganze Vermögen des Paares im Eiltempo verpraßt und seine Frau völlig mittellos zurückgelassen habe. Resigniert war sie, die einmal so anspruchsvoll gewesen war, bei den betuchten Verwandten in der Meerwald-Mühle untergekrochen. »Ich erinnere mich nicht, sie eingeladen zu haben«, sagte Johannes kühl.

Auch im Hause Greysing pflegte man finanzielle Engpässe solange totzuschweigen, bis das nächste Bild verkauft und ein neues Beweisstück repräsentativen Wohlstands angeschafft war. Im Augenblick kündete ein nagelneuer, giftgrüner Chevrolet in der Hofeinfahrt von dem Verkauf der »Hochzeit zu Kanaa«, einem Großauftrag über angeblich mehr als hunderttausend Lei, den ein Bukarester Großindustrieller namens Soldi erteilt hatte. Das Bild hatte er in seinem Speisezimmer in eine holzvertäfelte Wand eingelassen. Ida hatte auf Johannes' Wunsch fahren gelernt und unternahm nun fast täglich mit einer verwegen schräg aufgesetzten Baskenmütze höchst werbewirksame

Spritztouren durch die Sommersiedlung, die vornehmlich von kulturbeflissenen Kronstädtern der oberen Einkommensklasse bewohnt war.

Johannes Greysing war unverfroren und klug genug, für seine Bilder Preise zu verlangen, die den Käufer zweifelsfrei davon überzeugten, ein wirklich erstklassiges Kunstwerk erworben zu haben. Gutes hatte nun einmal seinen Preis.

Ins Kinderzimmer über der Sommerlaube drang Stimmengewirr. Die Gäste der Abendgesellschaft trafen nach und nach ein. Hannes Greysing war froh, einen Grund zu haben, diesmal nicht vorgeführt zu werden. Wie alle Kinder haßte er es, wenn sich die Erwachsenen mit übertriebener Verwunderung darüber ausließen, wie groß er schon wieder geworden war. Mancher würde ihn sogar zu küssen versuchen. Er hatte sein Geschenk inzwischen ausgepackt und zu seiner Glückseligkeit eben jene Lokomotive zutage gefördert, die er sich schon immer gewünscht hatte. Neben dem Schornstein mußte man in eine kleine Öffnung Spiritus einfüllen. Beim Fahren machte sie ein wunderbar tuckerndes Geräusch.

Daß Dora-Tant und Hermann-Onkel sich an die Lokomotive erinnert hatten! Er hatte sie beide so lieb. Vor allem Hermann-Onkel. Nicht daß er ihn lieber gehabt hätte als Johannes. Nein, ganz bestimmt nicht. Aber anders. Hannes stellte sich vor, wie schön es sich mit seinem Onkel blödeln und spielen ließ und welche Geduld er dabei immer mit ihm hatte. Bei Hermann-Onkel mußte man sich nie anstrengen wie bei Johannes. Hermann-Onkel verlangte nichts, er war einfach da.

Von der Einfahrt her hörte man ein Automobil knattern, der Kies knirschte, und eine Autotür wurde zugeschlagen. Hannes rannte die Treppe hinunter. Die Eisenbahn war vergessen.

Es war immerhin möglich, daß jetzt der dicke Otto Schulz, Ziegeleibesitzer und Logenbruder von Johannes eingetroffen war. Schulz fuhr einen weißen, offenen Lancia. Vielleicht gelang es Hannes, wenigstens für ein paar Sekunden hinter dem Steuer zu sitzen? Man konnte nie wissen.

Leider vereitelte Peter zunächst seine Pläne. Die Gunst der Stunde nutzend, daß die Aufmerksamkeit aller Anwesenden sehr zur Genugtuung des dicken Ziegeleibesitzers zunächst auf seinen weißen Lancia gelenkt war, buddelte sich der Hund unbemerkt unter dem Jägerzaun des Grundstücks hindurch. Schnell hatte er die Grenze des Greysingschen Besitzes überwunden und konnte sich mit schrillem Jagdgekläff auf vier stattliche Gänse stürzen, die seit gestern auf dem Nachbargrundstück grasten. Die Gänse schnatterten verzweifelt. Zu spät. Peter hatte die größte am Hals gepackt und schleppte unter Einsatz all seiner Kräfte die Beute ins heimatliche Revier.

Doch das Gezeter der Gänse hatte Aufmerksamkeit erregt. Ida zögerte nicht eine Sekunde.

Für solche Fälle realer Krisenbewältigung war selbstverständlich sie zuständig. Daran hatte Johannes nie einen Zweifel gelassen. Ida verlor also keine Zeit und nahm die Sache selbst in die Hand. Binnen kurzem war der Nachbar beschwichtigt, der Schaden bezahlt, die gemeuchelte Gans für eins der nächsten Mittagessen eingeplant und der schuldbewußte Peter beschimpft.

Das Gewitter hatte sich vollständig verzogen, die Abendgesellschaft konnte, wie geplant, weitgehend im Freien stattfinden. Um weißlackierte Metalltische standen inzwischen überall naturfarbene Korbsessel. Man saß oder stand herum, trank »Mischmasch«, den sauren Weißen von Ambrosi, aufgespritzt mit *Malnasy viz,* Malnaser Mineralwasser, lachte und plauderte. Einige hatten auch ein Krüglein Czell-Bräu vor sich stehen. Man hatte sich lange nicht gesehen. Johannes Greysing war weg gewesen, und fast unmerklich waren auch die Treffen unter den Daheimgebliebenen seltener geworden.

Der kleine Hannes saß inzwischen hoch aufgerichtet hinter dem Steuer des Lancia und kurbelte selig am Steuerrad herum. Er bildete sich ein, Harry Piel zu sein, der Abenteurer, der soeben dank seines Wunderautos seinen Peinigern entkommen war … Wie hatte der Film nur geheißen, den er mit seinen Eltern vor kurzem noch in Salzburg gesehen hatte? Egal. Er wollte jedenfalls einmal so werden wie Harry. Oder wenigstens so wie Fredy, der Chauffeur seines Großvaters. Fredy hatte genauso ausgesehen wie Harry Piel, besonders wenn er Otatas Chrysler De Soto fuhr. Manchmal, wenn er Hannes abholte, hatte Fredy ihm zuliebe sein Taschentuch links und rechts an einem Zipfel gefaßt und war mit geschlossenen Beinen darübergesprungen. Nicht einmal Douglas Fairbanks brachte so etwas fertig. Schade, daß der Otata nicht mehr lebte, nicht nur wegen des Chryslers.

Die Luft war feucht. Aus dem Wald jenseits der Toreinfahrt wehte ein kühler Hauch herüber. Hannes fröstelte. Aus dem Stimmengewirr um das hell erleuchtete Haus filterte seine plötzlich aufsteigende Ängstlichkeit die vertraute Stimme seiner Mutter heraus. Er hatte Hunger, und er war müde. Er wollte zu ihr.

Unbemerkt war er im Schutz der Dunkelheit verschwunden und schlüpfte wieder in die Geborgenheit der Laube zurück, die von vielen flackernden Kerzen warm beleuchtet war und wo seine Mutter und Julisch das Buffet aufgestellt hatten.

Johannes Greysing und einige seiner Gäste waren in ein Gespräch über rumänisch-deutsche Kulturbeziehungen vertieft. Es war die Rede vom Einfluß Goethes auf Eminescu, von den Verbindungen junger Bukarester Dichter zu Rilke. Der aufstrebende Epigrammdichter »Pascal«, der ebenfalls anwesend war, hatte sich spontan erhoben und einige seiner Verse vorgetragen.

»Bravo«, urteilte Johannes Greysing, »prägnant und sprühend wie prickelnder Wein«, und hob sein Glas auf die junge rumänische Kunst. »Und auf meine Kollegen, die mich in Bukarest immer so freundlich empfangen.« Die Runde prostete sich zu, die Gläser klirrten bereits etwas lauter als noch vor einer halben Stunde.

»Sag, lieber Johannes«, mischte sich Ziegeleibesitzer Otto Schulz ein, der sich nur dank einiger Schoppen Mischmasch auf solch unsicheres Terrain begab, »du verstehst doch etwas davon. Was soll man nun vom Expressionismus halten?«

Er war sichtlich froh, endlich zu Wort gekommen zu sein, und betupfte sich mit einem nach Kölnisch Wasser riechenden Taschentuch Stirn und Oberlippe. Es war ziemlich schwül in der Laube, obwohl jetzt die Fenster gekippt waren.

»Ich weiß nicht, was diese widerlichen Ismen sollen«, beschied ihm Johannes unwirsch. »Sie wurden doch nur von beschäftigungslosen Kunstkritikern erfunden. Sie sind in Kunstdingen keineswegs klärend, sie wirken nur wie eine oberflächliche Etikettierung. Niemals hat ein van Gogh daran gedacht, expressionistisch zu malen. Er hat die Natur eigenwilliger und leidenschaftlicher empfunden. Sein Weltbild war farbiger und temperamentvoller als das einer stilleren und ausgeglicheneren Natur. Und das nannte man dann eben Expressionismus.«

Otto Schulz schwieg beeindruckt. Johannes Greysing betrachtete gelangweilt sein Weinglas.

»Gut gesagt, sehr gut formuliert«, hakte Hermann Fabritius nach, » … diese Kunstkritiker haben wirklich nichts anderes im Kopf, als irgendwelche Ismen zu kreieren.«

Dora, der ebenfalls ziemlich heiß war, nickte andächtig.

Johannes Greysing hob erneut lässig, aber bestimmt sein Glas. »Die Sichtweise Cézannes ist auch niemals Programm gewesen, seinem Auge spiegelte sich die Welt nicht als Form, sondern als farbige Fläche, die im Licht reiner, im Schatten stärker gebrochen war. Wahrscheinlich hat er nur auf einem Auge richtig gesehen und hatte infolgedessen keinen plastischen Blick: Deshalb kann man sich ihn von allen Großen vielleicht am wenigsten als Bildhauer denken, aber er wurde das Vorbild aller reinen Malerei.«

»Es ist erstaunlich, wie wunderbar Johannes alles in Worte fassen kann. Er hätte genausogut Schriftsteller werden können, findest du nicht auch, Idalein?« wandte sich die stattliche Marianne Meerwald an die Gastgeberin, die gerade dabei war, mehrere neue Flaschen gut gekühlten Kokelthaler Weißen bereitzustellen.

Ida antwortete nicht, denn ihr Mann fuhr fort: »Cézanne in irgendeine Schule einzureihen ist gewaltsam und eher verwirrend als klärend. Es ist bezeichnend, daß diese Ismen von uns Malern niemals gebraucht werden. Wo hat jemals einer vom Expressionisten Edward Munch gesprochen?« schloß Johannes Greysing und fügte hinzu: »Aber laßt uns jetzt doch von etwas anderem reden als von der Kunst. Wenn man den ganzen Tag damit beschäftigt ist, wendet man sich am Abend gern anderen Dingen des Lebens zu. Meinen Sie nicht auch, lieber Dumitrescu?« Dabei prostete er einem seiner wichtigen Bukarester Gäste, dem Chefredakteur des *Gandirea,* zu.

Dumitrescu hatte bisher still dagesessen, da ihm angesichts des gewaltigen Dekolletés seiner Tischdame Marianne Meerwald eine Diskussion über den Expressionismus wenig lohnend erschienen war. Johannes' unbestechlichem Malerauge war dies nicht entgangen. Umso weniger, als neben ihm die glutäugige Nichte des anderen Bukarester Gastes, des dichtenden Ministers Munteanu, Platz genommen und, während er sprach, mit schmelzenden Samtblicken an seinen Lippen gehangen hatte. Er schenkte ihr ein weiteres Glas des schweren goldenen Kokelthalers ein. Sie war wirklich recht ansehnlich und zudem mit einem zahlungskräftigen Kunden verwandt, eine Kombination, deren erfreuliche Nebeneffekte nicht von der Hand zu weisen waren, zumal sie den hübschen Namen Rodica trug und vom Kokelthaler bereits rosig überhauchte Wangen hatte.

»Meine Meinung über die Kunst im allgemeinen und über Ihre sensiblen Porträts im besonderen kennen Sie und meine Leser auch, Domnule Greysing«, ließ sich der Chefredakteur nun vernehmen. Er sprach ein tadelloses Deutsch, wobei er das R nur unwesentlich stärker rollte, als dies die anwesenden Siebenbürger Sachsen taten. Er hatte, wie die meisten wohlhabenden Rumänen, in Paris studiert, und sein Deutsch war deshalb mitunter mit einem leichten, sehr charmanten französischen Tonfall gefärbt. Marianne Meerwald, die den Bukarester zum ersten Mal bei Greysings traf, fand ihn insgeheim ganz reizend. Meinte sie nur den Akzent? Jedenfalls ließ sich die großgewachsene Blondine in mittleren Jahren die feurigen Blicke des schwarzäugigen Tischherrn gerne gefallen. Rückte sie nicht sogar ein wenig an ihn heran?

Johannes Greysing lehnte mit einer für ihn typischen Mischung aus Nachlässigkeit und Eleganz in seinem Korbsessel. Er hatte seine langen Beine übereinandergeschlagen, so daß man die feinen, schwarzen silbergrau durchwirkten Socken und seine schmalen, schwarzen Schnallenschuhe sehen konnte. In einer Hand hielt er die unvermeidliche Zigarette mit Bernsteinspitze. Der Maler klemmte diese nicht etwa, wie es die meisten Raucher taten, zwischen Zeige- und Mittelfinger, sondern sie lag locker zwischen Daumen und Zeigefinger. Die Handfläche zeigte dabei offen nach oben. Bereits diese Art, die Zigarette zu halten, die übrigens seiner Pinselhaltung beim Malen exakt entsprach, zeigte, daß Johannes Greysing es haßte, irgend etwas auf die allgemein übliche Weise zu tun, und daß er dazu entschlossen war, immer gegen den Strom zu schwimmen. Wenngleich er dies durchaus im Strome der großbürgerlichen Wertordnung tat, die ihn geprägt hatte und von der er nie loskommen sollte.

Sein dünnes, aschblondes, auf der linken Seite penibel gescheiteltes Haar, das er mit Wasser und etwas Pomade eng an den hohen Kopf frisierte, begann bereits über der Stirn zurückzuweichen. Vor wenigen Wochen erst hatte er mit seinen Salzburger Freunden noch seinen Vierzigsten gefeiert. Wie lange das schon zurückzuliegen schien. Johannes Greysings Augenbrauen waren zumeist in leichtem Spott hochgezogen, wodurch sich auf der Stirn scharfe, bogenförmig übereinanderliegende Falten gebildet hatten. Von den kräftigen, eher breiten Nasenflügeln liefen zwei tiefe Furchen zu den Winkeln des kleinen, vollen und weich gezeichneten Mundes und erzählten von inneren Kämpfen und Niederlagen, von denen die Ironie um die Augen nichts zu wissen schien.

Sein ungenierter Malerblick war noch derselbe wie früher. Hellblau und von bohrender Intensität. Dieser Blick brachte die junge Rodica in arge Bedrängnis.

Heute abend fühlte sich Johannes Greysing ausgesprochen wohl. Er war ein anerkannter Künstler, gleichermaßen geschätzt von allen Völkern seiner Heimat. Eine Ausstellung in Budapest war erfolgreich vorüber, eine größere in Bukarest stand unmittelbar bevor. An seinem Tisch saßen gute Freunde, einflußreiche Leute und zahlungskräftige Kunden, manchmal, wie im Falle Meerwald oder Munteanu, erfüllten sie alle drei Funktionen gleichzeitig. Wie lang war es her, seit er nach dem Studium in München mit seiner ersten Ausstellung heim nach Kronstadt gezogen war? Erst nachdem er in einer Kritik von Ostini im örtlichen Lokalblatt, der *Kronstädter Zeitung,* gewürdigt worden war, begannen sich die Landsleute mit seiner modernen Auffassung von Malerei anzufreunden. Seinen Vater hatte schließlich der große Verkaufserfolg der Ausstellung überzeugt.

Johannes hatte in der vergangenen Nacht ohne Schlafmittel ausgezeichnet geschlafen, und das Gewitter am Abend hatte ein übriges getan, ihn diese »Muri«, wie die Sachsen sagten, entspannt genießen zu lassen.

Ida hatte wirklich wieder einmal einen glänzenden Abend arrangiert. Sie war eine perfekte Gastgeberin, immer auf dem Sprung. Im Moment war sie gerade dabei, einen großen, bemalten Siebenbürgischen Krug voller *bazsa rózsa,* wie man die gefüllten Pfingstrosen nannte, in die Mitte des Buffets zu stellen. »Komm, Idalein, setz dich zu uns. Du hast jetzt wirklich genug getan«, sagte Johannes. »Genieße mit mir den Abend.«

»Später, mein Lieber, später«, wehrte Ida emsig ab. »Erst muß noch das Buffet eröffnet werden. Gleich wird es so weit sein.« Sie stellte sich vors Buffet, das auf zwei großen, mit weißen Tüchern verhüllten Küchentischen aufgebaut war, und rief mit lauter, dunkler Stimme: »Meine Damen und Herren, ich bitte um Ihr Gehör: Ich erkläre hiermit das Buffet für eröffnet.«

Johannes betrachtete Ida mit Wohlgefallen. Sie war schön, und sie verstand es, ein großes Haus zu führen. Und sie war eine

Frau, die nichts für sich selbst verlangte. Die ideale Künstlerfrau, sagten alle seine Kollegen. Schön und selbstlos und dazu noch die fürsorgliche Mutter seines Sohnes. Vielleicht etwas zu nachgiebig – niemand wußte, wie langweilig das mitunter war. Er hatte Frauen gekannt, auch während seiner Ehe, die wild und aufsässig waren …

Johannes rügte sich für diesen dummen, eitlen Vergleich. Er war sich selbst gegenüber zu ehrlich, um sich dergleichen durchgehen zu lassen. Ida gehörte zu ihm, wie seine Heimat, unabänderlich. Als er Ida so dastehen sah, beneidete er sie fast um ihr ungebrochenes Glück. Der Mann aus Nazareth mußte wohl recht haben: Das Himmelreich gehörte denen, die da liebten und dienten. Wie hieß es doch gleich in diesem wunderbarsten aller Texte, der Bergpredigt: Selig sind die Barmherzigen, denn sie werden Barmherzigkeit erlangen …

Idas helle Haut leuchtete im Licht der Kerzen wie Alabaster. Er mußte sie einmal so malen, von innen heraus leuchtend im Licht der Liebe und der Barmherzigkeit. »Vielleicht«, dachte er, »ist mein Kreuz die Unbarmherzigkeit. Vor allem die Unbarmherzigkeit mit mir selbst, Ursprung aller Egozentrik.«

Er hob sein Glas und prostete Rodica zu. Sie war jung, selbstbewußt und eigenwillig …

Eine Hand legte sich sanft auf seine Schulter. »Ich denk, es ist bisher ein gelungener Abend, findest du nicht auch, Johannes?«

Das so vertraute und doch immer wieder interessante, ernste Gesicht beugte sich herab. Er sah ein paar winzige Schweißperlen auf ihrer Nase und mußte lächeln: »Du hast das wunderbar arrangiert, Idalein. Wann kommt denn die Zigeunerkapelle?« Lange sah er sie an. In ihren Augen lag orientalische Hingebung, in ihrer Hand europäische Tatkraft.

»Ich dachte, es wäre besser, sie erst nach dem Essen da zu haben … wäre es dir früher angenehmer gewesen?« Ida zögerte.

»Es ist gut so, wie du es machst«, beruhigte er sie und wandte sich wieder Rodica zu.

»Erzählen Sie uns doch ein wenig von Ihrer Zeit in Salzburg, Domnule Greysing«, wandte sich Rodicas Onkel an ihn.

»Ach ja, bitte, sie waren dort mit bedeutenden Künstlern zusammen«, pflichtete ihm Rodica mit ihrem reizenden rumänischen Akzent bei und lehnte sich dabei wie unabsichtlich weit nach vorn zu Johannes hinüber, wobei ihre kleinen, runden Jungmädchenbrüste unter der hauchdünnen Organzabluse wippten. Johannes wußte, daß dieser hübsche Anblick auch Schwager Hermann unmöglich entgangen sein konnte.

Von den anwesenden Herren war vor allem Chefredakteur Dumitrescu gegen Rodicas Reize gefeit, da er vollauf damit beschäftigt war, seiner stattlichen Tischdame Marianne Meerwald den Hof zu machen. Er schwärmte, wie viele Bukarester, für blonde Walküren und verkehrte allein schon deshalb gern in Siebenbürgischen Kreisen.

Die Herren Brosch, der Sänger, der bereits an der Wiener Oper gesungen hatte, Meerwald, von den Meerwald-Mühlen, und Otto Schulz hegten seit alters her eine stille Verehrung für Ida Greysing, kamen also ebenfalls für Rodica nicht in Betracht.

Die Chancen für Hermann Fabritius standen demnach nicht schlecht. Dem Mischmasch eifrig zusprechend, hatte er Rodica schon ausgiebig beobachtet. »Wenn nur Johannes nicht wäre! Auf ihn fliegen die Frauen«, dachte Hermann mit einer Mischung aus Neid und Bewunderung.

»Wie ihr ja alle schon wißt«, hörte er Johannes beiläufig sagen, »hatten wir mit meinem Kollegen Harta in Anif bei Salzburg eine Malschule aufgemacht, die ganz gut lief. Ich war für

Porträt und Kopfkorrektur zuständig ...« Das Stimmengewirr ließ nach, man hörte gern, was Greysing aus der großen Welt zu berichten hatte.

»Das ist auch gut so. Schließlich bist du einer unserer bedeutendsten Porträtmaler«, mischte sich Otto Schulz eifrig ein. Er hatte zwar keine Ahnung von Malerei, war aber als Mäzen und Gast im Hause Greysing stets gern gesehen.

»Der bedeutendste Porträtmaler«, korrigierte ihn Marianne Meerwald streng, wobei sie das »der« eindringlich in die Länge zog. Marianne Meerwald war Widerspruch nicht gewohnt und erwartete also auch keinen. Ihr Haus in Kronstadt war nicht nur eins der wohlhabendsten, sondern zugleich Umschlagplatz für jegliche Neuigkeit, wie geheim sie auch sein mochte. Ihrem Damenkränzchen blieb nichts verborgen.

»Wir hatten mit Harta und seiner Familie zwei hübsche Holzhäuser nebeneinander gemietet. Das Sträßchen haben sie jetzt Malerweg genannt, hat mir Harta geschrieben«, fuhr Johannes fort. »Es war sehr idyllisch. Auch den Kindern hat es gefallen. Wo ist übrigens mein Sohn? Das Buffet ist doch schon eröffnet ...«

Sein Blick schweifte belustigt durch die Laube. Natürlich. Dort im Halbdunkel hatte Hannes es sich ganz hinten auf einem beinahe unbeleuchteten Korbsessel bequem gemacht. »Wer weiß, wie lange er von dort uns schon zugehört hat«, dachte Johannes. Der Junge besaß ein feines Gespür für Menschen und Stimmungen, soviel war sicher. Er schrieb in der Schule recht begabte Aufsätze. Allerdings war er ohne Ehrgeiz. Was aus ihm wohl einmal werden würde?

»Wir hatten in Salzburg einen sehr interessanten Kreis«, lenkte Ida mit etwas zu lauter Stimme ab. »Richard Billinger und Stefan Zweig waren öfter bei uns, auch Harta ist ein bekannter Maler. Er hat mich übrigens des öfteren gemalt.«

»Na, gefallen wirst du ihm eben haben«, warf Johannes trocken ein. »Vermutlich hätte er gern mit mir getauscht. Kein Wunder, wenn ich an seine Gattin denke …«

Die Gäste lachten. Hannes schämte sich. Er mochte es nicht, wenn Johannes auf Mamas Kosten Witze machte. Auch Ida schämte sich ein bißchen, lachte aber mit, weil alle lachten und weil sie sich gleichzeitig geschmeichelt fühlte. Johannes musterte Frau und Sohn mit wohlgefälligem Spott.

Plötzlich war es da, dieses Lächeln. Die Belustigung in seinen Augen verwandelte sich in Wärme. Stolz und Anspruch um den Mund wichen einem weichen, gläubigen, fast kindlichen Strahlen. Wie oft schon hatte Ida vergebens um dieses Lächeln gebuhlt. Es ließ sich nicht erzwingen und war ihr schon deshalb kostbar. Es schien ihr jedesmal, als sähe sie hinter diesem Lächeln endlich seine Seele durchschimmern, die er so sorgsam hütete und nur in seinen Bildern offenbarte.

Sie wußte seit langem, wie einsam Johannes war.

Sie kannte sein Ringen um seine Kunst, an die er höchste AnSprüche stellte. Sie ahnte seine Ängste. Sie wußte, daß sie diesen Mann vor dem Leben bewahren mußte, ohne daß er sich dessen bewußt wurde und ohne je viel für sich selbst zu erwarten. Er war kein Mensch, der gab.

Was Johannes auch tat, es war in seinen Augen niemals genug. Ida sah ihren Mann an und fühlte Mitleid mit diesem Unbeugsamen, Einsamen.

Ida wußte auch, weshalb Johannes, wie sehr er auch hinaus in die Metropolen Europas streben mochte, immer wieder nach Hause fand: Er brauchte diese Geborgenheit, auch wenn er sich darüber lustig machte. Sie spürte seit Tagen, wie gut ihm die

Wärme, die Bewunderung der alten Freunde taten, auch wenn er sie spöttisch als »Provinzhonoratioren« abtat.

Als hätte er ihre Gedanken aufgenommen, sagte Johannes plötzlich: »Tja, und dann wurde ich langsam wieder großstadtmüde. Es wurde Zeit, wieder einmal in Siebenbürgen nach dem Rechten zu schaun … Jetzt sind wir also wieder hier, und ich weiß nicht, ob ich mich darüber freuen soll, denn die beruflichen Möglichkeiten in Salzburg … Ich denke zur Zeit oft, wie ich nach langem Auslandsaufenthalt das erste Mal Sehnsucht nach den Wäldern der Heimat bekam. Es war noch vor dem Krieg in Wien. Ich arbeitete mit Harta, Blunt und Egon Schiele zusammen. Wir hatten damals täglich eine Aktsitzung, wobei allabendlich ein neues Modell gestellt wurde, an dem sich jeder Künstler für fünfzig Heller beteiligen konnte. Das wär doch etwas für dich gewesen, lieber Hermann, nicht wahr …?«

Johannes' unerbittlicher Blick fiel auf seinen Schwager. Hermann lachte gutmütig auf: »Na servus! Aber erzähl doch etwas von deiner Zeit vor dem Krieg in München. Ich denk, das wird unsere Bukarester sicher sehr interessieren, hab ich nicht recht?«

Hermann prostete mit einer allzu zierlichen Bewegung der niedlichen Rodica zu. Leider hatte sie, was zu erwarten gewesen war, nur Augen für Johannes.

»Sie haben in München eine faszinierende Zeit erlebt, lieber Greysing«, griff Nelu Dumitrescu das Thema auf. »Ich brenne darauf, aus erster Hand davon zu hören«, und rückte seinen Korbsessel noch etwas näher an Marianne Meerwalds Dekolleté heran.

»Erzähle, Johannes«, sagte sie bestimmt. »Hier bei uns in Siebenbürgen war ja nicht so viel los …« Dabei stand sie auf, rauschte an ihrem Verehrer vorbei zum Buffet und erklärte:

»Vorher wollen wir uns alle aber noch ein bißchen stärken. Wozu hat sich Ida sonst solche Mühe gegeben. Wunderbar hast du das gemacht, Idalein. Man darf dich um Julisch beneiden. Also, meine Herrschaften, aufstehen und zugreifen!«

Die Gäste, von denen keiner gewagt hatte, als erster zum Buffet zu gehen, ließen sich das nicht zweimal sagen. Jeder lud sich Winete, gefüllte Eier, Paprikasalat, Burzenrettich, Hähnchen und Roastbeef auf den Teller, nahm von dem herrlichen, duftenden Krustenbrot. Besteck klapperte, Gläser klirrten, man plauderte gedämpft miteinander.

»Sag, Johannes, willst du nicht wirklich etwas über eure berühmten Kegelabende in München zum besten geben«, erinnerte Ida ihren Mann. Die Art, wie Rodica ihn ansah, gefiel ihr nicht. Aber sie hütete sich, ihre Eifersucht zu zeigen.

Johannes stellte seinen Teller ab, zündete sich eine neue Zigarette an und begann: »Wie ihr wißt, war ich als Student vor dem Krieg auf der Münchner Kunstakademie inskribiert. Die wöchentlichen Kegelabende waren für uns Studenten ein wichtiges Ereignis. Es trafen sich Maler wie Max Unold und Schuelein mit Künstlerkollegen aus der Schriftstellerzunft. Nach einem dieser Abende bummelte ich mit Heinrich Mann, den ich in jener Zeit porträtiert habe, über den Stachus. Vor dem Café Luitpold sagte Mann: ›Es ist auffallend, daß auf dem ganzen Weg nicht eine Strichhur zu sehen war. München scheint die sittsamste Stadt der Welt geworden zu sein.‹ Doch kaum hatte er ausgesprochen, als von der nächsten Straßenlaterne ein ziemlich dickes Fräulein auf uns zutänzelte und uns lieblich anlächelte. ›Wie geht das Geschäft?‹ fragte sie Heinrich Mann. ›Schlecht, Herr Kunstmaler.‹ Mann trug einen Van-Dyck-Bart und wurde überall für einen Maler gehalten. ›Die Konkurrenz von diesen Bürgermädeln ist zu groß. Und dann, wissen'S: Diese verfluchte

Sezession! In München verdient nur schlank!‹ – ›Erfinden Sie so etwas‹, sagte Mann und zuckte seinen Notizblock. Nicht weit vom Luitpold hatte sich ein sogenanntes Nachtlokal mit dem verlockenden Namen ›Chat noir‹ aufgetan. ›München fängt an, modern zu werden. Trinken wir einen Schwarzen, und sehen wir uns das Nachtleben an.‹

An dem Bartisch lümmelte eine verschlafene blonde Buffetdame, die ebenfalls zur Gilde der Schlechtverdiener zu gehören schien: Als einziges Amüsierfräulein entdeckten wir ein Dämchen, das eine Brille auf der Nase hatte und an einem blauen Schal strickte. Wieder zückte Mann sein Notizbuch und schrieb: ›Münchener Nachtleben: Hure mit bleigefaßter Brille und Strickarbeit. Wir tranken unseren Schwarzen und wanderten nach Schwabing in unser vertrautes Stadtviertel …‹«

»Erstaunlich, Domnule Greysing, wunderbar. Mit Heinrich Mann durch München zu streifen und die Damen zu besichtigen …«, rief Rodicas Onkel. Auch ihm war der schwere Kokelthaler, der den Rumänen besser zu munden schien als der saure Mischmasch, bereits zu Kopf gestiegen. »Von solchen Erlebnissen kann man bei uns in Bukarest nur träumen …«

»Bitte, Domnule Greysing, berichten Sie doch weiter. Ich finde das alles so aufregend«, schmeichelte Rodica, lehnte sich eine Spur zu auffallend zu Johannes herüber und legte ihre heiße Hand auf seinen Arm. Der Maler wich zurück. Aufdringlichkeit war ihm besonders bei Frauen aufs äußerste zuwider. Ida sah es und wußte, daß die Gefahr vorüber war.

Johannes betrachtete lange den Ring an seinem kleinen Finger. Ein Greysingsches Erbstück, der Einkaräter sternförmig gefaßt in schwarzer Emaille. Von nobler Einfachheit, wie er fand.

»Wir gingen also weiter. In der Türkenstraße war noch viel Betrieb. Vorne, im berühmten ›Simplizissimus‹, dem kleinen

Kaffeehaus mit bürgerlichem Charakter, war es ziemlich leer. Heinrich Mann und ich gingen durch einen langen Gang und kamen hinten in einen Raum, in dem etwa zehn bis fünfzehn quadratische Marmortische standen. Die Wände waren voller Zeichnungen und Karikaturen, die von den Stammgästen geliefert wurden und meistens bekannte Münchner Persönlichkeiten darstellten. Ein kleines Podium in der Mitte diente den verschiedenen Darbietungen. Lieder zur Gitarre, eigene Dichtungen, Schwänke und dergleichen. Das Programm wurde von den Stammgästen bestritten, doch gab es auch einen Hausdichter, der seine regelmäßigen Verpflichtungen hatte. Er bekam dafür freies Essen und Trinken, sowie eine Mark täglich. Zwischen den Tischen ging das Fräulein Kathi Kobus, die in ganz München gut bekannte Besitzerin, herum, sorgte für ihre Gäste und achtete auch darauf, daß in bestimmten Fällen der Schoppen Terlaner nicht mehr auf Kredit ausgeschenkt wurde.« Johannes Greysing sprach pointiert und leise und zwang damit seine Gäste, ihm genau zuzuhören.

»Ich hab ja noch gar nicht gewußt, Johannes, daß du auch im ›Simplizissimus‹ verkehrt hast«, warf der stille Josef Meerwald ein. Es kam selten vor, daß er das Wort ergriff, besonders wenn seine Frau zugegen war.

»Na, dann weißt du jetzt endlich, mit wem du jede Woche auf die Jagd gegangen bist …«, spöttelte Johannes Greysing, die Zigarette zwischen den Lippen. »Darf ich fortfahren?«

»Selbstverständlich, mein Lieber, wir sind alle sehr gespannt«, ermunterte ihn Marianne Meerwald. Josef Meerwald nickte.

»Kathi Kobus war eine stattliche Erscheinung mit hochaufgeschnürtem Busen und einem Berg von knallrotem, hochgekämmten Haar. Ob es echt oder gefärbt war, konnte niemand mit Sicherheit sagen. Ebenso ungewiß war ihr Alter. Die Angaben schwankten zwischen fünfunddreißig und fünfundsechzig. Sie kannte die Verhältnisse ihrer Stammgäste aufs intimste und wußte auf den Pfennig genau, wie viel sich jeder leisten konnte. ›Heut haben'S genug getrunken. Was wollen 'S denn morgen machen? Heut ist erst der siebzehnte. Na gut, na meinetwegen, noch a Quartel, aber dann is Schluß!‹ Da fragte sie der Dichter Scharf: ›Fräulein Kathi, fangen wir ein Verhältnis an, aber recht ein schmutziges?‹ ›Heut haben'S doch Ihren Schöpfungstag noch gar net deklamiert. Schauen'S, daß auffi kommen aufs Podest, dann gibt's noch einen Schoppen‹, sagte Kathi Kobus.

Gehorsam begann der Dichter mit seinem allabendlichen Schlager: ›Ich bin ein Prolet. Was kann ich dafür. Ich bin nur da, um zu zeugen.‹ Die finstere Miene des Dichters und sein schwarzer Bart erhöhten die Wirkung des Schlußeffekts: Die Paarung des ersten Menschen mit einer Äffin. Ich erinnere mich noch genau an den Refrain: Und die Äffin gebar mit Gegreine …

Der zweite Schlager des Dichters war sein abgerichteter Pudel, der zu jedem Tisch ging und sitzend so lange mit den Vorderbeinen zappelte, bis man ihm einen Pfennig in das Maul steckte. Er konnte, ohne etwas zu verlieren, bis zu dreißig Pfennig im Maul tragen. Ich hab mir schon überlegt, ob ich so etwas nicht auch unserem Spaniel beibringe. Er könnte dann beispielsweise heut abend von Gast zu Gast gehen …«, scherzte Johannes.

»Vergiß bitte nicht, daß das Buffet …«, versuchte Ida leise zu mahnen, während die Runde lachte. Sie hatte bemerkt, daß ihre Gäste vor leeren Tellern saßen, auch hatten einige nichts mehr in den Gläsern …

»Also dieser Pudel«, fuhr Johannes unbeirrbar fort, »er lief dann zum Buffet und spuckte die Pfennige vor der Kassiererin aus, die daraufhin dem Dichter Scharf einen Schoppen Terlaner brachte. Eine besondere Erscheinung war der Professor Azbe, der eine Malschule hatte, die meist von Schülern aus den Balkanländern, manchmal waren auch exotische Fürstensöhne darunter, besucht wurde. Diese Künstlerschar saß dann an zwei zusammengeschobenen Tischen. Häufig wurde einer der ausländischen Orden gefeiert, die der alte Professor aus einem dieser fremden Länder erhalten hatte. Oft bestieg der Volksdichter Queri das Podium und gab eine seiner ulkigen Vorstadtgeschichten zum besten, später kam auch Ringelnatz hinzu, der nach einer kräftigen Mischung aus Rum, Gin und Genever seinen Kuddeldaddeldu zum besten gab. An einem dieser Abende tanzte übrigens eine uns allen völlig unbekannte Dame auf dem kleinen Podest einen Ausdruckstanz. Kathi Kobus kam zu uns und flüsterte: ›Wissen'S, wer des ist? Des is die weltberühmte Isadora Duncan!‹«

Johannes Greysing brach seine Münchner Anekdoten ab. Dora und Hermann Fabritius schwiegen beeindruckt, obgleich sie alles schon kannten, die Meerwalds wandten sich eilig dem Buffet zu, man füllte die Gläser auf, und die Bukarester Gäste waren sich sicher, dieses Haus nicht zum letzten Mal aufgesucht zu haben. Rodicas Onkel beschloß, sich so schnell wie möglich von diesem Greysing malen zu lassen. Wer weiß, wann der weitgereiste Mann Weltruhm erlangen würde.

Johannes Greysing zündete sich schon wieder eine Zigarette an. Er hatte dem Affen kräftig Zucker gegeben. Vermutlich waren dabei mehrere große Aufträge herausgesprungen. So waren sie: Man erzählte ihnen etwas von München und von ein paar Berühmtheiten, und sie waren tief beeindruckt. Wahrscheinlich hatte Ida aber recht. Im Grunde war das Buffet wichtiger. Erstaunlich, was dieser Dumitrescu hinunterschlang. Und Meerwald erst. Aber das kannte er schon von den gemeinsamen Jagden. Für Fragen der Kunst und der Ästhetik interessierte sich niemand mehr. Außer dem jungen, unscheinbaren Dichter, der stumm in seinem Korbsessel lag.

Halb zu Pascal gewandt, halb zu sich selbst, fuhr Johannes leise fort: »Drei Sommer meiner Münchner Zeit habe ich in Brügge verbracht. Die alte, verträumte Stadt an der Nordsee war für meine künstlerische Entwicklung bedeutsam. Ich glaube, daß ich dort die ersten Bilder gemalt habe, die etwas von meinem persönlichen Stil zeigen ...« Pascal nickte stumm. Er verstand.

»In Brügge stand damals die Hälfte aller Häuser leer, ein Paradies für Maler. Ich versuchte hier zum ersten Mal nicht nur das optische Bild einer Stadt, sondern deren Charakter, die Seele, zu malen. Ich saß monatelang an den Kanälen, an denen alte Weiblein sich langsam wie Gespenster bewegten und aussahen, als wenn E. T. A. Hoffmann sie erdacht hätte, abseits vom Strom des Lebens in einer sie vergessenden Welt. Ich hatte zum ersten Mal das Gefühl, eigene Wege gefunden zu haben.«

Er spürte die laue Abendluft, die durchs Kippfenster drang, meinte den nahen Wald zu riechen. Den Wald Siebenbürgens, der ihn nicht losließ. München, Brügge, Salzburg waren so weit weg. Der ihm seit seiner Kindheit vertraute Geruch der Laube stieg ihm in die Nase, Holz, etwas frische Lackfarbe, ein bißchen Moder. Er war zu Hause. Er kämpfte nicht mehr. Wenigstens für heute.

Morgen würde er gegen elf Uhr mit der alten Vorortbahn zum Schoppen in die Redoute fahren. So wie immer.

Alle Freunde würden da sein. So wie immer.

Mitten in der Nacht wachte Hannes auf. Es mochte gegen zwei Uhr früh sein. Seine Mutter hatte ihn kurz nach zehn Uhr zu Bett gebracht, und er war, obwohl es heute in der Laube, die direkt unter seinem Zimmer lag, ziemlich laut gewesen war, sofort eingeschlafen. Erst allmählich waren die Geräusche der inzwischen eingetroffenen Zigeunerkapelle, die Stimmen und das Gelächter der Gäste in seine Träume eingedrungen.

Der Lärm deutete darauf hin, daß das Fest seinem Höhepunkt zustrebte. Hannes sperrte sich nicht, wie es ein Erwachsener getan hätte, gegen die nächtliche Ruhestörung. Im Gegenteil: Er lag warm und geborgen in seinem Bett und lauschte. Niemand wußte, daß er wach war. Hannes fühlte sich wie einer, der heimlich ein Geschenk erhalten hatte.

Durch die Vorhänge drang von der Laube her gedämpftes Licht. Er konnte seine neue Lokomotive sehen, die seine Mutter sicherheitshalber auf die Kommode gestellt hatte.

Hannes lauschte. Keiner konnte etwas von ihm wollen. Manchmal, wenn seine Eltern in Salzburg Besuch gehabt hatten, war er auch so gelegen. Es war das erste Mal, daß er an Salzburg dachte. Nun war er wieder hier in Kronstadt, und sein Leben ging weiter wie zuvor. Hannes stellte keine Fragen. Mama war ja da, alles war gut, so wie es war.

Ein Stockwerk tiefer schwoll jetzt der Bariton des Sängers Brosch, der sogar einige Jahre in Wien an der Oper gewesen war, an. »Am Bruuuuuuunnen vor dem Toooooore …«, sang er, Johannes' Lieblingslied.

Weshalb klang das Lied diesmal so anders? Nach wenigen Takten wurde die wehmütige Schwere des alten deutschen Liedes fast vom verhaltenem magyarischen Rhythmus verdrängt. Brosch hatte Mühe, daß die Zigeuner ihm nicht mit der Begleitung davoneilten. Hannes lauschte. Die Musik war verstummt,

Applaus und Bravorufe. Er vernahm die Stimme seines Onkels und daraufhin Gelächter. Mama und Johannes hörte man kaum.

»Rodica, ich küsse dein Herz! « hörte er Hermann-Onkel ausrufen, und nochmals »Rodica, ich küsse dein Herz!« Hannes konnte sich genau vorstellen, wie sein Onkel das schöne Mädchen aus Bukarest, das ein wenig ausgesehen hatte wie Schneewittchen, umschwärmte und ihm einen Handkuß nach dem anderen aufdrückte. Wahrscheinlich hatte er schon etliche Male mit ihr getanzt. Johannes sagte zwar immer, Hermann-Onkel habe die Grazie eines Nilpferdes, aber Hannes gefiel es, wie er tanzte.

Wieder vernahm man die Stimme von Hermann-Onkel und kurz darauf laute Lachsalven. Dann trat Stille ein. Was war das?

»Rácsos kapu rácsos ablak …«, erklang stark und kraftvoll die schöne Stimme seiner Mutter. Sie sang das alte ungarische Volkslied, das Hannes so liebte. Es mußte wirklich ein besonderes Fest sein, denn sie sang nur, wenn man sie sehr darum bat.

Rácsos kapu, rácsos ablak
Memsokára itten hagylak
Elmegyek én messze földre
Ki sem csordul mát a konnyem.
Ha majd egykor ujrakerdik
Azt az asszonyt azt a reggelt
Akkor titkon megsiraltak
Rácsos kapu, rácsos ablak.

Hannes kannte die alte Weise so gut, daß er sie leise mitsummte. Er fühlte sich geborgen in seinem Bett und lauschte der Stimme seiner Mutter. Langsam glitt er wieder in seine Träume.

Gepolter auf der Treppe riß ihn zurück aus dem Schlaf.

Hannes wußte, was nun folgen würde. Sein Vater hatte hin und wieder seinen Spaß daran, zu vorgerückter Stunde den bezechten Gästen seinen Stammhalter vorzuführen. Gleich würden sie ins Kinderzimmer hereinrumpeln, überall anrempeln, dann plötzlich das Licht anmachen und sich totlachen. Hannes war sich sicher, daß er sich diesmal schlafend stellen und die Decke über den Kopf ziehen würde. Warum machte Johannes so etwas?

Warum schritt Mama nicht ein? Aber sie machte ja immer, was Johannes sagte. Wenn der mitten in der Nacht von seinem Schoppen Freunde mit heimbrachte, rannte sie im Schlafrock herum und bediente die Gäste noch.

Das Licht ging an. Hannes wagte nicht, sich zu verstecken. Da waren ja auch die Musiker der Zigeunerkapelle. Sie hatten ihre Instrumente dabei. Und schon spielte der Cigan über sein Bett gebeugt eine schluchzende Zigeunerweise.

Hannes saß in seinem Bett und schämte sich. Er war den Tränen nahe. Warum mußte Johannes ihn so bloßstellen?

Die Erwachsenen lachten.

Wenn sie nur nicht merkten, daß Peter, der Spaniel, am Fußende unter seiner Decke lag. Aber die Erwachsenen lachten nur über sein beschämtes Bubengesicht, das ihnen mit verwuschelten Haaren und vom Licht geblendeten, blinzelnden Augen entgegensah.

Johannes war schuld an dieser Schmach. Wenn er groß war, würde er ihm das heimzahlen. Wo war er überhaupt? Sein Vater lehnte hinter den Gästen mit amüsiertem Blick im Türrahmen. Er sagte etwas, die Gäste lachten.

In diesem Augenblick haßte Hannes seinen Vater. Er wollte ihm am liebsten die Zunge herausstrecken, aber er lächelte ihm schüchtern entgegen. Johannes widersetzte man sich nicht.

Hannes verkroch sich unter der Decke, spürte das warme, seidige Fell des Hundes an seinen Füßen und flüchtete in einen flachen, unruhigen Schlaf, der erst friedlicher wurde, als im Haus endlich Ruhe eingekehrt war.

Hermannstadt 1928

In wenigen Tagen würde man den ersten Advent feiern. Die einstöckigen, mittelalterlichen Häuser am Großen Ring mit ihren Ziegeldächern, den Giebeln und Erkern, auch das Kopfsteinpflaster auf dem Platz waren verschneit. Alle Geräusche schienen gedämpft. Nur das rhythmische Klirren der Schlittenglocken und das Knirschen der Pferdehufe klangen hell durch die Winterluft. Es wurde bereits dunkel. Sanfte, dicke Schneeflocken fielen schon seit Tagen lautlos vom Himmel. Die Häuser rund um den Marktplatz glichen mit ihren erleuchteten Fenstern einem weihnachtlichen Transparent.

Karli fühlte sich von dem weihnachtlichen Leben und dem Lichterschein erwärmt und getröstet. Er war schon längere Zeit unschlüssig vor dem Schaufenster der Adlerapotheke gestanden. Malvines Zehnjähriger trug einen dunkelbraunen, mit Fell gefütterten, taillierten Wintermantel, der an Kragen und Ärmeln ebenfalls mit Fell abgesetzt war. Die Füße steckten mitsamt den Schnürstiefeln in Gummigaloschen. Handschuhe und Mütze hatte er irgendwo verloren, so daß die Hände von der Kälte gerötet waren. Karli hatte nach Schulschluß nicht gewagt, nach Hause zu gehen, und war in der Stadt herumgeirrt. Der Schwindel mit der Lateinnote war nun doch ans Licht gekommen. Tata war heute bei seinem Lehrer gewesen, das hatte Herr Roth ihm gesagt. Der Herr Major habe ihn, den Lehrer, gebeten, mit äußerster Strenge vorzugehen. Der Bub müsse diesmal exemplarisch bestraft werden. Vor einigen Wochen bei der Sache mit dem gestohlenen Radiergummi wäre man viel zu milde gewesen. Der Vater für sein Teil würde den verstockten Knaben von nun an zu Hause hart anfassen. Dies alles hatte Herr Roth ihm heute nach Schulschluß mit kühler Stimme mitgeteilt.

Er konnte nicht nach Hause. Tata würde ihn totschlagen. Warum hatte er nur die Note gefälscht? Fröstelnd versuchte Karli die Hände in die Ärmel des enggeschnittenen Mantels zu stecken. »Wenn ich erfriere, ist es sowieso am besten.« Er dachte daran, wie er heimlich Tintentod gekauft und aus der Vier eine Drei gemacht hatte, damit sein Vater ihn nicht bestrafte. Dadurch war alles noch schlimmer geworden. »Warum kann ich im Unterricht nie aufpassen und träume immer von irgendwelchen Märchengestalten?« ging es ihm durch den Sinn.

»Ich kann Tata nicht unter die Augen treten«, dachte Karli verzweifelt. Der Jähzorn seines Vaters war fürchterlich. Er strafte in der Wut unerbittlich.

Einer plötzlichen Eingebung folgend betrat Karli die Apotheke. Warm war es hier und hell.

Der Apotheker erschrak. »Das Kind hat Hundeaugen«, dachte er unwillkürlich. »Was kann ich für dich tun, kleiner Mann«, sprach er den Jungen behutsam an.

Karli schaute zu Boden und druckste lange herum. »Herr Apotheker, meine Mutter schickt mich. Ich soll Arsen kaufen«, sagte er schließlich so leise, daß der freundliche Herr im weißen Kittel ihn kaum verstand. Auf Piszky hatte man immer Arsen ausgelegt, um die Ratten zu vergiften. »Wir haben nämlich Ratten im Keller«, fügte er hastig hinzu und errötete.

Der Apotheker erschrak erneut. Mit dem Kind stimmte etwas nicht. »Das kann ich dir aber nicht geben. So etwas darf ich nur an Erwachsene verkaufen«, sagte er. »Was ist denn los mit dir? Wo wohnst du denn? Komm, ich bring dich nach Hause ...« Er beugte sich über die Ladentheke zu Karli und sah ihm besorgt in die Augen. Karli spürte den verzweifelten Drang, sich diesem großen, freundlichen Mann in die Arme zu werfen, sich trösten und beschützen zu lassen.

»Also … das geht nicht … vielen Dank … ich finde schon selbst nach Hause …«, stammelte er und rannte aus der Tür. Wenn sein Vater das mit dem Gift auch noch erfuhr!

Atemlos rannte er quer über den Großen Ring. Nur weg, nur weg, hämmerte sein Herz. Er taugte nichts. Tata hatte recht. Nicht einmal das mit dem Gift hatte er zustande gebracht. Er rannte am Bruckenthalmuseum vorbei, sah vis à vis das alte Komeshaus, in dem alle Fenster erleuchtet waren; er rannte weiter über den Huet-Platz, bemerkte unwillkürlich das Schneehäubchen, das das Denkmal von Bischof Teutsch zierte. Hinter der Kirche, vor Erschöpfung langsamer werdend, lief er die mittelalterliche Sagstiege hinunter, immer Richtung Vorstadt, wo die Spiegelfabrik seines Vaters lag. Am Fuß der Treppe rutschte er aus und fiel hin. Karli blieb liegen.

»Ich will nicht mehr leben«, dachte er, und Tränen der Schwäche traten ihm in die Augen. »Ich mache meinem Vater nur Schande. Und Mama muß mich immer vor ihm in Schutz nehmen. Ich bin schuld, daß sie sich dauernd streiten. Wenn ich nur so sein könnte wie Hella. Aber sie liebt mich ja auch nicht.«

Karli fuhr sich mit dem Handrücken über die Augen. Die Tränen brannten.

»Was ist denn los mit dir, junger Herr, komm, ich helf dir aufstehen… *Ce-i cu tine băiatule? Domnule, vă, ajut!*« Eine alte Rumänin beugte sich mitleidig zu ihm herab. Karli wurde erst jetzt bewußt, wo er sich befand. Er war fast schon in der Vorstadt, wo die Rumänen in ihren kleinen, grellbunt bemalten Holzhäusern lebten. »Danke, *mulţumesc*«, murmelte er, »danke, *mulţumesc frumos!*« und kehrte um. Mechanisch bewegte er die Beine. Wohin? Er war wieder in der Heltauerstraße. Vor den

Arkaden eines ockerfarbenen Hauses blieb er zögernd stehen. Hier wohnte doch die Valepagi-Tant, eine entfernte Verwandte seiner Mutter. Wie war er nur hierher gekommen? Die Fenster waren hell, sie war also da. Unter den Arkaden konnte ihm der kalte Wind nichts mehr anhaben. Oder waren es die erleuchteten Fenster, die ihn wärmten?

Er läutete. Rasche Schritte näherten sich.

»Um Gottes Willen, Kind! Wo kommst du denn her? Um diese Zeit … du bist ja eiskalt … komm schnell herein ins Warme … du sollst nur nicht krank werden!«

Weiche Arme umfingen ihn, schoben ihn in die behagliche Wohnung. »Ich verständige sofort deine Mutter.«

Mama würde gleich hier sein. Er war in Sicherheit …

Sie war da. Sie kam auf ihn zu. Sie breitete ihren weiten bodenlangen Pelzmantel aus und nahm ihn mit einer unendlich liebevollen Bewegung zu sich hinein ins Warme, ins Dunkel, ins Parfümduftende.

Lange standen sie so da. Reglos. Niemand sprach.

Karlis Herz wurde ruhig. Sein Kopf lag an ihrer weichen großen Brust. Er atmete im selben Takt wie sie. Er atmete immer langsamer. Wie sie, die Mutter.

Viele Jahre später schenkte er seiner Frau, die weiche große Brüste hatte, einen weiten, bodenlangen Pelzmantel. Sie wußte nicht, warum.

Als Malvine mit ihrem Sohn zu Hause ankam, saß Ossi Held mit Hella bereits beim Abendessen. Niemand sprach, nur das Klappern des Bestecks war zu hören, als Malvine und Karli das Speisezimmer betraten. Ossi blickte nicht von seinem Teller auf.

Anuschka bediente schweigend und verschwand schnell in der Küche.

Ossi griff nach einem großen, geriffelten Brotmesser und begann, langsam und übertrieben sorgfältig, Scheibe um Scheibe von einem dunklen Laib abzuschneiden.

»Am liebsten würde er mir das Messer jetzt in den Bauch stoßen«, dachte Karli müde. Er war zu erschöpft, um noch Angst zu spüren. Ein wütender und zugleich angstvoller Blick seiner Schwester streifte ihn. Hella wagte kaum zu atmen. Warum machte Karli immer solche Sachen? Er war schuld, wenn die Eltern stritten. Gleich würde es wieder losgehen.

Das Schweigen wurde unerträglich.

Ossi Held sprang auf. Sein Stuhl kippte krachend nach hinten über. »Meine Ehre«, donnerte er, »du hast meine Ehre befleckt!« Seine merkwürdigen, tiefblauen Augen verengten sich zu schmalen Schlitzen. Karli kannte diesen Blick und drückte sich unwillkürlich näher an seine Mutter.

»Du rührst mir das Kind nicht an«, schrie Malvine und stellte sich schützend vor ihren Sohn. Ihre schrille Stimme überschlug sich, ihre schwarzen Augen flammten. Mit einer fahrigen Bewegung riß sie den Kragen ihrer Bluse auf, so daß das Mieder hervorschaute. »Dann schlag lieber mich, aber nicht das arme Kind! Verbrecher!« Ihr Schreien ging in hemmungsloses Schluchzen über.

Ossis Augen wurden eiskalt. Plötzlich wandte er sich angewidert ab und verließ wortlos das Zimmer. Die Wohnungstür fiel hinter ihm ins Schloß. Er sollte seinen Sohn von diesem Tag an nie wieder berühren. Aufschluchzend rannte seine Frau ins Schlafzimmer.

Hella und Karli waren allein. Karli schämte sich. Er fühlte sich schuldig. Wie gern hätte er sich zu seiner Schwester gesetzt.

Aber Hella sah stumm auf ihren Teller. Sie hatte ihr Essen kaum angerührt. Aus dem Schlafzimmer drang lautes Weinen. Mama heulte mal wieder. Hella schluckte. »Wenn sie nur nicht immer so theatralisch wäre«, dachte Hella. »Das macht alles noch schlimmer. Auch wenn man eine Frau ist, darf man sich nicht so gehen lassen, niemals.«

Hella war zwölf und hatte vor ein paar Wochen zum ersten Mal ihre Periode bekommen.

Wenige hundert Meter weiter saß Ossi Held im alten Hotel »Römischer Kaiser«, das ganz im Stil der guten alten k. u. k. Zeit geführt wurde und ihm deshalb ausnehmend gut gefiel, bei einem Glas Kokelthaler. Sein Zorn war bereits verraucht gewesen, bevor er das Hotel betrat.

»Was ist nur aus Malvine und mir geworden?« dachte er. »Warum müssen wir uns dauernd streiten?«

Warum verstand sie nicht, daß er es mit Karli gut meinte? Ihm hatten die Prügel auf der Kadettenanstalt doch auch nicht geschadet. Im Gegenteil, sie hatten aus ihm einen Mann gemacht. Einen k. u. k. Offizier.

Unerbittlich hatte Ossi seine Anfälligkeit, seit er auf der Kadettenanstalt um ein Haar dem Typhus erlegen war, bekämpft. Hatte er nicht den Sieg davongetragen? War er nicht ein ganzer Kerl geworden, ein dekorierter Kriegsveteran?

Und nun solch ein Sohn!

Ossi Held seufzte. Er war jetzt dreiundvierzig und achtete auf eine tadellose Haltung und Figur. Lediglich ein kaum merklicher Bauchansatz kündete davon, daß er Anuschkas Kochkünsten nicht immer die erforderliche Enthaltsamkeit entgegensetzte. Man durfte sich keinesfalls gehenlassen, das war das Geheimnis.

Seiner beinahe schmächtigen Schmalheit trotzte er, indem er sich unglaublich gerade hielt. Statt des Säbels trug er jetzt fast immer einen Spazierstock mit silbernem Knauf bei sich, mit dem er, falls er einen ehemaligen Kameraden traf, das alte Begrüßungszeremoniell unter k. u. k. Offizieren vollführte.

Heute war Ossi in der Schule gewesen. Der Direktor hatte ihn rufen lassen, weil sein Sohn eine Note gefälscht hatte. Sein Sohn. So ein Kind mußte hart angefaßt werden. Zurechtbiegen, sagte man auf der Kadettenschule dazu. Hatte man dort nicht auch ihm alles abverlangt, jede Charakterschwäche durch unnachgiebige Härte ausgemerzt? Wer weiß, was sonst aus mir geworden wäre, ging es Ossi Held durch den Kopf. Mein Vater war ja immer sehr nachsichtig, der Gute, aber er war ja auch Pfarrer. Und die liebe Mutter erst. Ossi spürte, wie ihm Tränen in die Augen zu schießen drohten. Er sehnte sich plötzlich verzweifelt ins Pfarrhaus von Tschippendorf zurück.

»Schluß jetzt mit dem sentimentalen Blödsinn«, hörte sich Ossi Held laut sagen, stand rasch auf, warf ein paar Münzen auf den Tisch, grüßte knapp zum Nebentisch hin und eilte dem Hotelausgang zu.

Seit knapp zwei Jahren lebten die Helds nun schon in Hermannstadt, das mit dem Bischofssitz, dem Brukenthalpalais, dem Haus des Sachsen- Komes und dem Landestheater den eigentlichen kulturellen Mittelpunkt von Siebenbürgen bildete. Seit der Agrarreform von 1921, die die Sartoris das Gut in Piszky sowie das Weingut bei Mediasch gekostet hatte, waren sieben Jahre vergangen. Fünf davon hatten Malvine und Ossi, der nach dem Auftritt von Piszky seinen sofortigen Abschied vom Militärdienst genommen hatte, mehr schlecht als recht im Schöße der Brooser Großfamilie verbracht.

Ossi Held, Major a.D., dessen Akte den Vermerk »Rumänenhaß« trug, war die Offizierspension gestrichen worden, die Familie Held, bis auf Malvines Anteile am dahinschwindenden Unternehmen »Gebrüder Friedrich Sartori«, ohne Einkommen. Immerhin waren den Sartoris noch sämtliche Brooser Privathäuser, die Spiritusfabrik, ein paar Stallungen und ein riesiges, mit Obstbäumen bebautes Grundstück, der Perkasser Garten, erhalten geblieben. Die zu den Gütern gehörenden Mühlen hatte der neue rumänische Staat ebenfalls eingezogen. Da die Gebrüder Sartori je vier Kinder hinterlassen hatten, klammerten sich inzwischen acht Erben mit ihren Familien an die Reste des einstigen Großunternehmens, um im Sturm der gewaltigen Umwälzungen des Ersten Weltkriegs und seinen Folgen nicht unterzugehen.

Ossi Held war es ratsam erschienen, sich nach einer neuen Existenzgrundlage umzusehen und das »tote Gleis« in Broos, wie er es nannte, zu verlassen. Während die übrigen Sartoris weiterhin wie die Hühner auf der Stange in Broos ihr Auskommen suchten, zog Ossi mit seiner Familie nach Hermannstadt und eröffnete, wohlgemerkt zusammen mit einem ehemaligen Regimentskameraden, dem Obersten a. D. Kraus, eine Glasschleiferei und Spiegelfabrik, die auf Grund heftiger Nachkriegs-Bautätigkeit bald auf das erfreulichste florierte.

Bestärkt und unterstützt wurde er bei dieser Initiative von der in Geschäftsangelegenheiten äußerst tatkräftigen Malvine. Sie war, als sich die Finanzmisere der Familie nicht länger bemänteln ließ, aus ihrem Dämmerschlaf mit Migräne in abgedunkelten Zimmern erwacht und hatte ohne Umschweife mitangepackt. Sie hatte nicht davor zurückgeschreckt, in ihrem Brooser Haus einen Frisiersalon zu eröffnen, und scherte sich den Teufel um das Urteil der örtlichen Frauenvereins-Damen.

Als die Kundschaft auf sich warten ließ, versuchte sich Malvine, ganz die Tochter ihres Vaters, in einer anderen Branche: dem Hotelgewerbe. Sie pachtete zwei Sommerhäuser im Siebenbürgischen Salzbad Sovata und vermietete Wohnungen an Feriengäste aus Bukarest.

Malvine Held vermietete, kassierte, richtete ein, verhandelte und erlebte dabei eine kurze und heftige Spätblüte. Sie verlor an Gewicht, der bittere Zug um ihren Mund verschwand beinahe gänzlich, ihr Gesicht bekam wieder den erwartungsvollen und energischen Ausdruck ihrer Mädchenzeit.

Nachdem Ossi aus Tschippendorf das Erbe seines Vaters zugefallen war und er mit dem Kapital die Spiegelfabrik in Hermannstadt gegründet hatte, fiel seine Frau aber wieder in ihre alte Lethargie zurück. Mit Romanen von Courths-Mahler und Pralinées versüßte sie sich die Stunden in ihrem Salon.

Die in Broos zurückbleibende Sartorische Großfamilie bewunderte einerseits Tatkraft und Energie des Majors, fühlte sich jedoch durch den Weggang der Helds andererseits schmerzlich auf den eigenen Mangel an Risikofreude und Tatkraft hingewiesen. Ein Gefühl, das insbesondere die Männer des Clans beschlich, als schon kurz nach seinem Weggang Ossi, der in Hermannstadt offensichtlich sein Glück gemacht hatte, in Broos erschien und unter den Kindern der Zurückgebliebenen großzügig Geschenke verteilte. Was war vom alten Glanz der Sartoris übriggeblieben?

In diese Zeit fällt auch eine Begebenheit, die Malvines »Herzpinkerl« Karli nachhaltig beeindruckte und in ihm, dem Außenseiter, eine Sehnsucht nach weiteren bemerkenswerten Auftritten geweckt haben mag: Königin Maria, Herrscherin des expandierenden Großrumänien und als Enkelin der britischen

Königin Victoria der rumänischen Sprache nur mangelhaft mächtig, pflegte die Sommer im Lustschloß ihres Gatten, des Hohenzollern Ferdinand I., in Sovata zu verbringen, wobei sie es genoß, sich bei Auftritten in der Öffentlichkeit von ihren Untertanen bestaunen zu lassen.

Eines Tages erblickte sie in der Menge den blondgelockten Karli, trat auf ihn zu und strich ihm, dem Auserwählten, huldvoll übers Haar, das sie inmitten der dunklen Köpfe der Rumänen möglicherweise an zu Hause erinnert haben mag. Fortan interessierte sich der sensible Knabe für die Geschicke dieser geheimnisvollen Königin, von der man später munkelte, sie hätte ihr Herz auf die romantischste Weise an dem Ort beisetzen lassen, wo sie mit ihrem Geliebten, einem Siebenbürgischen Obersten, glücklich gewesen war, während ihr Körper an der Seite ihres rechtmäßigen Gemahls in der Königsgruft bestattet wurde. Karlis lebhafte Phantasie berauschte sich an dieser Vorstellung wie an der Geschichte von Tristan und Isolde, zumal Maria für das Begräbnis die Trauerfarbe Lila, ihre Lieblingsfarbe, verfügt hatte, und der Trauerzug einer melancholischen Symphonie in Violett glich.

Für Karli blieben Broos, die Großfamilie und vor allem seine geliebte Sissi-Tant für lange Zeit der Ort, wo er sich eigentlich zu Hause fühlte. Er war wie sein Vater geschlagen mit der Sehnsucht nach dem unwiderbringlich Verlorenen. Noch Jahre später, als er längst im fernen Deutschland beim Theater erfolgreich war, sollte Karli nach Broos zurückkommen und allen Tanten, Onkeln, Cousins und Cousinen den frischen Ruhm seiner eigentlichen Bestimmung zu Füßen legen.

Hella war, wie ihre Mutter, frei von der Sehnsucht nach dem Gestern. Beide blickten sie, die sich sonst in vielem unterschieden, unsentimental nach vorn, dem Heute zugewandt, vielleicht auch dem Morgen, ein Umstand, der es Hella erheblich leichter machte als Karli, sich in der neuen Umgebung Hermannstadt zurechtzufinden. Der Bub war in der Klasse immer mit Abstand der Jüngste und galt überall als Sonderling.

In der Familie hatten sich längst zwei Parteien gebildet: Mutter und Sohn, die Sartoris also, die von der Gegenseite als hysterisch, schwach, nicht übermäßig korrekt und überkandidelt angesehen wurden, und Vater und Tochter, die Helds, deren Gegner sie als egoistisch, rücksichtslos und brutal betrachteten.

Die Zwietracht im Hause führte sogar so weit, daß Malvine, als sie für eine Kur nach Herkulesbad zu reisen beabsichtigte, ihren Sohn heimlich damit beauftragte, den Wandkalender in der Küche mit einem Strich zu versehen, falls ihr Gatte in ihrer Abwesenheit abends außer Haus ging, und mit einem Kreuz, wenn er sich ordnungsgemäß am heimischen Herde aufhielt. Karli führte den Auftrag getreulich aus, bewachte seinen Vater und machte erwartungsgemäß so manchen Strich. Als sich Malvine jedoch, noch immer von Sartorischer Eifersucht gepeinigt, bei ihrer Rückkehr nach vier Wochen den Kalender vornahm, sah sie nur Kreuze. Dicke, trotzig hingemalte Kreuze.

Hella hatte das Spiel durchschaut. Die Zwietracht unter den Eltern entzweite die Kinder tiefer, als es Geschwisterrivalität vermocht hätte. Hella sah, wie hart der Vater ihren Bruder bestrafte, und quälte ihn nun ihrerseits. Karli indessen hing mit ergebener Bewunderung an seiner älteren Schwester, die genauso war, wie ihn sein Vater gern gehabt hätte, und suchte Trost bei seiner Mutter.

Die Rolle des vitalen Lausbuben wurde Hella so sehr zur zweiten Natur, daß sie sich längst das Weinen, als ein Eingeständnis verachtenswerter Schwäche, abgewöhnt hatte. Ein Junge weint nicht, war ein Satz, der eigentlich ihrem Bruder galt, den sie aber, in der Gewißheit väterlicher Billigung, auf sich bezog. Karli entwickelte sich mehr und mehr zum notorischen Pechvogel und Sündenbock der Famile, obwohl er sich bemühte, die in ihn gesetzten Erwartungen zu erfüllen. Ossi ertrug es nicht, wenn ihm sein Sohn die eigenen, uneingestandenen Untiefen drastisch vor Augen führte, und verachtete ihn dafür.

Ostern war vorbei. Die Spiegelfabrik machte gute Geschäfte. Ossi und sein Kompagnon waren zufrieden, denn es waren bereits ordentliche Gewinne zu verzeichnen, wenn es auch in letzter Zeit zu Spannungen zwischen den Geschäftspartnern gekommen war. Malvine gab insgeheim Ossis aufwallendem Temperament die Schuld daran.

Die Feiertage waren ungewöhnlich harmonisch verlaufen. Karli, der Zankapfel zwischen den Eltern, war in Broos bei seiner Sissi-Tant gewesen. Der Vorfall mit der gefälschten Note schien längst vergessen. Der letzte Ferientag war gekommen. Malvine saß mit ihren Kindern auf dem alten, mit hellblauem Samt bezogenen Biedermeiersofa, das sie von ihren Eltern geerbt hatte. Sie fühlte sich heute etwas besser und hatte sich deshalb entschlossen, die Vorbereitungen für den ersten Schultag selbst zu beaufsichtigen. Anuschka richtete unterdessen in der angrenzenden Küche Marmeladenbrote für die Kinder. Durch die offene Küchentüre konnte man sie hantieren sehen. Das Klappbett, auf dem sie direkt neben der Nußbaumkredenz schlief, stand noch immer unaufgeräumt herum.

Die Familie bewohnte eine Etagenwohnung mit vier Zimmern im ersten Stock eines Hauses, das im Erdgeschoß eine Konditorei beherbergte, in der Anuschka nicht eben selten Pralinen und andere trostbringende Süßigkeiten für die gnädige Frau holen mußte. Die Wohnung war mit den Brooser Familienmöbeln, den Bildern und den Teppichen vollgestopft und besaß – worauf Malvine besonderen Wert gelegt hatte – zwei separate Eingänge. Diese Besonderheit erlaubte ihr, einen der Räume als Fremdenzimmer an einen Bukarester Professor Petrescu zu vermieten, der während der monatelangen Sommerferien seinen kunsthistorischen Studien im Hermannstädter Brukenthalmuseum nachging. Als die Helds nicht mehr auf das Zubrot durch den Untermieter angewiesen waren, fühlte man sich inzwischen so freundschaftlich verbunden, daß der Professor sein Zimmer behielt und einige Jahre später sogar für den reibungslosen Ablauf von Karlis Abiturprüfung sorgte.

»Ach Mama, in Broos war es so schön. Hella, hörst du, ich muß euch unbedingt von Ostern erzählen«, sagte Karli träumerisch und steckte einige Hefte in seine Schultasche.

»Du mit deinen langweiligen Geschichten«, entgegnete Hella wegwerfend. In Wirklichkeit hörte sie jedoch ganz gern zu, wenn Karli erzählte. Er konnte das wirklich gut. Es war erstaunlich, was er alles mitbekam.

»Stellt euch vor, die Sissi-Tant hat dieses Mal richtige große Gänse- und Enteneier gefärbt! Mit Silber und Gold! Niemand hatte so schöne und so große Eier. Und sie hat auch die hübschesten Veilchen- und Hyazinthensträußchen gehabt. In keinem Haus war es so schön wie bei uns«, ereiferte sich Karli. »Ja, Sissi wußte schon immer, wie man alles schön dekoriert«, sagte Malvine und zupfte das braune Chiffontuch, das sie jetzt beinahe täglich um den Kopf gewickelt trug, nachlässig zurecht.

»Wieso bei uns«, unterbrach sie Hella ungeduldig, »bei uns ist doch jetzt hier in Hermannstadt, weißt du das noch immer nicht?«

»Du hast ja recht, Hella, wie komme ich nur auf den Ausdruck?« lenkte Karli ein und fuhr fort: »Wir hatten ungefähr zwanzig oder dreißig dieser Sträußchen, das ganze Wohnzimmer von Sissi-Tant duftete danach. Die Sonne schien durch die Fenster. Es war wunderschön. Wir Buben sind dann von Haus zu Haus gezogen und haben mit unseren Parfumfläschchen die Mädchen bespritzt. Die Älteren bekamen dann von der Mutter der Mädchen einen Likör, ich hab aber keinen gekriegt. Ich war wieder einmal der Jüngste …«

Malvine rückte mit ihrem Stuhl schwerfällig an ihren Sohn heran und nahm ihn in die Arme: »Ach, mein armer kleiner Karli, genau wie in der Schule. Immer sind alle viel älter als du.« Sie konnte immer noch sehr warm, mütterlich und herzlich sein.

»Los, erzähl weiter«, fuhr Hella Karli an. Sie unterdrückte den Impuls, sich ebenfalls an ihre Mutter zu schmiegen.

»Also hört zu.« Er war stolz, den zwei Menschen, die er am meisten auf der Welt liebte, eine Vorstellung bieten zu können. Er sprang auf und begleitete seine Erzählung mit Pantomimen, die so ausdrucksstark waren, daß Malvine mehrmals in Lachsalven ausbrach, die Karli so mochte und die in den letzten Monaten immer seltener geworden waren.

»Wir bekamen also überall bunt gefärbte Eier geschenkt, und die Mädchen hefteten uns kleine Blumensträußchen ans Revers. Es war so schön und festlich, ihr könnt es euch nicht vorstellen«, jauchzte Karli, der seine Scheu völlig verloren hatte.

»So ein Blödsinn! Als ob ich noch nie ein Osterfest in Broos erlebt hätte …«, murrte Hella, mußte aber insgeheim zugeben, daß ihr kleiner Bruder sie mit der Art, wie er die Leute nachzumachen verstand, beinahe zum Lachen gebracht hatte.

»Wir sind dann mit dem Fiaker in der Stadt herumgefahren. Der alte Janosch hat uns kutschiert. Kannst du dich noch an ihn erinnern, Hella? Er fuchtelt doch immer so merkwürdig mit der Peitsche …« Dabei vollführte Karli eine Bewegung, die Hella unglaublich an Janosch, den sie schon fast vergessen zu haben glaubte, erinnerte. »Wir hatten Körbe dabei, damit wir die vielen Eier unterbringen konnten«, fuhr Karli fort. »Und stellt euch vor, als wir zu Sissi-Tant nach Haus kamen, da war der ganze Salon voller Buben aus der Stadt, weil alle wußten, daß es bei ihr immer die schönsten Eier, die dicksten Sträuße und den besten Likör gibt …«

»Was sie alles unternimmt, um ihre Töchter an den Mann zu bringen!« warf Malvine ein, die sich ein wenig schuldig fühlte, weil sie sich mit der Osterfeier wieder einmal weit weniger Mühe gemacht hatte als Sissi.

Karli ließ sich nicht beirren: »Wir haben dann alle miteinander ein herrliches Lammbrüstel serviert bekommen, und ich durfte sogar vom Wein kosten. Wie schade, daß ihr nicht dabei wart. Es hätte euch so gut gefallen.«

»Ach geh«, wehrte Hella patzig ab, »mir war das doch viel zu langweilig gewesen, mit den Mädchen zu Hause zu hocken und darauf zu warten, daß mich einer mit Parfum bespritzt. Ich wär viel lieber mit den Buben von Haus zu Haus gezogen …«

»Na, wenn es euch Spaß macht, können wir ja nächstes Jahr auch ein wenig aufwendiger Ostern feiern«, räumte Malvine ein, obwohl sie eigentlich kein Mensch war, der gern Feste ausrichtete.

»*Tessék, egy pár darab kenyeret, és teget. Egy kicsit többet csináltam …* Bitte sehr, hier sind ein paar Brote und Milch. Ich habe gleich ein wenig mehr gemacht, gnädige Frau«, unterbrach Anuschka Malvines Gedanken und stellte einen großen, hellblauen Keramikteller voller Marmeladenbrote und einen Krug mit dampfendem Kakao auf den Tisch. Sie wußte, daß die

Gnädige gern »eine kleine Kostprobe« verlangte, wenn die Kinder etwas aßen.

»*Köszönöm szépen* … vielen Dank, Anuschka«, sagte Malvine mit einem angedeuteten Kopfnicken, so wie sie es damals in Genf gelernt hatte. Sie bemerkte, daß draußen vor dem mit schweren, dunkelroten Portieren drapierten Fenster die Frühlingssonne schien. Im Speisezimmer wurde es warm und freundlich. Gleichzeitig sah sie im hellen Licht, daß auf dem dunklen Holz der Kredenz, der Biedermeierkommode und dem Eckschränkchen eine feine Staubschicht lag. Anuschka war nachlässig. Ob das an ihr lag? Aber sie fühlte sich zu müde, um Anuschka zurechtzuweisen.

»Es ist gar nicht so lange her, Kinder«, sagte sie, »da bin ich selbst noch in die Schule gegangen, und Betty hat mir die Marmeladenbrote geschmiert …«

Die Kinder schauten ihre Mutter ungläubig an. Gewiß, auch Mama war einmal ein Kind gewesen. Aber daß sie tatsächlich einmal ihre Schulsachen gerichtet hatte … Sie war doch eine erwachsene Frau. Man hatte ihnen zwar manchmal gelbstichige Photographien gezeigt, vom Otata und der Omama, auf denen auch ein Mädchen ungefähr in Karlis Alter zu sehen war, das hüftlange, dunkle Haare und schwarze lebendige Augen gehabt hatte, ein plissiertes Blüschen, einen langen Rock, hohe Schnürstiefel getragen und eine weiße Katze auf dem Schoß gehabt hatte. Dieses Mädchen hatte, außer den Augen vielleicht, nichts mit der Mama gemein.

Karli fragte sich, wo dieses kleine, energisch aussehende Mädchen geblieben war. Vielleicht verbarg es sich irgendwo in seiner Mutter und weinte. Karli wußte nicht, wie nahe er der Wahrheit gekommen war.

»Soll ich euch ein bißchen aus meiner Kindheit erzählen?« fragte Malvine und setzte sich aufrecht hin. Ihre nachlässige Haltung war verflogen.

»Mama, ja … das interessiert uns sehr«, sagte Hella schnell, die froh war, daß ihre Mutter sich heute so wohl zu fühlen schien. »Mama, ja … bitte erzähl uns was«, echote Karli, der an Familiengeschichten weit mehr interessiert war als seine Schwester. Er kannte auch die meisten schon, denn Sissi-Tant pflegte ihm abends oft noch Kindheitsgeschichten zu erzählen, besonders solche, in denen ihr Vater vorkam, von dem Malvine so gut wie nie sprach.

Und Malvine berichtete ihren Kindern von der längst vergangenen Zeit, als sie die Tochter des reichen Sartori gewesen war, von ihren unschuldigen Schulstreichen, vom verrückten EmOnkel und von den Zankereien mit Sissi-Tant, die die Ältere gewesen war und immer alles besser gewußt hatte. Karli nickte voller Mitgefühl. Sie schilderte, während ihr Tränen in die Augen stiegen, wie Hella peinlich berührt bemerkte, wie geduldig und gütig ihre Mutter gewesen war und wie schwer sie es als verarmtes junges Mädchen in der Vorstadt von Mühlbach, aber später auch an der Seite des reichen Sartori gehabt hatte. Von ihm, ihrem Vater, sprach sie fast gar nicht.

»Warum erzählst du uns nichts von deinem Vater?« fragte Hella. »Ich finde ihn am aufregendsten von allen! « Hella besaß, obwohl sie oft nur mit einem Ohr zuzuhören schien, die Gabe, das Wesentliche zu erkennen und ohne Umschweife klar und knapp beim Namen zu nennen.

»Ja, Mama, erzähl uns doch, wie der Otata ins Manöver gefahren ist und ein Offizier ihm Meldung machen mußte!« sprang Karli seiner Schwester bei. Malvine zögerte. Warum mußten sie alles wieder aufrühren? Sie sprach nicht gern über diesen Vater, den sie zugleich gefürchtet und bewundert, gehaßt und doch insgeheim verzweifelt geliebt hatte.

»Los, Mama, erzähl!« beharrte Hella.

»Ja, Mamalein, wer weiß, wann wir wieder so gemütlich zusammensitzen ... erzähl doch!« schmeichelte Karli.

»Also gut«, sagte Malvine seufzend, »aber ihr kennt die Geschichten doch alle schon ...«

Die Kinder schwiegen. Und Malvine erzählte ihren Kindern, die, jedes auf seine Art, die Worte tief in sich aufnahmen, Geschichten mit und um den alten Patriarchen, die sie selbst erlebt oder die ihr noch ihre Mutter berichtet hatte. Sie erwähnte seine Sehnsucht, endlich einmal der wirklich feinen Gesellschaft anzugehören, und ließ nicht aus, wie er sich in beinahe rührendem Eifer um die Gunst des benachbarten ungarischen Großgrundbesitzers bemüht hatte, der den Vorzug besaß, adelig zu sein, und ihn, den reichen Sartori, hätte für ein Adelsprädikat vorschlagen können.

»Wir Kinder haben schnell bemerkt, wie wichtig unserem sonst so selbstherrlichen Vater dieser Graf Nobsa war. Er hat ihn nämlich dauernd eingeladen, ohne daß der Graf jemals kam. Und wie Kinder so sind, haben wir angefangen, jeden Morgen, wenn der Tata noch im Schlafrock war und seinen Rausch ausgeschlafen hatte, zu rufen: ›Der Nobsa kommt, der Nobsa kommt!‹ Er rannte dann zu unserer Mutter und schrie: ›Pepi, aufstehen! Der Nobsa kommt!‹ Dann hat er sich in aller Eile fein gemacht, mit Frack und Zylinder. Aber der Nobsa ist nie gekommen.«

Hella gefiel diese Geschichte, die sie schon mehrmals von verschiedenen Familienangehörigen gehört hatte, nicht. Sie schätzte es nicht, wenn sich jemand aus ihrer Familie lächerlich machte. Es verletzte ihr Gefühl für Ehre und Würde. Karli kicherte in sich hinein und kaute an einer seiner honigblonden Locken. Er verstand sich weit besser auf die kleinen menschlichen Schwächen als seine Schwester.

»Und wie ging es weiter?« fragte er, obwohl er es bereits genau wußte. Er konnte es aber kaum erwarten, seine Mutter lachen zu hören.

»Also, er ist schließlich doch von irgend jemandem für das Adelsprädikat vorgeschlagen worden. Wer weiß, was er ihm dafür bezahlt hat. Aber er, und wir natürlich auch, sollten dann von Piszky heißen. Das hat er nicht gewollt. Könnt ihr euch vielleicht denken, warum?« fragte Malvine und lächelte neckisch.

»Nein, Mama, warum?« ging Karli auf das Spielchen ein.

Hella schwieg. Sie wußte, was nun kommen würde.

»Also, von Pisch wollte er dann doch lieber nicht heißen!« prustete Malwine los. Deftige Ausdrücke erheiterten sie über alle Maßen. Karli lachte ebenfalls. Nicht etwa wegen des alten Witzes, sondern weil er sich freute, wenn seine Mutter fröhlich war. Hella schwieg.

Auch Anuschka kicherte nebenan in der Küche. »Holla, sie versteht doch mehr Deutsch, als sie zugibt«, dachte Malvine, während sie ein schmuddeliges Taschentuch aus dem Lederetui am Gürtel herausnestelte. »Man muß aufpassen, was man vor ihr bespricht.«

»Dienstbotenhumor«, dachte Hella. »So lacht sie auch, wenn sie ihren Freundinnen oder Sissi-Tant Geheimnisse über Tata weitererzählt.«

»Soll ich fortfahren?« fragte Malvine. Ihre Kopfschmerzen waren wie weggeblasen.

»Natürlich«, antwortete Hella kurz angebunden, während sie ihre Schulhefte eins nach dem anderen in ihre Tasche stopfte.

»Also, euer Großvater war ein Mensch, der gern das Kommando führte. Er hielt sich deshalb auch eine riesige Dogge, die Kuju hieß. Mit der ging er manchmal auf den Markt: Sie hat dann mit ihrem Schwanz alles von den Ständen gefegt, Eier, Tontöpfe, Obst, Gemüse, alles. Er warf dann Goldstücke unter die Leute und bezahlte ihnen ein Vielfaches des Schadens. Wenn ihm jemand nicht gefiel, rief er nur: ›Kuju, putz weg!‹, dann sprang sie jedem an die Gurgel. Wir hatten alle große Angst vor ihr.«

»Hat sie jemals jemanden tot gebissen?« fragte Hella, nun wieder aufmerksam.

»Nein, sie hat niemals wirklich zugebissen. Mein Vater hat nur die Leute gern erschreckt und sich über sie lustig gemacht. Er war halt ein Machtmensch ... Wartet, ich werde euch erzählen, wie ihm vor dem Krieg ein Offizier Meldung machen mußte. Karli, das ist doch deine Lieblingsgeschichte, nicht wahr?« Malvine sprach mit vollem Mund, während sie genußvoll ein Marmeladenbrot verzehrte.

Hella bemerkte, daß etwas Brombeermarmelade auf ihren Schoß getropft war und einen kleinen, klebrig glänzenden Fleck hinterlassen hatte.

»Mein Tata hat vor dem Krieg in Broos, das eine GarnisonsStadt war ... ich hab ja dort euren Vater kennengelernt ... also er hat dort im ›Café Eisenburger‹ immer alle Offiziere zum Trinken eingeladen. Wir hatten damals eine Likörfabrik und ein Weingut, das wißt ihr. Er hat mit den Offizieren immer gern einen gepippelt. Er ist jeden Vormittag nach der Arbeit zum Frühschoppen und hat anschließend alle zu uns nach Haus eingeladen. Es hat uns nicht gefallen. Weder der armen Mama noch uns Kindern. Dann zog das gesamte Offizierscorps plötzlich nach Reußmarkt ins Manöver. Es war noch nicht Krieg. Da haben sie gesagt: ›Der Friedjäsch‹, so haben sie ihn genannt, ›der wird uns fehlen, der gemütliche, der uns immer etwas zum Saufen spendiert.‹ Deshalb luden sie ihn auch ein, sie in Reußmarkt zu besuchen. Aber Tata war nicht dumm. Er wußte genau, warum sie ihn dort haben wollten. Er sagte: ›Ich komme. Aber nur, wenn mich am Bahnhof eine eurer Compagnien abholt und mir ein Offizier Meldung macht!‹ Ihr müßt wissen, daß es streng verboten war, daß ein k. u. k. Offizier einem Zivilisten Meldung macht. Eurem Vater hat es damals sehr imponiert, daß sich mein Tata durchgesetzt hat, auch wenn er es nicht ganz passend fand. Schließlich war er ja auch k. u. k. Offizier, und die haben sich sehr viel auf ihre Ehre eingebildet.«

»Wenn sie jetzt nur nicht anfängt, über Tata zu lamentieren«, dachte Hella und beobachtete den Marmeladentropfen, der sich auf dem Morgenrock ihrer Mutter ausbreitete, ohne daß sie es bemerkte.

»Nach langen Beratungen haben sich die Offiziere aber doch dazu entschlossen zu machen, was euer Otata wollte. Sie dachten, daß es hier unten, am äußersten Rand der Donaumonarchie, nicht herauskommen würde. Und so kam es, daß Friedrich Sartori in Reußmarkt, das ja auch eine Weingegend ist, von einer k. u. k. Compagnie am Bahnhof abgeholt wurde, als er im schwarzen Überrock, Gamaschen und Halbzylinder aus dem Zug stieg. Und ein kaiserlicher Offizier trat vor, salutierte und machte ihm Meldung. Und alles nur, damit sie weiter kostenlos saufen konnten … Euer Vater sagte, als er von der Geschichte hörte, daß so etwas bestimmt einmalig in der ganzen Donaumonarchie gewesen ist. – Ja, so einer war euer Großvater, der Fritz Sartori …«, schloß Malvine.

»Kein Wunder, daß sie es nicht leiden kann, wenn Tata seine alten Regimentskameraden zu uns einlädt«, schoß es Hella durch den Kopf. Plötzlich spürte sie so etwas wie Verständnis für ihre Mutter.

Malvine lehnte sich über den Tisch, trank einen Schluck Kakao und griff nach Karlis Hand. »Sag, Karli, willst du nicht lieber vor dem Abendessen noch ein wenig mit deinen Mäusen spielen?« Karli hielt sich seit dem Abschied von Broos im Kinderzimmer der Hermannstädter Wohnung, das er mit Hella teilte, in verschiedenen, am Boden gestapelten Käfigen eine Unmenge weißer Mäuse, die er liebevoll pflegte und tagelang still beobachtete.

»Nein«, antwortete Karli leise, aber bestimmt. »Erzähl doch noch schnell die Sache mit den Ochsen.« Er war zwar, besonders mit Fremden, schüchtern und ängstlich, wußte aber auf eine stille Weise fast noch genauer als seine Schwester, was er wollte.

Seine Mutter zog ihn an der Hand zu sich aufs Sofa und legte den Arm mit einer besitzergreifenden Geste um ihn. »Er ist schon viel zu groß für solche Kindereien«, dachte Hella und unterdrückte einen Anflug von Eifersucht.

»Na gut«, sagte Malvine müde, »dann erzähl ich euch noch die Geschichte, als euer Großvater Ochsen verkaufte, die er gar nicht hatte ... Also, hört zu: Es war noch vor dem Krieg, da kam er einmal von einer seiner Reisen nach Budapest und Wien zurück. ›Pepi, schau her‹, sagte er zu eurer Großmutter und hielt ihr eine dicke Brieftasche voller Geldscheine unter die Nase, ›ich hab die ganze Konkurrenz ausgeschmiert und ein gutes Geschäft gemacht. Dabei hab ich im Augenblick noch gar keine Ochsen. Jetzt müssen wir aber schnell welche kaufen und sie mästen, damit ich die Mastochsen auch liefern kann, die ich grad in Wien verkauft hab.‹ ... Er war schon ein guter

Geschäftsmann, euer Otata, das muß man ihm lassen«, schloß Malvine, die sich vom vielen Reden erschöpft fühlte.

Merkwürdig, daß sie sich gerade diese Geschichten gemerkt hatte. Sissi hatte wohl recht und Ossi auch: Im Grunde lag ihr das Geschäftliche am meisten ... ganz wie Tata. Ja, wenn sie ein Mann gewesen wäre ... Ihre hübschen, kompakten Hände mit den kräftigen Handtellern lagen jetzt, wie es ihre Gewohnheit war, leicht zusammengeballt auf ihren Schenkeln. Niemand bemerkte, daß ihre Hände in dieser Haltung aufs Haar denen ihres Vaters glichen. Sie sollte von diesem Tag an nie mehr ausführlich über ihn sprechen.

»*Borzaszto!* Schrecklich! Das hab ich mir doch gedacht, daß ihr faul herumsitzt! Warum lernt ihr nicht für die Schule? Morgen geht es wieder los!« Die Tür zum Speisezimmer war aufgeflogen, und Ossi kam mit raschem, forschem Schritt ins Zimmer. »Marsch, Kinder, an die Arbeit!« rief er in aufgeräumtem Kommandoton. »Und du, Anuschka, hast wohl auch nichts zu tun? Marsch, marsch ...«

Beim Eintreten Ossis hatte sich die Atmosphäre augenblicklich verändert. Malvine setzte sich steif auf. In der Küche fing Anuschka an, an einem Topf herumzuschrubben, der bereits seit gestern schmutzig in der Spüle stand. Die Kinder steckten ihre Nasen, ohne hinzusehen, in irgendwelche Bücher und fühlten sich schuldig, ohne zu wissen, warum. Mama hielt sie niemals zu etwas an. Tata war zuständig für Disziplin und für Strafen. Er besaß immer noch diese furchteinflößende Zackigkeit.

Ossis gute Laune verflüchtigte sich. Er spürte die Spannung im Raum und war hilflos, etwas dagegen zu unternehmen. Er war bester Stimmung nach Hause gekommen. Das Geschäft florierte, draußen war ein wunderbarer Frühlingsabend, auf dem Heimweg hatte er noch schnell mit dem Obersten einen Schoppen getrunken. Er ging zu Malvine und tätschelte ihr die Wange. In seiner Unsicherheit fiel die Berührung ein wenig zu grob aus.

»Laß mich«, wandte sich Malvine brüsk ab, »ich hab zu tun.«

Ossi drehte sich auf dem Absatz um und ging wieder zur Tür. Als er an Anuschka vorüberging, die immer noch mit gesenktem Kopf an der Spüle arbeitete, murmelte er etwas auf ungarisch, das weder Malvine noch die Kinder verstanden. Anuschka beugte sich noch tiefer über ihre Töpfe und wurde rot. Dann schloß sich die Tür hinter dem Hausherrn.

»Anuschka«, zischte Malvine, »wie lange soll ich mir noch den Dreck und die Unordnung in der Küche anschauen? Wenn das nicht anders wird, schmeiß ich dich hinaus!« Dann zog sie das zweite braune Chiffontuch, das sie immer bei sich trug, aus der Tasche ihres Morgenrocks, band es sich um die Stirn, stand schwerfällig auf und verschwand ohne ein weiteres Wort im Schlafzimmer.

Jetzt war sie allein. Niemand sah sie. Sie ließ sich auf ihre Seite des Ehebetts fallen. Unerträgliche Kopfschmerzen peinigten sie. Warum mußte ihr dieser Mensch, den sie einmal aus Liebe geheiratet hatte, alle Hoffnungen zerstören? Hatte sie an Ossi nicht einmal das Gefühlvolle und Weiche hinter der Maske männlich forschen Auftretens angezogen? Sie hatte sich von ihm jene Wärme und Harmonie versprochen, die sie in ihrem Elternhaus so sehr vermißte. Wo war seine Sensibilität geblieben? Damals war es ihr erschienen, als sei er ganz anders als ihr brutaler kraftstrotzender Vater. Weshalb hatte sie sich gerade in ihn verliebt, als er verwundet im Lazarett lag? Schwach und schonungsbedürftig? Nur seine Augen waren lebendig gewesen, tiefblau, kühl und doch voller Sehnsucht. Malvine schluchzte laut. Wehmut erfüllte sie. Er rief immer noch ein Gefühl in ihr wach, das ihr die Knie zittern machte. Das durfte er niemals wissen. Es war ihm noch nie gelungen, ihre Heißblütigkeit zu beschwichtigen.

»Wenn man sich im Bett versteht, wird sich das übrige schon finden«, hatte er in ihrer Verlobungszeit geprahlt, als sie mit ihm, nur selten unbewacht, im Dunkeln verstohlen und aufgeregt zitternd Küsse getauscht und seinen Körper für Sekunden gespürt hatte. Wie hatte sie es sich dann ausgemalt, von Ossi ins Reich der ehelichen Sinnenfreuden eingeführt zu werden. Aber sie war schließlich jedesmal aufgewühlt und enttäuscht zurückgeblieben. Für zwei gesunde Kinder hatte es immerhin gereicht. Aber sie wollte um keinen Preis der Welt von diesem Mann ein weiteres. Dafür würden die Essigspülungen schon sorgen, die sie nach den immer selteneren intimen Begegnungen eilig anwandte. Er hatte ja seinen Stammhalter, auf den er so versessen gewesen war, der Herr Major. Aber wie er das arme Kind behandelte! … Er zeigte erst jetzt sein wahres Gesicht. Er entpuppte sich als würdiger Ersatz für ihren Vater. Aber er würde sie niemals kleinkriegen, so wie Tata die arme Mama drangsaliert hatte. Sie würde sich niemals fügen.

Während Malvine weinend auf dem Ehebett lag, hatte sich Ossi zornig und enttäuscht in den Salon zurückgezogen. Er stand eine Zigarette rauchend am Fenster und sah auf das Treiben unten auf der Straße hinunter.

Er war mit den besten Absichten nach Haus gekommen. Er hatte Malvine von einem schönen Großauftrag berichten wollen, den er endlich unter Dach und Fach gebracht hatte. So etwas interessierte sie immer. Und nun dies! Diese Hysterie. Wenn die Kinder nicht wären, hätte er sie längst weggeschickt.

Wie gut hatte sie ihm anfangs mit ihrer Molligkeit, ihrem kratzbürstigen Temperament und ihrer ungestümen Kraft gefallen. Er hatte sich Schonung und Stütze versprochen, wie er es von seiner Mutter gewöhnt gewesen war. Statt dessen setzte Malvine ihn beständig unter Druck.

Ossi, der seine Empfindlichkeit ein Leben lang verleugnete und sich deshalb unentwegt überforderte, hatte bei Malvine, die ihm an Lebenskraft weit überlegen war und ihn schließlich um sechsundzwanzig Jahre überlebte, Mütterlichkeit und verständnisvolles Eingehen gesucht. Statt dessen schien sie unentwegt seine Männlichkeit in Frage zu stellen. Es kam ihm vor, als gönne sie ihm weder ein bißchen Bestätigung durch harmlose Flirts mit anderen Frauen noch die Geborgenheit, die ihm wenigstens der Kontakt mit seinen Brüdern gab. Diese Eifersucht. Du meine Güte. Aus dieser Frau wurde man nicht schlau.

Er würde jetzt noch auf einen Sprung in die Fabrik schauen, und wenn er nach Hause kam, würden sich die Wogen wieder etwas geglättet haben. Wer weiß, vielleicht würde er dann noch ein wenig mit Malvine schmusen, und sie würde morgen wieder etwas umgänglicher sein.

»Wo ist Mama?« herrschte Hella im Hausflur Anuschka an. *»Hól van Mamán?«* Sie ärgerte sich über die Ängstlichkeit, die sie befiel, als sie statt ihrer Mutter das Dienstmädchen in der Tür stehen sah. Also war Mama wieder einmal unpäßlich und lag im Bett. Sogar heute, am ersten Schultag, wo es so viel zu erzählen gab. Tata konnte es nicht ausstehen, wenn Mama Migräne hatte, also würde, wenn Tata nach Hause kam, der gestrige Streit weitergehen. Sie mußte etwas unternehmen.

»Komm, Karli, wir gehen zu Mama und heitern sie ein bißchen auf«, sagte sie zu ihrem Bruder, der stumm nickte, und riß mit einer forschen Bewegung die Schlafzimmertür auf. Malvine Held lag, eingehüllt in ihren Lieblingsmorgenrock, auf dem Bett, den Kopf mit einem dicken, gelblichen Wolltuch umwickelt. Es war dämmrig im Zimmer, durch die angelehnten Fensterläden fielen schmale Sonnenstreifen auf die Bettdecke. Es roch nach Pfefferminzbonbons, die Malvine ständig in einem weißen Porzellanschälchen auf ihrem Nachttisch bereit hielt, nach dem dicken, dunkelbraunen Wollgarn einer angefangenen Stickarbeit auf dem Stuhl neben dem Fenster und nach Urin.

»Sicher hat sie wieder ihren Nachttopf nicht ausleeren lassen«, dachte Hella mit einer Mischung aus Mitleid und Ekel.

Malvine lächelte ihren Kindern gequält entgegen. »Kommt nur, kommt, ich freu mich sehr, wenn ihr mir etwas von der Schule erzählt … ich fühle mich heute so elend …«

Karli setzte sich zu seiner Mutter aufs Bett, nahm ihre Hand. Hella blieb in der Nähe des Fensters stehen. »Stell dir vor, Mama, ich hab eine neue Freundin«, sagte sie schnell, »sie heißt Lilly und wohnt im Komeshaus. Sie war zwar schon immer in meiner Klasse. Aber heute hat sie mir erlaubt, die Hausaufgaben für morgen bei ihr abzuschreiben. Ich geh nachher noch zu ihr. Erst hat sie zwar gefragt, was ich ihr dafür gebe, aber ich hab dann gesagt, ich werd ihr *fitchil* dafür geben.

Hella stellte ihre Schultasche geräuschvoll auf den Boden. Ihre Mutter zuckte zusammen. Laute Geräusche gingen ihr durch Mark und Bein.

»Anscheinend hat sie den gestrigen Zank schon wieder vergessen«, dachte Malvine. So war Hella. Ganz der Vater. Der tat auch immer am anderen Tag, als wäre nicht geschehen. Karli war da anders. Er saß neben ihr und hielt behutsam ihre Hand. Sie fühlte sich ihm sehr nahe.

»Wir haben heute auf dem Flur mit Martha Christianiaschwünge geübt«, fuhr Hella munter fort. »Die Lehrerin hat mir gleich am ersten Tag einen Verweis erteilt, weil ich im Unterricht vom Skifahren auf der Hohen Rinne erzählt hab. Wenn das so weiter geht, hat sie gesagt, fliege ich von der Schule.«

Malvine konnte im Gesicht ihrer Tochter keine Spur von schlechtem Gewissen entdecken. Ganz im Gegenteil. »Ich glaub, sie ist auch noch stolz darauf«, dachte Malvine. »Sie weiß, daß es ihrem Vater insgeheim gefällt, wenn sie ihrem Ruf als Klassenstrolch gerecht wird.«

Hella war jetzt zwölf, und unter ihrem engen, quittengelben Pullover zeichneten sich bereits weibliche Rundungen ab. Ihre Hüften waren jedoch noch knabenhaft schmal. Sie war zierlich und flink, hatte hübsche, nicht eben lange, jedoch schlanke, wohlgeformte Beine mit besonders schmalen Fesseln und bewegte sich mit den knappen, energischen Bewegungen eines jungen Menschen, der viel Sport treibt und weiß, daß er seinen Körper beherrscht. Sie trug den Pullover, entgegen der Mode, über dem Rock und betonte ihre überaus schmale Taille mit einem schmalen, durch eine Silberschnalle verzierten Gürtel. Sie wußte, daß sie hübsch war, und seit einiger Zeit schon zeigten ihr die Blicke der Buben, wie sehr ihr Körperbewußtsein wirkte. Seit sie denken konnte, stand für sie fest, daß sie einmal Sportlehrerin werden würde. Sie genoß es, in der Schule die Turnriegen anzuführen, sie war voll Energie und führte mit Vorliebe das Kommando, das ihr Gleichaltrige und sogar Ältere ohne weiteres auch zugestanden.

Hella ahnte nicht, daß sie, wenn die Riegen auf ihr Kommando durch den Schulhof marschierten, die Gefühle von Macht, aber auch von Verantwortung nachvollzog, die vor Jahren ihren Vater auf dem Kasernenhof erfüllt hatten.

»Wenn das deinem Vater zu Ohren kommt ...«, wandte Malvine müde ein, »du weißt doch, wie wichtig ihm eure Schulbildung ist ... Sag, Karli, hast du nicht etwas Angenehmeres für deine Mama? Du bist wenigstens nicht so schlimm wie Hella ...« Malvine versuchte sich im Bett aufzurichten und steckte sich ein weiteres Kissen in den Rücken.

»Ich hab Hunger, Mama. Was gibt es denn zu essen? Ich will nachher doch noch zu Lilly«, maulte Hella. Da saßen sie wieder auf dem Bett und waren ein Herz und eine Seele. Daß Karli sich nicht an dem Nachttopf störte.

Karli begann leise, aber unbeirrt zu sprechen. »Ja, Mama, etwas sehr Angenehmes sogar. Heut war unser Chorleiter in der Schule und hat uns gesagt, daß wir an Pfingsten mit dem Brukenthalchor eine Tournee unternehmen werden. Durch alle deutschen Städte in Siebenbürgen. Und ich singe den höchsten Sopran. Ich kriege sogar eine Solopartie! Darf ich mit, Mama? Bitte, bitte sag ja!« Karli hatte sich über die Hand seiner Mutter gebeugt und bedeckte sie mit Küssen.

»Er ist schon genauso theatralisch wie Mama«, dachte Hella und schämte sich für diesen zimperlichen, mädchenhaften Bruder, der sich dafür begeisterte, in einem Chor herumzupiepsen. Und wie er sich begeisterte. Seit er im Chor sang, war er kaum wiederzuerkennen.

Hella hatte recht. Karli fühlte sich zum ersten Mal in seinem Leben rundum glücklich. Wenn er mit den Kameraden vom Chor auf dem Podest stand und alle ihm zuhörten, waren seine Scheu und seine Angst verschwunden. Zum ersten Mal in seinem Leben erntete er Lob und Anerkennung, war nicht nur der tölpelhafte kleine Bruder der schneidigen Hella.

»Bitte, Mama, sag ja und sag dem Tata, daß er es erlauben soll!« flehte Karli. So schwer ihm der Abschied von Broos auch diesmal wieder gefallen war, so erfüllten ihn die Auftritte mit dem Chor doch mit großem Stolz und ließen ihn seine Ängstlichkeit vergessen.

»Natürlich, Karli, wenn es dir so große Freude macht … Ich habe nichts dagegen …«, sagte Malvine mit verwandelter Stimme. Die Begeisterung ihres Sohnes hatte sie aus ihrer Lethargie gerissen. »Aber daß du dann wieder wochenlang weg bist … das gefällt mir weniger«, fügte sie hinzu und ließ sich wieder zurück in die Kissen sinken.

»Mama, Hella, hört nur! Ich hab noch etwas anderes sehr Interessantes erlebt«, rief Karli, den die Aussicht auf die Tournee gesprächig machte. »Wir waren mit der Klasse im Brukenthalmuseum …«

»Ach du meine Güte«, mischte sich Hella ein, »jetzt red nicht noch stundenlang von diesem Museum. Ich habe Hunger, und dann will ich zu Lilly …«

»Du weißt doch sicher, daß das Museum nach Samuel von Brukenthal heißt, dem Siebenbürger Sachsen, der einer der wichtigsten Ratgeber der Kaiserin Maria Theresia war. Auch unser Chor heißt nach ihm.« Was Karli an spontaner Durchsetzungskraft fehlte, ersetzte er durch Hartnäckigkeit.

»Wir haben uns im Museum ganz moderne Bilder angeschaut. Herr Richter sagte, so etwas nennt man expressionistisch. Die Maler tragen die Farbe in dicken Klecksen auf, aber wenn man weiter weggeht, sieht es ganz echt aus. Einer hat mir besonders gut gefallen. Es ist ein Maler aus Kronstadt, der lange im Ausland war. Er heißt Greysing, Johannes Greysing. Herr Richter sagt, daß er seit kurzem wieder in Kronstadt lebt.«

Malvines Kunstsinn hielt sich in Grenzen. »Woher du nur diese Neigung zur Kunst hast?« wunderte sie sich.

Es klingelte an der Haustür. Man hörte Anuschkas Schritte und dann eine helle Mädchenstimme.

»Das ist Lilly«, rief Hella. »Ich sollte doch zu ihr kommen …«

In diesem Augenblick betrat ein zierliches, blondes Mädchen das abgedunkelte Zimmer. Sie trat zu Malvine ans Bett, machte einen angedeuteten Knicks und stellte sich vor: »Gnädige Frau, ich heiße Lilly Walbaum. Ich bin mit Ihrer Tochter in einer Klasse. Wir sind miteinander verabredet. Wie ich höre, sind Sie unpäßlich. Ich hoffe, daß es Ihnen bald besser geht …« Dabei ergriff sie mit einer selbstverständlichen Handbewegung Malvines matt ausgestreckte Rechte.

Lilly Walbaum hatte, wie Malvine im Dämmerlicht nur andeutungsweise feststellen konnte, eine markante, große Nase, ein energisches Kinn und auffallend zierliche Hände. Ihre unaufdringliche Wohlerzogenheit war gepaart mit einer ruhigen Selbstsicherheit, die um so erstaunlicher war, als das Mädchen sich seiner Unscheinbarkeit vollauf bewußt zu sein schien.

»Gut, daß du kommst«, sagte Hella erleichtert. »Mein Bruder hat gerade stundenlang vom Brukenthalmuseum erzählt und von einem Maler, der es ihm angetan hat. Bresig heißt er, Johannes Bresig oder so ähnlich. Aus Kronstadt … Mama, gibt es jetzt endlich etwas zu essen?«

Lilly Walbaum mußte lachen. »Du wirst schon nicht verhungern. Aber du hast es wohl eilig, auf den Sportplatz zu kommen. Es ist ulkig, daß ihr gerade über diesen Künstler geredet habt, ich bin nämlich mit ihm verwandt. Johannes Greysing heißt er übrigens, Hellalein. Daß du dir nie einen Namen merken kannst …«

Karli hatte die Freundin seiner Schwester erstaunt gemustert. »Was, du bist mit Johannes Greysing verwandt?« fragte er voll Bewunderung.

»Na, ist das eine Kunst?« entgegnete Lilly Walbaum trocken. »Bei uns Siebenbürger Sachsen ist doch jeder mit jedem irgendwie verwandt, oder? Ich war sogar zweimal in den Sommerferien bei seinem verstorbenen Vater im Landhaus der Familie, nahe bei Kronstadt in der Noa. Das ist aber schon ein paar Jahre her. Es war sehr lustig. Da könnte ich euch Sachen erzählen!« Lilly Walbaum senkte geheimnisvoll die Stimme.

»Na los, komm schon, erzähl, und dann können wir wohl endlich gehen«, drängte Hella, deren Geduld bereits hart auf die Probe gestellt worden war.

»Also, liebe Lilly«, mischte sich nun auch Malvine ein, »das würde auch mich sehr interessieren. Wie sagtest du, bist du mit diesen Leuten verwandt?«

Lilly ging kurzerhand zum Fenster, das offen stand, und schob einen der angelehnten Läden ein wenig zur Seite, damit Tageslicht in den stickigen Raum strömte. Malvine ließ es ohne Protest geschehen.

»Es ist Ihnen doch recht, gnädige Frau?« holte sich Lilly, die es stets vorzog, mit selbstverständlicher Bestimmtheit zu handeln, nachträglich Malvines Billigung ein.

»Also, mein Otata, Friedrich Walbaum, ist der Enkel des Verlegers Heinrich Walbaum, dessen Frau Louise eine bekannte Kronstädter Schönheit war. Sie war auch die Urahne von Johannes Greysing. Sein Vater – er war Direktor bei der Kronstädter Sparkassa – hat mir erzählt, daß sie sehr alt geworden ist und im Kreis der Familie noch mit weit über neunzig in einem großen Patrizierhaus auf der Kornzeile, der Kronstädter Prachtstraße, gelebt hat.«

Lilly Walbaum hatte sich den Stuhl, der am Fenster stand, ohne Umschweife ans Bett gezogen und hatte die Stickerei, die darauf gelegen hatte, säuberlich zusammengefaltet und auf die

Kommode gelegt. Seit der Fensterladen offen stand, war vom Uringeruch kaum mehr etwas zu spüren. Hella bemerkte es mit Erleichterung. Sie hörte nur mit halbem Ohr zu. Familiengeschichten, noch dazu von Leuten, die sie nicht kannte, vermochten ihre Aufmerksamkeit kaum zu fesseln.

Ganz anders Karli: Er hatte sich zu seiner Mutter aufs Bett gesetzt und sog Lillys Worte förmlich in sich auf. Familiengeschichten hatten ihn schon immer fasziniert, und erst recht die von bedeutenden Menschen. Auch Malvine hörte aufmerksam zu.

»Tja, und dann habe ich eben, weil ich eine Walbaum war, zweimal meine Sommerferien bei Greysings verbracht. Der Maler war damals wohl im Ausland. Sein Vater war schon schwer asthmatisch, aber sehr nobel und freundlich. Seine zweite Frau hatte die Hosen an. Ihre Energie hat mir sehr imponiert. Sie lebten auf großem Fuße, mit Chauffeur, Köchin und mehreren Dienstmägden. Vor dem Sommerhaus in der Noa stand eine grün gestrichene Laube. Dort mußte jeden Tag auf Wunsch der Hausfrau die Veranda mit einem *olajos rongy*, einem ölgetränkten Tuch, gewischt werden.«

»Nicht sag! Mit einem Öltuch … du meine Güte …«, fügte Karli hinzu.

»Es wird noch besser. Vor dem Haus stand ein riesiger, alter Kastanienbaum. Wir mußten andauernd die Kastanien auflesen, denn Frau Greysing ertrug nicht, wenn irgend etwas herumlag. Jeden Morgen mußten die Dienstmädel die Matratzen aus den Betten heben, stellt euch vor, jeden Morgen. Kaum saß man, hat schon irgend jemand aufgewischt. Das Linoleum in der Küche mußte jeden Tag mit Milch geputzt werden, damit es nicht brüchig wird. Bei uns im Komeshaus ist es auch blitzblank. Aber so etwas! Die Kraft, mit der sie ihren Willen durchsetzte, hat mir gefallen. Ihrem Stiefsohn, dem Maler, aber wohl nicht. Er hat sich jahrelang in München aufgehalten. Jetzt lebt er, wie ich höre, im Sommerhaus in der Noa. Seither hat mich keiner mehr eingeladen.«

»So, so, du bist also im Komeshaus daheim?« Malvine hatte Lilly zwar gelegentlich mit Hella gesehen, hatte aber noch nie länger mit ihr gesprochen.

»Ja, mein Otata ist doch der Sachsen-Komes. Ich lebe bei ihm, weil meine Mutter gestorben ist. Er ist sehr gescheit und sehr lieb …«

»Sagt, Kinder«, warf Malvine ein, »wißt ihr überhaupt, was unser Sachsen-Komes ist? Habt ihr das schon in der Schule gelernt?«

»Ach Mama, jetzt halt uns bitte keinen Vortrag über unsere Siebenbürger Sachsen«, protestierte Hella, die die Vorliebe ihrer Mutter für Heimatkunde zur Genüge kannte. »Gleich fängt sie auch noch an, das Siebenbürger Lied zu singen«, dachte sie bei sich. Doch was Hella befürchtet hatte, trat ein: »Blau und rooooot, bis in den Toooood …« trällerte Malvine inbrünstig. »Also, der Kornes ist unser Führer und wird von den Sachsen gewählt. Bei uns ist keiner Herr und keiner Knecht. Wir haben die älteste Demokratie begründet … Der Kornes lebt immer hier in Hermannstadt im Komeshaus. Er hat zwar keine echten Befugnisse mehr, aber er dient, wie unsere protestantische Kirche, dem Zusammenhalt unseres Volkes inmitten katholischen Ungarn und orthodoxen Rumänen.« Malvine Held hatte sich in Fahrt geredet, der müde Ausdruck war aus ihrem Gesicht verschwunden, die Wangen bekamen allmählich wieder Farbe.

»So, jetzt gehen wir aber endlich … Komm Lilly, Anuschka macht uns schnell etwas zu essen, und dann gehen wir!« unterbrach Hella ihre Mutter. »Mama, Karli, soll ich ihr sagen, daß sie euch etwas bringen soll?«

»Nein danke, Kind, ich denk, wir essen später. Geht ihr nur auf den Sportplatz. Ich glaube, ich muß ein kleines Nickerchen machen.« Malvine gähnte. Der unerwartete Besuch hatte sie angestrengt. »Auf Wiedersehen, Kinder. Amüsiert euch gut und kommt nicht zu spät nach Hause. Morgen ist wieder Schule«, rief sie ihnen noch nach, band ihr Tuch nochmals fester um den Kopf, drehte sich auf die rechte Seite und fiel augenblicklich in tiefen Schlummer.

Karli ging langsam und nachdenklich ins Kinderzimmer, das er, seit die Familie in Hermannstadt lebte, mit seiner Schwester teilen mußte. So verkehrt war die Welt. Tata wird nicht gerade begeistert sein, wenn ich mit meinem Chor nun auch noch Tourneen mache. Das ist doch nichts für einen Buben, hatte er gesagt, als Karli zu singen angefangen hatte. Warum treibst du dich nicht lieber im Eisstadion oder auf dem Sportplatz herum, so wie deine Schwester? Oder war die Welt gar nicht verkehrt?

»Vielleicht sind Hella und ich verkehrt?« dachte Karli und kauerte sich vor seine Käfige, die er unter dem Fenster nahe seinem Bett aufgestellt hatte. Die weißen Mäuse kamen auf ihren dünnen, blaßrosa Füßchen herangetrippelt, stellten sich auf die Hinterbeine und versuchten, mit ihren rosa Nasen zu ihm hinaufzuschnuppern. Ihre roten Augen sahen ihn wach und vertrauensvoll an. Karli zog aus seiner kniekurzen, grauen Wollhose ein Stückchen Ziegenkäse hervor, das er beim nach Hause Kommen von Anuschka ergattert hatte, und bröselte es langsam ins Stroh der fünf Käfige. Die Mäuse mummelten eilig, wobei sie dann und wann ängstliche Blicke um sich warfen.

»Ihr braucht keine Angst zu haben, es nimmt euch niemand euren Käse weg«, murmelte Karli beschwichtigend. Er war ganz sicher, daß seine Mäuse ihn verstanden. Er steckte seinen Zeigefinger vorsichtig zwischen die Gitterstäbe.

Er mußte einen geeigneten Moment abpassen, um mit Tata über die Tournee zu sprechen, soviel war klar. Sonst sagte er im Zorn nein, und dann war nichts mehr zu machen. Tata nahm niemals einmal gefaßte Entschlüsse zurück. »Ein Mann, ein Wort«, sagte er immer. Und wenn Mama ein gutes Wort für ihn einlegte, würden sie sich wahrscheinlich wieder streiten. Wie er diese Tournee herbeisehnte. Vielleicht würden Tata und Hella auch endlich einmal stolz auf ihn sein. Das wog viel schwerer als Mamas Begeisterung, denn sie fand sowieso alles gut und schön, was er machte.

»Wenn Tata wüßte, daß ich mir manchmal Rollen ausdenke und daß ich dann Mamas Kleider und Schuhe, ihre Pelze und Boas vor dem Spiegel anprobiere …« Es kam neuerdings über ihn wie ein Rausch. Er wußte nicht, weshalb. Nebenan in der Küche hörte er Anuschka rumoren. Karli verspürte keinen Hunger. Ein merkwürdiges Gefühl bemächtigte sich seiner, wenn er an Anuschka dachte. An ihre schwarzen, dicken Locken, die sie nachlässig aufgesteckt trug, so daß man ihren schmalen Nacken, der sonnengebräunt war, und ihre kleinen Ohren sehen konnte. Sie trug ihre roten, bauschigen Röcke mit keckem Schwung, und manchmal rutschte ihr, wenn sie beim Bettenmachen war oder sich über den Herd beugte, die weiße Bluse von der Schulter hinunter. Es kribbelte ihm dann jedesmal im Bauch, und heiß wurde es ihm auch. Das Gefühl war so ähnlich wie jenes, das ihn befiel, wenn er sich mit einer theatralischen Geste in Mamas Federboas und Abendkleider hüllte. Nur nicht so stark.

Mit Hella konnte er darüber nicht sprechen. Sie war immer kurz angebunden und meistens auf dem Sprung zu irgendeiner

Unternehmung. Eigentlich kam sie nur noch zum Essen und zum Schlafen nach Hause. Karli bedauerte das sehr. Er bewunderte seine Schwester grenzenlos. Sie war alles, was er nicht war. Selbstbewußt, ungebrochen, aktiv. Sie stand überall im Mittelpunkt, obwohl sie Buben von oben herab und voller Gleichgültigkeit behandelte. Genau so wie ihn. »Ob ich sie deshalb so verehre«, fragte sich Karli, »weil ich nie an sie herankomme?« Hella teilte sich niemandem mit. Nicht Tata, mit dem sie viel verband, nicht Mama, deren Gefühlsausbrüche ihr immer peinlich waren. Und ihm, dem mädchenhaften, weichen Bruder schon gar nicht. »Ob sie mich überhaupt zur Kenntnis nimmt? Sie ist wie von einem anderen Stern: kühl, schön und unnahbar.«

Es mochte auf Mitternacht zugehen. Hella und Karli lagen beklommen in ihren Betten und taten, als ob sie schliefen. Es war totenstill, nur das Ticken der großen Standuhr im Wohnzimmer war zu hören. Wo nur Tata blieb? Er war noch immer nicht nach Hause gekommen. Mama schien schon zu schlafen. Wahrscheinlich hatte sie etwas gegen ihre Migräne eingenommen. Sie nahm immer irgendwelche bunte Pillen. Anuschka lag auch schon lange auf ihrem Klappbett in der Küche. Nur dann und wann, wenn sie sich umdrehte, gab das Bett leise knirschende Geräusche von sich. Wo nur Tata blieb?

Plötzlich ein Geräusch, leise Schritte, ein Schleifen am Boden, wie von Stoff. Aus der Schlafzimmertür, die einen Spalt offen stand, drang gedämpftes Licht. Rascheln von Bettwäsche. Dann war es wieder still und dunkel.

»Sie hat ihm das Bettzeug ins Wohnzimmer getan«, flüsterte Hella. Sie wußte, daß auch Karli wach war.

Die Angst verband die Geschwister für kurze Zeit. Sie horchten in die Dunkelheit, die Augen weit offen. Wenn nun Tata heimkam …

Sie kannten seinen Jähzorn. Karli besonders. Es würde wieder Streit geben. Furchtbaren Streit. Hella spürte ihren Herzschlag bis in den Hals. Sie litt mehr unter den Szenen zwischen ihren Eltern als Karli, obwohl sie eigentlich die Robustere war. Die Angst war ihr nicht so vertraut wie ihm. Seit Karli denken konnte, hatte er in der Erwartung einer herannahenden Katastrophe gelebt. Wenn sie schließlich eintraf, war er gelassen, fast ingrimmig erleichtert. Die Schatten der Angst verfolgten ihn, ganz gleich, was er tat. Chronischer Durchfall war ihr Ausdruck. Er widersetzte sich ihnen längst nicht mehr.

Hella widersetzte sich der Angst. Bekämpfte die Schatten. Und gab ihnen dadurch Nahrung. Sie wollte im Licht leben, die Angst war ihr Feind. Die Katastrophe traf sie, schutzlos und unvorbereitet, doppelt hart, die Schatten erfüllten sie, die Starke, mit Entsetzen. Karli glaubte zu spüren, was in seiner Schwester vorging. Er war fast ruhig geworden. Vor seinem inneren Auge entstanden Bilder, die immer wiederkehrten: Wie seine Schwester und er noch zu Hause in Broos auf der Mauer zur Straße saßen. »Spring!« befahl sein Vater. Er war in Uniform. Hella sprang, er nicht. Wütend ohrfeigte ihn sein Vater, sein Kopf stieß dabei gegen die Wand, Blut floß …

Er stand auf dem Kutschbock, fünfjährig, und schrie. Er sollte das Pferdegespann mit Hansi und Liesl stehend aus dem Hof kutschieren, sein Vater wollte es so, damit der Bub ein Kerl würde. Er hatte Angst, es ging nicht. Vater schlug ihn, er hatte seine Uniform an. Karlis Angst trug seither Uniform …

Sein Vater verachtete ihn, und Karli verachtete sich selbst dafür. Hatte er ihn nicht seit der Sache mit der gefälschten Note niemals mehr berührt?

»Ich bin für ihn gestorben«, dachte Karli, und plötzlich erfüllte ihn tiefe Traurigkeit. Langsam sank er in den Schlaf.

Karli fuhr auf. Nebenan knarzte kaum hörbar der Parkettboden. Ossi Held war zurück.

Ein Stuhl fiel polternd um, die Schritte wurden lauter, ungeduldiger. »Komm, Malvinchen, hab dich nicht so. Es macht doch nichts, wenn es einmal später wird ...«

»Geh weg, du stinkst nach Alkohol! Pfui Teufel ... geh weg! Laß mich in Ruh!« Malvines Stimme ging in Schluchzen über. »Geh doch zu deinen Weibern, mach, daß du aus dem Schlafzimmer kommst!«

Für einen Augenblick war es still.

»*Basczama úr Isztenit!* Wer zum Teufel hat mein Bettzeug ins Wohnzimmer getan? Ich dreh ihm den Kragen um ...«

Einem plötzlichen Impuls folgend, glitt Hella aus dem Bett und huschte ins Wohnzimmer. »Das war ich!« Ihre Stimme war fest und trotzig. Sie war froh, daß ihr Vater im Dämmerlicht nicht sehen konnte, wie sehr sie zitterte. Sie stellte sich vor Mama und beschützte sie, nur das zählte.

Ossi Held war wütend, außer sich. Er wußte genau, daß Malvine ihn aus dem Schlafzimmer ausquartiert hatte. Und dabei hatte er sich doch mit ihr versöhnen wollen. Er fühlte sich verletzt, gedemütigt, hilflos. Und nun stellte sich diese unverschämte Göre vor ihn hin und behauptete, sie sei es gewesen. Die Hilflosigkeit fachte seine Wut aufs neue an. Er ertrug es nicht, wenn er sich hilflos fühlte. Im Zorn fühlte er sich sicher.

»Na warte … ich werd dir geben …« brüllte er und hob die Hand. Hella rührte sich nicht. Ihr graublauer, trotziger Blick beugte sich dem des Vaters nicht.

Ossis Hand sank herab. Hella war eine Held, ganz ohne Zweifel. Wie sie so dastand, in ihrem dünnen Nachthemd! Ganz unerwartet hatte er sie mit fremden Augen gesehen und hatte zum ersten Mal bemerkt, daß sie beinahe eine Frau geworden war. »Wo ist das kleine Mädchen von gestern geblieben«, dachte er plötzlich gerührt, »mein tapferes Lausemädel …«

»Geh jetzt schlafen«, sagte er barsch, um die Wehmut, die ihn befiel, zu verbergen. Er schob sie zur Tür hinaus und machte sie geräuschvoll hinter sich zu.

Karli lag immer noch zusammengerollt unter seiner Decke. Liebe und Bewunderung für seine Schwester erfüllten sein Herz. Weshalb konnte er nicht so sein wie sie?

Kronstadt 1929

Johannes Greysing war im Begriff, nach dem täglichen Schoppen in der »Redoute« in seine Wohnung auf der Kornzeile zurückzukehren. Kurz vor seinem Ziel kam ihm in den Sinn, noch ein wenig durch die Straßen zu schlendern. Er war heute ausgesprochen schlechter Stimmung und hatte das Bedürfnis, seine Gedanken zu ordnen, bevor er sich zum Mittagessen den fürsorglichen Erkundigungen seiner Frau aussetzte. Normalerweise konnte er sich in die jahrzehntealten Rituale seines Freundeskreises fallenlassen wie in einen bequemen, tröstlichen Sessel. Diesmal war es anders gewesen.

»Heut hat jemand auf den Sessel ein paar Reißnägel gestreut …« dachte Johannes Greysing an die Freundesrunde zurück, die er soeben verlassen hatte.

Sein Blick glitt, ohne das viel zu vertraute Bild wirklich wahrzunehmen, an den alten Häuserzeilen entlang und blieb an dem wuchtigen Bau der Schwarzen Kirche hängen, der ihm heute strenger und ernster als sonst erschien.

Heinrich war beim Schoppen gewesen.

Er war nur für ein paar Tage zu Besuch aus Berlin, wo er jetzt lebte. Auf einen Sprung sozusagen.

»Er hat es tatsächlich geschafft. Er ist bei Langen-Müller«, dachte Johannes Greysing. Wie stolz war der junge Schriftsteller zum Tisch des um fünfzehn Jahre älteren, bewunderten Malers geeilt, um ihm die große Nachricht zu Füßen zu legen! Der hatte geschwiegen, schließlich die Schultern gehoben und gesagt: »Darauf kommt es im Grunde auch nicht an …«

Die Freunde, allen voran natürlich Schwager Hermann, hatten eifrig genickt. Auf die Kunst kommt es an, nicht auf den Erfolg und die Anerkennung von außen, hatte Meerwald gesagt.

An anderen Tagen tat ihm ihre Bewunderung gut. Aber heute waren sie ihm wie eine Schar beschränkter Speichellecker vorgekommen, die nichts Besseres zu tun hatten, als ihm, einem Provinzkünstler am Rande des Orients, andächtig zu lauschen.

Warum hatte er damals, es mußte etwa 1920 gewesen sein, und er war gerade nach Salzburg gezogen, nicht auf Heinrich gehört? Der junge Dichter hatte ihm, als er ihn in Berlin besuchte, sogar bereits eine Atelierwohnung verschafft gehabt. Berlin, mein Gott … ein Kunstzentrum europäischen Ranges! Welche Möglichkeiten hätte ich dort gehabt … Oder in Prag und München, wie Kokoschka und Unold. Beide hatte er gekannt. Kokoschka war nur drei Jahre jünger als er.

Und jetzt Zillich.

Wie oft hatte er selbst ihm gesagt: Bevor man nicht bei Langen-Müller ist, hat man nichts erreicht.

Natürlich kam es darauf an.

Oder letztendlich vielleicht doch nicht? Was hatte das alles überhaupt für einen Wert? Seit Tagen plagte er sich nun schon mit einem Selbstporträt herum, das sich ihm zu widersetzen schien. Er schlief noch schlechter als sonst, rauchte noch mehr und hielt sich seiner Familie gegenüber, die wie immer respektvoll abwartete, in eisiger Distanz.

Wofür?

Er war allein in seinem Ringen.

Wozu?

In Idas Liebe vermochte er sich zu wärmen, auch wenn sie ihn nicht verstand. An ihrer Hingebung sich erhöhen, auch wenn er dabei allein blieb. Aber wollte er das nicht selbst? War er nicht immer allein gewesen? Hatte ihn nicht seine Mutter, die bei seiner Geburt gestorben war, von Anfang an allein gelassen?

Ob er deshalb immer wieder die Sicherheit, die Heimat, das Haus des Vaters gesucht hatte draußen in der Welt? War er deshalb immer wieder zurückgekehrt? Ohne es dann wirklich ertragen zu können.

Johannes liebte die vertrauten Gassen und haßte sie zugleich. Er kam nicht los von seiner Vaterstadt, sooft er auch fortgegangen war. Sie war es, die ihn hier festhielt, während andere in den Metropolen Europas ihr Glück machten. Sie war seine Sehnsucht, wenn er fort war, und seine Last, wenn er hier war. Sie war wie eine Frau. Es war gefährlich, sie zu lieben.

Johannes war am Weisenhausgässer Tor angelangt. Musik ließ ihn aufblicken.

Ein Trachtenzug bewegte sich langsam auf ihn zu. Vorneweg einige rumänische Zigeuner auf dürren, niedrigen Pferden. Aus ihren wilden, dunklen Gesichtern leuchteten Freude und Würde. Einer rang seiner Klarinette orientalisch anmutende Klänge ab, einige andere geigten auf schluchzenden Brettern, und ein Bursche mit dicken, schwarzen Locken blies gellend auf einer wohl eigens für den Zug blankpolierten Trompete.

»Ach ja, richtig. Heute feiern ja die Rumänen aus der *scei,* der Vorstadt, den Frühlingsbeginn: das Junii-Fest« sagte sich Johannes Greysing. Er hatte es ganz vergessen. Er konnte sich nicht erinnern, wann er zum letzten Mal die Junii-Reiter in der Stadt gesehen hatte. Wie bunt ihre Trachten waren, wie wunderbar reich bestickt ihre Hemden! Seltsam fremd und orientalisch nahmen sie sich in den engen, mittelalterlichen Gassen der altdeutschen Stadt aus.

Johannes Greysing schaute auf. In diesem Moment wußte er, wie sehr er hierher gehörte. Er liebte das bunte Völkergemisch dieses Balkanwinkels. Die Vielfalt der Farben, die Geräusche, die Gerüche, die Gebräuche der verschiedenen Völker, die hier seit Jahrhunderten friedlich nebeneinander lebten, waren ein Teil von ihm. Nicht eigentlich miteinander lebten sie, die drei Nationalitäten seiner Stadt, aber Deutsche, Ungarn und Rumänen ließen einander gewähren. Johannes erinnerte sich dunkel an Bälle der rumänischen, sächsischen und ungarischen Frauenvereine, bei denen gelegentlich tüchtig sächsischer Kokelwein und ungarischer Champagner getrunken wurde, während man den Klängen der rumänischen Kapelle lauschte. Alle Seiten achteten auf freundlichen, aber distanzierten Umgang, man sprach gelegentlich auf der Straße höflich miteinander, doch das war alles.

Nur die Juden der Stadt hatten sich immer schon zum Teil der ungarischen, zum Teil der sächsischen Gesellschaft angeschlossen. Viele hatten das deutsche Gymnasium besucht, das als deutsche Bildungsstätte in Osteuropa einen guten Ruf besaß, und hatten dann mit Stolz den schwarzen Flaus und die blaue Mütze des Pennäler-Coetus getragen. Es gab einige unter ihnen, die die sächsische Mundart ebenso gut beherrschten wie die Sachsen.

Johannes Greysing dachte daran, daß seine Vorfahren das alteingesessene Bürgertum der Stadt bildeten. Die meisten Gebäude auf dem Marktplatz gehörten Siebenbürger Sachsen, wie auch die meisten Firmenschilder der Geschäfte auf den vier Zeilen, die den Platz säumten. Wer weiß, ob nicht dieser behäbige Wohlstand, diese ruhige Abgeschiedenheit seine Ahnen aus Österreich über Reps nach Kronstadt gelockt hatten.

Der größte Teil der Rumänen, bis auf die Villen einiger reicher Familien, wohnte in der Vorstadt. Vor Jahrhunderten noch, zur Zeit des »Königsboden«, als die deutschen Städte unmittelbar dem ungarischen König unterstanden, hatte niemand außer den Sachsen ihre Städte betreten dürfen. Johannes Greysing betrachtete lange den Umzug. Um wie vieles ärmer wäre die Stadt ohne diese überquellende Farbenpracht!

Er entdeckte Schafspelz- und Kaftanträger in der Menge, sporenklirrende Militärs, sächsische Bäuerinnen in strengem Schwarz, die zum Markt unterwegs waren, Ungarn mit roten Westen und schwarzen Schnauzbärten. Er wußte einmal mehr, daß er niemals auf Dauer anderswo würde leben können. Er spürte seine Verbundenheit mit diesem Land und seiner Ursprünglichkeit. Er liebte das Gemisch aus verschiedenen Nationalitäten, verschiedenen Sprachen und verschiedenen Glaubensbekenntnissen. Alles zusammen ergab den unverwechselbaren Zauber seiner Heimat.

Johannes reihte sich in die Zuschauer am Straßenrand ein. Gefangen von Farben und Mustern des Umzugs, die im kräftigen Licht der Frühlingssonne noch tiefer auf ihn, den Augenmenschen, wirkten, nahm er jede Einzelheit in sich auf. Waren nicht schon längst Farben, Formen und die Kraft seiner Heimat in sein Schaffen eingegangen?

Jetzt zogen die Verbände und Innungen vorbei: Reiter in märchenhaften, bestickten Hemden, die – nur durch einen Gürtel zusammengehalten – wie ein weiter Mantel den Pferderücken bedeckten. Stolz führten die Männer diese kostbaren Familienerbstücke vor. Wie lange mochten wohl fleißige Frauenhände an diesen Stücken gearbeitet haben … Johannes' geübter Blick nahm jede Einzelheit der geheimnisvollen, mit Goldfäden gestickten, uralten Zeichen auf: Gewinde, Ranken, unzählige, hellblaue Blümchen, rot-goldene Arabesken auf schwefelgelbem oder schwarzem Untergrund.

Wie lautete doch eine alte Sage? Wenn es den rumänischen Reitern gelänge, in die Innenstadt zu dringen und dreimal um das sächsische Rathaus zu reiten, dann gehörte die Stadt ihnen. Aber das war lange her. Johannes Greysing schmunzelte. Jetzt waren seine braven Sachsen längst gute rumänische Staatsbürger geworden, genauso wie sie zuvor loyale Untertanen der Habsburger gewesen waren. Nüchtern und pragmatisch hatten sie sich, wie schon so oft, in den Lauf der Weltgeschichte gefügt.

Sein Blick fiel auf eins der Giebelhäuser, über dessen Eingang das steinerne Wappen Kronstadts eingelassen war: Eine Krone auf einem verwurzelten Baumstumpf. Johannes schmunzelte erneut. Dort hatte sie der dem Heldentode wenig zuneigende König Géza von Ungarn der Sage nach abgelegt, um auf der Flucht vor hereinbrechenden Horden feindlicher Reiter aus dem Morgenlande nicht als König erkannt und niedergemetzelt zu werden. An diesem Fleck sollte später von den ins Land gerufenen deutschen Siedlern die Stadt Kronstadt errichtet worden sein, »ad retinendam coronam«, wie ihre Aufgabe vertraglich festgehalten wurde …

Heute war der große Auftritt der Rumänen, und alle Nationalitäten der Stadt schauten zu. Im Sommer würde dann der große Tag der Sachsen, das Honterus-Fest, gefeiert werden, benannt nach dem größten Sohn des Volkes, seinem Reformator Johannes Honterus, dem auch die Rumänen und Ungarn Ehre erwiesen. Der enge Vertraute Melanchthons hatte das Kunststück fertiggebracht, sein kleines Kolonistenvolk geschlossen zum protestantischen Glauben zu bekehren, ein Umstand, der sich festigend auf den kulturellen Zusammenhalt der Siebenbürger Sachsen inmitten katholischer Ungarn und orthodoxer Rumänen ausgewirkt hatte.

Johannes beobachtete amüsiert, wie die jungen Burschen des Trachtenzuges, entfesselt und benebelt vom *ţuica*, ihrem Selbstgebrannten Pflaumenschnaps, ihren *buzdogan*, eine Art schweren, eisernen Morgenstern an einem Holzpflock in die Luft warfen und mit erstaunlicher Geschicklichkeit wieder auffingen. Burschen hauten mit ihren Korbatschen in die wiehernden, prächtig aufgezäumten Pferde und schossen immer wieder mit verrosteten Pistolen in die Luft.

Trotz der warmen Frühlingssonne kamen die Frauen im offenen Dorfwagen in ihren kostbaren Pelzen angefahren. Je vier Frauen in einem Wagen. Jede trug eine kostbare Brokat- oder Atlasweste, den Kopf umhüllten spinnwebfeine Schleier. Die Frauen waren beladen mit an vielen Schnüren aufgereihten Goldmünzen, die die Porträts aller habsburgischer Kaiser trugen. Wunderbar stachen die kräftigen Farben gegen die schwarzen Haare ab, gegen ihre dunkle Haut und die dunklen, gefühlvollen und doch stolzen Gesichter. Wie froh sie sind, dachte Johannes Greysing, daß sie endlich dem langen Winter in ihren winzigen, knallbunt bemalten, hölzernen Vorstadthäuschen entronnen sind. Er versuchte sich das Innere der rumänischen Häuser vorzustellen. Die niedere Stube mit bunten Webvorhängen an den Fenstern, über dem Holztisch in der Mitte des Raumes eine ebenfalls gewebte, in den Farben alter Volkskunst an eine indianische Arbeit erinnernde Tischdecke, an der dem Eingang gegenüberliegenden Wand das Heiligtum der Familie, die goldglänzende Ikone. Irgendwo, von der Decke herabhängend ein dickes Hanfseil, das einen länglichen, bunt ausgeschlagenen Korb festhielt, der als Wiege diente. Über den Fenstern grob gezimmerte Bretter, an denen über und über bemalte Teller hingen. Töpferkunst der alten Dakier.

So lebten die Menschen, die heute ihren Festtag begingen. »Es ist merkwürdig«, dachte Johannes, »wir haben hier in diesem Land achthundert Jahre Seite an Seite verbracht, und doch blieb es immer bei einem Nebeneinander.«

Er beobachtete die ausgelassenen Reiter des Junii-Zuges und stellte sich dagegen die würdige Strenge des Honterus-Festes vor. Alles lief dort ordnungsgemäß, korrekt und grunddeutsch ab. Für überschäumende Lebensfreude oder gar für kleine, menschliche Versehen war da kein Platz.

Johannes bemerkte, wie ein junger rumänischer Reiter, schon reichlich bezecht, von seinem Gaul rutschte, aufs Pflaster purzelte, behende und lachend wieder aufsaß. »Sie haben ein natürlicheres Verhältnis zu ihren Schwächen als wir«, sagte sich Johannes. Er mochte diese Menschen wegen ihrer unkomplizierten, gefühlsstarken, ursprünglichen Art. Er kannte und schätzte einige Kollegen aus Bukarest als hervorragende Künstler, als Menschen, die ihre Kraft aus dem Bauerngeschlecht schöpften, dem sie entstammten. Ihm selbst war ihre Fähigkeit, sich selbst zu verzeihen, fremd.

Er wußte, daß sein stärkster Antrieb sein urdeutsches Streben nach letzter Erkenntnis, nach Vollkommenheit war. Er litt darunter, war aber gleichzeitig stolz darauf. Er war mit sich selbst hart genug, um sich zu fragen, ob er sich nicht gar ein wenig in der Rolle des einsam ringenden Suchers gefiel.

Er ahnte, daß seine Launen, seine Nöte, seine Freuden das Familienleben stark prägten. Doch jedermann nahm die Stimmungen des Malers, der schließlich ein bedeutender Künstler war, als gegeben hin.

Er kümmerte sich nicht um die Belange des täglichen Lebens. Für die Erziehung seines Sohnes war Ida zuständig. Es kam ihm vor, als ob Hannes immer mehr dem guten Hermann gliche. Ähnlich wie Hermann schien er sich fröhlich vom Strom des Lebens treiben zu lassen, von der glücklichen Überzeugung durchdrungen, niemals untergehen zu können.

Und siehe da, es fügte sich auch wirklich vieles ohne Aufhebens zum Besten. »Alles bestens« war denn auch ein Satz, den Johannes in letzter Zeit öfters von seinem Sohn vernommen und den er schon oft von Hermann gehört hatte. Der Ausspruch diente ebenso, wie Hermanns »man wird sehen« dazu, Unannehmlichkeiten des Lebens auf die lange Bank zu schieben, bis sie sich mit der Zeit von selbst erledigten.

Johannes schlenderte im warmen Licht der Frühlingssonne in Richtung Marktplatz und ließ die Eindrücke des Junii-Zuges noch einmal vor seinem inneren Auge vorüberziehen. »Eigentlich«, so mutmaßte er, »würde mein Sohn ganz gut auf einen dieser kleinen, dürren Gäule gepaßt haben.« Hannes war zwar noch zu jung, als daß man es endgültig entscheiden konnte, aber – soviel war sicher – er strebte nicht, er lebte. Johannes fielen die Augen seiner Frau ein und die seines Sohnes, die dieselben waren wie die des alten Weidenbacher Pfarrers. »Wer weiß«, dachte er, »welcher tatrische Reiter sie ihnen vererbt hat, mitsamt seinem orientalischen Fatalismus?«

»Außergewöhnliches wird er nicht erreichen, mein Sohn«, dachte Johannes, »er ist kein Kämpfer. Aber kam es darauf wirklich an?«

Zu Hause wartete man bereits seit über einer Stunde mit dem Mittagessen auf Johannes Greysing.

Es sollte Idas Spezialität, vorab Krebssuppe und als Hauptgericht gefülltes Siebenbürger Hendl, geben, das sie zusammen mit Julisch liebevoll nach dem Rezept ihrer Mutter zubereitet hatte. Im Kübel, der den herben Weißen und das Malnascher

Mineralwasser für den Mischmasch kühlen sollte, waren die zerstoßenen Eisbrocken längst geschmolzen.

Hannes hatte Hunger. Er war vom Tisch aufgestanden und schaute, die Hände in den Taschen, mit leerem Blick aus dem Fenster. Er war jetzt vierzehn Jahre alt, hoch aufgeschossen und schlaksig. Ida ging zu ihrem Sohn und fuhr ihm mit ihren schmalen Fingern übers Haar. Dabei bemerkte sie, daß er sie schon wieder ein bißchen mehr überragte.

»Johannes wird gleich kommen. Hab noch ein wenig Geduld«, sagte sie, und Hannes wußte nicht, ob sie zu ihm oder zu sich selber sprach.

Hannes folgte dem Blick seiner Mutter und bemerkte, daß sie immer öfter zur alten Standuhr im Eßzimmer schaute. Manchmal nestelte sie aus dem Ärmel ihres hübschen, dunkelblauen Frühlingskleides ein duftendes Taschentüchlein und tupfte sich damit die Nase. Hannes wußte, daß seine Mutter mit dieser Bewegung Nervosität überspielen wollte.

Warum kam Johannes nicht? Hannes war es gewohnt, daß man auf seinen Vater wartete. Aber zum ersten Mal regte sich Ungeduld in seinem Herzen. Mit einer Mischung aus Stolz und Erschrecken spürte er, wie sich die Ungeduld in ihm ausbreitete und zu Auflehnung anwuchs.

Mama hatte sich wieder solche Mühe gegeben.

Hannes hörte, wie sich ein Schlüssel im Türschloß drehte. Mit wütend klopfendem Herzen sah er, wie seine Mutter rasch aufstand und dem Vater entgegeneilte, um ihm im Flur den leichten Überzieher abzunehmen. Aufgeräumt betrat Johannes Greysing das Speisezimmer. Der verheißungsvolle Hendlduft schien seine Laune zu heben. »Warum läßt du die Mama immer warten?« sagte Hannes mit scheinbar unbeteiligter Stimme und stand von seinem Platz auf. »Du könntest gefälligst Bescheid sagen, wenn du später kommst!«

Johannes Greysings Blick fiel erstaunt auf seinen Sohn. Das Glitzern leiser Belustigung darin vertiefte sich.

»Du hast einen ganz guten Kopf bekommen. Ich werd dich demnächst malen«, sagte er und setzte sich zu Tisch. Es war das letzte Mal, daß sich Hannes über seinen Vater empörte.

In dieser Nacht träumte Johannes Greysing von der ersten Treibjagd, zu der er nach seiner zehnjährigen Studienzeit im Ausland bei seiner Rückkehr nach Kronstadt eingeladen worden war. Noch beim Aufwachen glaubte er, das Rascheln des Herbstlaubs, die Rufe der Treiber wirklich gehört zu haben …

Es ist Sonntag, fünf Uhr früh. Reger Betrieb herrscht am Rand der Kronstädter Altstadt: Allerhand Jagdwagen des örtlichen Jagdvereins von teilweise vorsintflutlicher Bauart sind versammelt. Es fängt langsam an zu dämmern. Auf einem Leiterwagen steht ein großes Faß Bier und auf einem der anderen eine Unzahl mit Eßbarem gefüllte Körbe für das traditionelle Gelage zum Abschluß der Jagd. Die Männer frösteln vor Müdigkeit und Aufregung. Ein kühler Herbstwind treibt ein paar welke Blätter über die Straße. Der Zinnenberg erhebt sich seltsam lebendig und klar in der kühlen Luft über die Stadt. Zögernd breitet sich blasses Rot über den Himmel und verflüchtigt sich dann im Nebel.

Der alte Prentner, Vorsitzender des Jagdvereins, sagt zu seinem Jagdfreund, Konrektor Murz, und zum rumänischen Advokaten Stanescu: »Also, zwölf Eimer Wein werden wohl genug sein. Die Spanferkel hab ich auch dabei. Für vier Mann eins, das wird wohl reichen, denn sie sind gut fett.«

»Geht in Ordnung, Herr Prentner, habe die Ehre«, antwortet der Konrektor und wendet sich wieder seinen Pferden zu.

Vierzig Jäger aus der Stadt sind zu Gast, und dazu kommen noch der Pfarrer, der Notar, der Lehrer und der ungarische Stuhlrichter. Die Zeiten sind gut. Der Rentier Prentner, Konrektor Murz und der Advokat Stanescu haben zu dritt den »Leimpesch« gepachtet, wo die Jagd stattfindet. Hundertvierzig Gulden beträgt die jährliche Pacht, sowie der Aldomasch, den man dem Gemeinderat von Honigberg im Dorfwirtshaus stiften mußte. Man erzählt sich sogar von einem Csárdás, den der Konrektor mit dem ungarischen Stuhlrichter getanzt haben soll. Aber das ist nicht verbürgt.

Alle lachen. Der alte Prentner am lautesten. Prentner, eine etwas grobschlächtige Erscheinung mit rotem Gesicht, einem verschnittenen Franz-Joseph-Bart, die Nase durch die vielen Jagdgelage schon etwas dunkel, hat sich mit sechzig aus seinem Geschäft zurückgezogen, denn das Haus und die Eisenwarenhandlung am Marktplatz sichern ihm eine ausreichende Rente.

Breit liegt der herbstlich verfärbte Rücken des Leimpeschberges da. Auf einer großen Wiese sammeln sich die Wagen. Ein kurzes Jagdfrühstück wird stehend eingenommen und mit einem kräftigen Schluck »Visierwasser« hinuntergespült. Dann wird zur Verlosung der Standnummern angetreten, ein wichtiger Moment; denn auf dem langen Rücken des Leimpeschberges gibt es Stände, von denen aus man vier bis fünf Füchse schießen kann oder gar einen Wolf, während unten in der Senke meist nur Hasen zu erwarten sind.

Johannes hat Glück und zieht Nummer siebzehn, das ist ungefähr in der Mitte der Jägerkette, ein guter Fuchsstand, an dem er auch einige Hasen schießen kann. Erwartungsvoll setzen sich die Männer in Bewegung. Niemand darf sprechen oder husten.

Der Jagdleiter, der alte Prentner, weist wortlos die Stände an und zeigt, woher der Trieb kommt. Nach einem halbstündigen Marsch in der kühlen Morgenluft erreicht Johannes seine Abschußstelle. Er schnallt den Jagdstuhl vom Rucksack und macht den Boden vom Laub frei, damit das Wild keinen Laut hört. Die Flinte wird geladen. Rechts mit Achter-, links mit Vierer-Schrot für den Fuchs. Noch ist Zeit für eine Zigarette, dann hört man von weitem die ersten Treiber. Jedes leise Rascheln läßt ihn aufmerken, denn der Fuchs kommt oft vor der Treiberkette, besonders ein alter, gewitzter Rüde.

Wenn die Treiber näher kommen, muß er heraus aus dem Dickicht. Da hört man von weitem die ersten Laute der Treiber. Sie ahmen den Standlaut des Hundes nach. Immer näher kommen die Stimmen, und dort, aus dem Dickicht, schnürt der Fuchs nach rückwärts direkt auf den Unterstand zu …

Johannes hebt die Flinte in den Anschlag. Auf etwa fünfzig Schritte fällt der Schuß, der Fuchs bleibt im Feuer. Da hoppelt schon ein Hase heran und fährt erschrocken ins Gebüsch. Die Treiber kommen näher und dort, rechts unten, saust ein Fuchs im Galopp gegen die Schützenkette. Johannes hat kaum Zeit, wieder zu laden. Der erste Schuß geht daneben. Vor der Treiberkette rennen die Hasen um ihr Leben. Der erste rouliert, der zweite ist schon zu nahe an den Treibern. Er überlebt.

Zwei Füchse und ein Hase. Ganz gut für den ersten Trieb. Der eine Fuchs ist ein »Kohlenbrenner«, ein alter Rüde, ein Rekordkerl. Der zweite ein »Goldfuchs«, sehr schön im Fell, doch kleiner als der andere. Johannes steckt sich einen Bruch von der nächsten Tanne auf den Hut und nimmt einen Schluck aus der Feldflasche.

Nach dem ersten Trieb steigen die Männer auf den Leimpesch und sammeln sich am Südhang des Berges. Inzwischen ist es elf Uhr geworden. Knapp unter der Spitze des Berges liegt eine Waldwiese. Die Aussicht auf die Burzenländer Ebene, umgeben von den Gipfeln der Karpaten, raubt Johannes den Atem. Die Sonne scheint jetzt warm. Die Treiber haben mehrere Feuer angezündet, und die Jäger sammeln sich zum ausgiebigen Jagdfrühstück. Wie glücklich ist Johannes, Wien und der Kärntnerstraße entflohen zu sein. Niemals kann sich eine Stadt mit diesen Wäldern vergleichen. Plötzlich versteht er seinen Vater und alles, was mit der Jagd und seinem geliebten Jagdwagen zusammenhängt …

Die Jagd ist aus. Eine Strecke von neunzig Hasen, vierundzwanzig Füchsen und auch einem Wolf, der sich aus einem benachbarten Revier hierher verirrt hat, ist zusammengekommen.

Der letzte Trieb wird im Honigberger Dorfwirtshaus gefeiert. Der große Saal ist festlich mit Tannenreisern geschmückt. Auf einem Podium in der Mitte spielen die Dorfbläser. Unter den Klängen der Musik servieren hell gekleidete Dorfmädel in riesigen Schüsseln die traditionelle Nudelsuppe. Danach gibt es Spanferkel und zum Schluß den obligaten Baumstriezel. So ist es seit Jahrhunderten hier Brauch.

Zur Eröffnung schüttet der Altjäger Prentner einen halben Eimer Wein in das große Bombardon. Der Bläser mit den roten Backen und dem großen Messinghorn, in das der goldene Wein fließt, und der Jäger mit dem grauen Stoppelbart könnten einem Breughelgemälde entstiegen sein …

In allen drei Landessprachen werden nun Reden gehalten und das Zusammenleben der drei Nationen gepriesen. Der gute Großkokler Wein trägt zur allgemeinen Verbrüderung bei. Das alte Trutzlied »Siebenbürgen, Land des Segens« wird stehend gesungen. Bei der letzten Strophe » … und um alle deine Söhne, schlinge sich der Eintracht Band« fassen sich die Jäger bei den Händen und bilden eine feste Kette.

Bis spät in die Nacht dauert das Gelage. Wie von fern hört Johannes das alte Jagdlied verklingen …

»Idalein, ich hab von der Jagd geträumt. Von meiner ersten Jagd, als ich nach dem Studium nach Haus gekommen bin.« Johannes' Stimme war weich und schlaftrunken. Ihr fehlte noch jener kühle Ton amüsierter Distanziertheit. Mit einer selbstverständlichen, besitzergreifenden Geste streckte Johannes den rechten Arm aus, und Ida, die immer sofort hellwach war, wenn er sie ansprach, hob leicht den Kopf an und glitt sacht neben ihren Mann. Johannes streichelte gedankenverloren ihre noch schlafwarme Stirn.

»Jetzt versteh ich erst, was meinem Vater die Jagd bedeutet hat. Schad, daß ich nicht mehr mit ihm sprechen kann«, sagte er leise. Seine Stimme verlor jedoch bereits an Wärme.

Ida liebte diese Zeit zwischen Erwachen und Aufstehen, bevor Johannes sich innerlich für den Tag wappnete. Nur selten hatte er gut und tief geschlafen, so wie heute, und war zwischen Schlafen und Wachen offen und verletzlich. Er vertraute ihr, das wußte Ida, so wie er eben einem Menschen vertrauen konnte. Aber kaum merklich kroch eine Kühle zwischen ihnen hoch. Johannes gähnte und streckte sich. Gleich würde die milde Zärtlichkeit zwischen ihnen wieder verschwunden sein. Ida mußte etwas tun, um sie noch für ein paar Momente festzuhalten.

Im Kinderzimmer war es still. Es war Sonntag, Hannes schlief gerne aus.

»Hast du heut nacht kein Mittel genommen?« fragte Ida sanft und freute sich im stillen, denn sie sah wohl, daß das Glas Wasser und das bereitgestellte Schlafpulver auf Johannes'

Nachttisch unberührt waren. Ohne daß er es bemerkte, sah Ida Johannes von der Seite verstohlen an. Ihr Blick zeichnete voller Zuneigung die Linien seines schönen, hochmütigen und eben noch so wehrlosen Gesichtes nach. Sie sah die strahlenförmigen Fältchen um seine Augen, seinen sinnlichen, weichen Mund, der ihn verriet und dessen er sich als eines »Rosenmündchens« schämte. Der Ida zugekehrte Mundwinkel war, ohne daß sie es hatte geschehen sehen, bereits in der Andeutung von Spott verzogen. Johannes war wieder auf der Hut. Wovor?

Ida wußte es nicht. Sie wußte nur, daß das mutterlose Kind in ihm ihre Nähe brauchte, auch wenn er es niemals zugab. So, wie sie ihn brauchte. Lebte sie doch nur für ihn. Sie würde ihn halten, damit er für kurze Zeit in ihren Armen den Kampf aufgeben konnte.

Sie schob sich sacht näher an ihn heran. Weich und warm schmiegte sie sich an seinen Körper. Sie trug ein dünnes Satinnachthemd. Sie wußte, daß ihm edle Dinge gefielen.

Ida wagte nicht, dem Mann, den sie liebte, noch näherzukommen. Sie kannte es nur zu gut, wie rasch sein empfindliches Gefühl für Distanz verletzt war, so daß er sich völlig in sich zurückzog. »Idalein, man hört gar nichts aus dem Kinderzimmer«, sagte Johannes leise, nahe über ihrem Gesicht, und versuchte sich das aufsteigende Begehren nicht anmerken zu lassen.

»Was für eine herrliche Haut du hast. Ich glaube, ich muß dich einmal so malen«, murmelte er, als er sich über sie neigte. »Komm.« Und er streifte ihr mit einer langsamen, bestimmten Geste den Träger von der Schulter …

Kronstadt 1930

Malvine fühlte die Wärme der Sonnenstrahlen auf ihrem Rücken und reckte sich wohlig. Das Handtuch, das die hölzerne Liege unter ihr bedeckte, war feucht und warm. Ihre Haut prickelte, und sie spürte, wie Schweiß sich in ihrer Halsbeuge sammelte und in einem feinen Rinnsal zwischen ihren Brüsten aufs Handtuch perlte. Sie richtete sich auf die Ellbogen auf. Gegen die Sonne blinzelte sie, tief aufseufzend, um sich. Ihr Blick fiel auf den mit frisch gehobelten, nach Holz duftenden Brettern nachlässig zusammengezimmerten Verschlag, der sie umgab. Der Geruch erinnerte sie an die Sommer in Sovata, an die Holzpritschen, den Badesteg und das alte Badehaus mit den Umkleidekabinen, deren graues, verwittertes Holz in der Sonne ebenso geduftet hatte. Der Verschlag stand im Innenhof des großen Geschäfts- und Wohngebäudes, das die Familie erst vor wenigen Wochen in der Schwimmschulgasse von Kronstadt bezogen hatte.

Seit langem hatte sich Malvine nicht mehr so wohl gefühlt. Sie gähnte und kniff erneut die Augen zusammen. Sie bemerkte, wie die Nachmittagssonne über dem geteerten Hof flimmerte. Sie musterte das grüngelbe, einstöckige Gebäude, das nun ihr Zuhause sein sollte, mit ungläubigem Blick.

Sie konnte noch gar nicht recht glauben, daß es mit der neuen, größeren Spiegelfabrik, diesmal in Kronstadt, so schnell geklappt hatte. Im Haus hörte sie die Handwerker hämmern, die in der wirklich herrschaftlichen Privatwohnung im Parterre Parkett legten und einen Kachelofen setzten, beides Dinge, ohne die sie sich in keiner Wohnung je zu Hause fühlen konnte und die sie sich nun endlich wieder leisten konnten. »Ossi hat jetzt nicht nur einen Titel, sondern auch die Mittel«, dachte Malvine bei sich. Sie gähnte erneut. Von irgendwoher wehte plötzlich süßer Akazienduft in den Verschlag. Der betörende Duft ließ in ihr augenblicklich das Bild Piszkys entstehen: schneeweißes Mauerwerk, Stallungen, die Perlhühner in der alten Akazie … Sehnsucht erfaßte sie. Blödsinn! Damit war es aus und vorbei. Man mußte mit der Zeit gehen. In der Gegenwart leben. Und die galt es jetzt hier in Kronstadt zu bestehen!

Schließlich konnte man zufrieden sein mit dem Erreichten. Ein Gefühl der Genugtuung ließ sie tief aufatmen. Die Geschäfte der letzten vier Jahre in Hermannstadt waren gut gegangen. Ossi hatte Gewinne gemacht und sich schließlich entschlossen, ohne den Oberst nach Kronstadt zu gehen. Malvine war das sehr recht gewesen, und auf ihren Rat hin wurde in Kronstadt von Anfang an expandiert.

Malvine hatte ihr Krankenlager verlassen und sich mit fiebriger Kraft und nüchternem Sachverstand an die Suche nach einem geeigneten Gebäude, an den Umbau und an das Ankurbeln erster Geschäftskontakte gemacht. Einmal mehr hatte Ossi insgeheim vor seiner Frau den Hut gezogen und sich an seinen verstorbenen Schwiegervater erinnert gefühlt.

Inzwischen waren die Handwerker an der Arbeit, die Spiegelproduktion war aufgenommen, erste Aufträge gesichert. Lediglich das Lager im ersten Stock des Hauses bereitete Malvine noch Kopfzerbrechen: Im Moment hauste dort die Familie, jedenfalls bis die Wohnung im Erdgeschoß nach den Wünschen der Hausherrin ausgestattet war, zwischen Holzleisten, Rahmen, Glas und Schleifgerät. Die hellblau bezogene Biedermeier-Garnitur, die Bilder, Perser, eng gestapelt; der Bösendorfer, an dem Malvine von Zeit zu Zeit einem Gast zu Ehren recht hübsch klimperte, direkt neben dem Ehebett. Am schlimmsten, fand Malvine, die im Grunde provisorische Zustände aufregend fand, daß dieses Lager gar nicht zum Wohnen geeignet war. Eine schmale Holztreppe, Malvine nannte sie spöttisch »unsere Hühnerleiter«, führte hinauf. Wände, Böden und Türen waren aus einfachem, unbearbeiteten Holz. Es war so spröde, daß es nachts knarzte und krachte und Karli sich, obwohl er mittlerweile schon dreizehn Jahre alt war, im Dunkeln fürchtete.

Malvine drehte sich leicht auf die rechte Seite und zog mit der linken Hand das Tuch glatt, das unter ihrem mächtigen Busen eine unangenehm drückende Falte geworfen hatte. Alles um sie herum schien ihr seltsam entrückt. »Wahrscheinlich hab ich schon einen Sonnenstich«, schmunzelte sie. Es wurde langsam Zeit, aufzustehen und ins Haus zu gehen. Aber Doktor Scarletti hatte angeordnet, daß sie sich täglich vier Stunden lang in dem eigens zu diesem Zweck gebauten Verschlag einer Sonnenkur zu unterziehen habe. Doktor Scarletti galt in Kronstadt als Kapazität.

Merkwürdigerweise hatte Malvine, gleich nachdem die Anfangsschwierigkeiten in Kronstadt überwunden waren, einen stechenden Schmerz in der Wirbelsäule verspürt, den der Doktor zweifelsohne als tuberkulösen Ursprungs diagnostiziert hatte. Eine Liegekur mit Sandsack und viel Sonnenbestrahlung wurde verordnet, und Malvine begab sich wieder einmal in die Horizontale.

Die Klapptür des Verschlages bewegte sich lautlos in den primitiv angebrachten Angeln. »Karli, bist du es?« Malvine öffnete die Augen einen Spalt.

»Was, du sitzt hier noch immer herum! *Mi, még mindig itt ülsz a seggeden, kedves sórgoném?*« sagte eine helle, fröhliche

Stimme. Eine kühle, kleine Hand klopfte Malvine energisch, aber freundschaftlich auf den Hintern.

»Joi Mizzi, hast du mich erschreckt. Sofort läßt du mich in Ruh!« kreischte Malvine, die sich über das Erscheinen ihrer Schwägerin freute. »Du weißt doch, daß ich leidend bin. Doktor Scarletti hat es konstatiert. Ich muß diese Liegekur durchhalten, man braucht viel Ruhe und viel Sonne, sagt er. In Davos machen sie es auch so.«

»Ach geh«, sagte Mizzi mit einer wegwerfenden Handbewegung. »So eine Liegekur möcht ich auch einmal verschrieben bekommen! Daß ich nicht lache. Du hast wohl zu viel im ›Zauberberg‹ gelesen, was? Ich sag noch einmal: *Ülsz a segeden …*« Mizzi lachte ohne jede Bosheit.

»Also wenn schon, dann nicht *ülsz a segeden,* meine Liebe. Ich hocke bekanntlich nicht auf dem Arsch, sondern liege auf dem Bauch«, ging Malvine auf die derbe Neckerei ein.

»Also, Malvine, mir wär das aber zu langweilig«, entgegnete Mizzi.

»Geh, wer's glaubt, wird selig. *Baszama,* niemand arbeitet freiwillig so viel wie du«, sagte Malvine und richtete sich leicht auf. »Dir bleibt doch nichts anderes übrig. Du bist die Frau eines Dorfpfarrers, und dann mußt du ja auch noch deine Stiefkinder versorgen.«

Mizzi war die junge, zweite Frau von Ossis Bruder Claudius, der in dem sächsischen Dorf Neustadt, unweit von Kronstadt, eine Pfarrstelle innehatte, und vertrat bei seinen beiden Kindern aus erster Ehe Mutterstelle.

»Du hast schon recht, Malvin, es ist sehr viel zu tun«, räumte sie gutgelaunt ein.

»Und dann hast du jetzt noch dein eigenes Kind. Wie schön, daß es ein Söhnchen geworden ist, nicht wahr?« sagte Malvine. »Wie fühlst du dich überhaupt? Hast du starken Wochenfluß?«

»Es geht, Malvin. Immerhin ist die Geburt schon zehn Tage her. Ich wünschte nur, daß ich mein Kind bald aus der Klinik holen kann!« Mizzis energische, blaue Augen füllten sich mit Tränen. Mit einer verstohlenen Handbewegung wischte sie sie fort.

»Ich kenn das«, versetzte Malvine trocken, »es ist schrecklich. Du Arme. Wie gut, daß du bei uns bist und dich ein wenig ausruhen kannst. Schlaf ist die beste Medizin und viel Ruhe. Und ein Schönheitsmittel ist es auch. Bleib nur hier bei uns, solang du willst. Bei dir zu Hause auf dem Pfarrhof mußt du wieder für zwei arbeiten und dann immer noch sparen ...« Malvines Mitgefühl und Hilfsbereitschaft waren, wenn jemand bei ihr Schutz suchte, schnell geweckt. Mizzi rief, anders als Claudius, nicht die stets lauernde Eifersucht Malvines hervor.

»So schlimm ist es schon nicht. Ich komme schon zurecht«, entgegnete Mizzi bestimmt.

»Red nicht! Wir wissen doch alle, daß euch nicht viel Geld bleibt, weil ihr ja immer noch das Irrenhaus für Claudius' Geschiedene bezahlen müßt ...« Malvine nannte die Dinge unverblümt beim Namen.

Obgleich sie nicht zimperlich war und Malvine sie deshalb schätzte, schwieg Mizzi eine Weile betreten. Eigentlich hatte Malvine ja recht. Mizzi nahm die neue Verwandtschaft so, wie sie war. Sie hielt es für unnötig, irgend jemanden, sei es ihren Mann, seine Kinder, seine Brüder oder deren Frauen in irgendeiner Weise beeinflussen oder gar verändern zu wollen. Daher war sie von jedermann respektiert. Zierlich, flink und patent war sie, jedoch kaum eine blendende Erscheinung zu nennen.

Sie erinnerte Malvine sehr an ihre ältere Schwester Sissi, die sie jetzt leider nur noch selten traf.

Mizzi holte sich einen wackeligen Holzstuhl aus dem Hof und setzte sich zu Malvine. »Sie fragt nicht lange, sondern packt an«, dachte Malvine voller Wohlwollen und schaute sich ihre Schwägerin aus halbverschlossenen Augen an, ohne daß diese es bemerkte. Mizzi trug eine frischgestärkte, weiße Bluse, die ihr das Aussehen eines Schulmädchens verlieh, obwohl sie doch immerhin einunddreißig war, und einen hellblauen Plisseerock, gerade der neuesten Mode entsprechend. Sie hatte bereits wieder ihre schlanke Linie zurückerlangt. »Wie sie das nur schafft«, dachte Malvine bei sich.

»*Ugy látszik nagyon meg vagy alégedve itt Brassóban* … Du siehst so zufrieden aus, Malvin. Es scheint dir ja hier in Kronstadt zu gefallen«, begann Mizzi unvermittelt. Sie sprach mit Malvine gern ungarisch. Mizzis Vater stammte aus Ungarn, und sie wußte, daß Malvine diese Sprache gut beherrschte.

»*Természetesen tetszet nekem* … Na, nicht wird es mir gefallen«, bestätigte Malvine, ohne den Kopf zu heben. »Gegen Hermannstadt ist das hier doch ein Unterschied wie Tag und Nacht. Wir hatten dort nur vier Zimmer zur Miete und eins davon untervermietet; dazu nur ein einziges Dienstmädel. Wie sollte ich da ein großes Haus führen, wie ich es im Pensionat in Genf gelernt habe?« Malvine gähnte erneut. Ihr Bedürfnis nach Konversation war zunächst erschöpft. Müdigkeit überfiel sie.

»Mizzichen, *mesély nekemvalamit rólad* … Erzähl doch etwas von dir, Mizzichen«, sagte sie gedehnt und wechselte bedächtig ihre Lage, indem sie einen Arm neben sich ausstreckte und den Kopf zur Seite legte. Mizzi schwieg lange.

»Weißt du, daß man mich einmal die schöne Malvine vom reichen Sartori genannt hat?« fuhr Malvine nach einer Weile fort. »Wir haben vor dem Krieg in Broos auf sehr großem Fuße gelebt. Dann kam der Krieg und die Agrarreform. Ossi nahm seinen Abschied und bekam keine Offizierspension … Ach ja, nichts dauert ewig – auch der schönste Jud wird alt und schäbig …« Malvine mußte herzhaft lachen.

»Was soll man«, setzte Mizzi seufzend hinzu und dachte an die Lederfabrik ihres Vaters in Bistritz, dem ebenfalls seit geraumer Zeit die fehlenden Absatzmärkte der alten Monarchie zu schaffen machten. »Aber Malvin, eigentlich kannst du dich nicht beklagen. Ihr steht doch wieder sehr gut da. Bei uns ist alles viel bescheidener. Claudius sagt, daß man Ossi in Kronstadt bereits den Spiegel-Held nennt. Das ist doch sehr schnell gegangen.«

»Na ja, du hast schon recht. Aber am liebsten wär ich doch in Broos geblieben und hätte dort Geschäfte gemacht. Das hätt mich am meisten gereizt. Aber wenn eine Frau heiratet und Kinder bekommt, ist es mit ihr vorbei.«

»Ach geh, Malvin! Es ist etwas Wunderbares, Kinder großzuziehen. Ich freu mich so auf mein Söhnchen. Und auf Claudius natürlich auch.«

»Ach geh mir doch mit den Mannsbildern!«

»Sag, Malvin, ist es dir denn alles eins, ob du deinem Mann noch gefällst?«

»*Az angyálat,* was geht mich denn der an? Weißt du, daß ich schon den Karli gar nicht mehr haben wollte? Aber dann hab ich ihn doch bekommen. Damit hatte Ossi endlich seinen gewünschten Stammhalter. Die Männer haben das Vergnügen, und wir haben dann das Nachsehen mit den Geburten. Aber jetzt hab ich genug geredet. Sag, wie ist eigentlich die Geburt gewesen?« Malvine hatte sich wieder aufgerichtet und sah jetzt Mizzi aufmerksam in die Augen.

»Also, wie du weißt, ist so eine Geburt eine scheußliche Sache für eine Frau. Aber jetzt ist es vorbei. Und schließlich hat man danach auch etwas dafür, nicht wahr?« wiegelte Mizzi ab. »Ich denk aber, daß dich die Weltwirtschaftskrise im letzten Jahr mindestens genauso interessiert hat. Hab ich recht?«

»Na ja, es ist schon richtig. Wenn ich denk, wie meine Geschwister in Broos zu kämpfen hatten und immer noch kämpfen. Es klammern sich dort einfach zu viele an das Erbe … Aber etwas anderes, Mizzichen: Ich find, du solltest langsam dein Söhnchen aus der Klinik holen. Ein Kind braucht seine Mutter. Und dann wird sicher Claudius schon sehnsüchtig auf deine Rückkehr warten. Da kannst du dich noch auf etwas gefaßt machen. Die können kaum abwarten, bis sie einen nach einer Geburt wieder ins Bett bekommen, diese Ferkel!«

Mizzi überhörte Malvines Anspielung. »Die Ärzte sagen, er wird in ein paar Tagen so weit sein, daß ich reisen kann. Wie schade, daß er keine Muttermilch bekommt. Claudius hat mir erzählt, daß du deine Kinder bis ins dritte Lebensjahr gestillt hast … Ich denk, ich werde nächste Woche nach Hause können. Es ist ja nicht weit. Und natürlich habe ich auch weiterhin ein Auge auf Hella. Sie ist mit ihren fünfzehn Jahren schon sehr reif. Vielleicht macht es ihr Spaß, sich ein wenig mit meinem Kleinen zu beschäftigen …«

Malvine lachte auf. »Da kennst du Hella aber schlecht, meine Liebe. Die und ein Neugeborenes hüten! Die ist doch ein halber Bub. Sie hat nur ihren Sport im Kopf. Weißt du nicht, daß man sie kurz vor unserem Umzug hierher in Hermannstadt fast noch vom Gymnasium geworfen hätte? Das hat sie von ihrem Vater. Ihm gefällt so etwas.«

»Also, ich find Hella und auch Karli sehr lieb. Sie machen mir, wenn sie bei uns sind, keinerlei Umstände. Und dann freuen sich auch Claudius' Kinder. Hella und Karli verstehen sich so gut mit Anne und Wolfi. Aber du hast recht, Hella ist immer die Wildeste. Laß sie ruhig die restlichen Ferien bei uns. Du kannst dich dann in Ruhe hier in deinem Verschlag auskurieren …« Mizzi lächelte Malvine gutmütig zu.

Mizzi hatte sich immer schon gern um alle Kinder der Held-Brüder gekümmert. Und alle Kinder waren gern bei ihr, auch wenn es abends auffallend oft, wie Hella immer bemerkte, Kartoffeln mit Topfen zum Essen gab.

»Sag, Mizzichen, hat sich Claudius während deiner Schwangerschaft noch an dich herangemacht?« Malvines Gesicht hatte den schläfrigen Ausdruck verloren. Sie musterte ihre Schwägerin mit glänzenden schwarzen Augen, in die das Leben zurückgekehrt schien. »Weißt du, sie sind dann anscheinend froh, daß sie nicht mehr aufpassen müssen. Bei uns heißt so was Zapp Zereck«, erklärte Malvine lachend. »Ich denk, du kennst den Ausdruck mittlerweile, oder?«

Mizzi schwieg zunächst, lachte dann aber freundlich mit. »Natürlich weiß ich, was Zapp Zereck ist. Denkst du, wir sagen zu Hause ›coitus interruptus‹?« sagte sie und betonte den lateinischen Ausdruck mit gewollter Geziertheit.

»Na, Claudius wird wohl, seit seine Frau in der Irrenanstalt ist, ein paarmal im Freudenhaus gewesen sein, der Herr Pfarrer … Du weißt ja, daß es in der Vorstadt von Kronstadt so ein Haus gibt. Es sollen lauter Zigeunerinnen sein.« Malvine senkte verschwörerisch die Stimme.

Mizzi kicherte: »Du darfst nicht vergessen, daß Claudius noch jünger ist als Ossi. Denk dir, er hat mir geschrieben, daß er sich schon sehr auf mich freut und daß ich hoffentlich bald wieder ganz die Alte bin … Ja, ja, der Herr Pfarrer. Und von der Kanzel predigt er Enthaltsamkeit, der Heuchler.« Sie hatte ihre

Stimme unwillkürlich Malvines Verschwörerton angepaßt. Es schien Malvine, als ob Mizzis hagere Wangen rosa überhaucht wären. Ob das von der Hitze in dem Verschlag kam?

»Nicht sag. Aber du mußt sorgen, daß du nach der Geburt nicht gleich wieder schwanger wirst. Das ist sehr gefährlich. Ich kann dir Essigspülungen wärmstens empfehlen. Aber du darfst nicht liegenbleiben, du mußt sofort aus dem Bett, hörst du!« sagte Malvine in eindringlichem Ton.

»Ja, ja, Malvin, vielen Dank. Laß das nur meine Sorge sein«, entgegnete Mizzi.

Mizzi war bereits im Begriff gewesen, eine alte Jungfer zu werden, als ihr ihre Schwester anläßlich einer Tennispartie vor drei Jahren den Pfarrer zuführte. Der Pfarrer, von seiner gemütskranken Frau geschieden, und Mizzi, bereits achtundzwanzig, fanden schnell zusammen. Daß die Ehe harmonisch blieb, lag vor allem am tatkräftigen und nüchternen Naturell der neuen Pfarrerin, die es verstand, ihren weit älteren und Respekt heischenden Gatten zu beschwichtigen, ohne dabei jedoch ihre Seele zu verkaufen und außerdem den seit geraumer Zeit mutterlosen Kindern zur zuverlässigen Gefährtin zu werden.

»Malvin, hörst du nicht«, drang Mizzis Stimme an Malvines Ohr. »Weißt du, wo Ossi mit meinen Eltern hingegangen ist?«

»Ich glaub, sie sind mit dem Auto in die Stadt gefahren. Du weißt ja, daß Ossi seit neuestem chauffiert. Wir hatten zwar schon früher einmal in Broos ein Auto, aber das ist lange her. Er wollte deinen Eltern die Stadt zeigen. Und dann wird er sie, wie ich ihn kenne, noch in ein Restaurant einladen.« Allmählich wurde es Malvine wirklich zu warm.

Mizzi mußte lachen. »Du brauchst keine Angst zu haben. Er wird schon nicht zu viel Geld ausgeben. Er ist dir wahrscheinlich zu spendabel, nicht wahr? Na, laß ihn, Malvin. Er ist halt im

Grunde seines Herzens immer noch ein k.u.k. Offizier und ein großer Kavalier.«

Mizzi wußte, daß ihre Schwägerin es nicht gerne sah, wenn Ossi Gäste, alte Regimentskameraden oder gar seine Brüder und Verwandten ausführte. Sie erhob sich entschlossen. Wie es Malvine in diesem Verschlag nur stundenlang aushielt?

»Ja, Mizzi, er wird wohl immer ein k.u.k. Offizier bleiben. Die haben immer schon gern geprotzt mit dem Geld, besonders wenn sie es geheiratet haben. Stell dir vor, jetzt will er sich in Tschippendorf einen Obstgarten kaufen und ein Denkmal für die Gefallenen errichten lassen. Andauernd redet er davon. Ich kann es nicht mehr hören. Dabei wissen wir doch noch gar nicht, ob die Firma hier Gewinne machen wird.«

»Ach laß ihn doch. Er hängt eben sehr an seiner Vergangenheit.«

»Nein, ich laß ihn nicht! Claudius, Erwin und Tschippendorf sind ihm viel wichtiger als wir! Ist Claudius eigentlich auch so?«

»Nein, Malvin, der spricht andauernd von sich.« Mizzi kicherte und steckte Malvine mit ihrer unverstellten Fröhlichkeit an.

»Da haben wir uns schon was eingehandelt, mit diesen Helds, was, Malvin …«

Malvine konnte nicht einschlafen. Sie knipste das Licht ihrer Nachttischlampe an und schaute auf den kleinen Wecker. Ein Uhr vorbei. Wo Ossi und Mizzis Eltern blieben? Ossi nahm wirklich jede Gelegenheit wahr, von zu Hause fortzukommen.

»Mir blutet das Herz, aber ich muß jetzt gehen«, war ein Satz, den sie und die Kinder jetzt abends immer häufiger hörten.

»Soll er doch machen, was er will«, dachte Malvine trotzig. Nebenan hörte sie die Matratzen knirschen. Mizzi war also ebenfalls wach und wartete. Man hörte in der Enge wirklich alles. Es wurde Zeit, daß die Handwerker unten endlich fertig wurden. Wie gut, daß wenigstens Hella bei Claudius im Pfarrhaus war. Wenn die Dinge hier nicht vorwärtskämen, würde sie Karli auch noch Mizzi mitgeben.

Malvine schaute um sich. In dem kleinen Raum sah es wirklich aus wie in einem Möbellager. Die Holztreppe knarzte, Schritte näherten sich, im Flur Getuschel, leise Schritte.

»Gute Nacht, schlaft gut … ja, ein wirklich netter Abend, habe die Ehre.« Dann öffnete sich die Tür und wurde von innen vorsichtig geschlossen.

Malvine hatte, als sie die Geräusche hörte, schnell das Licht ausgemacht. Sie hörte, wie Ossi sich rasch auszog, sein langes, weißes Nachthemd überwarf, das auf seinem Kissen gelegen hatte, und so leise wie möglich unter die Decke glitt. Seine Hand berührte Malvines Schulter.

»Malve, schläfst du?« flüsterte er tonlos. »Malvinchen …« Als keine Antwort kam, legte Ossi sich auf die Seite, knüllte das Kissen unter dem Kopf zusammen, seufzte tief auf und war augenblicklich eingeschlafen.

»Feuer, Feuer! Es brennt!«

Die verzweifelte Bubenstimme gellte durch die Nacht.

»Joi, das ist Karli! Um Gottes willen, schnell!« Malvine war sofort wach. Mit zitternden Händen suchte sie im Dunkeln nach dem Schalter der Nachttischlampe. Ein Glas Wasser fiel klirrend zu Boden.

Ossi war sekundenschnell aus dem Bett. »Licht! Schnell!« zischte er. Er versuchte, im Dunkeln zur Tür zu kommen. »*Baszama ur istenit,* Licht! « brüllte er und riß die Holztür zum Flur auf.

Beißender Qualm stieg ihm in die Augen. Vor ihm stand Karli. »Tata, schnell, es brennt! Die Treppe … alles voller Qualm … das Feuer …« stammelte er.

»Hinaus mit euch! Malvin, Karli, schnell, bevor die Treppe brennt … hinaus!« schrie Ossi. Unter der Küchentür züngelten Flammen und tauchten das weiße Gesicht seines Sohnes in gespenstisch flackerndes Licht.

»Der Feuerlöscher, schnell … den Minimax, verdammt! Wo hängt er in diesem Saustall?«

»Hier Tata, hier an der Wand, schnell!« Karli ergriff Entsetzen. Seine Mutter saß noch immer wie gelähmt im Bett.

»Mama, schnell! Bitte Mama, du mußt raus!«

Wie in Trance gehorchte Malvine ihrem Sohn und ging wie eine Marionette die Treppe hinunter. »Joi«, murmelte sie nur, »joi.«

Karli sah ihr nach. Ihr Nachthemd war hinten mit hellrotem Blut besudelt. Und zwischen ihren Füßen schleppte sie ein blutiges Mulltuch am Boden nach.

»Aufstehen! Feuer … Hinaus mit euch!« brüllte Ossi und riß die Holztür zum Zimmer, wo Mizzi und ihre Eltern untergebracht waren, auf. Mit der einen Hand hielt er den *Minimax* umklammert. Die alten Leute taumelten durch den rauchigen Flur zur Treppe. Irgend jemand fing an, das Vaterunser zu beten.

»Laßt mich raus! Schnell, ich muß zu meinem Kind.« Mizzi drängte sich an ihren Eltern vorbei zur Treppe, rannte im Nachthemd hinunter, den Weidenkorb, der für das Neugeborene neben ihrem Bett bereitgestanden hatte, fest an sich gepreßt.

Ossi rüttelte, den Feuerlöscher in der Rechten, an der hölzernen Küchentür. Dichter Rauch drang darunter hervor.

Die Tür gab nach. Ein Schwall züngelnder Flammen, vom Luftzug angefacht, schoß ihm ins Gesicht. Barfuß stand Ossi auf den brennenden Holzdielen und drückte blind auf den Abzug des Minimax. Schaum zischte, der Rauch nahm ihm den Atem. Er hustete, keuchte. Er würde nicht nachgeben!

Das verdammte Feuer … es war sein Feind. Es wollte ihn vernichten! Er würde sich nicht beugen, niemals! Nur nicht aufgeben! Kämpfen … kämpfen!

Er hörte von weitem die Stimme seines Sohnes! »Tata, ich hol die Schmuckschatulle und das Geld! Tata, ich helf dir, Tata!«

Karli sah seinen Vater im Nachthemd barfuß auf brennenden Balken stehen. Er rannte ins rauchige Schlafzimmer. Die Geldkassette … im Schrank … die Schmuckschatulle. Gott sei Dank. Sie kämpften Seite an Seite, Vater und Sohn. Nur weg jetzt. Der Rauch machte ihn schwindelig, er würgte, hustete. Die Augen tränten. Nur weg jetzt … Tata!

Vor dem Haus riß ihn seine Mutter stumm an sich. Er stand neben dem Brunnen im Hof. Er sah die vielen Menschen. Ihre Gesichter im flackernden Feuerschein waren ernst, fast andächtig. Er hörte die Fenster des Gebäudes klirrend bersten, sah Flammen herausschlagen. Das Feuer erfaßte den Dachstuhl.

Nun schrie seine Mutter. »Joi«, gellte ihre Stimme in das Prasseln der Flammen. »Joi«, und immer wieder, langgezogen, schrill »joi«.

»Ein Schock«, sagte jemand aus der Menge.

War alles ein Traum?

»Wo bleibt denn die Feuerwehr?« sagte jemand.

Da sah er seinen Vater.

Er schöpfte mit seinen beiden verkohlten Händen Wasser aus dem Brunnen. Er schüttete sich wie in Trance einen Eimer nach dem anderen über den Kopf.

Auch seine Füße und sein Gesicht waren schwarz.

Sein Vater stöhnte auf. »Ihr werdet sehen, an dem geh ich noch zugrund ...« preßte er hervor. »Ihr werdet sehen, an dem geh ich noch zugrund ...«

Endlich! Die Feuerwehr.

Da brach der Dachstuhl krachend zusammen.

Karli sah, wie die Balken sich aufbäumten, wie Ziegeln krachend zerschmetterten. Kaskaden glitzernder Funken stoben in den nachtschwarzen Himmel. Die Flammen loderten noch hinauf und beleuchteten seinen Vater ... seine Mutter ... die vielen Menschen ... weißlich ... wie Gespenster. »Joi«, schrie seine Mutter. »Joi!«

Dann war es still.

Nur das Zischen des Wassers, das in die zuckenden Flammen schoß, war noch zu hören.

»Sag, Idalein, hast du heut nacht auch die Feuerwehr gehört?« fragte Johannes Greysing am anderen Morgen seine Frau.

»Nein, mein Schatz, da hab ich geschlafen, so wie sich das für anständige Leute gehört«, scherzte Ida Greysing und schenkte ihrem Mann dampfenden Kaffee aus der silbernen Kanne nach. »Was war denn los?«

»Es war so gegen zwei Uhr. Es muß ein gewaltiger Brand gewesen sein, hat mich an den Krieg erinnert. Hast du noch mein Bild ›Die Brandstätte‹ im Kopf?« fragte Johannes Greysing und nahm einen vorsichtigen Schluck. »Wo steckt denn übrigens mein Herr Sohn? Hält er es nicht mehr für nötig, mit uns zu speisen, der künftige Champion?« Johannes Greysing schürzte spöttisch die Lippen.

»Ach, Johannes, laß ihn doch«, beschwichtigte Ida ihren Mann. »Ich hab ihm erlaubt, seine restlichen Sachen für das Turnier zu packen. Er hat schon um sieben gefrühstückt. Er ist so aufgeregt. Weißt du, es ist doch immerhin sein erstes Tennisturnier, das er auswärts bestreitet. Und dann noch in Hermannstadt. Hast du wieder die ganze Nacht gemalt?« lenkte sie ab.

»Ja. Ich konnte mal wieder nicht schlafen und hab mich dann eben ans Stilleben gemacht. Du weißt, das mit der Narzisse, dem Messingkrug und dem Apfel. Der Ton der Blume gefällt mir noch nicht. Ich will dies pompeianische Rot haben, weißt du.« Johannes Greysing nahm noch einen Schluck türkischen Mokka und zündete sich eine Zigarette an. Er legte das leere Etui neben sich aufs Rauchtischchen. »Idalein, schick doch bitte die Julisch zum Zigarettenholen, das ist meine letzte«, sagte er und zog den Rauch tief in seine Lungen.

»Die hat doch heut frei, Johannes. Wart ... ich lauf schnell und hol dir welche«, sagte Ida und war bereits aufgestanden.

»Ich bin gleich wieder zurück!«

Johannes Greysing stand ebenfalls auf, nahm die Tasse in die Hand und trat ans Fenster. Er sah auf den Marktplatz, dahinter, dunkel und ernst, der Riesenbau der Schwarzen Kirche. Hieß sie nicht so, weil sie vor Jahrhunderten durch einen Brand rußgeschwärzt und beinahe vernichtet worden war? *Biserica Neagră* nannten sie die neuen Herrscher im Lande.

Wen heute nacht wohl der Feuervogel heimgesucht hatte? Der Blick aus dem Fenster hatte sich seit seiner Kindheit kaum verändert. Das alte Walbaumsche Patrizierhaus, längst verkauft, lag nur wenige Meter entfernt. Wie oft hatte er als Knabe dort aus dem Fenster im ersten Stock auf den Marktplatz, die Kirche und aufs Rathaus geschaut …

Er erinnerte sich noch genau an die Aufregung, wenn es damals irgendwo in Kronstadt brannte. Damals hatte es noch keine Feuerwehrsirene gegeben, sondern den dicken Herrn Pasdera. Der hatte jede Stunde ganz oben im Rathausturm seine Runde gemacht. Johannes hatte sich jedesmal gewundert, wie die filigrane Eisengalerie den dicken Mann getragen hatte. Wenn er irgendwo Flammen entdeckte, mußte Herr Pasdera die Sturmglocke läuten.

Im ersten Stock hatte Johannes vom Fenster aus alles beobachten können: Die Spritzwagen der freiwilligen Feuerwehr waren an der rechten Ecke des Rathauses in einem langen Schuppen untergebracht, während die Zugpferde über die Stadt verteilt bei ihren Besitzern im Stall standen. Wer als erstes mit seinem Pferd auf dem Marktplatz war, erhielt zehn Gulden Prämie von der Stadt. Deshalb ging auf dem Marktplatz einige Minuten alles drunter und drüber.

Johannes Greysing erinnerte sich, daß er einen Favoriten gehabt hatte und immer sehr enttäuscht war, wenn nicht der Ghică aus der Vorstadt als erster »ins Ziel« ging.

Bald nach dem ersten Spritzenpferd erschien dann im Schnellschritt der Feuerwehrobmann, Apotheker Schuster, der unter den Arkaden des alten Walbaumhauses seine »Schutzengelapotheke« betrieb. Im Laufen schnallte er sich seinen ledernen Überschwung, an dem eine Art vernickeltes Tomahawk baumelte, möglichst eng um den dicken Bauch. Der Apotheker in blauem Waffenrock mit goldenem Kragen und einem riesigen silbernen Helm mit weißem Roßschweif hatte Johannes immer sehr beeindruckt.

Wenn in Kronstadt das Theatergastspiel einer Wandertruppe war, borgte sich die Truppe für »Lohengrin« jedesmal diesen Helm. Zu seinem fünfzigsten Feuerwehrjubiläum hatte Johannes den Obmann gemalt und den Prachthelm noch einmal eingehend studieren können.

»So, mein Lieber, hier sind deine Zigaretten«, hörte Johannes Greysing seine Frau ein wenig atemlos sagen. Sie hatte sich zweifellos beeilt.

»Danke, Idalein, ich wüßte nicht, was ich ohne dich täte«, antwortete Johannes gedankenverloren, und ein Lächeln huschte für den Bruchteil einer Sekunde über sein Gesicht. Es machte Ida völlig wehrlos.

»Er sieht aus wie ein gefallener Engel auf der Suche nach Gott«, dachte sie unwillkürlich. Die Erkenntnis erschreckte sie.

»Die Trafik war geschlossen, da bin ich um die Ecke in die Purzengasse zum ›Bere Luther‹«, sagte Ida. »Stell dir vor, alle sprachen von dem Brand. Eine Spiegelfabrik ist mitsamt der Privatwohnung abgebrannt. Die Leute stehen vor dem Nichts …«

»Langsam, langsam, Idalein, der Reihe nach. Also?«

»Es hat beim Spiegel-Held, dem Major, der erst vor ein paar Wochen von Hermannstadt hierher gezogen ist, gebrannt. Die Feuerwehr ist viel zu spät gekommen. Sie sagen, daß seine Frau einen Schock hat. Der Major liegt mit schweren Verbrennungen im Krankenhaus. Er soll, so sagen sie, barfuß im Feuer gestanden haben.«

»Na, dann war er ja im doppelten Sinne ein Held!«

»Den Kindern ist anscheinend nichts passiert. Sie sollen bei ihrem Onkel, dem Pfarrer von Neustadt, sein. Ich denk, du kennst ihn. Man nennt ihn den schönen Pfarrer Held.«

»Stimmt, ich hab ihn kennengelernt. Er ist wirklich fesch, aber unangenehm eitel.«

»Die arme Familie, jetzt können sie wieder ganz von vorn anfangen. Hoffentlich sind sie gut versichert.«

»Sag, Idalein, ist der Spiegel-Held nicht der mit dem interessanten Firmenzeichen? Du weißt, mit dem blauen Engel. Ich glaube, er hat damit in der Zeitung inseriert.«

»Ja, Johannes, das ist er. Frau Dobosch hatte noch einen Firmenumschlag, er hat sie vorige Woche im Zentrum verteilen lassen.«

»Na, so wichtig ist es auch wieder nicht. Aber wenn in diesem Kuhnest schon einmal etwas passiert … Na gut, gib her.«

»Was hör ich? Ein Brand … wie interessant!« Hannes Greysing kam ins Zimmer geschlendert. »Ein Major barfuß in den Flammen … mein lieber Schwan!« Und er begann mit Pathos die Ballade »Die Füße im Feuer« von Conrad Ferdinand Meyer zu zitieren, » … zwei Füße zucken in der Glut …« Sein Vater schmunzelte.

»Hannes, über das Unglück anderer Menschen sollte man keine Scherze machen«, sagte seine Mutter streng, konnte sich aber ebenfalls eines Lächelns nicht erwehren.

Ida betrachtete ihren Sohn mit liebevoller Wehmut. Ihr Küken wurde flügge. Bald würde das Nest leer sein. Selbstgewiß und strahlend würde er zu seinem ersten auswärtigen Tennisturnier davonziehen. Eine ganze Woche lang. Der Gedanke versetzte ihr einen leichten Stich.

Hannes war jetzt bereits ebenso groß wie sein Vater. Bald würde er ihn überragen. Nur daß sein feines, seidiges Haar ebenholzdunkel geworden war, so wie ihres, und daß seine Augen groß, dunkel und gefühlvoll waren und nicht blau und skeptisch wie die seines Vaters. Bei der sorgfältigen Wahl seiner Kleidung war Hannes unbedingt der Sohn seines Vaters: Die

Hosen mußten genau die richtige Weite aufweisen, die Tennishemden genau die richtige Marke sein.

»Weißt du, daß die Plätze in Hermannstadt mit Ochsenblut rot gefärbt werden, Johannes? Jenö hat mir erzählt, daß sie in der Sonne fürchterlich stinken sollen«, wandte Hannes sich an seinen Vater.

»Na servus«, sagte Johannes Greysing, klappte sein Zigarettenetui zu und steckte eine neue Zigarette in die Bernsteinspitze. »Da fällt es wenigstens nicht auf, wenn du bei einem der Mädel dein Herzblut verspritzt. Du bist nämlich einer von jenen Asra, welche sterben, wenn sie lieben«, spöttelte er. Hannes und Ida schwiegen.

»Bub, es wird nun langsam Zeit, daß du zum Bahnhof kommst …«, sagte Ida nach einer Pause.

Hannes, der ein feines Gespür für die Gefühlsregungen anderer besaß, hatte die Wehmut seiner Mutter gespürt. Er wußte, daß sie es jetzt insgeheim bedauerte, dem Bau eines Tenniscourts in der Noa zugestimmt zu haben, ja sogar das Netz eigenhändig geknüpft zu haben, so ehrlich sie sich auch über seine Tenniserfolge freute. Hannes erinnerte sich noch genau: Der Tenniscourt war durch den Verkauf jenes riesigen Stillebens mit der Schwarzen Kirche im Hintergrund zustande gekommen.

»Du hast recht, Mama, ich muß los«, sagte er und umarmte seine Mutter ein wenig länger als sonst. »Ich muß noch Jenö abholen, wir gehen dann zusammen zum Bahnhof.« Er wußte, daß seine Mutter ihn gern begleitet hätte, deshalb hatte er vorsorglich eine Wendung benutzt, die es unterband, ohne sie zu verletzen. »Servus, Johannes«, fügte er hinzu und wartete, bis ihm sein Vater die Hand gab.

»Bis in einer Woche, mein Sohn«, antwortete der Alte. »Viel Erfolg, und bring deiner Mutter einen schönen Pokal mit … sie wird sehnsüchtig auf dich warten.«

»Servus also, bis bald«, rief Hannes bereits im Flur. Dann fiel die Wohnungstür hinter ihm ins Schloß.

Seine Eltern schwiegen.

»Er hat es wirklich verdient, dies Turnier«, sagte Ida schließlich. »Er hat wieder so ein gutes Zeugnis gehabt, nicht wahr, Johannes?« Wie um sich zu trösten, trat sie langsam hinter den Ledersessel ihres Mannes und legte ihre Hände auf seine Schultern. Sie spürte den weichen Samt seiner Hausjacke, roch den Duft ihres frischrasierten Mannes, gemischt mit Juchten, Kaffee und Zigarettenrauch. Sie atmete tief auf. Johannes war da. Und Hannes würde zurückkommen.

Auf dem Rauchtischchen vor Johannes lag noch immer das elegante dreisprachige Briefcouvert:

Spiegel- und Glasschleiferei Oskar Held,
Schwimmschulgasse 5
Atelier de slefuit sticle si oglinzi,
Strada Scaldatoarei 5
Tükör – és üvegcsiszolda, Uszoda-ucca 5
Telephon 443

Johannes nahm den Umschlag nachdenklich in die Hand.

Links oben, schwarz gedruckt, ein jugendstiliger, mit wellenförmigem Muster versehener Spiegel, in dem das Gesicht Marlene Dietrichs als »Blauer Engel« erschien, Hemdkragen, Frack, Zylinder und Zigarette im Mundwinkel. Licht und kess. Davor, dunkel und geheimnisvoll, ihr Umriß von hinten. Gut gelöst, dachte Johannes Greysing, drückte seine Zigarette ungeduldig in dem übervollen Messingaschenbecher aus und ging wortlos in sein Atelier.

»Unter einem Kinderbett«, hörte er Ida noch sagen, »hat die Feuerwehr einen völlig verkohlten kleinen Hund gefunden.«

Neustadt 1930

»Mariechen, Mariechen, *kam schnel, en Telegramm for den Haarn Vueter. Et äs est passiert, en gries Feier beim Brader!* Mariechen, Mariechen, komm schnell! Ein Telegramm für den Herrn Pfarrer.«

Der Postdiener der Gemeinde, den alle nur den alten Klein nannten, eilte, so schnell ihn seine kurzen, von Krampfadern gequälten Beine trugen, auf den Pfarrhof von Neustadt. Nichts rührte sich. War denn keiner da? Wußten sie vielleicht schon von dem Unglück?

Seufzend setzte er sich auf die verwitterte Holzbank vor dem Pfarrhaus, das zusammengefaltete Telegramm in den gichtigen Händen. Sein Blick fiel auf den Kiesweg vor dem Haus, den bunte Sommerblumen säumten, und auf den schmiedeeisernen Zaun, den feingeschwungene Spitzen zierten. An seinem Sockel hatte die junge Pfarrerin gerade erst eine Buchsbaumhecke gepflanzt, einige Sonnenblumen reckten dazwischen die Stengel. Hinter dem Zaun staubte die Dorfstraße in der Hitze der südosteuropäischen Sommersonne. Jenseits der Straße, direkt gegenüber dem Pfarrhaus, lag die alte Dorfkirche, der wuchtige Bau halb verdeckt von bewegungslosen Baumkronen. Es regte sich kein Lufthauch, die sengende Hitze schien sogar die Baumwipfel zu lähmen.

Der alte Postdiener wischte sich mit einem großen, blaugewürfelten Taschentuch den Schweiß von Stirn und Oberlippe.

Wo sie nur blieben?

Der alte Klein stand mühsam auf und machte ein paar Schritte ums Haus herum. »Mariechen«, rief er, »Mariechen.« Dann trieb ihn die Hitze wieder auf die schattige Bank. Die Worte des steinalten Bauern Schuller fielen ihm ein, als der

Vorgänger des jetzigen Pfarrers das große, für dörfliche Verhältnisse prunkvolle Pfarrgebäude mit dem Geld seiner reichen Frau hatte errichten lassen: »Merkt euch«, hatte er gesagt, »in dieses Haus wird nie die Sonne scheinen.« Jener Pfarrer hatte den Prunk geliebt. Man erzählte sich, daß er sich seine Talare hatte mit rotem Samt füttern lassen. Dann war er versetzt worden, niemand wußte wohin.

Eine Zeitlang, als der stattliche Neue kam, den alle schon seit seiner Studienzeit in Deutschland den »schönen Pfarrer« nannten, hatte es ausgesehen, als würde das düstere Haus von innen her erhellt. Aber dann …

Wo nur Mariechen steckte? Oder der Pfarrer?

Mariechen in der Waschküche?

»Mariechen… *da mast den Haarn Vueter benochrichtigen. En gries Feier beim Brader a Krinen…* Mariechen, komm, du mußt den Herrn Pfarrer verständigen. Ein schrecklicher Brand beim Bruder in Kronstadt …«

»*Am Gottes Wällen, der old Klein! Dat kon nest gaded hießen. Ech hun dech gornet gehiert …* Ja um Gottes Willen, der alte Klein. Das kann nichts Gutes heißen. Ich hab dich gar nicht gehört.«

In der Holztür zur Waschküche erschien, umgeben von einer Dampfwolke, Mariechen. Ihr rundes, besorgtes Gesicht war gerötet, die Ärmel hochgekrempelt, der schwarze Werktagsrock geschürzt. Zwei dicke, flachsfarbene Zöpfe waren wie ein Krönchen um ihren Kopf gelegt. Groß und kräftig war sie und arbeitete für drei.

»*So schnell, wat es geschähen?* Sag schnell, was ist geschehen?« drängte sie, wischte sich die geschwollenen Hände an ihrer weißen Schürze ab und nahm dem Postdiener das Telegramm aus der Hand.

»Ein Brand beim Bruder vom Pfarrer, nicht beim Apotheker von Rodna … beim Major Held in Kronstadt, dem mit der Spiegelfabrik«, stieß der Postdiener hervor.

»*Am Gottes Wällen … es emest gestorven?* Um Gottes Willen … ist jemand gestorben?«

»*Nei, der Major as schwer verbreit em Kronkenhaus. De Fra hot en Schock, aver dem San es nest passiert. Est de Duochter net bei ech?… Ist nicht die Tochter über die Ferien bei euch?*«

»*Det orm Kend, won et dat hierrt!* Das arme Kind! Wenn sie das hört … Wie schrecklich«, sagte Mariechen, der des Pfarrers fünfzehnjährige Nichte Hella, die sich schon öfter über die Ferien im Pfarrhaus aufgehalten hatte, besonders ans Herz gewachsen war. Vielleicht weil Mariechen kaum fünf Jahre älter war als Hella.

»*Wiesst ta, wunn et geschehen es?* Weißt du, wann es geschehen ist?« fragte sie, und Tränen des Mitgefühls stiegen ihr in die Augen.

»*Se hun et uns grod na telefoniert. Mer hun na en Telefon. Et mast het Nuocht gewiese sen …* Sie haben es uns gerade telefonisch durchgegeben. Wir haben ja jetzt ein Telefon auf der Poststation. Es muß erst heute Nacht gewesen sein«, antwortete der alte Postdiener bedächtig, erleichtert, die Verantwortung für das Telegramm mit jemandem teilen zu können. »*Wo es der Pfarr…* wo ist der Pfarrer?«

»*Laß mech nodinken. Hi es met de Kenjern beim Weber … de Duochter sull het heiroden. Hi well a Bibel bronjen end met ähnen alles besprechen …* Er ist mit den Kindern zum Weber, die Tochter soll doch heute heiraten. Er wird ihnen eine Bibel bringen und mit ihnen alles besprechen …« Mariechen nestelte aufgeregt an ihrem Zopf-Krönchen.

»*Servus, se wuhnen am ondern End vum Dorf … de Fäß da mer schi wie …* Oh je, die wohnen ja am anderen Ende vom Dorf … mir tun jetzt schon die Beine weh«, sagte der Postdiener und rieb sich das rechte Knie. Sein Bedarf an Aufregung war für heute gedeckt. Er sehnte sich nach seiner Amtsstube, in der ein Ventilator Kühlung verhieß.

»*Laß nor, ich warde gon, se huolen …* Laß nur, ich werd sie holen gehen. So etwas, die armen Leute …« sagte Mariechen und lief auch schon davon.

»*Se het mer schin est ze tränken gi kännen bei der Hetzt …* Sie hätt mir schon was zu trinken geben können bei der Hitze«, sagte der alte Postdiener halb zu sich selbst und schaute ihren flatternden Röcken dennoch mit Wohlgefallen hinterher.

Zur selben Zeit saß Hella Held mit ihrem Onkel, ihrer Cousine Anne und ihrem Cousin Wolfgang auf der hölzernen Eckbank in der Weberschen Bauernstube, trank selbstgemachten Most und langweilte sich.

Sie hatte sich die Vorbereitungen zu einer siebenbürgischen Bauernhochzeit ein wenig aufregender vorgestellt. Deshalb hatte sie auch darauf bestanden, daß der Onkel sie mitnahm. Nur widerwillig hatte er seiner Nichte nachgegeben.

Und jetzt saßen alle um den Tisch und besprachen die uninteressanten Einzelheiten der bevorstehenden Zeremonie. Auf dem Tisch lag die obligate Bibel, die Onkel Claudius bei solchen Gelegenheiten immer verschenkte. Das war sinnig und kostete ihn außerdem nichts. Der Bauer Werner, oder wie er hieß, war hocherfreut. Oder tat er nur so?

Und wo blieb die Braut? Und die Brautmutter? Wo waren die Brautjungfern? Hellas Ungeduld ließ sie auf ihrem harten Holzstuhl hin- und herrutschen.

»Wie schön könnte es jetzt im Dorfschwimmbad sein«, dachte sie und unterdrückte ein Gähnen, »aber du hast es ja nicht anders gewollt. Nun mußt du das hier eben durchstehen.« Ins Schwimmbad könnte sie am späteren Nachmittag ja immer noch gehen. »Wie brav Anne und Wolfgang dasitzen. Durch und durch Pfaffenkinder und Streber«, dachte Hella verächtlich. Sie waren eben Dumalos, immer mußte man ihnen Beine machen, *fitjie!* Tata hatte recht.

Das hatte jedoch den Vorteil, daß die Heldschen Pfarrkinder dem unermüdlichen Tatendrang und dem Machtstreben ihrer

Cousine nur unerheblichen Widerstand entgegensetzten. Ebensowenig waren jedoch auch die Brooser Cousins und Cousinen der Sartori-Familie, wiewohl zum Teil einige Jahre älter, in der Lage, sich dem Kommando der Cousine zu widersetzen. Schicksalhafte Umstände, die dafür sorgten, daß Hella Held zeitlebens Widerspruch mit äußerstem Erstaunen zur Kenntnis nahm, um ihn im tiefsten für eigentlich unangebracht zu halten.

Ihr Vater, dessen unerfüllte Bubenträume von Rädelsführertum und Haudegenhaftigkeit in seinem Sohn nicht verwirklicht wurden, beobachtete diese Entwicklung mit stillem Entzücken.

Gleichzeitig war sie jedoch, was Ossi verwirrte, dank des mediterranen Erbes ihrer Großmutter, früh und heftigen Temperaments zu üppiger Weiblichkeit herangereift. Diese machte sie für die in dampfender Pubertät befindlichen Dorfknaben, die sich täglich im Schwimmbad um sie scharten, besonders anziehend, zumal sie, als Nichte des Dorfpfarrers, sozusagen zur örtlichen Haute Volée zählte. Hella lernte schnell, ihre Weiblichkeit als Machtmittel einzusetzen.

Hella unterdrückte erneut ein Gähnen.

Wie umständlich der Bauer redete, und wie langsam. Sie war immer ein Stadtkind gewesen.

Ihr Blick schweifte durch die geräumige Stube. Wie anders es hier aussah als in den Stadthäusern. Da waren die frisch gescheuerten, breiten Holzdielen des Fußbodens, die dicken Balken an der niedrigen Decke, die Sprossenfenster und der Holzsims, der knapp unter der Decke um die ganze Stube lief. Obenauf waren, eng aneinander, wahre Schätze siebenbürgisch-sächsischer Töpferkunst aufgestellt. Unten am Sims hingen in kräftigen, jedoch strengen Farbkombinationen, Seite an Seite die alten Krüge, die von Generation zu Generation vererbt worden waren. Gegenüber dem Eingang entdeckte Hella einen in den siebenbürgischen Farben blau und rot bemalten Wandschrank, der ebenfalls mit Tellern, Krügen, aber auch mit einem Sinnspruch in kunstvoller Schrift sowie der Jahreszahl 1789 verziert war. Ihr Onkel hatte Hella einmal gesagt, daß dieser Wandschrank »Almerei« genannt würde.

Gegenüber der Eckbank, an der alle saßen, stand das Prunkbett, das in keiner Bauernstube fehlen durfte, als Blickfang. Reich verziert mit den uralten, vor achthundert Jahren aus Deutschland mitgebrachten Blumenmustern in den gedeckten Farben der Sachsen. Hoch aufgetürmt in vier oder fünf Lagen die bestickten Kissen, die den Fleiß und den Wohlstand der Besitzer manifestieren sollten. Darunter die kostbar bestickte Zierdecke dieses Bettes, das niemals zum Schlafen benutzt wurde. Hella lächelte in sich hinein.

Hella gefielen die alten Ornamente, die mit dunkelbrauner oder schwarzer Wolle auf naturfarbenes, handgewebtes Leinen gestickt wurden, Vogelmotive, Hirsche, der Lebensbaum, Rosen mit mythischer Bedeutung. Auf einem Kissen stand der Spruch

»Fum Owend bäs zem Morjen, sech af det Boaflisch sorjen«. Sie mochte den strengen Wollgeruch, der den Handarbeiten entströmte. Er erinnerte sie an die Stickereien, die ihre Mutter nach alten siebenbürgischen Vorbildern anfertigte.

»Schnell, Hella, schau, da kommt die Braut.« Hella wurde von ihrer Cousine Anne aus ihren Betrachtungen gerissen.

»Wie schön! Du hast so etwas wahrscheinlich noch nie gesehen, nicht?« flüsterte Anne andächtig. In der rückwärtigen Tür der Bauernstube stand, verschämt lächelnd, die Braut.

Ihr Festtagsgewand bestand aus einer weißen, mit bauschigen Ärmeln versehenen Bluse, deren Abschluß an den Handgelenken eine mit gestickten Rosen verzierte Borte bildete. Darüber ein ebenfalls besticktes Mieder aus Brokatstoff, das über der engen Taille in einen knöchellangen, weiten bestickten Rock überging. Über der Brust trug sie das »Heftel«, die kreisrunde, große Fibel. Hella wußte, daß es einmal ein altgermanisches Abbild der Sonne gewesen war. Am auffallendsten fand Hella, daß die Braut bereits »gebockelt« war. Das bedeutete, daß ihr zarter, flämisch anmutender Festtagsschleier kunstvoll und locker um Kopf, Hals und Schultern gelegt und mit wunderschönen, edelsteingeschmückten »Bockel-Nadeln« festgesteckt war, wie man es schon im Mittelalter gehalten hatte. Darüber würde die Braut später ihre sternförmige Brautkrone tragen.

Hinter der Braut lugten ihre jüngeren Schwestern durch die Tür. Sie trugen ebenfalls schon ihre Festtagstracht. Auf dem Kopf hatten sie, wie Hella von ihrem Onkel gelernt hatte, den »Borten«, einen hohen Rundhut ohne Krempe, von dem viele bestickte Bänder über den Rücken herabhingen. Der Hut war das Zeichen dafür, daß die Mädchen bereits konfirmiert waren. Die Mädchen des Dorfes würden der Braut ein Abschiedsständchen bringen, wenn sie von der »Schwesternschaft« des Dorfes mit ihrem Ehemann in die »Nachbarschaft« aufgenommen wurde, die alle Aufgaben der Gemeinschaft, die guten und die traurigen miteinander teilten.

»*Wo es ir Matter? Vielleicht well sa uch met dem Härrn Pfarr rieden* ... Wo ist eure Mutter? Vielleicht will sie auch mit dem Herrn Pfarrer reden?« fragte der Bauer streng.

Die Braut errötete: »*De hot na nichen Zet. Sei mocht met de Meden det Hochzetesen*... Die hat jetzt keine Zeit, sie bereitet mit den Mägden das Hochzeitsessen vor«, sagte sie schüchtern. Und wirklich zogen, seit die rückwärtige Tür zu den anderen Stuben und der Küche offenstand, liebliche Düfte in die Stube und erinnerten den Pfarrer und die Kinder auf das erfreulichste an das zu erwartende, üppige Mahl. Der Pfarrer räusperte sich.

Das Wasser war ihm im Munde zusammengelaufen.

»*Na, gefallt ech de Brockt?* Na, gefällt euch die Braut?« wandte sich der alte Bauer aufgeräumt an die Kinder. »*Da best de Nicht ous Krinen?* Du bist doch die Nichte aus Kronstadt, oder?«

Hella spürte, wie ihr das Blut in den Kopf stieg, und schämte sich dafür. Sie beherrschte die Mundart ihres Volkes so schlecht. Zu Hause wurde nur hochdeutsch gesprochen. Zum einen, weil die regionalen Dialekte von Ossi und Malvine zu verschieden waren, zum anderen aber auch, weil Ossi sich seit der Kadettenschule den unverkennbaren österreichisch-ungarischen Jargon der k. u. k. Offiziere angewöhnt hatte. »Ja, Herr Werner, die Braut ist wunderschön«, sagte sie artig. Hoffentlich hatte es damit sein Bewenden. Sie hatte Hunger und wollte weg. Warum sagten denn Anne und Wolfi nichts? Das sah ihnen wieder einmal ähnlich.

»Weber«, korrigierte sie der Bauer gutgelaunt.

Auch das noch, dachte Hella und schwieg betreten.

»Also, mein guter Weber«, sagte der Pfarrer zu ihrer Erleichterung, »wir sehen uns gleich in der Kirche. Sie verstehen, die Amtsgeschäfte ...« Dabei stand er mit einer eleganten Bewegung auf und reichte dem Bauern freundlich die Hand. Die Braut machte einen Knicks.

»Kommt Kinder, Marsch, Marsch, ich hab noch zu tun«, fügte der Pfarrer mit näselnder Stimme, die absolut keinen Widerspruch duldete, hinzu. Die Kinder sprangen erleichtert auf. Hella kannte diesen Tonfall ihres Onkels von der Kanzel. Er zwang damit jedermann zu Aufmerksamkeit und hinderte sogar die überarbeiteten Bauern daran, ein kleines sonntägliches Nickerchen auf der harten Kirchenbank einzulegen, wenn es den Predigten auch an menschlicher Wärme mangelte.

»Kinder, heut werden wir noch etwas Gutes zu Essen kriegen. So ein Siebenbürgisches Hochzeitsmahl beim Bauern hat es in sich«, sagte der Pfarrer freudig, als er über die Dorfstraße eilte. Der Staub wirbelte an seinen schwarzen Beinkleidern hoch und bedeckte sie bald mit einer feinen, braungrauen Schicht. Es hatte seit Wochen nicht geregnet. Die Bauern fürchteten bereits um ihre Kukuruzernte.

Ein Wagen, der von zwei tiefschwarzen Büffeln gezogen wurde, ratterte auf Holzrädern an ihnen vorbei. Der rumänische Bauer auf dem Bock verzog freundlich das Gesicht und grüßte den deutschen Pfarrer ehrerbietig.

»Also, ich muß zugeben, daß ich mich schon auf das Hochzeitsessen freue«, sagte der Pfarrer laut zu sich selbst. »Es ist durchaus nicht so, daß die Bauern immer nur ›Palokes mät Mälch‹ oder Speck mit Brot fressen.«

Ein kleiner, kaum merklicher Bauchansatz verriet seit einigen Jahren, daß er gern und reichlich speiste. Seine zweite Frau war erfreulicherweise eine hervorragende Köchin. Vor seinen

Augen entstand das Bild der festlich gedeckten Hochzeitstafel, mit der unerläßlichen Hühnersuppe, dem gekochten Hühnerfleisch, dem Braten mit Beiwerk und vor allem die traditionellen »Hanklich«, die er besonders gern mochte.

Zu ihr mundete jeder Wein, und sei er auch noch so sauer. Sie bestand, so hatte ihn Mizzi belehrt, aus einfachem Hefeteig, der fingerdick ausgewalkt und in eine möglichst große, gefettete Backform gelegt werden mußte. Der Teig wurde dann mit einer Mischung aus Rahm und Eiern übergossen sowie eventuell Speckwürfel oder Zwiebel.

»Die Hanklich, das Traditionsessen zur Hochzeit, haben wir vor achthundert Jahren aus unserer Heimat mitgebracht«, erzählte er den Kindern. »In Frankreich sagt man dazu Quiche Lorraine.«

»Ich hab einen Bärenhunger«, maulte der zwölfjährige Wolfi. Es war das erste Mal, daß er sich an diesem Vormittag zu Wort meldete. In diesem Moment kam ihnen, die Straße hatte gerade eine sanfte Biegung gemacht, Mariechen entgegengelaufen. »Herr Pfarrer, Herr Pfarrer«, schrie sie von weitem schnell, »ein Telegramm! Bei Ihrem Bruder, dem Major, hat es gebrannt … die ganze Fabrik, aber alle leben«, fügte Mariechen, während sie herankam, schweratmend hinzu.

Der Pfarrer faltete hastig das Telegramm auseinander und überflog die Zeilen. Jemand zupfte ihn am Ärmel seines Talars.

»Ich will zu Tata«, sagte Hella äußerlich ganz ruhig.

»Merkwürdiges Mädchen«, dachte der Pfarrer, »sie läßt sich nichts anmerken.«

Anne und Wolfgang versuchten weinend, die Cousine zu trösten.

»Laßt mich«, sagte Hella schroff und wandte sich ab. Wenn Tata nun starb? Und was war mit Karli?

»Claudius-Onkel, wir müssen sofort hin«, sagte sie mit heiserer Stimme. Sie bemühte sich, ihr Zittern zu unterdrücken. Sie spürte, wie ihre Augen brannten. Eine Held weinte nicht … niemals. Eher biß sie sich die Zunge ab. Das Brennen in den Augen ließ nach.

»Ja, wir müssen sofort hin. Aber die Trauung muß ich unbedingt vornehmen. Dann fahren wir sofort! Mariechen, ich hab meine Lesebrille nicht auf, sagen Sie, haben sie telegrafiert, ob es meinem Bruder sehr schlecht geht?«

»Nein, Herr Pfarrer, es steht nur etwas von schweren Verbrennungen. Der arme Major, so ein netter Mann …« Mariechen fing verstohlen an zu weinen.

»Von meiner Frau und dem Kind schreiben sie nichts. Offenbar sind sie wohlauf«, sagte er leise. Es wurde ihm bewußt, daß er jetzt erst an die beiden dachte.

Wenn nur Ossi nicht starb … Vielleicht war er für sein Leben verunstaltet oder ein Krüppel. Er würde es nicht ertragen. Eher würde er sich erschießen. Ob es Erwin schon wußte? Er mußte ihn sofort benachrichtigen. Sie hatten sich schließlich geschworen, ein Leben lang füreinander dazusein. Einer für alle, alle für einen, hatten sie, die drei Heldschen Musketiere, abgemacht. Damals, als Ossi beinahe am Typhus gestorben war, und noch einmal am Sterbebett der Mutter. Und jetzt würde Ossi vielleicht sterben. Und Malvine? Er mußte sofort nach der Hochzeit zu ihnen …

Gegen Abend fuhr Hella mit ihrem Onkel im holpernden Vorortbus nach Kronstadt. Im Krankenhaus führten zwei Pfleger eine gebeugte Gestalt mit einem viel zu großen, mumienhaft bandagierten Kopf durch den Flur.

»Reiß dich zusammen«, flüsterte Claudius-Onkel.

Erst jetzt wußte Hella, daß diese auf zwei Männer gestützte Gestalt ihr Vater war.

Tata!

Sie fühlte, wie das Blut aus ihrem Gesicht wich. Der Boden unter ihr schien plötzlich weich zu werden. Oder waren es ihre Knie?

Tata!

Sie hatte ihren Vater noch niemals hilflos gesehen.

Kronstadt 1932

Heute war Honterus-Fest!

Hannes Greysing konnte sich noch nicht entschließen, aufzustehen. Langsam begann sein Kopf zu arbeiten. Das Bakkalaureat! Er hatte das Abitur in rumänischer Sprache bestanden, vor der Kommission, die so viele Sachsen durchfallen ließ! Er war siebzehn, und es war ihm, als läge ein endloser Sommer vor ihm. Seine Schulzeit war zu Ende. Und heute war sein letztes Honterus-Fest als Mitglied des Schüler-Coetus. Er gähnte und reckte sich.

Von morgen an konnte er ganze Tage im Zeidner Waldbad verdösen auf den ausgebleichten, grauen Pritschen, die so gut nach warmem Holz dufteten. Er würde an Hella denken. Vielleicht kam sie sogar einmal mit. Abends dann würde er, entweder mit Jenö oder mit Ernö Tennis spielen und schließlich seine neuerworbene Bräune auf dem Corso oder im Cafe Transsilvania vorführen. Man traf dort durchaus einige »stramme Besen«, die das zu schätzen wußten. Mehr als Hella.

Draußen herrschte Feiertagsstille. Hannes öffnete die Augen. Durch die geschlossenen Vorhänge seines Zimmers drang das klare Morgenlicht und versprach einen schönen Tag. Am wichtigsten Festtag der Sachsen Kronstadts waren alle Geschäfte geschlossen, auch die der Ungarn und Rumänen. Schon am Vorabend hatte die große Glocke des alten Doms das Fest eingeläutet. Und noch bevor der Mond ganz verblichen war, waren die Trommler durch die alten Gäßchen gezogen, um die Schläfer zu wecken. Hannes hatte sie gehört. Danach hatte die große

Glocke der schwarzen Kirche erneut geläutet, und ihr Dröhnen hatte ihn in den Schlaf gewiegt.

»Hannes, hörst du nicht? Hannes, du mußt aufstehen, schnell! Es ist doch Honterus-Fest. Hannes …« hörte er die Stimme seiner Mutter an seiner Tür.

Hannes Greysing marschierte im Honterus-Coetus in der ersten Reihe. Niemand sah ihm an, in welcher Eile er den schwarzen Samtflaus, die weiße Hose und die blaue Schirmmütze übergestreift hatte, nur sein Herz klopfte noch immer. Die Schüler schwenkten auf den Kirchplatz ein, in die alte Gasse neben der großen Kirche. Eine Schar Spatzen flog erschrocken auf und ließ sich auf dem Giebel des weinbewachsenen Pfarrhauses nieder. Hannes sah es und hätte beinahe gelächelt, was sich jedoch für einen Fahnenträger ebensowenig geziemte, wie beim Honterus-Fest zu spät zu kommen.

Der Coetus machte neben dem Denkmal von Johannes Honterus, der diesem Fest seinen Namen gegeben hat, halt. Die dunkle, würdevolle Figur mit dem langen Bart und dem weitärmeligen Gelehrtenmantel hielt in der einen Hand ein Buch, die andere deutete gegenüber der Kirche auf die Handelsschule, den Coetus Mercuri.

Hannes beobachtete mit Besorgnis, wie ein frischer Wind durch die Kronen der Linden fuhr. Er schaute verstohlen nach oben. Das junge Eichenlaub, mit dem die schwere, blaurote, mit Gold bestickte Brokatfahne der Siebenbürger Sachsen geschmückt war, die er in einem knirschenden Schulterhalfter vor dem Bauch trug, nickte verdächtig. In diesem Moment verwünschte er seine hünenhafte Größe ebenso wie seine hervorragenden schulischen Leistungen, die ihn zum ehrenvollen Tragen der Sachsenfahne geradezu prädestiniert hatten. Neidvoll schaute er zu seinem Mitschüler Hartmann hinüber, dem es als Sohn eines betuchten Fabrikanten oblag, die um einiges leichtere, aus viel dünnerem Stoff gefertigte und auch kleinere rumänische Staatsfahne in Blau, Rot und Gelb zu tragen.

Inzwischen standen alle Vereine der Stadt, die sich bereits an verschiedenen Treffpunkten gesammelt hatten, mit ihren Fahnen in den Gassen zwischen Kirche, Pfarrhof, Schule und Rektorhaus. Hannes Blick fiel erneut auf das Honterus-Denkmal. Er erinnerte sich plötzlich daran, daß ihn seine Großmutter manchmal hierhergeführt hatte, um ihm »unseren Vorfahren« zu zeigen, da die Weidenbacher Pfarrersfrau in direkter Linie von dem großen Reformator abstammte.

Sieben Uhr. Die Musikkapellen setzten ein. »Schütze, Gott, dein Volk der Sachsen«, klang es aus unzähligen Kehlen. Hannes brummte unauffällig mit und vermied es dabei, auch nur an Jenö, der schräg hinter ihm in der zweiten Reihe stand, zu denken, um einem wilden Kicheranfall vorzubeugen, der ihn, wie seine Mutter, immer in den ernstesten Momenten zu überfallen pflegte. Sähe Jenö dann seine Schultern zucken, wäre es wiederum auch um dessen Fassung geschehen. Jenö war der Sohn eines ungarischen Anwalts und dessen ausnehmend attraktiven, polnischen Frau, und Hannes hatte die ganze Schulzeit über unzählige Nachmittage bei Jenö verbracht.

Im Fenster der Schule stand jetzt der Rektor und sah auf seinen Coetus. In der ersten Reihe der Präfekt, rechts der Kantor und der Fahnenträger mit der rot-blauen, links der Fuchsmajor und der Fahnenträger mit der blau-rot-gelben Fahne. Dahinter die Schüler, je fünf nach Größe aufgestellt, daneben der Kantor und der Stadtpfarrer sowie Gemeindehonoratioren und die Trachtengruppe aus dem umliegenden Burzenland. Wie jedes Jahr hielt der Rektor eine Ansprache: »Ihr steht hier im Herzen unserer Vaterstadt – im Schatten des größten Werkes, das Sachsenhände je schufen –, ihr steht hier auf dem Kirchhof, auf dem einst Honterus täglich in Arbeit und Sorge, in Hoffnung und Freude gewandelt ist. Hier schritt er im Gespräch mit seinem Melanchthon, dem durch seine Gelehrsamkeit ausgezeichneten Doktor der Weltweisheit, Valentinus Wagner, und bestimmte den Platz, auf dem das neugegründete Gymnasium im Jahre 1544 erstehen sollte. Dort vor der Kirchentüre hatte er mit seinem lieben Freund, dem weisen Stadtrichter Johann Fuchs, einen heftigen Disput, als dieser unserem zur Verantwortung gezogenen Reformator erklärte, er lasse ihn nicht nach Weißenburg ziehen, wo Kerker und Scheiterhaufen drohten. Da drüben, beim Rektorhaus, wie oft hat er selbst Hand angelegt beim Ausladen der schweren Reisewagen, von Bewaffneten begleitet, die kostbare Bücher und Handschriften brachten, die der Stadtrichter durch Kaufleute in Konstantinopel aus den von den Türken verwüsteten griechischen Büchereien für unsere damals gegründete Gymnasialbibliothek hatte ankaufen lassen. Und dann, als der Stadtpfarrer von Kronstadt, der geistigen Übermacht des neuen Apostels huldigend, sein Amt niederlegte, damit der von allem Volke gepriesene Reformator seine Kanzel erhalte – was war das für ein Tag, als dieser Platz, auf dem ihr hier steht, von Tausenden wimmelnd, die ihre kostbaren Teppiche hingelegt hatten, damit sein Fuß sie betrete, in einem gewaltigen Brausen von Jubelrufen widerhallte, als der feierliche Zug der Ratsherren plötzlich stockte, weil sie ihn jubelnd emporgehoben hatten und allem Volk zeigten, bevor sie ihn in die Kirche hineintrugen … Heiliger Boden unserer Väter, auch heute noch sind die wichtigsten Ereignisse unseres Lebens mit dir verknüpft …«

Von Natur aus war Hannes ein Mensch, der Unannehmlichkeiten lieber aus dem Weg ging. Ließen sie sich jedoch überhaupt nicht mehr vermeiden, begegnete er ihnen mit klaglosem Gleichmut. Als nun während der Rede des Rektors immer stärkere Windböen an der Fahne zerrten und an ein lässiges und zugleich elegantes Beherrschen der gedrechselten Holzstange nicht mehr zu denken war, fühlte Hannes, wie ihm der Schweiß ausbrach, während er versuchte, die Fahne am Schwanken zu hindern.

Sein zweitbester Freund, Ernö, ebenfalls eine Reihe hinter Hannes stehend, konnte am Rücken des Schulkameraden erkennen, wie dieser sich unbeeindruckt jeder Böe entgegenstemmte.

Ernö Kovalski war einer jener Ungarn, Rumänen und auch Juden, die unter der blau-roten Fahne mitmarschierten und »Siebenbürgen, Land des Segens« anstimmten, ohne daß irgend jemand dies für ungewöhnlich gehalten hätte. Ebenso selbstverständlich paukten in den düstren Studierstuben des alten Gymnasiums Bürgersöhnchen neben Bauernbuben, die dreimal am Tag Speck, Brot und Zwiebeln aßen und in dürftigen Quartieren untergebracht waren. *»Unus sit populus«* lautete die Devise des Honterus, an die sich alle hielten.

Anstatt den Worten des Rektors weiter zu folgen, stellte sich Hannes inzwischen vor, wie wohl Major Oskar Zeidner, als Turnlehrer des Gymnasiums für das einwandfreie Gelingen des Schüler-Aufmarsches verantwortlich, das peinliche Schwanken der ihm anvertrauten Fahne beurteilen würde. »Gewiß ähnlich wie gestern noch das Marschieren seines Coetus«, dachte Hannes und schmunzelte verstohlen in sich hinein. Er würde erst rot, dann blaß und völlig sprachlos werden und schließlich mit der ganzen Mißbilligung des ehemaligen k. u. k. Offiziers aufs nahe rumänische Saguna Lyceum deuten und brüllen »Die da drüben werden es bald besser machen!«

Indem Hannes sich das Lächerliche seiner Situation bewußt machte, befreite er sich gleichsam von ihr. Es hatte für ihn nichts Trennendes, Verletzendes wie für seinen Vater.

Der Rektor fuhr unerbittlich fort:

»Seit über siebenhundert Jahren steht in den Bergen dieses Landes ein einsamer Baum: eine knorrige Eiche mit hundert eigenwillig gebogenen Ästen, die Krone zerspalten von feurigen Blitzen, die Wipfel zerrissen von unzähligen Stürmen. Im letzten Jahrhundert hat dickes Moos seinen Stamm bekleidet, doch noch immer schmückt sich der alte Baum alljährlich mit tausend Knospen. Ihr, liebe Schüler und Schülerinnen seid der Schmuck, den der sächsische Lebensbaum alljährlich anlegt, und auf euch richtet sich stets der prüfende Blick: Wie lange wird es mit ihm noch dauern? ...«

»Wie lange wird es mit ihm noch dauern«, echote Hannes gelangweilt.

Die Schirmmütze drückte an der Stirn. Hannes schaute, so gut es ging, an sich herunter. Über der weißen Anzugweste trug er das blau-rote Brustband, auf das in goldenen, verschnörkelten Buchstaben der Coetus-Zirkel und *»Per aspera ad astra«* eingestickt waren, der Leitspruch der Honterus-Schule. Es war üblich, daß einer der »strammen Besen«, am besten die offizielle »Flamme« oder eine, die es werden wollte, diese Stickerei übernahm. Die hübsche Elinor hatte sie ihm vor einigen Tagen verschämt überreicht. Sie hatte schon seit langem ein Auge auf ihn geworfen. »Sich Hella beim Sticken vorzustellen, ist einfach lächerlich«, dachte Hannes. Außerdem wußte er, daß mancher güldene Spruch ohnehin nicht von einer »Flamme«, sondern von der Mutter des Trägers herrührte, worüber jedoch von beiden strenges Stillschweigen bewahrt wurde.

Vergeblich suchten seine Augen seine Mutter, Hermann-Onkel und Dora-Tant, die es sich nicht hatten nehmen lassen, den künftigen Studiosus der Rechte bei seinem letzten Honterus-Fest als Mitglied des Coetus zu bewundern.

Johannes hatte nur beiläufig angemerkt: »Derartige folkloristische Veranstaltungen meide ich lieber«, und war im Atelier verschwunden. Inzwischen konnte es ihm Hannes nicht mehr verdenken.

Die Stimme des Rektors gewann an Strenge: »Ein Honterus-Fest ist ein Bekenntnis!« donnerte er. »Wer hier in diesen Reihen steht, der bekennt sich zu der großen Familie, die unser Reformator gegründet hat und in der alle, durch Schicksalsfügung aneinandergeschmiedet, sich blindlings dem Gemeinschaftsgedanken unterwerfen, in der jeder weiß, daß wir nur alle zusammen miteinander stehen oder fallen!«

Hannes merkte nicht, wie ein breites Grinsen über sein Gesicht glitt, »Stehen oder fallen … das ist hier tatsächlich die Frage«, dachte er.

Der Rektor fuhr unbarmherzig fort: »Wer gab uns diesen trotzigen Willen zum Leben, wer schmiedete uns in diesen eisernen Ring unserer Gemeinschaft? Der Mann, dessen Fest wir heute feiern: Heil Johannes Honterus!«

»Das Schlußwort«, dachte Johannes erleichtert und stimmte verschämt das alte Trutzlied mit an: »Siebenbürgen, Land des Segens« sangen alle bis zur letzten Strophe:

Siebenbürgen, süße Heimat,
unser teures Vaterland!
Sei gegrüßt in deiner Schöne,

und um alle deine Söhne
schlinge sich der Eintracht Band!

Gleich neben dem Pfarrhaus standen vier rumänische Soldaten und salutierten. Hannes mußte sich plötzlich räuspern.

Der Zug setzte sich in Bewegung. Vorneweg diesmal sächsische Bauern in ihren langen Kirchenröcken, junge Männer in altsächsischer Bürgertracht auf festlich geschmückten Pferden, dann, angeführt von einer Musikkapelle, der Stadtpfarrer, Rektor, Gemeindekurator, die siebenbürgisch-sächsischen Abgeordneten aus Bukarest, Senatoren, danach das Lehrerkollegium. Schließlich die Kapelle des Coetus der Handelsschule und das Trommelcorps mit der Schuljugend und den flatternden Schulfahnen, Mädchen und Frauen in ihren kostbaren Brokattrachten mit bestickten Schürzen und Schleiern um den Kopf. Schließlich, ebenfalls angeführt von einer Kapelle, die Vereine. Sie drängten sich durch die buntgemischte Schar der Schaulustigen. Manch ein Szekely, Munteanu oder Adler war heute als Mitglied des sächsischen Liederkranzes oder im Honterus-Flaus beim Umzug mit dabei.

Auf dem Marktplatz machte man halt. Lieder wurden gesungen. Schließlich wälzte sich der Zug durch die Schwarzgasse am Geburtshaus des Reformators vorbei. »Heil« schrie die Menge. »Heil, Honterus!« Und immer lauter »Heil! Heil!«

Schließlich ging es weiter durchs Schwarzgässer Tor zur Stadt hinaus, zum Honterus-Platz, wo sich der Talkessel öffnete. Hannes sah die im Wind wogenden Wiesen, roch die würzige Sommerluft, hörte die Lieder und wußte, daß dies alles sich in ihm vermischen würde zu dem, was für ihn immer »Honterus-Fest« bedeuten würde.

Da erklang ein Kommando: Hannes wußte, daß der Honterus-Coetus nun den Zug überholen mußte, um im Laufschritt als erster die Wiese am Waldrand zu erreichen. Hannes hatte endlich die Fahne abgeben können, denn die anderen Schulen und Vereine blieben bei den aufgepflanzten Wimpeln und Masten zurück. Die Zuschauer, unter ihnen viele Eltern, zogen hinauf zum Waldrand. Hier stand auch das aus Eichenbalken gezimmerte Lehrerzelt, von dem aus man die ganze Festwiese überblicken konnte. Ganz in der Nähe befand sich das mit frischen Zweigen geschmückte Zelt der Schüler, deren Flaus seit Jahrhunderten den Studenten-Flaus imitierte.

Während das Trompetenzeichen und die Böllerschüsse ertönten, die den Zug zur Honterus-Quelle in den Wald riefen, fühlte Hannes erneut Wehmut aufsteigen: Genauso wie er waren schon sein Vater, sein Großvater und sein Urgroßvater zur traditionellen Quellenrede gegangen, und so würden es seine Söhne und deren Söhne auch einmal tun. Es war elf Uhr. Die Rede konnte beginnen. Plötzlich verstand Hannes, wie stark die alten Rituale sein Kolonistenvölkchen, das so lang schon ohne politische Führung war, aneinanderbanden. Und doch meinte er, etwas wie eine neue Aufbruchstimmung zu spüren, eine Selbstgewißheit, die nicht ohne Überheblichkeit war. »Deutschtümelnde Schnödigkeit« nannte es Johannes. Wenn schon.

Schön war es im Wald. Wie es duftete. »Was machen wir denn heut abend«, wandte sich Hannes an Jenö, der neben ihm ging. Er mußte dabei nach unten sehen, denn Jenö war, wie alle engen Freunde in seinem Leben, einen guten Kopf kleiner als er und von eher pyknischem Körperbau, was den Freunden bereits den Spitznamen »Pat und Patachon« eingetragen hatte.

»Hast du gehört, wie sie Heil gerufen haben?« sagte Jenö.

»Wieso, das war doch immer so«, antwortete Hannes, aber er wußte wohl, was Jenö sagen wollte. »Es hat anders geklungen«, sagte Jenö, »irgendwie kämpferischer, findest du nicht?«

Hannes schwieg.

»Laß uns morgen Tennis spielen, du siehst Gespenster«, sagte er beiläufig und rückte sich die hellblaue Mütze mit dem Lackschild etwas schräger als erlaubt. Er wußte, daß sein dunkler Teint und seine großen dunklen Augen, denen die etwas herabhängenden Lider einen Ausdruck schläfrig sinnlicher Melancholie verliehen, mit der Mütze seine hünenhafte Gestalt besonders ins Auge fallen ließen, auch wenn ihm Uniformen im Grunde als Ausdruck aufgezwungener Disziplin lebenslang zuwider blieben.

Der Männerchor fing zu singen an, und der Stadtpfarrer bestieg das mit Tannengrün verkleidete Rednerpult.

»Auch das noch«, flüsterte Hannes.

»Wenn wir nur schon im Studentenzelt wären«, zischte Jenö zurück, »ich hab so einen Durst!«

»Wer wüßte nicht«, hub der Stadtpfarrer an, »daß zur Zeit der Staufer der ungarische König Geisa deutsche Bauern, Handwerker und Ritter nach Siebenbürgen in die *desertas* gerufen hat und sie ihnen für immer übertrug, damit sie abendländische Kultur ausbreiteten. Sie sollten außerdem den Bewohnern des Landes Sitte und Gesetz vermitteln. *Ad retinendam coronam,* zum Schutz der ungarischen Krone waren unsere Vorfahren ins Land gerufen worden und zum Schutz Europas. Von Broos bis Draas zog sich der »Königsboden«, den die deutschen Siedler erhielten. Nur dem König waren sie untertan. Ihre Anführer gelobten dem König Treue bis in den Tod. Sachsen wurden sie irrtümlich genannt, auf ungarisch *szasz,* obwohl sie Franken waren. Auf dem Königsboden errichteten sie die erste demokratische Republik Europas. Ihre Bürger in den Städten und auf den Dörfern wählten ihre Amtsleute frei aus der eigenen Mitte. Es gab keinen Herrn und keinen Knecht. Sie bauten das erste allgemeine Volksschulwesen des Abendlandes auf. Sie trotzten unter großen Opfern Mongolenstürmen, befestigten schließlich ihre Kirchen zu wehrhaften Kirchenburgen, die die Bevölkerung eines ganzen Dorfes aufnehmen konnten. Sie trotzten auch den Türken, die schließlich einhundertfünfzig Jahre lang in Budapest saßen. Die deutschen Städte waren die Bollwerke in der dreihundertjährigen Bedrohung durch den Islam.

Geschlossen trat der Sachsenstamm zum protestantischen Glauben über, der sie inmitten katholischer Ungarn und orthodoxer Rumänen noch enger verband, auch als der »Königsboden« und damit die politische Selbständigkeit verloren waren. Johannes Honterus, dessen Fest wir heute feiern, trug dazu bei, daß der protestantische Glaube die Sachsen auch noch zusammenhielt, als Kaiser Franz Joseph seinen Beschluß der Konzivilität anordnete, wonach die bisher rein deutschen Städte und Dörfer sich künftig auch Landesbewohnern anderer Abstammung öffnen mußten.

Schließlich schufen deutsche Humanisten, allen voran wiederum Honterus, mit ihren Druckerzeugnissen die rumänische Schriftsprache und verhalfen den Rumänen zu einer eigenen Identität.

Der Atlas ›Rudimenta Cosmographica‹, von Johannes Honterus 1542 in Kronstadt gedruckt, wurde als erster Atlas Mittel-und Südosteuropas in ganz Europa verbreitet …«

»Nicht schon wieder«, dachte Hannes, »nun können es doch wirklich alle auswendig«, und ließ seine Gedanken zu seiner Abiturfeier zurückwandern, die vor einigen Tagen stattgefunden hatte.

Eine Wette einlösend, war Theo als ungarisches Dienstmädchen verkleidet in rotem Rock und weißer Bluse über den Corso spaziert und er, Hannes, mußte im blauen Anzug einen Kopfsprung ins Meerwaldsche Schwimmbecken vollführen.

Wie er den rumänischen Prüfer hereingelegt hatte! Denn als er nach seinem rumänischen Lieblingsautor gefragt wurde, verblüffte er mit einem, den niemand kannte: Stefan Octavian Josiv. »Ich sehe, daß sie in die Materie eingedrungen sind«, hatte der Prüfer erfreut festgestellt, nachdem er das Gedicht »Pastell« aufgesagt hatte. Ach ja. Jetzt war also auch das geschafft. Ein banges Gefühl erfaßte ihn. Wie ging es jetzt weiter? Ach was, Mama würde ihm schon den Weg ebnen, soviel war gewiß. Zunächst einmal würde er ja wohl Jura studieren, Hermann-Onkel war ganz wild auf einen Nachfolger.

Der Wind hatte sich gelegt. Hannes blickte in die ausladenden Baumkronen, die Redner und Zuhörer vor der gleißenden Mittagshitze schützten. Er fühlte sich an das Innere der Schwarzen Kirche erinnert, an die kühle, wohltuende Dämmrigkeit, wenn man im Sommer vom staubigen Kirchplatz eintrat.

»Aber auch an andere große Söhne unseres Volkes sei erinnert«, hörte er mit halbem Ohr den Redner.

»An den Statthalter Maria Theresias, Baron Samuel von Brukenthal, der uns in Hermannstadt sein Brukenthalmuseum, die Bücherei und die Gemälde – und Trachtensammlung in seinem Barockpalast hinterließ. An die Altäre, Plastiken, an die mittelalterliche Goldschmiedekunst von Sebastian Hann, an die Bildhauerei der Gebrüder Klausenburger.

Stephan Ludwig Roth bleibt unvergessen, der Lehrer und Pfarrer, dessen liberale Thesen den Ungarn 1848 dermaßen mißfielen, daß sie ihn hinrichteten. ›Soldaten, lernt von diesem

Manne, wie man für sein Volk stirbt!‹ rief der Hauptmann des Erschießungskommandos, als Roth tot war.

Nicht erinnern muß man an Kronstadts Stadtrichter Michael Weiß, der anno 1612 dem ungarischen Fürsten Báthory Widerstand leistete, Kronstadt mit einem Häuflein Honterus-Schülern verteidigte und schließlich dennoch fiel.

Alle diese Männer haben die Welt gekannt, haben im Ausland studiert und sind doch zurückgekehrt in unsere kleine Welt. In ihre Heimat Siebenbürgen. So hat Brukenthal noch höhere Ehren am katholischen Hofe in Wien abgelehnt mit den Worten: *Fidem genusque servabo.* Wie groß das Ansehen der Siebenbürger Sachsen auch war in der Welt, sie haben alle ihre Heimat nie vergessen.

Die deutschen Städte in Siebenbürgen, allen voran unser schönes Kronstadt, verbanden den Orient mit Danzig, Krakau und Nürnberg.

Seit die deutsche Autonomie der Städte 1887 erlosch, und mit der Industrialisierung fremde Völker Einzug hielten, hat die siebenbürgische Kultur an Bedeutung verloren. Trotzdem sollten wir nicht vergessen: Wir, die wir hier stehen, gehören alle zur ältesten auslandsdeutschen Volksgruppe, deren größter Sohn Johannes Honterus war. Er hat uns durch den protestantischen Glauben untrennbar miteinander und mit Deutschland, unserem geliebten Gral, verbunden …«

Böllerschüsse erklangen. Die Ansprache war beendet. Hannes bemerkte, wie sich vor ihm eine kleine, grauhaarige Frau Tränen aus dem Gesicht wischte.

Die Zuschauer zerstreuten sich zögernd, die kleine alte Dame mit dem Taschentuch warf den beiden jungen Männern im Flaus einen vorwurfsvollen Blick zu, marschierte dann jedoch ebenfalls entschlossen auf eins der Zelte auf der Festwiese zu.

»Komm, ich hab Durst, auf was wartest du?« sagte Jenö und schloß sich ihr an.

»Ich weiß nicht.« Hannes hielt seine Schirmmütze in der Hand und strich mit den kräftigen, gebräunten Fingern über das Lackschild. »Seit wir in diesem Land eine Minderheit sind, kommen mir die Reden mit jedem Jahr deutschnationaler vor. Gut, daß mein Vater das nicht gehört hat.«

Major Ossi Held saß mit Malvine und Anuschka, die den großen Picknickkorb mit Schinken, Würsten, Käse und den guten rosaroten Burzenrettichen den Hang zum Waldrand hinaufgeschleppt hatte, auf einem rot-grün gewürfelten Reiseplaid im Schatten, nippte immer wieder an dem schweren, süßen Kokelthaler Weißen und genoß den Tag.

Er liebte Veranstaltungen wie diese, denn sie erinnerten ihn an seine Jugend und die Aufmärsche und Ansprachen in der Kadettenschule. Von seinem Platz aus übersah er die Festwiese, die vielen Grüppchen, die sich ebenfalls am Waldrand niedergelassen hatten. Hinter dem Lehrerzelt wurden traditionsgemäß die Waisen und Armen der Stadt opulent bewirtet.

Aufmärsche und Reden waren schon eine Weile vorbei. Am Nachmittag hatten Böllerschüsse signalisiert, daß die Spiele für die jüngeren Schüler beginnen konnten.

Ossi war nicht bei der Sache. »Sie sind gar nicht so übel marschiert«, dachte er und ließ noch einmal den Honterus-Zug im Geist an sich vorüberziehen. »Auch wenn es noch ein wenig zackiger gewesen sein könnte. Ich für mein Teil hätte so etwas nicht durchgehen lassen. Aber, bittschön, schließlich sind es ja auch Zivilisten ...«

»Sieh nur, da unten ist Karli«, rief Malvine begeistert und winkte mit beiden Armen. Endlich hatte sie ihren Sohn in dem Getümmel auf der Festwiese entdeckt.

»Servus«, sagte Ossi. Sein Sohn besuchte, seit die Familie in Kronstadt lebte, mit zweifelhaftem Erfolg das Honterus-Gymnasium. Immerhin waren dort keine dieser schmachvollen Unregelmäßigkeiten mehr vorgekommen. Dafür sagte er in letzter Zeit andauernd Gedichte auf und spielte im Schultheater. Karli wollte einfach kein Mann werden!

»Karli ... Karlichen ...« rief Malvine, fuchtelte mit den Armen und richtete sich schwerfällig auf die Knie auf.

Ossi sah es mit Mißbilligung. »Wie fett sie ist«, dachte er bitter, »natürlich frißt sie schon wieder einen Hühnerstrempel.

Und das exaltierte Getue hat er von ihr. Von mir ganz gewiß nicht. Ein Soldat läßt sich niemals gehen!« Dabei streifte sein Blick Anuschkas Ausschnitt, die sich gerade herüberbeugte, um ihm ein Stück geschälten Burzenrettich zu reichen. Sie war jung, schlank und beweglich. Eine Augenweide. Ossi richtete sich auf.

Malvine begegnete seinem Blick. »Hast du Karli noch immer nicht entdeckt? Ich glaube, du brauchst langsam eine Brille«, sagte sie und lächelte süß, wobei sie ihre immer noch perlengleichen, kleinen Zähne entblößte. Dann knabberte sie weiter an ihrer Hähnchenkeule herum.

Anuschka grinste unverschämt.

»Natürlich, da unten ist er doch, ich seh ihn«, beeilte sich Ossi zu sagen, was nicht stimmte. Im Turnzeug sahen alle Buben gleich aus. Gewiß ging er auf die Fünfzig zu, wie Malvine gern betonte, aber er war doch immerhin noch ein schlanker, fescher Mann in den besten Jahren, und dazu noch ein recht erfolgreicher Spiegel-Fabrikant.

»Wie mich die Honterus-Schüler in Uniform alle an damals erinnert haben, an euer Regiment. Ach ja … nur daß sie alle ein wenig jünger sind als ihr alte Veteranen«, fügte Malvine sachlich hinzu.

Anuschka kramte leinerne Servietten aus dem Korb hervor und legte sie nachlässig auf die Picknickdecke vor Malvine.

»Willst du etwas von der Ägrisch-Torte?« fragte Malvine, ganz fürsorgliche Ehefrau, aber ihre schwarzen, südländischen Augen blitzten in Kampfeslust. Ossi schwieg. »In unserem Alter kann man froh sein, wenn man noch ein Loch im Arsch hat«, sagte er plötzlich.

Malvine wandte sich wieder dem Hähnchenbein zu. »Joi, du bist immer so ordinäääär«, sagte sie mit vollem Mund.

»Wo steckt eigentlich Hella?« fragte Ossi. Er liebte es nicht, wenn Hella sich mit Gott weiß welchen Buben auf dem Sportplatz herumtrieb. Sie sollte lieber lernen. Schließlich würde sie nächstes Jahr das Bakkalaureat auf dem rumänischen Lyceum der Principessa Elena hier in Kronstadt machen, damit sie dann in Berlin auf der Hochschule für Leibesübungen Sport studieren konnte. Hella war sehr zielstrebig und ein fesches Frauenzimmer noch dazu. Schneidig und hübsch, das war eine seltene Mischung. Sie war eben eine Held.

»Hat sie nicht gesagt, daß sie noch zur Festwiese kommen wollte?« fragte Ossi.

»Ich denk, sie kommt noch. Es sind ja ziemlich viele ihrer Verehrer da, das wird sie sich nicht entgehen lassen. Ganz der Herr Papa«, gab Malvine spitz zurück.

»*Baczama!* Man wird ja noch einmal etwas fragen dürfen!« Ossi erhob die Stimme.

»Laß mich doch in Ruh, ich will jetzt Karli zuschauen«, gab Malvine gelangweilt zurück.

Ein langes Schweigen trat ein. Ossi wurde die Stille langsam unangenehm. Er drohte in diesem Loch des Schweigens zu versinken, das sich mitten in Gelächter, Kinderlärm und Gesprächsfetzen doppelt bedrohlich vor ihm auftat. Malvines Gesicht war wütend und trotzig.

»Sie sind sehr schön marschiert, unsere Schüler, findest du nicht, Malvin?« fragte Ossi in die Stille und fuhr, ohne eine Antwort zu erwarten, fort: »Ich glaub nicht, daß diese Jugend die Schmach dieses sogenannten Friedensvertrages von Versailles noch lang auf sich sitzen lassen wird. Das deutsche Volk wird wieder aufstehen. Man hört ja so einiges aus Deutschland. Es soll einen Putsch gegeben haben. Die Nationalisten sind im Kommen. Die werden es ihnen zeigen, diesen sogenannten Siegermächten. Wie die Leichenfledderer sind sie über die alte Monarchie und Deutschland hergefallen! Sie erinnern mich an unsere alten k.u.k. Honved, diese Buben da unten auf der Festwiese. Wenn wieder einer kommt wie der Kaiser Franz Joseph, dem seine Völker bedingungslos gefolgt sind … Wenn er damals nicht gestorben wär … Bismarck hatte recht … Hast du gehört, Malvin, wie sie beim Honterus-Haus Heil gerufen haben? Man sagt, sie rufen es auch schon in Deutschland, in unserer Urheimat …« Malvine antwortete nicht.

»Adolf Hitler soll er heißen. Ein Österreicher. Im Krieg war er zwar nur Gefreiter. Aber immerhin, ein Veteran …«

»Red nicht. Ich seh Karli nicht mehr. Vielleicht ist er in eins der Zelte und trägt eine Ballade vor«, sagte Malvine.

»Man sagt, der neue Reichskanzler in Deutschland, dieser Papen, ist viel zu weich. Ein Schwächling. Na ja, der Hitler wird ihm schon noch *Fitil* geben …«

Ossi schnitt sich mit seinem alten Militärmesser ein dickes Stück Salami ab. Er schälte die weiße Schale sorgfältig herunter, und sein Blick fiel dabei auf seine Hände. Sie waren immer noch mit häßlich roten, vernarbten Brandmalen übersät. Dabei war das Feuer doch schon etliche Jahre her. Er streckte die Finger. Es tat längst nicht mehr weh, aber es fühlte sich an, als ob die Haut ein wenig zu eng sei. Seine Füße sahen ähnlich aus, aber sie waren in den Schuhen versteckt. *»Istenem«*, entfuhr es Ossi. Sein Atem wurde hastiger, wie immer, wenn er die Bilder der Brandkatastrophe in sich neu entstehen sah. Er wurde sie nicht los.

Die Fabrik war mit dem Geld von der Versicherung wieder aufgebaut worden, und sie lief gut. Sehr gut sogar. Ossi atmete tief durch, setzte sich kerzengerade hin, ließ sich von Anuschka nachgießen und begann ein Liedchen zu summen. Haltung bewahren, sagte er sich, so wie einer, der im finsteren Wald pfeift. Er lächelte kurz.

Malvine bemerkte das Lächeln. Sie sah auch das Grübchen, das sich dabei immer auf einer Wange bildete. Sie wußte, daß die Wange glattrasiert und anrührend weich war und nach Juchten und Chypre roch. Für einen Moment streifte sie sein merkwürdiger, tiefblauer Blick.

»Ach hör doch auf damit«, sagte sie trotzig und wußte nicht, ob sie das Lied oder den Blick meinte.

»Ja, das Studium der Weiber ist schwer …« trällerte Ossi lauter, als er beabsichtigt hatte.

Nach einigen Gläsern Bier im Studentenzelt, wobei er ziemlich oft »Silentium in Bierangelegenheiten« gerufen hatte, war Hannes Greysing so unauffällig wie möglich aus dem Zelt verschwunden. Es zog ihn hinaus auf den Festplatz. Vielleicht war ja Hella inzwischen doch gekommen. Sie wollte nach der Schule vorbeischauen, hatte sie gesagt. Möglicherweise. Vor dem Zelt begegnete ihm seine Cousine Dorle, vier Jahre älter als er und bereits ausgebildete Kindergärtnerin. Dorle war die Tochter von Idas Schwester Lilly.

»Servus, altes Mädchen, was machst du denn hier?« fragte Hannes, für den Begegnungen mit der Verwandtschaft immer etwas Peinliches hatten, mit forcierter Munterkeit. Dorle lächelte scheu. Sie war zierlich und klein und mußte ihr rundes Gesicht zu ihrem Cousin nach oben wenden.

»Du wirst es nicht glauben, ich schau mir das Honterus-Fest an«, versetzte sie. Dorle wußte, daß sie unscheinbar war. Es machte ihr nichts aus. Ernst und fürsorglich kümmerte sie sich um ihre Kindergartenkinder und abends um ihre Eltern. Sie ahnte, daß ihr Leben aus der Sorge für andere bestehen würde.

»Hast du meine Mutter irgendwo gesehen? Sie ist mit Hermann-Onkel und Dora-Tant da«, fragte Hannes, froh, einen Gesprächsstoff gefunden zu haben.

»Ja, sie sitzen dort oben im Schatten«, sagte Dorle und deutete mit der Hand zum Waldrand.

Hannes fiel auf, daß sie dieselben langgliedrigen Hände besaß wie seine Mutter. »Danke«, sagte er schnell. »Also dann, bis bald«, und schlenderte, die Hände wie gewöhnlich in den Taschen seiner schlackernden weißen Hose vergraben, über den Festplatz in Richtung Böschung. Er bemühte sich, mit männlichem, bestimmten Schritt zu gehen, ein lässig-spöttisches Lächeln auf den Lippen, die Mütze immer noch schief auf dem Ohr. Schließlich war er jetzt kein Schüler mehr. Am Rand der Böschung blieb er stehen und zündete sich mit einer Gebärde, die er seinem Vater abgeschaut hatte, betont gelangweilt eine Zigarette an. Heute drückten die Lehrer beide Augen zu. Besonders bei den Abiturienten. Dabei fiel sein Blick auf Hellas kleinen Bruder Karli. Karli sah ihn nicht. Hannes hätte ihn gern gefragt, ob Hella schon da war, wollte sich aber keine Blöße geben. So weit war er schließlich bei Hella noch nicht. Noch nicht!

Karli sagte peinlicherweise im Deutschunterricht und bei Schulfeiern Balladen auf. Außerdem hatte er bis vor kurzem noch beim Bickerich im Schulchor gesungen. Den höchsten Sopran. Ein Glück, daß er jetzt im Stimmbruch war. Wenn er an die »Jedermann«-Aufführung im letzten Jahr dachte. Karli war, wenn er spielte, immer wie im Rausch. Hannes fand sein Pathos peinlich. Man hatte ihm erzählt, daß Karli sogar manchmal in Frauenkleidern geschminkt über den Corso ging.

»Er ist merkwürdig«, sagte Hannes zu sich. Er erinnerte sich daran, wie er Hella kürzlich einmal nach Hause gebracht hatte. Es war schon dunkel gewesen. Vor dem Tor hatte er sich von Hella verabschieden wollen. Da war plötzlich das Tor einen Spalt aufgegangen und Karlis Gesicht war erschienen: fauchend wie das einer Katze.

Wie fremd ihm das war. Hella war zum Glück ganz anders. Ein prima Kerl und Kamerad. Und dabei das attraktivste Mädchen in der Stadt. Und doch: Reizte ihn nicht an ihr gerade jene Fremdheit, jene Unnahbarkeit, die auch sie umgab?

Sie war eine großartige Sportlerin, mutig und draufgängerisch. Aber eine Reserve war bei ihr immer zu spüren. Man kam nicht an sie heran. Unberührt und herrisch ging sie ihren Weg und bedeutete für ihn doch alle Verlockungen des Weiblichen.

Er würde sie erreichen. Erobern. Hannes war sich ganz sicher. Er hatte bisher immer alles bekommen, was er sich wünschte. Jedenfalls von Mama.

Hannes Greysing war am Waldrand angelangt und schaute sich unauffällig um. Ihm direkt gegenüber saßen auf der Anhöhe ihre Eltern. Aber keine Hella. Mit einer angedeuteten Verbeugung und der Hand an der Mütze grüßte Hannes. Sie hatte doch gesagt, daß sie wahrscheinlich kommen würde. Verdammt.

Hellas Vater salutierte knapp, ihre Mutter sah ihn nicht einmal an.

Hannes hatte Hella erst ein paarmal nach Hause begleitet. Er tröstete sich damit, daß er ihnen bisher höchstens durch seine Größe und den Fiaker, den er jedesmal nahm, aufgefallen sein konnte. Trotzdem ärgerte er sich. Er war immerhin Johannes Greysings Sohn.

Weshalb fühlte er sich nur von Hellas Unnahbarkeit dermaßen angezogen? Vor allem ihr Lächeln faszinierte ihn. Hie und da verwandelte es, völlig unerwartet und unberechenbar, ihr stolzes Gesicht, das immer ein wenig trotzig aussah, und enthüllte für einen Moment den scheuen Charme ihrer verschlossenen Seele.

Als Hannes erneut aufsah, begegnete er dem Blick seiner Mutter. Sie saß nur etwa zehn Meter weiter mit Hermann und Dora am Waldrand. Natürlich waren Kitty und Bobbes, die unförmigen, inzwischen uralten Foxel, auch mit von der Partie. Hannes konnte das Gesicht seiner Mutter im Gegenlicht nur undeutlich erkennen. Aber er wußte auch so, daß ihre tiefen, ernsten Augen auf ihm ruhten. Sie rief nicht und winkte nicht. Sie sah ihn nur an. In ihrem Blick lag die Wehmut aller Mütter, deren Söhne heranwachsen und schon einer anderen gehören.

Dora und Hermann fuchtelten in der Luft herum und riefen Unverständliches, die Foxel rappelten sich auf und fingen an, schrill zu kläffen.

Mit einem Seufzer, in dem gutmütig ertragene Verpflichtung, Mitleid, Liebe und Gereiztheit schwangen, begann er die Böschung hinaufzusteigen. Er konnte nicht nach Hella schaun, ohne seine Familie begrüßt zu haben. Mutter wartete darauf.

Sie sagte nichts, aber sie wartete. Sie würde immer warten und schweigen. Hannes spürte, wie seine Gereiztheit wuchs.

»Na, was hockt ihr denn noch hier herum? Das Fest ist doch schon bald zu Ende«, fragte er mit einer Ironie, die nicht ganz ohne Schärfe war. Seine Mutter lächelte. Wenn er mit sich selbst uneins war, sprach Hannes oft so mit ihr wie auch jetzt. Hella war also nicht da. Sie hatte von Anfang an nach dem auffallenden Mädchen mit den kühlen, graublauen Augen Ausschau gehalten. »Ich bin da und sie nicht, das ärgert ihn«, dachte sie und lächelte erneut. Es schmerzte ein wenig, aber sie verstand.

Auch sie liebte einen Unnahbaren.

Es würde nicht leicht werden für Hannes. Er war warm, er hielt sich nicht zurück, er bewahrte nicht seine Grenzen. Er gab. Vielleicht zu viel, so wie sie? Ida hatte ein einziges Mal das Lächeln dieses Mädchens gesehen und alles gewußt. Ihr Sohn sprach nicht über Hella. Höchstens beiläufig. So etwas machte eine Mutter aufmerksam. Sie beobachtete, wie Hannes abwesend die beiden Hunde tätschelte sowie nach seiner Großmutter, der alten Pfarrerin Fabritius fragte, die Dora-Tant in ihrem Haus aufgenommen hatte. »Er ist ein richtiger Herr geworden«, dachte sie, »wie sein Vater.«

»Du könntest ja mit deinem Proviant eine Herde Elefanten ernähren. Wie gut, daß ich Hunger habe«, frotzelte Hannes.

Dann machte er sich über die gebratenen Hendl, einen bereits eingesalzenen Rettich und die hartgekochten Eier her.

»Schade, daß Johannes Tage wie diesen nicht sonderlich goutiert«, sagte Hannes mit vollem Mund. Er ahmte den Tonfall seines Vaters nach. Goutieren war ein Wort, das Johannes besonders gern benutzte.

»Johannes arbeitet«, sagte Ida lapidar. Damit war alles gesagt. So war es immer gewesen.

»Alles bestens«, sagte Hermann-Onkel und prostete seinem Neffen, den er in wenigen Jahren als Sozius in seine Kanzlei aufnehmen würde, zufrieden zu.

»Alles bestens«, antwortete Hannes und zwinkerte seinem Onkel zu.

Ida dachte nach. Sie hatte damals im Pfarrhaus lange auf die große Liebe gewartet. Nun hatte Hannes schon so früh die Frau gefunden, der er sich ganz zugehörig fühlte. Auch er würde sich an einen unnahbaren, einsamen Menschen verschwenden. Es war nicht gut.

»Hannes wird nach den Ferien sofort sein Studium in Bukarest aufnehmen«, sagte sie mit ihrer lauten, tiefen Stimme in das Schweigen hinein.

Hermann nickte. Er hatte verstanden. Bukarest war weit weg.

Am Abend, Punkt sieben Uhr, ertönte erneut ein Trompetensignal, und die Festteilnehmer, Vereine, Schulklassen, Trachtengruppen und Honoratioren stellten sich auf, um in wohlgeordneten Reihen den Heimweg anzutreten. Am Waldrand standen seit langem zwei ältere rumänische Bäuerinnen und schauten dem Treiben zu. »*Nemţii anceştia…* diese Deutschen«, sagte die eine, und die andere schüttelte lächelnd den Kopf.

Es war beinahe dunkel geworden. Eine laue, duftende Sommernacht.

Auf der Burgpromenade, dort wo der urgewaltige Buchenwald bis an die Stadt heranreichte und daran erinnerte, daß die Kronstädter ihre Stadt den Wäldern der Karpaten abgetrotzt hatten, sangen die Grillen ihr Lied. Es war, als bebte jeder Halm, jedes Blatt und jede Krume.

Hannes meinte den gleichmäßigen Rhythmus des Lebens zu vernehmen. Es duftete nach würzigem, noch sonnengewärmtem Waldboden, nach frisch gemähtem Gras und von irgendwoher mischte sich süßer, betäubender Akaziengeruch darunter. Oder war es der Geruch von Hellas dichtem, kastanienbraunem Haar?

Sie gingen schweigend und befangen.

»Willst du dich setzen?« fragte Hannes und erschrak, als er seine belegte Stimme hörte. Sie klang verwirrt und aufgeregt, und er schämte sich dafür.

»Nein«, entgegnete Hella barsch. Sie schämte sich nicht minder, daß sie sich auf diese Situation eingelassen hatte. Hannes mit seinem Herumscharwenzeln. Er war nach dem Honterus-Fest, zu dem sie selbstverständlich nicht erschienen war, einfach bei ihr zu Hause aufgetaucht. Ohne Anmeldung. Es hätte noch gefehlt, daß er ihr wegen ihres Fernbleibens Vorhaltungen gemacht hätte. Aber das hatte er dann doch nicht gewagt.

Sie wußte selbst nicht, warum sie mit auf die Burgpromenade gegangen war. Möglicherweise, weil ihre Eltern solche Spaziergänge äußerst ungern sahen.

Jetzt erst bemerkten beide gleichzeitig, daß auf der Bank vor ihnen bereits ein Liebespärchen im Dunkeln saß. Eng umschlungen. Hella lachte nervös auf. »Eine laue Sommernacht auf der Burgpromenade hat es in sich, was?« fragte sie und merkte im selben Moment, wie unnatürlich und aufgesetzt forsch sie dabei klang. Hella verstummte.

Die Stille zwischen ihnen dauerte an.

Hannes wagte nicht, Hella anzusehen. Er hörte nur ihre kleinen, energischen Schritte auf dem Kies neben sich und versuchte instinktiv, sich ihnen anzupassen. Ihre Arme, die beim Gehen mitschwangen, berührten sich. Beide wichen zurück. Das Schweigen wurde unerträglich.

»Ich könnte dir ein paar ganz amüsante Geschichten von der Burgpromenade erzählen«, sagte er lässig. »Mein Vater hatte zwei Lehrer, die hier immer herumspazierten …«

Hella schwieg. Sie konnte einen ganz nervös machen.

»Du mußt sagen, wenn dich so etwas nicht interessiert«, fuhr Hannes fort. Er hatte seine Stimme wieder unter Kontrolle.

»Weshalb sollte es mich nicht interessieren«, entgegnete Hella schließlich gelangweilt.

»Also«, Hannes schluckte. Hella hörte es und stellte sich zu ihrer Verwunderung vor, wie sich sein Adamsapfel dabei bewegte. Sie hätte gern die Hand darauf gelegt.

»Los, erzähl schon!« fuhr sie ihn an. Sie war wütend. In der Wut fühlte sie sich sicher.

»Du weißt vielleicht nicht, daß auch mein Alter Herr schon im Honterus-Gymnasium war und mein Großvater und Urgroßvater und alle übrigen Vorfahren auch. Schad, daß du heut nicht da warst, übrigens …« Jetzt war es heraus. Leider.

»Du weißt doch, daß ich Schule hatte. Ich bin im rumänischen Lyceum, falls ich dich daran erinnern darf. Die feiern kein Honterus-Fest.«

»Ich habe die große Fahne getragen. Bei dem Wind war das nicht gerade das reinste Vergnügen …«

Sie waren stehengeblieben. Hella riß eins der seidigen Buchenblätter am Wegrand ab und rollte es mit den Fingerspitzen zusammen. Sie mochte das Gefühl. Hannes hatte diese Gewohnheit schon an ihr beobachtet. Dann warf sie das Blatt mit einer ungeduldigen Geste ins Dunkel. Ihr hellgelbes Sommerkleid, das sie mit einem breiten Wildledergürtel um die schmale Taille zusammenhielt, war noch gut zu sehen.

»Du siehst aus wie ein Glühwürmchen«, sagte Hannes zärtlich. Nur zu gern hätte er seine großen, kräftigen Hände, die ihm plötzlich riesenhaft und ungeschlacht erschienen, um diese Taille herumgelegt.

»Quatsch nicht.« Hella wandte sich zum Gehen. Aber sie wußte, daß er große, warme, zuverlässige Hände hatte, Männerhände, die einen festhalten konnten.

»Aber ich wollte dir eigentlich von den Paukern meines Vaters erzählen«, sagte er und räusperte sich.

»Mein Vater hatte also einen Mathematiklehrer, der den Spitznamen ›alter Bottich‹ trug. Er muß ein Unikum gewesen sein. Johannes, also mein Vater, erzählt oft von ihm. Bottich ist immer mit einem Kollegen, dem Musikprofessor, hier auf der Burgpromenade spazierengegangen. Bottich hatte so ungefähr ein Dutzend Kinder, und man spricht heut noch von ihm bei uns in Kronstadt. Einmal hat ihn der Musikprofessor bei einem Winterspaziergang gefragt, was er denn seinen vielen Kindern zum Christkindl schenken würde. ›Ach was‹, hat er geantwortet, ›ich pisch ihnen eine Glitsch, da können sie sich unterhalten. Es ist gut kalt, und sie taut nicht so schnell wieder.‹« Hannes lachte ungehemmt aus tiefster Seele. Hella fühlte jedesmal ein merkwürdiges Kribbeln im Bauch.

»Zum Totlachen«, sagte sie patzig. »Hast du noch mehr solche blöden Geschichten auf Lager?« Hella ging jetzt schneller. Sie war bereits eine voll erblühte Frau, die ihren Körper kokett und bewußt als Machtmittel einsetzte. Innerlich jedoch war sie ein schüchternes Mädchen voller jungfräulicher Kratzbürstigkeit, erschreckt und beschämt von ihrer eigenen Wildheit. Sie haßte es, wenn jemand derbe Witze riß.

»Durchaus, gnädiges Fräulein, küß die Hand«, blödelte Hannes und wurde damit seiner Verlegenheit Herr. Trotzig setzte er noch einen drauf: »Du weißt doch wohl inzwischen, daß unser schmales Schnurgäßchen immer, sagen wir, von Exkrementen angefüllt ist. Auch hierzu gibt es eine schöne Anekdote vom alten Bottich: Sein Freund und Kollege ärgerte sich einmal bei einem ihrer Spaziergänge, die am Schnurgäßchen vorbeiführten, über die dortigen Gerüche. ›Wie ist das nur möglich‹, sagte er, ›daß es hier immer so stinkt?‹ – ›Nu‹, antwortete Bottich näselnd und bedächtig, ›das kommt daher, daß die Kehrer immer früher kommen als die Kacker.‹«

Hella bestrafte Hannes mit ihrem Schweigen.

Sie hatte schnell begriffen, daß Sprache für ihn etwas mit Nähe zu tun hatte. Schweigen war ihm unangenehm, er mußte sich mitteilen, liebte es zu formulieren. Er hatte von klein auf die eisige Stille gefürchtet, die zu Hause eintrat, wenn Johannes um ein Bild rang.

»Komm, laß uns hier ein wenig sitzen.« Hannes zog ein Taschentuch aus der Hosentasche, wedelte damit jegliche imaginären Staubkörnchen von der Bank. »Bitte gehorsamst, gnädiges Fräulein«, lenkte er gutmütig ein.

Hella setzte sich. Im Moment war sie Herrin der Lage.

»Mein Vater war übrigens auf der Kadettenanstalt in Hermannstadt«, sagte sie knapp. Sie wußte nicht recht, was sie sagen sollte. Eine merkwürdige Spannung lag in der Luft, seit sich Hannes neben sie gesetzt hatte. Verstohlen schaute sie zu ihm auf. Er war so groß.

»Na, dann müßtest du doch den Witz kennen von den ungarischen Burschen, die im Krieg bei der k.u.k. Armee gedient haben und kein Deutsch konnten. Als erstes haben sie gelernt, daß es zwei ›Horsamst‹ gibt, ein ›Bittägä-‹ und ein ›Meldägä-‹.« Hannes lachte wieder.

»Lach nicht so blöd«, sagte Hella nervös.

»Kratzbürste«, dachte Hannes. Immerhin ist sie mit mir heraufgekommen auf die Burgpromenade. Von der benachbarten

Bank hörte man Flüstern und Kichern. Aus dem Wald drang von weit her der unheimliche Lockruf einer Eule. Ein kühler Lufthauch bewegte leis raschelnd die Blätter der Buchen. »Wird dir nicht kalt?« fragte Hannes fürsorglich und legte vorsichtig den rechten Arm auf die hölzerne Lehne hinter Hella, ohne sie jedoch zu berühren.

Hella merkte es wohl. »Ich bin abgehärtet, bin ja schließlich Sportlerin«, sagte sie knapp, rückte aber nicht von Hannes ab.

»Hör nur, die Grillen.« Hannes räusperte sich. Sein Herz klopfte. Wie unbeabsichtigt lehnte er sich etwas zu Hella hinüber. Der Duft des Waldes vermischte sich mit dem Duft ihres Haars an seinem Mund, von dem er wußte, daß es stark und drahtig war wie eine Pferdemähne.

Hella erschrak über die Hitze, die in ihr hochstieg.

»Er gefällt mir doch eigentlich gar nicht«, dachte sie. Außer im Tennis ist er ein mittelmäßiger Sportler und ein Streber und Klassenprimus noch dazu. Wieso saß sie mit diesem langen Elend im Dunkeln auf einer Bank auf der Burgpromenade? Ihr ungestümes Inneres reagierte auf Hannes, gleichzeitig berauschte sie die Macht, die sie über ihn auszuüben im Stande war. Sie schlug die Beine übereinander. Sie wußte, daß ihr Unterrock dabei rascheln würde.

»Ich hatte heute wieder während des orthodoxen Religionsunterrichts frei«, sagte sie kühl, »ich und vier andere. Wir gehen dann immer bummeln und reden über Gott und die Welt. Rosalia, die Jüdin, Lilly und Hanni, sie sind katholisch, Livia, sie ist reformiert, und ich. Meine prüde rumänische Lehrerin wäre entsetzt, wenn sie wüßte, daß ich mit dir hier auf der Bank sitz!«

Diesmal schwieg Hannes. Er fürchtete erneut, seine Stimme könnte ihn verraten.

Hella plapperte weiter: »Kürzlich hat sie mir wieder mit dem blöden *Eliminat* gedroht, falls ich noch einmal ohne unsere lächerliche Schuluniform erwischt werde. Hast du mich schon einmal darin gesehen? Sie besteht aus einer schwarzen, unförmigen Pelerine, einem blöden Pilzhut und einer großen blauen Masche am Hals, wie ein Hund. Meinem Vater paßt es gar nicht, daß ich auf die rumänische Schule gehe: Aber ich muß. Wenn ich Sport studieren will, reicht ja unser deutsches Mädchen-Untergymnasium nicht. Für euch Buben gibt es ja die Honterus-Schule …«

Hannes hatte seinen Arm langsam näher an Hellas Schultern herangerückt, so daß er sie sanft berührte. Hella nahm seinen Geruch von Brillantine und Rasierwasser wahr. Sie kannte das von einigen anderen Jungen, die ihr den Hof machten. Mama hatte schon recht. Sie wollten alle dasselbe. Aber Mama wußte nicht, wie sie sich fühlte, wenn Hannes da war. Seine Hingabe weckte in ihr eine Sehnsucht, derer sie sich schämte. Doch das Verbotene hatte sie schon immer gereizt. Sie kam ihm kaum merklich mit ihrem Körper entgegen. Hannes spürte seinen Herzschlag im Hals, so als wenn er jeden Augenblick Schluckauf bekommen müßte. Er spürte, daß Hella ihn ansah. Ihr Gesicht mit den klaren Zügen, der geraden Nase, dem tatkräftigen Kinn und dem Mund mit der ein wenig überstehenden Oberlippe war ihm zugewandt. Hannes konnte kaum mehr atmen. Er starrte Hella nur an. Plötzlich huschte ein Lächeln über ihr Gesicht. Sie hielt dabei die Lippen geschlossen, so daß sich tiefe Grübchen in ihren Wangen bildeten. Ihr Lächeln war von katzenhaftem Charme.

Hannes wagte nicht, sie zu küssen.

Dann war der Augenblick vertan.

»Bring mich nach Haus«, sagte Hella, »es ist spät«, und legte ihre kräftige kleine Hand auf seinen Arm.

»Ist gut«, sagte Hannes nur. Sie war schon wieder weit weg. Er bot Hella den Arm. »Gnädiges Fräulein, darf ich's wagen …«

»Was soll's«, dachte er, »morgen ist auch ein Tag.«

Sovata 1937

An einem regnerischen, schwülen Sommertag saß Marianne Meerwald, noch immer eine stattliche Erscheinung, auf der überdachten Terrasse ihres Hotels im siebenbürgischen Salzbad Sovata, wo sie sich wegen eines Rheumaleidens einer Kur unterzog. Zwischen den Marmortischen eilten livrierte Kellner umher, die Kurkapelle spielte Schlager aus den zwanziger Jahren, die dem Geschmack des meist älteren, betuchten Publikums entsprachen. Geistesabwesend rührte Marianne Meerwald in einer Tasse Kaffee mit Schlag. Daneben stand das unentbehrliche Mineralwasser aus Malnas. Marianne Meerwald nahm einen Schluck, setzte ihre Lesebrille auf und wandte sich wieder dem umfangreichen Brief zu, den ihr ein Ober vor einigen Minuten auf einem silbernen Tablett gebracht hatte.

Die Zeit schien stehengeblieben zu sein. Sovata gehörte zwar seit Kriegsende und dem Untergang der alten Habsburger Monarchie zum Königreich Rumänien, aber es atmete nicht weniger als zuvor die Eleganz und leicht verblichene Noblesse alter k.u.k. Kurorte. Nichts deutete in diesem entlegenen Winkel im Südosten Europas darauf hin, daß sich das Grauen des Zweiten Weltkrieges zusammenbraute. Man speiste erlesen in Sovata, kostete von der Sachertorte oder den exzellenten Petit Fours und summte dezent mit, wenn die Kurkapelle »Du schwarzer Zigeuner« spielte.

Wie schon zu Beginn des Jahrhunderts vermochten nur wenige einen Wandel in der Atmosphäre zu erspüren. Aber das neue, dröhnende Selbstbewußtsein, das von Deutschland ausging, kam dem beleidigten Geltungsbedürfnis der Siebenbürger

Sachsen als neue Minderheit entgegen und riß nicht wenige mit. Seit über vier Jahren war Adolf Hitler deutscher Reichskanzler.

Von Rumänien aus betrachtet bedeutete das für die Deutschstämmigen Hoffnung, Aufbruch und Bestätigung für ihr – bislang selten öffentlich geäußertes – oft dünkelhaftes Elitegefühl. Überdies war man sich mit den meisten rumänischen und ungarischen Mitbürgern einig, daß Hitlers Antibolschewismus, ebenso wie sein auf dem Balkan mit einer langen Tradition versehener Antisemitismus durchaus berechtigt und begrüßenswert seien. Wie weit Hitler in beiden Fällen gehen würde, war zu diesem Zeitpunkt nicht abzusehen.

Durch den »Anschluß« Österreichs im Jahre 1938 und die Sonderrechte für die »deutsche Volksgruppe« in Rumänien sollte Hitler auch viele der Zweifler unter den eher nüchternen Siebenbürger Sachsen gewinnen.

Marianne Meerwald ahnte von alledem nichts, als sie ihre Lesebrille aufsetzte und den Brief ihrer Tochter Rosie aus Kronstadt noch einmal ganz von vorn zu lesen begann:

Kronstadt, den 17. Juli 1937

Meine liebe Mama!

Heute war es ziemlich heiß. Ich habe deshalb bis in die Abendstunden gewartet, um Dir die neuesten Nachrichten aus Kronstadt zu berichten. Aber wie ich Dich kenne, hast Du bestimmt schon eine Menge Leute und natürlich auch Verehrer um Dich geschart.

Heute waren wir auf der Hochzeit von Hannes Greysing! Und das ohne Einladung! Wir waren aber alle so neugierig – Du weißt schon, der ganze Kreis vom Kränzchen –, daß wir trotzdem zur Trauung in St. Bartholomä in der Blumenau gegangen sind. Mariechen-Tant hat es uns gesagt, daß ihr Neffe heute heiratet. Nicht einmal sie war eingeladen!

Na ja, ihr Bruder Johannes ist eben Künstler. Wahrscheinlich hat er die Hochzeit sogar originell gefunden. Alltäglich war sie nicht, das muß man ihnen wirklich lassen. Aber ich will Dir alles der Reihe nach berichten.

Also die Braut, Hella Held, ist in einem ganz eng taillierten maisgelben Reitkostüm und mit einem gelben Schleierzylinder erschienen. Jedenfalls sah es nach Reitkostüm aus. In der Kirche! Wir schauten uns entsetzt an, und Horst fragte: ›Wo bleibt denn hier das Pferd?‹

Und dann ist Hannes mit seinen großen Zähnen gekommen! Ein fesches Paar sind sie schon. Hannes sah aus wie aus einem amerikanischen Film, mit schlotternder Hose, eckigen Sakkoschultern und viel Brillantine.

Von den Worten des Pfarrers haben wir nicht viel mitbekommen. Daß er dieses ›Brautkleid‹ erlaubt hat …

Alles verstieß gegen die alten Kronstädter Gebräuche. Hella und Karli waren ja immer schon exzentrisch, irgendwie unnahbar. Ich empfand Hellas Exzentrik immer als etwas aufgesetzt. Hella ist mit Hannes mutterseelenallein an uns vorbeigerauscht. Er hat uns nur freundlich zugelächelt.

Ich weiß ja nicht, worauf Hella sich so viel einbildet. Gut, sie hat in Berlin Sport studiert und ist jetzt diplomierte Sportlehrerin. Und bei der Olympiade letztes Jahr in Berlin hat sie ja auch bei den ersten Fernsehaufnahmen vorturnen dürfen. Aber sonst? Ihre Eltern sind doch ganz normale, nette Leute. Die Mutter zwar meistens leidend, aber der Spiegel-Held ist ein netter, umgänglicher Mensch.

Wenigstens waren beide Elternpaare anwesend. Ein Wunder! Und die Trauzeugen, entfernte Verwandte von Hella. Nicht einmal ihr Bruder war gekommen. Er ist in Berlin auf der Schauspielschule. Man hat mir erzählt, daß Gustav Gründgens sein Lehrer ist … Es war Karli ja von Anfang an etwas anzumerken. Schade um diesen bildhübschen und charmanten Menschen. Aber vielleicht macht er am Theater sein Glück. Es wär ihm zu wünschen. Dort sind viele so …

Bei Hannes hatte man deutlich das Gefühl, daß auch er diese Hochzeit irgendwie merkwürdig fand. Aber er macht ja alles, was Hella will. Er trägt sie genauso auf Händen wie seine Mutter den alten Greysing. Aber Johannes-Onkel ist immerhin ein bedeutender Maler und ein Grandseigneur. Wenn er auch sehr genau weiß, weshalb er es mit unserem Vater gut hält und früher dauernd mit ihm auf die Jagd gerannt ist. Wir sind ja immer noch wichtige Kunden. Er macht das sehr geschickt. Jeder fühlt sich geehrt, wenn er ihn porträtieren will, und dann knöpft er einem enorm viel Geld ab …

Weißt du übrigens, daß ihn die Reichsdeutschen zum Kulturwart ernennen wollten? Er hatte doch gerade eine sehr erfolgreiche Ausstellung. Aber er hat es abgelehnt! Er soll den Abgesandten einen Rotzlöffel genannt haben! Wenn er in der Redoute beim Schoppen Hof hält, spricht er vom Adolf auch nur von diesem ›österreichischen Proleten‹. Der traut sich was.

Von Hannes sagt er im Hinblick auf Hella immer, er sei vom Stamme jener Asra, welche sterben, wenn sie lieben. Na, hoffentlich nicht. Vielleicht eher das Gegenteil. Glaubst du, Hella und Hannes mußten heiraten? Sie sind ja beide kaum über Zwanzig. Eine echte Frühehe …

Man sagt, daß Hannes nach der Hochzeit in der Kronstädter Filiale des Fremdenverkehrsbüros von Rudi Aronsohn, dem

Schwager von Dora-Tant anfangen soll. Die brauchen langsam einen ›Renommier-Goi‹, wie sich Aronsohn ausdrückt. Er hat Tata beim Schoppen erzählt, daß er sich gegen Geld von einem Rumänen adoptieren lassen will. Es geht wieder gegen die Juden, wie es scheint, meint Aronsohn. Dora-Tant ist ja aus dem Schneider als Frau eines königlichen Notars.

Sicher hätten die Greysings und besonders Hermann Fabritius es lieber gesehen, wenn Hannes sein Studium beendet und in die Kanzlei eingetreten wäre. Du weißt ja, daß er ihr aus Bukarest nach Berlin gefolgt ist, und dort konnte er natürlich nicht rumänisches Recht studieren.

Vielleicht hat ihn seine Mutter zu sehr verwöhnt. Hannes lebt und läßt leben. Das macht ihn aber auch so menschlich und sympathisch. Hella wird ihm schon Beine machen …

Johannes Greysing schien in der Kirche ziemlich desinteressiert gewesen zu sein. Du kennst ja seinen unnachahmlichen Ausdruck von Arroganz. Wahrscheinlich hätte er es lieber gesehen, wenn sein Sohn mich oder eine von der Schulz-Fabrik genommen hätte!

Es ist ja ein Glück für Johannes, daß er damals nach seinem Studium nicht in Deutschland geblieben ist. Wahrscheinlich würde er jetzt auch als ›entartet‹ gelten, wie Kokoschka, den er immer ein wenig beneidet hat. Und hier unten in unseren entlegenen Provinzen werden die Volksdeutschen Künstler nun endlich auch von Berlin anerkannt und sogar gefördert. Wenn ich an die Erfolge von Meschendörfer und Zillich denke …

Hella hat kürzlich unser schönes Kronstadt als Provinznest bezeichnet. Das hat sie sicher aus Berlin mitgebracht. Eigentlich hat sie ja recht, aber ich hab mich trotzdem geärgert. *Ihr* gestehe ich das nicht zu. Sie ist keine von uns, hat sich auch nie bemüht, eine zu werden.

Liebe Mama! Ich komm jetzt langsam zum Schluß. Uns allen geht es gut, Tata arbeitet, wie immer, wenn du nicht da bist, zu viel. Wir freuen uns alle sehr auf Deine Rückkehr. Hoffentlich hat die Kur genützt. Wir werden dann wieder unsere berühmten Dienstage aufnehmen. Die Leute fragen schon nach Dir. Ich seh sie schon vor mir, die vielen Gäste, die einfach hereinschneien, den Bottich voller Sauermilch, aus dem jeder schöpfen kann, soviel er will, die Tische mit Kuchen und Gebäck, für jeden, der kommen mag.

Also, liebe Mama, genug der Neuigkeiten. Ich hoffe, sie haben Dich ein wenig unterhalten!

Sei gegrüßt und geküßt von Deiner Tochter Rosie.

PS: Morgen abend gehen wir ins Kino: Es läuft noch einmal der Ufa-Stummfilm ›Die Frau im Mond‹, bei dem unser Hermann-Oberth, du weißt, der sächsische ›Raketen-Oberth‹, als Berater fungiert hat. Nächste Woche gehe ich mit Gerda in ›Mata Hari‹ mit Greta Garbo und Ramon Novarro!

Kronstadt 1938

»Călăras cu schimbul, Inainte!«

»Reiter mit Wechsel! Vortreten!!« brüllte Korporal Klein vom einundvierzigsten berittenen Artillerieregiment des rumänischen Heeres. Die »Einjährig Freiwilligen« standen in Reih und Glied im riesigen, rechteckigen Kasernenhof in der Kronstädter Langgasse. Die wohlhabenden Sachsen unter ihnen konnten sich mit größter Selbstverständlichkeit gegen das Legat eines Pferdes freikaufen. Ihre Dienstzeit betrug dann nur drei Monate. So war es seit dem Krieg immer gehalten worden.

Der Kies des Kasernenhofes war von einer dünnen, dreckigen Schneeschicht überdeckt. In der Nacht hatte es zum ersten Mal geschneit.

»*Inainte!* Vortreten!« brüllte der Korporal erneut. Er war blond, ein Sachs. Hannes erkannte ihn. Er war einige Jahre mit ihm ins Honterus-Gymnasium gegangen.

Hannes war an der Reihe. Er fror. Die dünne, oliv-braune Uniform wärmte überhaupt nicht. Als die Kasernentür polternd hinter ihm zufiel, glaubte er sich lebenslänglich eingesperrt. Hannes war Zwang nicht gewohnt. Alles in ihm sträubte sich dagegen mit einer Vehemenz, die sonst nicht seine Art war. Der kleine, dünne Ungar neben ihm zitterte erbärmlich. Man hatte ihnen als erstes die Haare geschoren. Hannes merkte, wie die Kälte an seinen Ohren zog.

Hannes packte seinen braunen Wallach fester am Halfter und versuchte ihn an Oberfeldwebel Antonescu vorschriftsmäßig vorbeizuführen. »*Baràny a lò* … das Pferd ist ein Lamm«, hatte der ungarische Pferdehändler gesagt. Das Tier hielt nichts vom Vorführtrab, sondern verfiel nach wenigen Schritten in nervösen Galopp. Hannes hatte alle Mühe, nicht mitgeschleift zu werden, und versuchte, den letzten Rest an militärischer Haltung zu retten. Der Wallach Orion scherte sich nicht um Dienstvorschriften und den guten Ruf seines Herrn, sondern schlug wild aus, vollführte Bocksprünge und biß, sobald sich jemand näherte, um ihn in den Stall zu bringen. Selbst mit einem Sack über dem Kopf ließ er sich nicht in den Stall führen. Erst zwei altgedienten Korporälen gelang es schließlich, das Tier zu bezwingen und die Stalltür schließlich hinter dem tobenden Pferd zuzuschlagen.

Oberfeldwebel Antonescu, eine zierliche und dunkle Erscheinung, blickte wohlwollend. Hannes war sich nicht sicher, ob dies auf seine Gutmütigkeit zurückzuführen war oder auf den schönen Stoff für eine Reithose, die er dem Oberfeldwebel heute früh vorsichtshalber als »Gruß vom Vater« übergeben hatte. Gleichviel: Pferd und Reiter waren akzeptiert.

»Tărate!« schnarrte Antonescu nur. »Kleie! Das Pferd muß Kleie bekommen. Zwei Wochen!« Damit war der Fall für ihn erledigt.

Hannes schaute dankbar zu seinem Schwager Karli, gleichfalls »Einjährig Freiwilliger«, und seinem Schulfreund Joschi hinüber, die mit ihm versucht hatten, den Wallach zu besänftigen. Hannes fand, daß Karli ohne seine blonden Locken kaum wiederzuerkennen war. Beim Vorführtrab stellte sich heraus, daß Karli ein ausgezeichneter Reiter war. Hannes fiel ein, daß Karli einmal etwas von Reitstunden erzählt hatte, die zu seiner Schauspielausbildung gehört hätten.

Korporal Klein winkte Hannes zu sich.

»Servus«, sagte er, »komm mit, ich hab ein Pferd für dich«, und führte ihn zu einer Box. »Das hat ja gerade noch geklappt mit deinem wilden Gaul.«

Hannes hatte seine Fassung wiedergewonnen. »Wir werden den Orion schon mit Kleie beruhigen, so wie den Oberfeldwebel mit dem Stoff«, alberte er erleichtert, daß alles gutgegangen war.

»Freu dich nicht zu früh, Kamerad«, entgegnete der Korporal listig, »heut nachmittag ist die erste Reitstunde.« Hannes tätschelte den großen Pferdekopf, der sich aus der Box zu ihm herunterbeugte. Diesmal hatte er wohl wirklich ein lammfrommes Tier erwischt. »Wir werden es schon schaffen, alter Knabe, bist ein gutes Pferdchen«, sagte Hannes. Alunel richtete die Ohren nach vorn und blies ihm aus weichen, weiten Nüstern seinen warmen Pferdeatem entgegen.

Die erste Reitstunde hatte begonnen. Die »Einjährig Freiwilligen« gingen im Tattersall mit ihren Pferden die ersten, gemächlichen Runden. Es war nicht mehr so kalt wie draußen. Hannes saß, seine langen Beine um den mächtigen, breiten Rücken Alunels windend, zufrieden schaukelnd im Sattel. Er war sich bewußt, daß seine eigens von einem Schneider angefertigte Uniform vorzüglich saß und daß ihm die ein wenig schräg aufgesetzte Mütze etwas Schwerenöterhaftes verlieh.

In jeder Ecke des Tattersalls stand ein mit einer langen Peitsche versehener Altgedienter, in der Mitte der Korporal, der seine Reitgerte vorerst noch mit seinen Händen hin- und herbog. Hannes Blick fiel auf Karli, seinen neunzehnjährigen Schwager, der seine Schauspielausbildung in Berlin wegen der Ableistung seines Militärdienstes hatte unterbrechen müssen. Da sich Rumänien mit dem Großdeutschen Reich in Verhandlungen über einen weitreichenden Freundschaftsvertrag befand, hatte man in Berlin für die vaterländischen Pflichten Karlis vollstes Verständnis gezeigt und ihm gutes Gelingen gewünscht. Karli saß vorzüglich zu Pferde. Hannes bemerkte, daß auch die Uniform seines Schwagers sich in Schnitt und Paßform auf das erfreulichste von jenen der meisten anderen Diensttuenden unterschied. Lediglich beim Scheren der Haare hatte es kein Pardon gegeben. Vorschrift war Vorschrift, besonders wenn es um möglichen Ungezieferbefall ging. Da wurde keine Ausnahme gestattet. Reithose hin – geschenkte Gäule her.

Von dem Moment an, als sich das Kasernentor hinter ihm geschlossen hatte, war für Hannes endgültig festgestanden, daß seine Tage als Soldat gezählt sein mußten. Um jeden Preis. Er hatte gewußt, daß es so kommen würde, und bereits Vorkehrungen getroffen, auf keinen Fall länger als die vorgesehenen drei Monate Dienst zu tun, zumal sich die Anzeichen häuften, daß es bald Krieg geben würde. »Wenn du mit derselben Energie, die du gegen den Militärdienst verwendest, einrücken würdest«, hatte Johannes kürzlich gespöttelt, »dann wäre der Krieg schon gewonnen.« Johannes hatte gut reden. Er war damals irgendwo in der Etappe Kriegsmaler gewesen. Ihm aber würde mit Gewißheit ein Einsatz als Kanonenfutter an der Front bevorstehen. Er würde es zu verhindern wissen. Das großkotzige Getöse im Großdeutschen Reich, besonders seit dem Anschluß Österreichs vor einem Jahr, glich bereits beängstigend kriegerischem Säbelrasseln, und der vorsichtige Aufmarsch rumänischer Truppen an der russischen Grenze behagte ihm noch viel weniger. Wie gut, daß offenbar die Möglichkeit bestand, sich gleich nach abgeleistetem Dienst wieder ins Rumänische Verkehrsbüro nach Berlin abzuseilen. Den Weg dorthin hatte Rudi Aronsohn geebnet, der sich längst von einem Rumänen hatte adoptieren lassen. Er war nun als Herr Stanciu und rumänischer Staatsbürger in Sicherheit.

Hannes schmunzelte. Die Siebenbürger Sachsen hatten einmal wieder, wie schon öfters, in ihrer wechselvollen Geschichte, einen neuen Status erlangt: Er war nun nicht mehr Untertan der k.u.k. Monarchie, wie zu seiner Geburt, und auch nicht mehr nur Bürger der rumänischen Krone, sondern neuerdings auch noch Volksdeutscher …

Hannes war zwar erst zweiundzwanzig, aber während er auf dem Rücken Alunels durch den Tattersall schaukelte und seinen Gedanken nachhing, wurde er sich, nicht zum ersten Mal, der Lächerlichkeit der Weltpolitik bewußt. Er war nicht bereit, dafür zu sterben.

Der Korporal schnalzte mit der Zunge. Die vier Altgedienten in den Ecken des Saales hoben ihre Peitschen und begannen erst spielerisch, dann nachdrücklicher die Pferde, wenn sie an ihnen vorbeigingen, am Bauch und an den Flanken zu kitzeln. Innerhalb von Sekunden fielen die erschreckten Tiere in Trab, schließlich in wilden Galopp. Angst stand in den Gesichtern der Reiteleven, Hände krampften sich an die Sättel und in die Mähnen, Steigbügel klatschten lose an die Bäuche der Pferde, der Boden des Tattersalls bebte. Freund Joschi rutschte vom Pferd, fiel zu Boden, rappelte sich auf, wich den nachkommenden Pferden aus, die sich gegenseitig schnaubend anrempelten.

Hannes' Brauner ließ die wilde Jagd kalt. Listig schnitt der alte Kommißgaul die Ecken des Saales ab und vermied so die Peitschenhiebe. Ruhig setzte er einen Huf vor den anderen und trug Hannes sicher durch das entstandene Chaos.

»*Joi istenem!*« schrie der kleine, dünne Ungar jedesmal, wenn er an Hannes vorbeikam, während er, unter dem Pferd hängend, mit beiden Armen den Hals des Tieres umklammerte. »*Joi istenem,* o Gott!«

» …und dann mußten mein Vater und seine Kameraden zur Strafe drei Stunden bei glühender Hitze auf der Landstraße bis zur Poplaker Heide marschieren, nur weil der Einjährig Freiwillige Aronsohn in den Geschützschopfen gepinkelt hatte. Wollt ihr weiterhören?«

Hannes saß am Tag nach der ersten Reitstunde mit einigen Kameraden auf einer langen Holzbank neben den Stallungen. Es war Mittag, die Arbeit war vorerst getan, und niemand hatte Neues angeordnet. Hannes krempelte die Arme seines Militärmantels hoch, bückte sich und rieb sich Gesicht und die kräftigen Unterarme mit Schnee ein, um seine dunkle Haut noch intensiver zu bräunen.

»Erzähl!« sagte einer, und Hannes fuhr fort.

»Mitten in der Heide gab schließlich der alte k.u.k. Hauptmann Wacha Befehl: ›Halt! Einjährig Freiwilliger Aronsohn zu mir.‹ Dann rief er: ›Ich hab euch hier herausgeführt, damit kein Zivilist von der Schande erfährt, die einer von euch, ich möchte beinahe sagen, der ganzen k.u.k. Armee angetan hat. Freiwilliger Aronsohn, hat ihre Frau Mama einen Salon?‹ – ›Jawohl, Herr Hauptmann!‹ – ›Hat ihre Frau Mama in dem Salon auch ein Klavier?‹ – ›Jawohl, Herr Hauptmann!‹ – ›Pischen sie manchmal auch in das Klavier?‹ – ›Nein, Herr Hauptmann!‹ – ›Na alsdann! Was das Klavier für den Salon ihrer Frau Mama, das ist ein Geschützschopfen für eine k.u.k. Artilleriekaserne. Sie haben dreißig Tage Kasernenarrest! Abtreten! Doppelreihen rechts um! Marsch!‹«

Die Kameraden lachten. Hannes lachte mit, obwohl er die Geschichte schon öfters erzählt hatte. Sie paßte so schön.

»Du erzählst gut«, sagte Karli leise, »du hast Talent«, und lachte ebenfalls. Er mochte Hannes' Anekdoten aus der guten alten k.u.k. Zeit, als ihre Väter gedient hatten. Wenn Hannes sich darüber lustig machte, verloren Uniformen für Karli ihre Bedrohlichkeit.

»Ganz recht, Kleopatra«, pflichtete ihm Joschi bei. Er war mit Karli in derselben Klasse des Honterus-Gymnasiums gewesen und hatte ihn einmal in Hellas knallrotem Kleid über den Corso gehen sehen.

Hannes schwieg. Er schätzte es nicht, wenn auf Karlis Marotten angespielt wurde. Er war immerhin Hellas Bruder.

»Ich hab fürs Wochenende frei bekommen«, beeilte sich Karli zu sagen. »Der Feldwebel hat gesagt, ich krieg frei, wenn ich alle Namen der Pferde weiß. Ich hab sie gewußt!«

Er saß neben Hannes auf der Bank, beinahe so groß wie sein Schwager, und schlug mit einer eleganten Bewegung die Beine, die ebenfalls bis zu den Knien in blankpolierten, schwarzen Reitstiefeln steckten, übereinander. Die selbstbewußte, fast kokette Geste erinnerte Hannes an Karlis Schwester.

Hella. Was sie wohl gerade machte? Vielleicht saß sie gerade im Salon ihrer Villa, die sie zur Hochzeit von Malvine bekommen hatten, und lackierte sich im Negligé die Fußnägel … Augenblicklich geriet sein Blut in Wallung. Er mußte hier schnellstens weg. Schon wegen ihr!

Außerdem war bereits von allgemeiner Mobilmachung und vom »Achsenanschluß« Rumäniens die Rede.

Gewiß – es war schon eindrucksvoll, was Hitler aus dem maroden Deutschland in wenigen Jahren gemacht hatte. Aber daß Hitler sich nun auch an Rumänien und seine Ölfelder heranmachte!

Schon ließen die Antisemiten unter Cuza auch hierzulande die Juden verprügeln, und die »Eiserne Garde« unter Marschall Antonescu machte mobil. Wer weiß, wie lange sich König Carol II.

noch würde halten können? Kein Zweifel, es wurde langsam ungemütlich. Sein siebenter Sinn warnte ihn.

Bisher hatte Hannes sein ganzes Leben fröhlich in den Tag gelebt, und das sollte auch so bleiben. Es gab kein Wort, das Hannes weniger schätzte als das Wort: Du mußt!

Er wollte schnellstens weg nach Berlin. Dort war er als rumänischer Staatsbürger relativ sicher. Besonders in Onkel Aronsohns Filiale »Romania«, die er im Hotel Adlon Unter den Linden gerade aufbaute und die zum »Officio national di Tourism« gehörte. Er war entschlossen, dies unerfreuliche militärische Zwischenspiel auf das Notwendigste zu beschränken.

Hella war jetzt seine Frau. Er hatte dieses stolze, unnachgiebige Weib – und ein Weib war sie, bei Gott – erobert. Für ihn hatte es nur noch sie gegeben, seit er sie als Sechzehnjähriger zum ersten Mal gesehen hatte. Er wollte jetzt leben mit ihr, sie Tag und Nacht um sich haben, sie spüren, ihr so nahe wie möglich kommen, mit ihr sprechen. Es war ihm völlig egal, daß Johannes, der inzwischen Mitglied des »Salonul Official«, dem höchsten Kunstforum Rumäniens, war, über Hella die Augenbrauen erhob und sagte: »Wenn deine Auserwählte nur halb so viel Charme hätte wie ihr Bruder …«

Er mußte ihren weichen, warmen, ganz und gar weiblichen Körper um sich haben, tags und besonders nachts. Denn nachts war sie hitzig und ganz ohne Reserve, um sich morgens wieder zu verschließen. Vielleicht rang er deshalb so ausdauernd darum, ihr endlich nahezukommen.

Hannes lächelte und blinzelte in die Sonne. Sie war seine Frau. Alles andere würde sich finden.

Einmal hatte er Hella gefragt, weshalb sie ihn geheiratet habe. Sie hatte gezögert und dann schnippisch geantwortet: »Weil du mir so nachgelaufen bist«, und hatte dabei ihr Katzenlächeln mit den reizenden Grübchen gezeigt.

Er sah ihre nicht allzu großen, ein wenig zusammengekniffenen, kühlen, graublauen Augen vor sich, und Sehnsucht erfüllte ihn. Sie war wirklich wie eine Katze. Unnahbar und zart zugleich. Und sie konnte grausam sein, verletzen. Auch bei der Liebe. Sie hatte lange, blutrot lackierte Fingernägel.

Karli schien seine Gedanken zu ahnen: »Hast du etwas von Hella gehört?«

Hannes sah seinen Schwager an. Wie den meisten Männern waren ihm Geschlechtsgenossen, die sich von Berufs wegen verkleideten, schminkten und in der Öffentlichkeit Gefühle zeigten, insgeheim peinlich. »Ich hab mit ihm nicht viel gemeinsam, außer daß wir für dieselbe Frau schwärmen«, dachte Hannes, der wußte, mit welcher bewundernden, beinahe untertänigen Liebe Karli an seiner Schwester hing. Er wäre gern aufgestanden, unterließ es aber, um Karli nicht zu beleidigen. Hannes vermied Konflikte, wann immer er konnte. Karli war sensibel genug, Hannes Abwehr zu spüren, und schwieg.

Hannes legte dem jüngeren Schwager betont kameradschaftlich die Hand auf die Schulter und sagte freundlich: »Nein, sie schreibt ja nicht gern. Außerdem kann sowieso niemand ihre Schrift lesen. Aber ich denk, daß ich zu Weihnachten zu Hause bin. Ich glaub nicht, daß sich der Major meinem Urlaubswunsch entziehen wird«, fügte er mit ironischem Tonfall hinzu.

»Kommt, Freunde, ich hab da in meinem Spind noch eine Flasche Sliwowitz, laßt uns auf den baldigen Urlaub anstoßen …«

»Sag mal«, warf Victor, ein Freund aus Kindertagen, den ebenfalls der Militärdienst ereilt hatte, ein, »hast du immer noch kein Gewehr, Hannes?«

»Wieso fragst du, du weißt doch, daß es mir lästig war. Ich habe es im Stall unter einem Strohballen versteckt«, entgegnete Hannes mit einem Gesicht, als sei dies das natürlichste von der Welt.

»Habt ihr auch gehört, daß wir Weihnachten schon in die Bukowina an den Dnjester verlegt werden sollen?« fragte Karli.

»Ach, du hörst wieder mal das Gras wachsen«, fiel ihm Joschi ins Wort, »das ist doch an der russischen Grenze.«

»Eben, mein Freund, eben«, warf Hannes ein. Eine Pause entstand.

»Na hoffentlich nicht, ich hab schon ein Engagement in Aussicht«, mischte sich Karli erneut ein. Joschi fand seine pointierte, überdeutliche Aussprache etwas maniriert.

»Wißt ihr was, ich geh nach meinem Weihnachtsurlaub einfach nicht mehr her zurück«, sagte Hannes plötzlich.

Karli lachte. Er hielt Hannes Äußerung für einen seiner Scherze.

Er konnte nicht ahnen, daß wenige Wochen später Hannes sein Vorhaben wahrmachen und bis zur Abreise nach Berlin Unterkommen in der verwaisten Heldschen Spiegelfabrik in der Schwimmschulgasse finden würde. Ossi Held hatte nämlich, als der Wiener Schiedsspruch Siebenbürgen 1940 in zwei Teile teilte, deren nördlicher an Ungarn fiel, einen lang gehegten Wunsch realisiert und war »mit dem ersten Zug«, wie er oft betonte, und leichtem Gepäck ins nunmehr ungarische Nordsiebenbürgen entschwunden. Hier erwartete ihn endlich eine angemessene ungarische Offizierspension, und er war überdies vor Konflikten mit seiner Gattin sicher, die in Kronstadt geblieben war.

Hannes zog in den wenigen Wochen seiner Tätigkeit in der schwiegerväterlichen Spiegelfabrik mittels eines alten Renaults, den er dem für Baumaßnahmen zuständigen Offizier als Präsent zukommen ließ, den Auftrag an Land, das Offizierskasino von Kronstadt mit Aachener Kristall neu zu verglasen. Prompt und akkurat, allerdings mit normalem Glas, was niemand bemerkte, wurde der Auftrag ausgeführt.

»Und ihr solltet auch schaun, daß ihr wieder Zivilisten seid, bevor es hier losgeht. Wir Sachsen waren ja immer im stillen national, wie man das eben gelernt hat im Umgang mit den Türken oder am Wiener Hof. Aber was sich jetzt seit diesem Hitler abspielt«, fuhr Hannes fort.

»Wo bleibt eigentlich der Sliwowitz?« fragte Victor. »Laßt uns den heut abend trinken, Freunde«, wehrte Hannes ab, »da kommt der Spieß, los, an die Arbeit. Ich will nicht meinen Urlaub riskieren ...«

Gegen Abend, die Sonne war bereits untergegangen, hatten sich die Freunde nach Dienstschluß im Büroraum der Kompanie getroffen. Hannes und Karli, Joschi und Victor, die vier Sachsen aus dem Honterus-Gymnasium, der fünfte, Korporal Klein, hatte versprochen, später noch vorbeizuschauen, wenn alles in der Kaserne ruhig war. Mit den rumänischen und ungarischen Kameraden ging man freundlich und hilfsbereit um, blieb aber ansonsten unter sich, so wie es seit Jahrhunderten gehalten worden war.

Der Raum war dürftig möbliert. Auf dem aus einfachen Brettern zusammengezimmerten Dielenboden, der bei jedem Schritt knarzte, stand ein großer Schreibtisch, davor und an den

Wänden leichte Holzstühle, an denen man sich leicht Schiefer einziehen konnte. An der Wand hing ein Trichtertelefon. Alle Gespräche mußten vermittelt werden. In einer Ecke des kleinen Raumes stand ein eiserner Ofen. Daneben eine Art Blechkanne, mit der man Kohlen direkt in die Glut schütten konnte.

Der Ofen knisterte, es war warm, beinahe gemütlich. An den beschlagenen Fenstern hatten sich außen bereits filigrane Ornamente gebildet.

Auf dem Schreibtisch waren die Akten zusammengeschoben, und in der Mitte standen fünf hohe, röhrenförmige Țuica-Gläser, die Hannes Gott weiß wo aufgetrieben hatte und in denen man für gewöhnlich den rumänischen Pflaumenschnaps trank. Daneben die angekündigte Flasche Sliwowitz.

»Und dann hab ich im vergangenen Jahr neun Sonderzüge mit je siebenhundert Leuten zum deutschen Turn- und Sportfest nach Breslau verfrachtet, mit anschließender Gesellschaftsreise durch Deutschland«, sagte Hannes eben. »Das war nicht übel, besonders wenn man es mit dieser Scheißgasse hier vergleicht!« Er führte gern das Wort, eine Rolle, die man ihm in der Regel auch zugestand. Joschi döste bereits vor sich hin, einen Arm auf dem Tisch, die Beine auf einen Stuhl gelegt. Karli und Victor nickten müde. Auch Hannes' Zunge war schwer.

»Ich hab mich nie im Leben angestrengt«, sagte er langsam wie zu sich selbst, »höchstens wegen Hella. Aber dies hier muß ich unbedingt zu einem Ende bringen.« Er hatte keine Lust mehr zu sprechen, sein Kopf lag schwer in der aufgestützten Hand. Karli nickte stumm.

Manche hielten Hannes für einen Opportunisten. Aber er tat nie etwas aus Berechnung, verfolgte keinen Zweck, sondern ließ sich lediglich treiben. Was wie Opportunismus aussah, war nichts weiter als grenzenlose, orientalische Gleichmut. Dabei war er durchaus nicht ohne Geltungsbedürfnis, das er aber mit großer Beiläufigkeit und Nonchalance durchzusetzen wußte. Nicht von ungefähr war er ein Anhänger des Persischen Dichters Hafis, verfaßte sogar, nicht unbegabt, gefühlvolle Liebeslyrik in dessen Stil. Er las sich mit Interesse, ohne jedoch verzweifelt getrieben zu sein von der Suche nach der wahren Einsicht, durch die riesige Bibliothek seines Vorfahren, des Verlegers Walbaum. Er zeichnete hübsch, maß sich jedoch am Talent seines Vaters. Seine eigentliche Begabung war, wie ihm seine Mutter einmal geschrieben hatte, das Leben selbst, dessen Annehmlichkeiten er suchte und die ihn anzogen. Er war zur Freundschaft begabt wie kaum ein anderer.

Männer wie Frauen gleichermaßen fühlten sich von ihm verstanden. Manchmal vermißte er an sich die Kompromißlosigkeit, die er an seinem Vater bewunderte und überschätzte. Hannes wollte gefallen und strahlte Wärme aus.

Unglück versuchte er zu meiden. War es jedoch unumgänglich, ertrug er es klaglos und gelassen. Genauso betrachtete er den Tod als schicksalsgegeben. Er suchte den Ausgleich, nicht den Kampf. Wurde er jedoch in die Ecke getrieben oder körperlich attackiert, konnte er in besinnungsloser, mörderischer Wut auffahren.

Hannes stand auf, schwankte leise und schenkte den Rest des Sliwowitz ein. »Der gute Klein hat anscheinend keine Zeit für uns«, sagte er. Wohlige Wärme durchströmte Hannes, als er den Schnaps herunterstürzte. »Dann trinken wir die Flasche eben allein aus.«

Joschi hob sein Glas: »Auf den Führer, der unsere Ehre wieder hergestellt hat!« Dabei sprang er auf, so daß sein Stuhl umfiel. »Die deutsche Ehre, die wir hier seit achthundert Jahren gegen Tataren, Magyaren, Walachen und anderes Gesindel …«

»Hört, hört«, fiel ihm Karli ins Wort, »ich denk, du schwärmst so für Marikka Röck? Die ist, soviel ich weiß, Ungarin, und die stolzen germanischen Recken liegen ihr scharenweise zu Füßen.« Dabei nippte er genüßlich am Glas.

Joschi hörte gar nicht hin: »Wir haben hier Jahrhunderte auf verlorenem Posten unser Deutschtum verteidigt, sogar jetzt, wo wir in das Schicksal einer anderssprachigen Minderheit gedrängt worden sind, aber der Führer hat uns endlich als Deutsche und Protestanten, die den Lebensraum im Osten verteidigen, anerkannt.«

»Komm wieder zu dir – ich weiß nicht, mir ist dieser keifende Knirps unangenehm. Solche Zwerge müssen doch andauernd etwas beweisen … Ach Gott, mich langweilt das. Laßt große Männer um mich sein …« sagte Hannes. Er hatte keineswegs vergessen, daß Kamerad Joschi nur einen Meter zweiundsiebzig groß war.

»Paß nur auf, bald darfst du deine Ansichten mit der Waffe verteidigen. Da sieht die Sache plötzlich anders aus«, eilte Karli seinem Schwager zu Hilfe. »Wenn der erste Schuß fällt, ist es doch mit eurem Heldentum vorbei …« Karlis Phantasie war seit jeher rege genug gewesen, sich die Greuel des Krieges, auch ohne sie erlebt zu haben, vorstellen zu können. Schon als Bub hatte er nach den Kriegsgeschichten, die sein Vater gerne zum besten gab, nicht einschlafen können.

Hannes überlegte, ob seine Abscheu gegen Kriegshandwerk und Uniformen wohl seiner Klugheit oder seiner Feigheit entsprang. »Wahrscheinlich beiden«, dachte er, ging mit vorsichtigen Schritten zum Fenster und malte ein großes Herz mit zwei H's auf die beschlagene Scheibe. »Die Wahrheit liegt, wie immer, in der Mitte«, sagte er und hatte damit der Debatte die Spitze genommen. »Laßt uns von etwas anderem reden, Freunde«, schlug er freundlich vor. »Habt ihr eigentlich schon daran gedacht, wie schön es jetzt auf der Schullerau ist? Ich für mein Teil werd jedenfalls in den Weihnachtstagen mit meiner Frau zum Skilaufen gehen.« Hannes hatte das Fenster geöffnet, die eisige Winterluft strömte ins Zimmer und ließ den Sliwowitzdunst in seinem Kopf innerhalb von Sekunden verschwinden.

Plötzlich hatte er das Bedürfnis, von Hella zu reden, wenn auch nur andeutungsweise, so wie es jeder tut, der liebt. »Wenn ich nur an den morgendlichen Aufstieg denke, mit den Skiern auf dem Rücken … Himmel, Kinder, ist das Leben schön!« Dabei dachte er an Hella.

Er sah sie vor sich in ihren engen dunkelblauen Keilhosen, die sich über ihrem runden Hintern spannten, dem engen Norweger-Pullover mit Hirschmuster, der ihre Figur deutlich zur Geltung kommen ließ. Seine Sehnsucht nahm ihm den Atem.

»Wir werden oben auf der Poiana aus unseren Skiern und Stöcken Liegestühle bauen und dann in der Hütte beim Dexler ein Holzfleisch essen und ein oder auch zwei Bier trinken. Und dann die Abfahrt …« fuhr er träumerisch fort. »Wie ist es, Schwager, kommst du mit?«

Karli lächelte. »Aber du weißt doch, daß ich letzten Winter kaum hinter euch hergekommen bin«, sagte er kokett.

Hannes, der Karlis Antwort eigentlich erwartet hatte, redete weiter: »Und anschließend unten ein Teegebäck vom Töpfer aus der Kirchgasse oder Nußtorte mit Schlag bei meiner Mutter. Die ist fast noch besser.«

Seine Sehnsucht wuchs, je kühler er sich Hella vorstellte. Die Sehnsucht, in Kindertagen in ihm gewachsen, das Unnahbare, Ferne doch noch zu erlangen. Sie hatte schnell gelernt, daß er in diesem Punkt zu treffen war. Er war zum ewig Werbenden geworden, sie zur gelegentlich Gewährenden. Erst als er nach vielen Jahren die Hoffnung verlor, sie jemals wirklich zu erreichen, suchte seine Sehnsucht neue Ziele.

»Weißt du«, wandte er sich an Karli, »es ist ja eigentlich lustig, daß Hella und ich zusammengekommen sind. Mein Vater hält Militärs für einen Haufen Dummköpfe. Und euer Vater war immerhin im Krieg Adjutant des Preußenprinzen. Na ja, Gegensätze ziehen sich an. Und er wird mich bestimmt als einen verwöhnten Taugenichts betrachten, der nicht einmal sein Studium zu Ende macht und jetzt auch noch bei einem Juden arbeitet.«

Karli schwieg. Hannes hatte den Nagel auf den Kopf getroffen. »Na, so schlimm ist es auch wieder nicht«, wiegelte er artig ab, »immerhin ist er ja durch mich Kummer gewöhnt.« Karli lachte. »Stell dir vor, bei der Musterung geriet ich ausgerechnet an einen ehemaligen k.u.k. Kamerad meines Vaters. Der sagte ganz traurig: Daß du der Sohn vom Held bist …«

»Weißt du übrigens, daß die Sachsen alle zur Waffen-SS sollen, wenn das Bündnis Rumänien-Deutschland zustandekommt?« Hannes wechselte lieber das Thema. Ihm war die Unterhaltung, was einzig auf den Sliwowitz zurückzuführen war, erheblich zu privat geworden.

»Wer sagt das?« fragte Joschi, der eine Zeitlang in beleidigtes Brüten verfallen war.

»Ich habe so etwas gehört«, entgegnete Hannes knapp.

In der folgenden Nacht träumte Hannes von seiner kurzen Studentenzeit in Bukarest.

Er saß am schöngedeckten Mittagstisch der Familie Dörr, bei der er mit einigen anderen Studenten im sogenannten Kavaliersflügel der Villa wohnte. Der Hausherr war von Beruf Arzt.

Es klingelte. Ein Patient. Der Doktor sah kurz vom Essen auf und sagte dann zu seiner elfjährigen Tochter: »Sus, laß ihn herein und leg ihn unter die Höhensonne.«

Auf dem Tisch dampften Zwetschgenknödel. Kilian, der Sohn des Hauses, war Medizinstudent. Plötzlich holte er einen Finger, den er aus der Anatomie mitgebracht hatte, aus der Tasche und tat so, als wenn er mit ihm die Zwetschgenknödel berühren wollte. Hannes wunderte sich im Traum, daß niemand mehr davon essen mochte …

Im Haus war es merkwürdig düster, man konnte nicht richtig atmen. »Es ist ein Traum«, wußte Hannes. »Es geht vorbei.« Er wollte nach Kronstadt zu Hella. Er wußte, weshalb man ihn nach Bukarest geschickt hatte.

Plötzlich war er in einer Bar, der teuersten Bar von Bukarest. Fritz-Onkel hatte ihn mitgenommen, dabei sollte er doch ein Auge auf den Bub haben. Fritz legte seinen teuren Kamelhaarmantel ab, der Ober kannte ihn und half ihm. Die Sergiu-Malagamba-Kapelle spielte, Fritz-Onkel begrüßte die Barfrauen. Er war Direktor einer Maschinenfabrik und reiste viel. Seine Frau war weit weg. Es war fast dunkel, rötliches Licht. Rauchschwaden hingen in dem Raum. Fritz-Onkel war als Bonvivant bekannt. Hannes wollte auch gern einer werden. Er war gerade siebzehn.

»Such dir eines von den Mädels aus, du kannst alle haben«, sagte Fritz-Onkel und bot ihm eine Zigarette an. Sie waren im »Zig Zag«, jetzt erkannte er die Räume …

Er spürte Scham, er wußte, daß er das nicht wollte. Er ging doch mit Hella. Die Frauen waren üppig und freundlich.

»Mir ist heut nicht so, ich war gestern lange aus«, hörte er sich sagen. Fritz-Onkel zwinkerte ihm zu …

Wieder leuchtete rotes Licht. Ein Häuschen in der Vorstadt, eine Laterne davor. Sie waren zu fünft gewesen, lauter Studenten aus dem Kavaliersflügel. Hannes wußte genau, was nun kam. Aber er konnte es nicht verhindern. Er schwitzte. Der Salon war ganz über und über mit rotem Samt ausstaffiert. Auch das Licht war rot. Eine kleine, gutgewachsene Zigeunerin kam auf ihn zu, lächelte ihn aufmunternd und mütterlich an: *»Pui de neamt«,* sagte sie beinahe zärtlich. »Deutsches Küken.« Ihre Stimme war sanft, amüsiert und ein bißchen traurig. Er ging mit ihr die Treppe hinauf. Die mit einem roten Samtteppich belegte Treppe, die jeden Schritt lautlos verschluckte …

Hannes hatte zwar von der Skiabfahrt vom Schuler, über die Rujawiese, die »Telefoane«, die Schulerau und den abschließenden Serpentinen geträumt, vom schäumenden Czell-Bräu in der Hütte …

Vorerst aber fuhr er in seinen ersten Urlaubstagen mit Hella nach Broos, wo Hella sich um den Verkauf ihres ehemaligen Elternhauses kümmern wollte. Hella war kurz angebunden, wie immer, wenn sie das Reisefieber packte. Der Zug war überfüllt. Vor dem Abteil Erster Klasse hatte sich eine rumänische Bäuerin mit mehreren Körben voll schnatternder Gänse breitgemacht, deren Krawall es unmöglich machte, ein Auge zuzutun. Sie saß, im Rhythmus des Zuges schaukelnd, ruhig auf ihrem

Koffer. Es roch nach Zwiebeln und Speck. Sie trug ein schwarzes Kopftuch, unter der Lammfelljacke eine weiße Bluse, den traditionellen, rot-schwarz-gewebten Wickel-Rock und dicke, geschnürte Opanken.

Karli, der ursprünglich hatte mitfahren wollen, hatte sich entschlossen, über die Weihnachtstage lieber bei seinen Eltern zu bleiben, da er erst kurz nach seiner Ankunft aus Berlin bei Sissy-Tant und den Broosern gewesen war.

Da an Schlaf nicht zu denken war, erzählte Hella von der Schlacht auf dem Brotfeld ganz in der Nähe von Broos, wo der Held Johannes Hunyady mit Hilfe des tapferen Hermannstädter Bürgermeisters Georg Hecht und seinen Sachsen die Türken in die Flucht geschlagen hatte. Johannes gähnte verstohlen. Er war entschlossen, diesen Verwandtenbesuch mit untadeliger Haltung hinter sich zu bringen, freute sich aber schon auf das Weihnachtsessen bei seinen Eltern. Mama würde ihre berühmte Krebssuppe machen und Siebenbürgisches Huhn.

Am Bahnhof, wenige Kilometer vor dem Städtchen gelegen, stiegen sie in einen mit Felldecken ausgelegten Fiaker. Hannes packte seine Frau fürsorglich ein und legte ihr dann den Arm um die Schultern. Er roch ihr schweres »Mitsouko« von Guerlain, das er ihr noch in Berlin geschenkt hatte und das sich mit dem Duft ihres Pelzmantels vermischte. Er zog sie näher an sich. Hellas Rücken straffte sich, augenblicklich. Sie war angespannt, sah den Verkaufsverhandlungen mit gemischten Gefühlen entgegen, obgleich sie es nicht zugab. Wie konnte Hannes da so ruhig sein? Er hatte wirklich immer nur das Eine im Kopf. Dabei sollte er sich lieber um sein berufliches Fortkommen kümmern. Sogar der weichliche Karli hatte ein Ziel. Sie wollte einen Mann, der ihr imponierte. Und nun würde er sich sogar noch vorm Kriegsdienst drücken. Das durfte sie ihrem Vater gar nicht erzählen …

»Laß mich, ich muß mich auf den Hausverkauf konzentrieren«, sagte sie, »dich haben Geschäfte ja noch nie interessiert.«

Hannes schwieg. Er fühlte sich verletzt. Zurückgestoßen. Dann aber lehnte er sich zurück und versuchte den klaren kalten Wintertag zu genießen. War das Leben nicht schön?

Der Tag bei den Broosern verging für Hannes nicht eben im Fluge. Sie hatten alle, trotz eisiger Kälte, auf dem mit dem schmiedeeisernen Gitter verzierten Balkon des türkisfarbenen Hauses gewartet und sich mit dem gewohnten, herzlichen Überschwang und unter vielen Joi-Rufen umarmt und geküßt.

Alles war, wie es immer gewesen war. Hella war es, als sei die Zeit stehengeblieben und sie würde jeden Augenblick an der Hand ihrer Großmutter zur Likörfabrik hinübergehen, so wie sie es damals getan hatten. Alle waren gekommen. Sissi-Tant und Werner-Onkel, der nach wie vor die Geschicke der verbliebenen Sartori-Unternehmungen leitete, Gotthold-Onkel und Ira-Tant, und die Cousins und Cousinen.

Sissi-Tant hatte sich kaum verändert, außer daß sie vielleicht nicht mehr ganz so flink auf den Beinen war.

»Was für einen feschen Mann du hast, Hellalein«, sagte sie und tätschelte Hannes, der erschrocken zurückfuhr, die Wange. »Wenn ich nur für Sissilein auch so einen finden würde! Ihre Zukunft liegt mir doch auf der Seele. – Mausi ist ja auch schon vor längerer Zeit zu mir zurückgekehrt. Das Leben an der Seite ihres rumänischen Majors wurde immer schwieriger. Nun schreiben sie sich ab und an, und Wassile wird an Weihnachten zu Besuch kommen.«

Hannes hörte sich alles mit freundlicher Gelassenheit an und sprach im übrigen mit gutem Appetit Sissy-Tants exzellenter Dobostorte zu, die sie immer wieder anbot. Hellas Cousinen, beide als überaus tüchtige Buchhalterinnen geschätzt, lachten gutmütig und erzählten sogar, daß Malvin-Tante sie vor Jahren, in der vergeblichen Absicht, sie in Kronstadt an den Mann zu bringen, dort in diverse Kaffeehäuser ausgeführt habe. Der einzige Erfolg sei gewesen, daß Malvin-Tante, eine lohnende Aufgabe witternd, kurzfristig ihre Migräne vergessen habe.

»Weißt du noch«, sagte Sissi junior, »wie Malvin-Tant ein Malnaser Wasser bestellt hat und dem Ober erklärte, daß man darauf so schön rülpsen könne?« Die Schwestern kicherten. »Wir sind darauf fast in den Boden versunken.« Hannes schwieg und kaute.

Neidlos und warmherzig blickten die Sartoris aus Broos auf das interessante Leben von Ossis Familie, die den Sprung in die weite Welt mit Erfolg gewagt hatte.

»Weißt du, daß wir uns schon kennen, Hannes?« fragte Ira und lächelte ihm sehr charmant zu.

»Ich war damals, als deine Mutter mit dir schwanger war und nach Kisjenö kam, Hauslehrerin bei Lillys Kindern … Kaum zu glauben, nicht? Wie geht es denn Dorle? Sie war immer so lieb und hilfsbereit.«

Hannes zögerte. »Wir sehen uns nicht oft. Sie ist inzwischen Kindergärtnerin, aber ihren Eltern geht es nicht gerade üppig, seit es keine Güter mehr gibt …«

»Nicht sag. Damals lebten sie sehr großzügig. Aber uns hat die Agrarreform auch ziemlich zu schaffen gemacht, wie du weißt.«

»Ira, bitte, das gehört nun wirklich nicht hierher«, mischte sich ihr Mann Gotthold ein.

Hannes schwieg. Die Kuchengabeln kratzten auf den hauchdünnen Porzellantellern. Jeder versuchte mit den Kaffeetassen so wenig Geräusche wie möglich zu verursachen.

Hella sonnte sich inzwischen unter den Blicken ihrer um einige Jahre jüngeren Vettern Otto und Wilhelm, denen sie in ihrem hautengen schwarzen Kleid, das an der linken Schulter und an der rechten Hüfte mit je einem schwarzen Felltuff verziert war, als die leibhaftige Verkörperung mondäner Weltgewandtheit erschien. Beide waren gute Sportler, besonders Wilhelm, der inzwischen fast so groß war wie Hannes. »Warum ist deine Mutter nicht mitgekommen, wir hätten uns so gefreut«, sagte Otto und reichte Hella galant die Zuckerdose. »Ach wißt ihr, sie war ja immer etwas bequem, nicht wahr, Sissi-Tant«, antwortete Hella gewichtig, »und dann ist es ja auch ziemlich weit.« Sie erwähnte dabei nicht, daß ihre Mutter kein Mensch war, der gerne zurückblickte. Schließlich lebten die Helds schon seit langem nicht mehr im Schoße der Brooser Großfamilie. »Man muß mit der Zeit gehen«, sagte Malvine oft.

Schließlich entschuldigte sich Hella so rasch, wie es die Höflichkeit eben noch erlaubte, und entschwand mit den Kaufinteressenten. Hannes bekam von der inzwischen ziemlich korpulenten Sissi noch weitere Stücke Dobostorte aufgenötigt, da sie aus einem Brief von Malvine erinnerte, daß Hannes bei ihr sage und schreibe fünf gewaltige Wiener Schnitzel und einmal sogar vierundzwanzig Zwetschgenknödel verzehrt habe.

»Wie laufen die Geschäfte?« erkundigte sich Hannes beiläufig bei Werner Schneider.

Der ehemalige Schuldirektor wurde lebhaft: »Leider nicht mehr so wie in der guten, alten k.u.k. Zeit. Wir haben Einbußen hinnehmen müssen. Aber wir haben unser Auskommen.«

»Wir haben inzwischen die alte Gerberei in ein Kino umgebaut. Es wirft gute Gewinne ab«, mischte sich Gotthold ein.

»Sie sind doch – Entschuldigung –, du bist doch ein großer Tierfreund«, wandte sich Hannes an ihn, »Hella hat mir erzählt, daß Sie – daß du immer Füchse und Dachse gehalten hast …« Er verschwieg dabei, daß sich Hella weniger über Gottholds

Tierliebe, als über den Geruch in dessen Hofeinfahrt verbreitet hatte. Hoffentlich kam sie bald zurück.

Sissi-Tant schien seine Gedanken zu lesen. »Paß auf, Hannes, Hella wird bald zurück sein«, sagte sie lächelnd, »sie fackelt nicht lang.« Hannes war ihr dankbar. Mit ihr hätte er sich gerne länger unterhalten. Sie strahlte Lebensklugheit aus.

Sein Blick fiel auf Gotthold Sartori, der seinem vor Eifer zitternden Jagdhund gerade ein Stück Zucker auf die Nase legte, es ihn hochwerfen und fangen ließ. Hannes wußte, daß er Aufsätze für eine Jagdzeitschrift schrieb.

»Schau nur, Hannes, diesen Amethyst hat mir Ossi zur Konfirmation geschenkt. Weißt du, daß er mein Taufpate ist?« mischte sich Gottholds hübscher blonder Sohn Otto eifrig ein.

»Das interessiert Hannes doch wirklich nicht«, fiel ihm sein Bruder Wilhelm herablassend ins Wort. Hannes fiel auf, daß eine seltsame Anziehungskraft von dem Bub ausging. Er soll den rumänischen Rekord im Kugelstoßen gebrochen haben. Hannes begegnete Iras Blick, die ihren Ältesten mit einem Ausdruck bedingungsloser Liebe betrachtete. Auch Otto, der Jüngere, hatte diesen Blick bemerkt und sich trotzig abgewandt.

Wo nur Hella blieb? Das Dienstmädchen, offenbar eine Sächsin, servierte frischen Kaffee. Das hauchdünne Geschirr, so belehrte man ihn, stammte ebenfalls aus dem Nachlaß des alten Sartori, der zweifellos der Mittelpunkt der weitläufigen Familie gewesen sein mußte. Hannes war dies alles fremd. Im Schatten seines Vaters, der sich in olympierhafte Distanziertheit hüllte, hatte er nie erfahren, was es heißt, in einer Großfamilie aufgehoben zu sein.

Ziemlich spät war Hella zufrieden und glücklich zurückgekehrt. Sie hatte ihr altes Elternhaus an einen ungarischen Lebensmittelhändler verkauft. Sissi-Tant bewirtete alle mit einem üppigen Abendessen.

Hella redete für ihre Verhältnisse viel und hatte vor Aufregung rote Wangen. Sie ließ sich sogar von Hannes mehrmals in den Arm nehmen, was besonders in der Öffentlichkeit sonst nicht ihre Art war. Es gefiel ihr, ihrer Brooser Verwandtschaft ihr junges Glück vorzuführen. Hannes glühte vor Stolz und Eifer, denn er hielt Hellas Entgegenkommen für einen der seltenen Beweise ihrer Liebe.

Rodna 1944

Im ersten Stock über der Apotheke von Rodna, etwa fünfzig Kilometer von Bistritz in Nordsiebenbürgen gelegen, hatte die ganze Nacht hinter der Verdunkelung das Licht gebrannt. Ossi Held und sein Bruder, der Rodnaer Apotheker, der mit seiner Tochter Elvira und deren drei kleinen Kindern die Privatwohnung über seinem Geschäft bewohnte, hatten für Elvira in fliegender Hast das Nötigste, vor allem Kinderkleidung und Konserven, gepackt und abgewogen. Das Gepäck durfte fünfzig Kilo keinesfalls überschreiten, hatte der Leutnant der Waffen-SS gesagt, der gestern abend in der Apotheke angerufen und Elvira gewarnt hatte.

»Sie müssen sofort weg. Sie sind in größter Gefahr. Die Russen können jeden Tag da sein. Ihr Mann ist Oberst der Waffen-SS. Sie wissen, was das bedeutet. Morgen in der Dämmerung gegen sechs Uhr holen wir sie mit einem Kombiwagen ab. Rodna ist völlig abgeschnitten. Seien Sie bereit!« Dann hatte er aufgehängt.

Elvira hatte bis zur Erschöpfung gepackt. Jetzt hatte sie sich ein wenig zu den Kindern gelegt, die ahnungslos in ihren Betten schlummerten.

Ossi Held schaute auf die Uhr. »Fünf Uhr. Du mußt sie wecken.« Seine Stimme war heiser vor Anspannung und Müdigkeit. Ein tiefes, fernes Brummen ließ ihn aufhorchen. »Was ist das?« fragte er. »Komm zum Fenster. Ich zeig es dir«, erwiderte Erwin. Ossi schaute hinaus. Am dunklen Himmel sah er die Kontrollichter einiger Flugzeuge, die sich langsam nach Westen bewegten. »Das sind die Russen. Sie fliegen nach Jugoslawien, um dort die Partisanen und Tito zu unterstützen, gegen die Elviras Mann Gott weiß wo, kämpft. Siehst du die Feuer auf den Bergen? Die sollen den Russen den Weg zeigen. Hier in Rodna sind die ungarischen Bergarbeiter alle Kommunisten. Es ist noch nicht lang her, da haben sie sich mit den königstreuen rumänischen Bauern aus der Gegend Straßenschlachten geliefert.«

»Du mußt sie wecken!« Ossis Stimme wurde eindringlich. »Es ist bald soweit.«

Unten auf der Straße hörte man ein Militärfahrzeug. Elvira wich das Blut aus dem Gesicht. »Das sind sie.« Ihre Älteste fing zu wimmern an und drückte sich an die Mutter. Die beiden Kleinen dämmerten übermüdet vor sich hin. Sie waren noch zu klein, um zu verstehen, daß sie, vielleicht für immer, ihr Zuhause verlassen mußten.

Erwin drückte seine Älteste, die Apothekerin war, an sich. »Viel Glück, mein Kind. Sei tapfer. Ich komm bald nach mit den Möbeln.« Er vermied es, seine Tochter und die Kinder anzusehen. Sie war so schmal und blaß. Es war September. Draußen brach wieder ein goldener Herbsttag an, als würde nichts geschehen.

Die Männer trugen das Gepäck hinunter, der Fahrer des Wagens salutierte knapp und öffnete den Schlag. Elvira schob die apathischen Kinder in den Kombi und stieg ein. »Tata, um Gottes willen … Wir haben ja keinen Treffpunkt in Deutschland ausgemacht! Wie sollen wir uns denn dort wiederfinden? Wir kennen uns doch nicht aus …«

Der Wagen fuhr an. Erwin fing an zu laufen: »In Bayreuth … Kind … bei der Irrenanstalt« schrie er.

Dann war der Kombi im Dämmerlicht des frühen Morgens verschwunden.

Elvira Held sollte, so war es ihr mitgeteilt worden, von Bistritz aus in einem Sanitätszug der vor der Roten Armee zurückweichenden deutschen Wehrmacht zunächst nach Österreich, dann nach Deutschland, jedenfalls nach Westen in Sicherheit gebracht werden. Was wie ein vorläufiger Rückzug aussehen sollte, nahm mehr und mehr den Charakter panikartiger Flucht an.

Erst am 23. August, also vor kaum vier Wochen – man schrieb Sonntag, den 17. September, hatte sich Rumänien, Verbündeter des »Großdeutschen Reiches«, unter König Michael und Marschall Antonescu auf die Seite der bedrohlich heranrückenden Russen geschlagen. Die immer noch als nahezu unbezwingbar geltende Wehrmacht, die vor allem bei den Siebenbürger Sachsen einen legendären Ruf besaß, flutete durch Siebenbürgens Dörfer und Städte zurück. Durch die Straßen donnerten Lastwagen, beladen mit verwundeten, ausgelaugten, demoralisierten Landsern. Die Stalinorgeln der Russen rückten unaufhaltsam vorwärts. Viele Rumäniendeutsche dienten, entsprechend einem Abkommen zwischen Hitler und Antonescu, bei der Waffen-SS, wo sie seit 1943 ihren Wehrdienst abzuleisten hatten. Schon lange wurde über ihr Schicksal nicht mehr in Wien oder Bukarest, sondern in Berlin entschieden.

So auch diesmal, als die Deutschen anordneten, ganz Nordsiebenbürgen, zusammen mit den deutschen Truppen, in Richtung Westen zu räumen, da sich die Sachsen nunmehr auf Feindesland befänden und vor der blutigen Rache der Russen nicht sicher seien. Die jahrelange Greuelpropaganda deutscher und auch siebenbürgisch-sächsischer Zeitungen tat ein übriges, viele Nordsiebenbürger zum Aufbruch zu bewegen.

Wenige wandten sich gegen den Exodus und verwiesen auf das seit Jahrhunderten gewachsene friedliche Zusammenleben der Völker Rumäniens.

1940 war zwar durch Hitlers »Wiener Schiedsspruch« Nordsiebenbürgen an Ungarn gefallen, es war aber abzusehen, daß die Russen das Land überrollen würden. Und so machten sich denn etwa vierzigtausend Siebenbürger Sachsen, vor allem Alte, Frauen und Kinder, mit den Habseligkeiten, die sie in aller Eile auf Leiterwagen, Pferde- und Ochsenkarren gepackt hatten, zu Fuß auf den Weg nach Westen.

Sie zogen auf derselben alten Route, die ihre Vorväter vor achthundert Jahren aus Franken in Richtung Osten genommen hatten, durch rumänische Dörfer, über die Puszta Ungarns, nach Niederösterreich, über das Salzburger Land nach Deutschland in die unbekannte, beängstigende »Urheimat«, von der sie immer geträumt hatten … Viele starben, Alte und Säuglinge überlebten die Strapazen des bis Ende November dauernden Trecks nicht.

»Ich muß sehen, daß ich so schnell wie möglich nachkomm, sie ist sonst ganz allein mit den drei Kindern.« Erwin Held ging nervös im Wohnzimmer hin und her. Es war inzwischen hell geworden. Mildes Herbstlicht fiel durch die schönen alten Sprossenfenster. Auf der anderen Seite der Straße glomm eine Buche in rot-goldenem Feuer. Erwin hatte kein Auge dafür.

»Tja, Bruder, das ist nun von den drei Musketieren übriggeblieben. Den drei Helds. Die Eltern und Claudius, meine Frau – alle lange tot. Die Heimat verloren und unsere Kinder in alle Winde zerstreut …« Erwins Stimme war müde und bitter. Er hätte weinen mögen, aber er hatte keine Kraft dazu.

»Haltung, Erwin. Ein Held läßt sich nicht so hängen«, erwiderte Ossi, der am Fenster stand. Es gab immer eine Hoffnung.

»Bitte, komm doch auch mit, Ossi. Du bist hier deines Lebens nicht mehr sicher. Du kannst doch nicht in Tisza föld var sitzen und warten, bis dich die Russen holen …«

»Ich fühle mich aber dort sehr wohl. Ich bin schon beinahe heimisch in dem ungarischen Nest. Immerhin haben sie mir dort gleich meine Pension bewilligt …«

»Ich weiß, ich weiß. Aber ob es richtig war, Malvine in Kronstadt zurückzulassen, und die Fabrik … Ich weiß nicht.«

»Ich bin aber jetzt viel zufriedener. Und von den Gewinnen der Fabrik hab ich mir doch damals den hübschen Grund in Tschippendorf gekauft. Fünfzig Kirschbäume, fünfzig Aprikosenbäume und mein eigenes, kleines Kukuruzfeld … Dir hat der Kukuruz doch immer sehr gut geschmeckt, den ich mitgebracht hab …«

»Den, lieber Freund, werden jetzt bald die Russen fressen …« Erwin hatte sich aufseufzend in einen der dunkelbraunen Lederfauteuils fallen lassen.

»Du hast wohl einen Furz in der Latern! Wart nur, der Führer wird ihnen schon noch eine aufs Maul geben. Es ist nur noch eine Frage der Zeit, bis die Geheimwaffe fertig ist, und dann werden wir es ihnen geben!« Ossi Held hatte bei diesen Worten, ohne es zu merken, Haltung angenommen. Er trug einen grauen Anzug, der im Schnitt aufs Haar einer deutschen Uniform glich. An Festtagen pflegte er seine Orden aus der k.u.k. Zeit ans Revers zu heften. Er hatte sich den Anzug schneidern lassen, nachdem er sich mehrmals vergeblich zur Waffen-SS gemeldet hatte und jedesmal aus Altersgründen abgewiesen worden war. Jetzt lebte er mit Anuschka, die ihm offiziell den Haushalt führte und in Kronstädter Zeiten auch einmal Karlis Gunst genossen hatte, in Tisza föld var und hoffte auf den Endsieg. Anuschka nahm Ossi, wie er war, wiegte ihn in ihren Armen und strich ihm über das schütter werdende Haar. Sie diente ihm, stützte ihn und zweifelte seine Autorität nicht an: Sie war eine Erholung nach all den komplizierten Jahren mit Malvine.

»Ist das die Möglichkeit. Du glaubst tatsächlich noch an den Endsieg dieses Größenwahnsinnigen!« Erwin setzte sich in seinem Sessel auf. »Vergiß nicht, die Russen sind auch Menschen wie wir. Und die Rumänen sind gute, hilfsbereite Menschen, auch wenn du sie nicht magst. Sie haben uns immer leben lassen und die Ungarn und die Juden auch. Jawohl, die Juden. Ich kann mich nicht entsinnen, daß hier jemand je ernsthaft die Juden verfolgt hätte. Ich find den Schlendrian hierzulande liebenswert.«

»*Baczama!* Wenn du so begeistert von ihnen bist, weshalb läßt du dann deine Tochter ziehen und willst selber verschwinden?« fragte Ossi scharf.

»Weil ihr Mann ein hohes Tier bei der Waffen-SS ist und weil ich die Wut der Russen auf die Leute irgendwo verstehen kann«, sagte Erwin, der wohl wußte, daß sein Bruder seine Ansichten keineswegs teilte.

Ossi fühlte sich an seinen Vater, den Pfarrer von Tschippendorf, erinnert. Immer gütig, immer milde und verständnisvoll. Nun ja. Erwin hatte auch nur mit den Schultern gezuckt, als Elvira nach jedem Urlaub ihres Mannes wieder ein Kind bekam. Er als Apotheker …

»Das war ja von den Walachen auch nicht anders zu erwarten, daß sie uns in der Not im Stich lassen. Na, sie werden schon sehen, was sie davon haben, wenn sie sich mit den Bolschewisten einlassen. Ich kenn mich aus.« Ossi sprach mehr zu sich selbst als zu seinem Bruder. »Und die Sachsen verlassen Haus und Hof und rennen vor dem Iwan davon. Na, bravo!«

Die Brüder schwiegen lange.

»Hoffentlich werden sie von der Front nicht eingeholt«, sagte Erwin schließlich leise und dachte dabei an Elvira, aber auch an die Trecks.

»Der Zug hat doch Geleitschutz, und die Deutschen sind die besten Soldaten der Welt …« versuchte ihn Ossi zu beruhigen. Er wurde lebhaft. Das Kriegsgetümmel hatte er immer gemocht. Er konnte den Pulvergeruch der herannahenden Front förmlich spüren. Die Aufbruchsstimmung erfüllte ihn mit einer seltsam prickelnden Spannung, die ihn an die Kriegserlebnisse seiner Jugend erinnerte. Sie waren lange her. Angst, Blut und Entsetzen waren vergessen. »Tod und Verderben«, hatte er aus dem Feld an seinen Vater geschrieben. Vergessen. Auch er hatte gegen die Russen gekämpft, und er würde es wieder tun. Er war ein junger Mann gewesen und hatte das Leben vor sich gehabt.

»Du wirst sehen, die Wunderwaffe kommt!« sagte er laut. »Und unser Raketen-Oberth hat zu allem den Grundstein gelegt. Natürlich ein Sachs …«

Erwin ging nicht auf die Worte seines Bruders ein. Sollte er reden.

»Entschuldige, Ossi, ich hab ganz vergessen, dir für deine Hilfe zu danken. Auf dich ist Verlaß!« sagte er. »Aber sag, wie geht es Malvin und deinen Kindern? Sie sind doch in Sicherheit, oder?«

»Wo denkst du hin. Glaubst du, ein alter k.u.k. Offizier läßt seine Kinder und seine Frau im Stich? Malvin ist bei Hella und Hannes in Deutschland. Sie sind nach Waldsieversdorf bei Frankfurt an der Oder evakuiert wegen der verdammten Bombenangriffe auf Berlin. *Borczasto!*« Er gebrauchte wieder den ungarischen Begriff für schrecklich, den ihm Elviras Kinder inzwischen als Spitznamen verliehen hatten.

Borczasto war immer lustig, und er brachte aus Tschippendorf immer Kirschen, Aprikosen und viel, viel Kukuruz mit, wenn er Otata besuchen kam.

»Du weißt doch, daß Hellas Mann in Berlin im diplomatischen Dienst beim rumänischen Fremdenverkehrsamt tätig war. Hätt ich ihm gar nicht zugetraut. Aber er hat halt doch mit den Walachen gemeinsame Sache gemacht. Das hat er jetzt davon. Seit dem Umsturz hängt er dort völlig in der Luft. Er hätte sich lieber zur Waffen-SS melden und für sein Volk kämpfen sollen wie ein Mann!«

»Besser in der Luft hängen als tot. Wer weiß, ob Elviras Mann überhaupt noch lebt. Und dann … hängen wir hier vielleicht nicht in der Luft?«

»Du wirst schon sehen, ihr kommt alle wieder zurück in die Heimat. Ich wart hier auf euch! Weißt du übrigens, daß sie Marschall Antonescu eingesperrt haben?«

»Du wolltest doch von deiner Familie erzählen«, unterbrach ihn Erwin.

»Malvin hat geschrieben, daß sie zwei Zimmer haben und daß sie jetzt im Zimmer von Hannes ehemaligem Chef wohnt. Er hat sich mit seiner Frau internieren lassen, natürlich war er die ganze Zeit gegen Antonescu. Daß ich nicht lache. Sie sind ziemlich knapp dran und haben sogar einen der zurückgebliebenen Koffer aufgemacht. Hannes trägt jetzt rumänische Hemden. Aber Malvin verschweigt es ihm, sie sagt, sie sind von Karli aus Stuttgart. Er würde sie sonst niemals anrühren. Die Greysings waren ja immer schon etwas hochnäsig …«

»Und Karli ist immer noch am Stuttgarter Schauspielhaus? Er könnte ja mal schreiben. Man hört gar nichts von ihm … Aber jetzt ist es ja auch zu spät.«

»Auf die Deutsche Post verläßt du dich also immer noch?«

»Ich muß sagen, es ist ein Wunder, daß sie in diesem Chaos tatsächlich noch funktioniert. Es geht ihm also gut? Er ist sehr erfolgreich in seinem Beruf, habe ich gehört. Ich gönne es ihm von Herzen. Er hatte es schwer genug unter deiner Fuchtel, der Arme …«

»Ich wollte lediglich einen Mann aus ihm machen. Ich hab es gut mit ihm gemeint. Wenn ich ihn nicht so hart angefaßt hätte, wäre er noch hysterischer geworden … Und vergiß nicht, daß ich ihn persönlich an der Berliner Schauspielschule angemeldet habe!«

»Sag einmal, macht er immer noch diese Sachen … ich mein mit dem Verkleiden und so …«

»Was redest du da? So etwas hat es in unserer Familie noch nie gegeben. Das waren Kindereien. Ich will davon nichts hören!«

Ossi richtete sich kerzengerade auf und zog die Jacke seines Anzugs mit einer energischen Bewegung hinunter. »Hast du noch irgendwelche Fragen, Bruderherz?«

»Ja, allerdings … Ich hätt gern gewußt, ob du nicht einmal zur Malvin fahren willst?«

»Ach, die vermißt mich doch gar nicht: Sie ist andauernd bei Hella und vor allem bei ihrem Herzpinkerl Karli in Deutschland … und mit der Anuschka wäre sie ja auch nicht einverstanden. Weißt du noch, wie eifersüchtig sie früher war?«

Ossi schwieg und schaute lange zum Fenster hinaus. Dort, weit hinter den Hausdächern, lag Tschippendorf. Wahrscheinlich packten sie in diesem Augenblick bereits ihre Habe auf die

Leiterwagen, um in Richtung Westen zu ziehen. Alle die Ohlers und Webers und Pralls, die vor achthundert Jahren die Mongolen überdauert, später den Magyaren getrotzt, die Türken überlebt hatten, sie flohen jetzt in hellen Scharen vor den Russen. Er würde vorerst nicht mehr hinfahren. Es war zu deprimierend. Sein verlassenes Heimatdorf: die Kirche, in der sein Vater gepredigt hatte, der Friedhof daneben, wo seine Eltern und früh verstorbenen Geschwister lagen, der Gedenkstein für die Gefallenen der Gemeinde, die er mit Erwin, sehr zum Leidwesen von Malvin, gestiftet hatte. Ob sie beim Abzug des Trecks die Glocke des Kirchturms läuten würden?

»Sie werden zurückkommen«, sagte er. Sein Gesicht war blaß, die Kiefernmuskeln arbeiteten. »Du wirst sehen, die Wunderwaffe …«

»Ach, Ossi … glaubst du das wirklich? Meinst du nicht, daß schon genug Menschen gestorben sind? Ich hab damals im Ersten Weltkrieg schon viel zuviele Verstümmelte und Sterbende gesehen. Damals hieß es noch für Gott, Kaiser und Vaterland, und heut ist es halt nur noch der Führer und das Vaterland. Ach Ossi … Wenn wir nur unsere Kinder gesund wiedersehen. Es heißt, die Alliierten bombardieren Deutschland in Grund und Boden! Und dorthin fliehen sie nun alle …«

Ossi stand immer noch am Fenster und beobachtete, wie die steigende Septembersonne das Sträßchen in weiches Licht tauchte. Ein welkes Blatt schaukelte gemächlich zur Erde und blieb auf dem Kopfsteinpflaster liegen.

Der SS-Mann trug schweigend die schweren Koffer zum Bahnhofseingang, tippte mit der Hand an die Mütze, schlug die Hacken zusammen und verschwand. Elvira Held war mit ihren übermüdeten Kindern allein. Menschen, mit Taschen und Koffern beladen, drängten sich an ihr vorbei, eine alte Frau zerrte einen großen, schwarz-grau gefleckten Hund an der Leine hinter sich her. Sie weinte. Irgendwo schrie ein Säugling.

Ihre Älteste zupfte sie zaghaft am Mantel: »Schau, Mama, der Hund. Fährt der auch von zu Hause fort?« Elvira versuchte die beiden Kleinen auf einen der Koffer zu setzen. Sie antwortete nicht. Ilse schniefte. Soldaten trugen auf Bahren verwundete Kameraden mit schmutzigen Verbänden an ihnen vorbei.

»Der Sanitätszug, das ist unser Sanitätszug«, sagte Elvira, »mit dem fahren wir nach Deutschland zum Tata.« Einer der Männer auf den Bahren war tot. Sie hatten ihm ein Mulltuch über den Kopf gezogen. Ilse schaute mit großen Augen.

Plötzlich fing es an zu dröhnen. Elvira erschrak. Das Dröhnen wurde lauter, erfüllte mit rhythmischem Klang den Vorraum der Bahnhofshalle.

»Die Kirchenglocken, Kinder«, rief sie, »sie läuten die Kirchenglocken.« Alles bebte. Sie wußte, daß es die uralten Glocken der gotischen Stadtpfarrkirche waren, die ihre Vorfahren hier erbaut hatten.

Da entdeckte sie den Treck. Endlos wälzte sich der Zug mit hochbeladenen Wagen durch die Straße, Truhen und Kartoffelsäcke, obenauf Alte und kleine Kinder. Auf einem Wagen erkannte sie die alten Zunftfahnen aus der Bistritzer Kirche. Gustav-Adolf-Verein und Landwirtschaftsverein las sie anderswo. Neben den Wagen viele Frauen, einige städtisch gekleidet, viele in sächsischer Bauerntracht. Einige ältere Männer. Einer bewegte leise murmelnd die Lippen.

Die Kirchenglocken dröhnten.

»*De Russen warden as ambronjen! Mer messen äwech!* … Die Russen werden uns alle umbringen. Wir müssen weg!« sagte eine Frau neben ihr. »Sie werden alle Deutschen niedermetzeln oder ins Arbeitslager nach Sibirien stecken.«

Ilse fing an zu weinen.

»*Fahre se uch mät dem Sanitätszoch?* … Fahren Sie auch mit dem Sanitätszug?« fragte Elvira. Die Frau nickte. Sie drückte eine große, zum Bersten gefüllte Aktentasche an die Brust.

»Sie haben sich in der Ungargasse gesammelt, die Trecks aus Pintak und Jaad, aus Windau und Kleinbistritz. Jetzt ziehen sie durch die Stadt, Richtung Desch und Klausenburg. Es sind auch die Tschippendörfer dabei«, sagte die Frau.

»Auch die«, dachte Elvira müde. »Auch noch die.«

»*De Wasserliedung äs zerstiert … Mia hatten sät Dajen nichen Strom uch Licht … änd de Budaker bräck äs uch kaput …* Die Wasserleitung ist zerstört, und wir hatten seit Tagen keinen Strom und kein Licht. Und die Budaker Brücke ist auch kaputt«, sagte die Frau. Sie hatte eine schrille Stimme.

»Noch was?« fragte Elvira spitz. Diese Frau kam ihr vor wie eine Vorbotin des Untergangs. Sie wollte nichts mehr hören.

Sie sah einen alten sächsischen Bauern, der mit schweren Schritten und versteinertem Blick neben seinem Ochsenkarren herging. Er schaukelte einen kleinen Buben auf den Armen. Das Kind lachte. Die Kirchenglocken dröhnten.

»In den Straßen der Altstadt liegt lauter Kuhmist. Es waren schon vereinzelt plündernde Russen da, die haben das Vieh durch die Straßen getrieben. Sie sind wohl nicht von hier?« flüsterte die Frau nahe an Elviras Ohr. »Man hat Gerüchte gehört, daß sich der zweite Bürgermeister mit seiner Frau umgebracht hat. Er wollte die Heimat nicht verlassen.«

Das Dröhnen der Kirchenglocken ebbte allmählich ab. Dann war es still über den Straßen der Stadt. Ganz still.

Niemand fühlte sich mehr zuständig für den krepierten Ochsen, der aufgedunsen, stinkend und mit Fliegen bedeckt vor der Tür des Hotels Kovácz lag.

Kronstadt 1945

Sie kommen! Unten auf der Straße knirschten Stiefelsohlen im harten Schnee. Dann ein Hämmern, Fäuste an der Haustür … Gedämpfte Kommandos … Russisch … Plötzlich Stille.

»Sie kommen also doch!« Ida Greysing war sofort hellwach. Gewohnheitsmäßig schaute sie auf das Leuchtzifferblatt ihres Weckers, der auf dem Nachttischchen stand. Ein Uhr. Die Gerüchte waren also doch richtig gewesen. Sie holten tatsächlich die jungen, arbeitsfähigen Sachsen mitten in der Nacht zur Zwangsarbeit nach Rußland ab. Die neue rumänische Regierung hatte also den Russen nachgegeben und lieferte ihnen ihre Deutschen aus. Wer das überlebte … Wieder gedämpftes Hämmern. Stille. Schließlich ein Geräusch, als wenn ein Gewehrkolben gegen eine Holztür schlug. Mein Gott … es gab kein Entrinnen. Ida merkte, daß sie leichenblaß wurde. Johannes!

Sie schlüpfte aus dem Bett und ging auf nackten Sohlen über das kalte Parkett. Sie fröstelte. Der Raum war bereits stark ausgekühlt. »Ich hätte mehr Kohle auflegen sollen am Abend«, dachte Ida. »Ich hab doch gewußt, daß es mindestens fünfundzwanzig Grad unter Null werden wird, wie oft im Januar.«

Unter der Tür zum Atelier war ein feiner Lichtstreifen zu sehen. Er war wach. Daß er niemals schlief … Er war doch schon zweiundsechzig. Sie schob leise die Tür auf.

»Johannes?«

»Still, hörst du nichts?« Johannes saß in seinem alten, weinroten Hausrock aus Samt an der Staffelei. Ida lächelte. Er hatte sich nie davon trennen können, obwohl er solche Marotten bei dritten nicht goutierte.

Unten auf der Straße entstand Bewegung. Stimmen. Ein Kind weinte. Das Geräusch von Rädern … ein Leiterwagen.

»Mama …« schrie ein Kind. »Mama … bleib da!«

Dann war es still.

»Jetzt weiß ich, weshalb sie in den letzten Wochen diese Erhebungen gemacht haben. Weißt du noch? Für die Statistik, haben sie gesagt. Sie wollten wissen, wo arbeitsfähige Jahrgänge leben. Jetzt holen sie sie ab. Ich hab mir so etwas schon seit dem Umsturz letzten August gedacht. Hitleristen haben sie sie genannt, nicht ganz zu Unrecht, muß ich allerdings anmerken.« Johannes Gesicht wirkte im Schein der alten Lampe fahl. Das Atelier war kühl, obwohl der Ofen knackte. Kalter Zigarettenrauch lag wie ein feiner Schleier über allem.

»Wir sind ja wohl zu alt«, konstatierte Johannes, und ein sarkastisches Lächeln spielte um seinen Mund. »Das wäre ja immerhin einmal ein Vorteil.«

Ida ging zu ihrem Mann und nahm ihm vorsichtig seine Zigarettenspitze mit einer kaltgewordenen Zigarette ab, die er, ganz in Gedanken versunken, in der Hand hielt.

»Das haben sie von der Gestapo gelernt … daß sie sie nachts aus den Betten holen. In meiner Loge hat man davon gehört, daß sie die Juden in Konzentrationslager transportiert haben. Wer Wind sät, wird Sturm ernten«, sagte er leise.

»Willst du dich nicht ein wenig hinlegen?« fragte Ida fürsorglich, ging zum Ofen und schüttete vorsichtig Kohlen nach. Sie hatte schon lange keine Dienstboten mehr.

»Du solltest eigentlich langsam wissen, daß ich nachts gern arbeite«, antwortete Johannes kurz. »Ich muß daran denken, wie wir damals im Ersten Weltkrieg gegen die Russen gekämpft haben, und jetzt ist Rumänien plötzlich mit ihnen verbündet. Lächerlich. Keine zwanzig Jahre war Ruhe seit Versailles, und jetzt hat menschliche Dummheit den Untergang Europas endgültig besiegelt. Würdest du mir bitte mein Spitzel reichen, ich möchte mir eine anzünden …«

»Johannes, red nicht so. Du erschreckst mich. Der Krieg ist doch für uns hier unten praktisch zu Ende. Es wird alles gut werden. Wie froh ich bin, daß Hannes und Hella nicht hier sind, stell dir vor! Und in Deutschland kann es ja auch nicht mehr lange dauern.«

Ida hatte sich auf die Couch gesetzt. Sie spürte das steife Gewebe des alten Kelims an ihren nackten Waden, den Johannes immer darübergebreitet hatte. Sie schwieg lange.

»Johannes«, sagte sie plötzlich, »ich hab Angst, daß sie die Kinder meiner Schwester holen …«

Johannes antwortete nicht.

»Wie gut«, dachte er, »daß ich gleich das gräßliche, lebensgroße Bildnis von Hitler und Göring, das sich der Schautzer von mir für seinen Salon bestellt hat, übermalt habe. Wer weiß, vielleicht würden mich die Russen sonst auch für einen Hitleristen halten.« Was hatte man nicht schon alles hingepinselt, nur um zu leben. Und da hielt man sich über Straßenmädchen auf. Die verkauften wenigstens nur ihren Körper und nicht, so wie man selbst, seine Kunst und seinen Geist, was viel schwerer wog.

»Wie lang haben wir eigentlich Hannes nicht mehr gesehen?« fragte er plötzlich. Im Ofen knisterte es. Es schien, als ob er neue Kraft gewonnen hatte und Behaglichkeit um sich verbreitete.

Johannes sprach instinktiv leiser. Draußen auf der Straße hörte man Stimmen. Leiterwagen. Plötzlich ein scharfes: *»Dawai«.*

»Drei Jahre«, sagte Ida. »Aber jetzt bin ich froh darüber. Wenn er nicht nach Berlin gegangen wäre, würden sie ihn heute nacht holen, oder er wäre längst bei der Waffen-SS gelandet, wie die anderen Sachsen …« Sie zog die kalten Beine unter sich. Es wurde langsam wärmer im Atelier. Die Fenster gingen zur Straße. Man spürte die Spannung, hörte die Geräusche der Angst, die beklemmende Stille danach.

»Tja, Ida, so weit ist es nun mit uns gekommen. Jetzt hocken wir hier, zittern vor den Russen und können froh sein, daß sie uns zwei Alte für ihre Bergwerke nicht mehr gebrauchen können …« sagte Johannes voller Bitterkeit.

Ida erschrak. Sie bekam Angst, wenn er so sprach. So ohne Hoffnung. »Denk an die schöne Ausstellung zu deinem Sechzigsten. Wie dich alle gefeiert haben. Du wirst sehen, die Russen sind auch Menschen. Tolstoi und Dostojewskij waren Russen … Die Russen, Kommunisten oder nicht, lieben die Kunst. Sie werden dich achten und ehren, so wie es dir zusteht.«

»Hoffentlich ist unser Sohn vorsichtig. Er hat ja geschrieben, daß in Deutschland kein Stein mehr auf dem anderen liegt. Du kannst ihn ja nun nicht mehr in Watte packen …« In den Augen von Johannes glitzerte Belustigung. Ida sah es und freute sich. Die Bitterkeit war für einen Augenblick aus seinem Gesicht gewichen.

»Er will, wenn alles vorbei ist, wieder nach Hause kommen. Beruflich hat er seit dem Umsturz in Rumänien in Berlin keinerlei Perspektiven mehr.« Ida gähnte. Sie fühlte sich unendlich müde und gleichzeitig angespannt, » …und wenn es nun gar nicht so schlimm wird mit den Deportationen nach Rußland?« fragte sie in der Hoffnung, daß ihr Johannes Recht geben würde.

Johannes dachte nach. »Die Rumänen waren nie Fanatiker. Sie haben ja selber Angst vor den Russen. Womöglich deportieren sie nur einige wenige, um ihr Soll zu erfüllen. Sie haben doch immer unsere Art respektiert. Sie werden nicht das gesamte Volk vertreiben, das glaube ich nicht. Sie waren immer tolerant und werden die kurze Zeit der Nazi-Verirrung vieler Sachsen nicht so tragisch nehmen. Vielleicht wird alles gar nicht so schlimm«, sagte er schließlich. Er war klug genug zu merken, daß er sich damit selbst zu beruhigen versuchte.

»Es wird nichts so heiß gegessen, wie gekocht, würde Hannes jetzt sagen«, warf Ida leise ein. »Ach, Johannes ... und wenn sie jetzt doch Dorle und Werner holen ... Wenn nur Hannes nichts zustößt ...«

Ida konnte sich der eigenen Verzagtheit nicht erwehren. Sie suchte ängstlich in Johannes' Gesicht Halt. Aber war es nicht immer sie gewesen, die ihm Halt gegeben hatte, ohne daß er es jemals spüren durfte? Die Belustigung in Johannes' Augen verstärkte sich. Ida merkte, wie ihre Ängstlichkeit nachließ.

»Mach dir um Hannes keine Sorgen. Dein Söhnchen ist einer, der nicht so schnell untergeht. Ich wett, er würde sogar in einem Arbeitslager den Russen bald Tennisstunden geben und mit ihnen Wodka picheln ...«

Johannes war aufgestanden und ging mit langen Schritten durch die Wohnung. Sie war voller Erinnerungen. Fragmente seines Lebens. Ererbtes und Bilder. Bilder vor allem. Diese Wohnung war alles, was übriggeblieben war vom feudalen Lebensstil der Greysings. Johannes wunderte sich, wie hartnäckig der Mensch dennoch an den Bruchstücken einstigen Wohlstands festhielt. Aber war es nicht anderen Schaffenden viel übler ergangen?

»Johannes«, sagte Ida tonlos, »ich sehe Licht drüben bei Dorle.«

Durch das dunkle, stille Haus dröhnte das Hämmern von Fäusten an die Tür. Dann war es ruhig.

Dorle Heidmann war nicht überrascht. Jetzt war es also soweit. Lange Zeit hatte sie, der Kälte wegen in eine Decke gehüllt, am Fenster gestanden, hatte dieses Hämmern gehört, erst weit weg, dann immer näher, und hatte beobachtet, wie kurz darauf in den Wohnungen das Licht anging.

Nach einer Weile waren Gestalten aus den Häusern gekommen, beladen mit ihren Habseligkeiten. Manche zogen einen Leiterwagen hinter sich her. Trotz der Dunkelheit hatte sie immer vier Soldaten erkennen können, mit Gewehren über der Schulter. Wahrscheinlich waren einer oder zwei davon Russen. Dorle fühlte nichts. Sie suchte vergeblich in sich eine Spur jener Angst, die sie eigentlich schütteln müßte. In ihr regte sich höchstens Erstaunen über die große Müdigkeit und Trauer, die auf ihr lastete.

Sie waren also doch gekommen. Dorle hatte sie im stillen erwartet. Jetzt wußte sie, daß sie es die ganze Zeit geahnt hatte. Sie hatte von ihrem Fenster aus beobachtet, wie lange schon das Licht im Atelier von Johannes-Onkel brannte. Es brannte, wie fast jede Nacht. Er malte. Er und Ida-Tant hatten nichts zu befürchten. Wenn sie es sich genau überlegte, hatte sie die letzten Tage schon während der Arbeit im Kindergarten darauf gewartet, daß etwas geschehen würde. Aber daß sie mitten in der Nacht kommen würden … Ihre Eltern hatten gedacht, daß sie als Kindergärtnerin nicht in Gefahr sei. Aber im Grunde hatten sie nicht daran geglaubt. Wenn sie jetzt als Ernährerin für ihre Eltern ausfiel?

Ihr Blick wanderte erneut zu Ida-Tants erleuchteten Fenstern. Dorle konnte sich noch gut erinnern, wie sie die Hochschwangere damals im Fiaker abgeholt hatten in Kisjenö. Dabei war sie doch erst vier oder fünf gewesen. Plötzlich sah sie wieder die sonnenüberfluteten Erdbeerfelder, schattige Nußbäume und Ribiselsträucher, unter denen man so schön herumkriechen und naschen konnte, vor sich. Ida-Tant hatte manchmal zugeschaut mit ihren dunklen, traurigen Augen. Denn Johannes war im Feld und später redete man von einer ungarischen Gräfin …

Und dann hatte es plötzlich keine Donaumonarchie mehr gegeben. Die ganze Familie mußte beim alten Pfarrer von Weidenbach, Mutters Vater, mit fünf Kindern unterkriechen. Bis schließlich Dorle mit ihrem Gehalt vom Blumenauer Kindergarten für die Eltern aufkommen konnte.

Unten an der Haustür war immer noch alles still. »Ob sie sich geirrt haben vorhin?« dachte Dorle. Sie spürte immer noch keine Angst. »Vielleicht bin ich so wenig daran gewöhnt, daß mein Leben einfach verläuft, daß ich es verlernt hab, mich zu fürchten.«

Sie war nie eine Schönheit gewesen, nicht einmal sonderlich hübsch, und das Leben hatte sie nicht von Prüfungen verschont. Klaglos hatte sie immer alles auf sich genommen.

»Es fehlt mir einfach die Gabe, mich rechtzeitig zu drücken«, sagte sie sich beinahe amüsiert. Josef fiel ihr ein, wie so oft. Er war einer der Meisterschüler von Johannes-Onkel gewesen, und sie hatte ihn von Anfang an geliebt. Auch Josef hatte bei ihr Halt gesucht und Trost nach seiner Scheidung. Er verlobte sich mit ihr. Vielleicht liebte er sie sogar für eine Weile. Eines Tages war er zurückgegangen zu seiner Frau. Ihr war nur ein Bild geblieben, das er von ihr gemalt hatte.

Sie war fast fünfunddreißig, und ihre Wünsche ans Leben waren selten in Erfüllung gegangen.

Neugier packte sie. Ob sie sie wirklich holen würden in dieser Nacht?

Fäuste hämmerten gegen die Haustür. Sie waren zurück. Sie hörte die Schritte ihres Vaters, dann schwere Stiefel auf der Holzstiege.

Ihre Müdigkeit war auf der Stelle verflogen. Sie fühlte, wie Todesangst sie trieb. Zitternd hastete sie barfuß über den engen Flur der Etagenwohnung. Leise öffnete sie die Tür zum Zimmer des rumänischen Untermieters. Vasile schlief.

»*Vasile, ajutaţi-ma vă rog ajutaţi!* Helfen Sie mir, Vasile, bitte, helfen Sie mir!« stieß sie hervor und rüttelte ihn an den Schultern. Sie spürte seine harten Muskeln.

»… *Ruşii vin să mă ia, pentru a lucra in minele lor de cărbune!* Bitte, die Russen holen mich. Helfen Sie doch…« flehte sie. »Sie kommen mich holen.«

Vasile öffnete die Augen. »*Cine, ruşii? … sa-l ia dracu!* Wer? Die Russen… der Teufel soll sie holen!«

Die Tür flog auf. Vier Männer in Uniform. Gewehre. Zwei Rumänen, zwei Russen. Ihre Mutter versuchte, den Soldaten den Weg zu verstellen. Sie kamen immer näher zum Bett, vor dem Dorle zusammengesunken kauerte.

»*Veniti cu noi!* Kommen Sie mit!« sagte der eine Rumäne. Er schien sich zu schämen. Er kam Dorle bekannt vor.

Vasile richtete sich im Bett auf, fuhr sich mit der Hand durch die Haare, legte mit einer besitzergreifenden Bewegung den Arm um Dories Schultern und sagte scharf: »*Domnilor, aceasta doamna este logodnica mea! Părăsiţi va rog dormitorul ostrum, dimineaţa vom merge la politie!* – Diese Dame ist meine Verlobte. Bitte verlassen Sie unser Schlafzimmer.« Und zu Dorle gewandt: »Morgen früh gehen wir zur Polizei!«

Die Soldaten waren bestürzt. Angehörige der rumänischen Bevölkerung waren nicht zur Deportation in russische Arbeitslager vorgesehen.

Die beiden Russen schauten sich stumm an. Dann legte der eine, ein kleiner, kurzbeiniger Mann mit schmalen Kirgisenaugen, die Hand an die Mütze und verließ, gefolgt von den anderen, eilig den dämmrigen Raum.

Dorle hörte ihre Stiefel die Treppe hinunterpoltern. Aufschluchzend lehnte sie ihren Kopf für einen Moment an Vasiles Schulter. Er wagte nicht, diese seltsame, tapfere Deutsche zu berühren.

Alwina Reuter lag wach im Bett. Es mußte gegen sechs Uhr morgens sein, draußen war es noch dunkel. Sie hatte schlecht geschlafen in dieser Nacht und auch in den vergangenen eiskalten Nächten. Gerüchte waren ihr durch den Kopf gegangen, wonach auch die Deutschen aus Hermannstadt in sibirische Kohlebergwerke deportiert werden sollten. Alwina war kein schreckhafter Mensch. Es hatte schon so viele Gerüchte gegeben im Laufe dieses Krieges. Auch, daß Hitler die Juden Europas in Konzentrationslagern umbringen ließ ... Wahrscheinlich war das ebenso Greuelpropaganda wie jetzt die Deportationen. Man mußte klaren Kopf bewahren.

Aber seit langem schon hatte sie das Hitler-Bild, das ihn mit einem blonden kleinen Mädchen mit Zopffrisur zeigte, von ihrem Nachtkästchen entfernt. Wo war nur ihr blinder Glaube, ihre Begeisterung geblieben, die sie mit vielen Hermannstädtern vom »Bund deutscher Akademiker« teilte, eine Begeisterung, die vor allem Deutschland, der »Urheimat«, galt?

»*Săracii – nemti aleargă după un nebun!* Die armen Deutschen, sie rennen einem Verrückten nach!« hatte ihr Onkel Johanit, der aus Griechenland stammte, schon von Anfang an gesagt. Sie war jedesmal empört vom Tisch aufgestanden.

Alwina drehte sich schwerfällig auf die andere Seite. Ihr Beinstumpf juckte. Genaugenommen juckte der Fuß, obwohl da gar kein Fuß mehr war … Sie war eine große, dunkelhaarige junge Frau mit gescheiten, dunklen Augen und einer warmen, mächtigen Stimme, mit der sie ihre Schüler ohne weiteres zu disziplinieren vermochte. Sie liebten Alwina, trotz oder gerade wegen ihrer Behinderung, über die sie sich selbst am liebsten lustig machte.

Alwina verschränkte die Hände hinter dem Kopf. Vieles war geschehen in letzter Zeit. Der Große Ring in Hermannstadt hieß seit einiger Zeit *Piata Republicii* – Platz der Republik. Der Volksrat hatte jetzt in der Stadt das Sagen. Aber Hermannstadt würde auch das überstehen.

Alwinas Gedanken wanderten zurück in ihre Schulzeit. Ihre privaten Englischstunden fielen ihr ein, bei einer alten Dame, die auf jener Seite der Heltauer Straße lebte, wo mittags die Rumänen flanierten. Die gegenüberliegende Seite benutzten, einem ungeschriebenen, jedoch streng eingehaltenen Gesetz zufolge, ausschließlich die Sachsen der Stadt. Wie hatte sie sich jedesmal geschämt, wenn sie auf der rumänischen Seite gesehen wurde.

Es kam ihr vor, als wäre es gestern gewesen … Wie ihre Schulfreundin Hella Held, die die ganze Klasse immer zu den verrücktesten Streichen anstiftete, auf dem Flur vor dem Klassenzimmer Christiania-Schwünge vorführte, die sie am Nachmittag zuvor mit den Buben auf der »Hohen Rinne« geübt hatte. Sie war dann weggezogen nach Kronstadt, aber man hatte immer Kontakt gehalten.

Ein Unfall hatte Alwinas Leben verändert. Ein dummer Zufall, der einen Lieferwagen in einer Kurve ins Schleudern kommen ließ, sie gegen eine Mauer drückte und ihr Bein zertrümmerte. Sie war dreiundzwanzig, als sie ihren Verlobten wegschickte, alle seine Briefe verbrannte. Zu stolz und zu klug, um sein Mitleid anzunehmen.

Er war nach Japan gegangen, und sie war Gymnasiallehrerin an ihrer alten Schule geworden. Zwei Jahre später war er gefallen, und sie hatte weitergelebt, mit ihrem Vater. Zwei Zimmer in ihrem früheren Haus.

Petrica hieß der junge Zigeuner, den sie als Untermieter zugewiesen bekamen. Er war groß und schwarzgelockt und bärenstark. Alwina lächelte. Sie würde nie vergessen, wie er, vor ein paar Wochen erst, stolz vor ihr gestanden hatte und aus seinem buntgewebten Sack, der *traişţa,* Mehl, Öl, Butter, Zucker und Eier für sie und Vater hervorgeholt und gelacht hatte. »Ich hab eine Mühle zugeteilt bekommen«, hatte er gesagt. An seinem Handgelenk waren drei Uhren gewesen.

Er hatte ihrem Vater auch geholfen, Erbstücke und Wertgegenstände zu vergraben, als die Russen nahten. Er hatte alle drei Koffer geschleppt. Sie konnte ihnen ja nicht helfen.

Alwina veränderte erneut ihre Lage im Bett. Der Beinstumpf juckte. »Mich werden sie ja wohl nicht holen«, dachte sie. Sie hatte das Bedürfnis, sich am Fuß zu kratzen. Sie hatte sich an das Gefühl gewöhnt.

Phantomschmerz nannte man das Phänomen. Viele junge Männer mußten sich nun auch daran gewöhnen, so wie sie. Lauter Krüppel, die einmal an Adolf Hitler geglaubt hatten.

»So gesehen«, dachte Alwina, »hat das ganze sinnlose Schlachten auch sein Gutes.« Sie lächelte bitter. »Ich falle unter all den Krüppeln gar nicht mehr auf.«

Alwina stockte der Atem. Sie spürte, wie sie zu zittern begann. An die Haustür hämmerte eine Faust, sie hörte ihren Vater hastig die Treppe hinuntersteigen, dann schwere Schritte, Poltern im Flur…

»Sie werden mich doch nicht holen? Mich, einen Krüppel?«

Es schien ihr, als bebte die Erde unter ihr, als bebte ihr Bett, so stark zitterte sie.

»*Nu, fiica mea nu poate lucra… ea este invalidă!* Nein, meine Tochter ist nicht arbeitsfähig… Sie ist Invalide«, hörte sie die ängstliche Stimme ihres Vaters. »*Lasați-o in Pace… nu, eu nu va las in camera ei!* Lassen Sie sie doch in Ruhe… Nein, ich laß Sie nicht zu ihr ins Zimmer.«

Alwina hörte, wie jemand ihren Vater grob zur Seite schob, dann ging die Tür auf, jemand machte Licht.

Geblendet lag sie in ihrem Bett. Hilflos. Zitternd. Sie erkannte die Schatten von drei Männern, zwei russischen Soldaten und einem rumänischen Polizisten. Die Soldaten standen mit aufgepflanzten Bajonetten vor dem Bett. Keiner bemerkte die Beinprothese, die abgeschnallt auf einem Stuhl hinter dem Bett lag.

Der eine Russe machte eine knappe Handbewegung. Sie war unmißverständlich.

Der Rumäne gehorchte zögernd. Er schlug die Decke zurück. Stumm schauten die Männer auf die junge, zitternde Frau mit dem Beinstumpf, der unter ihrem kurzen Nachthemd hervorragte.

Dann gingen sie wortlos aus dem Zimmer. Die Tür fiel hinter ihnen ins Schloß.

Alwinas Vater strich ihr, so wie er es manchmal getan hatte, als sie noch ein Kind war, eine dunkle Strähne aus der Stirn. Seine Hände waren eiskalt.

Es wurde langsam hell.

Hinter dem Haus, in der Kaserne, hörte man die Soldaten skandieren: »Stalin, Stalin, Stalin, Stalin.« – »Jetzt werden sie wieder mit Marx gefüttert«, sagte Alwinas Vater.

In der Schulz-Fabrik in Kronstadt war alles dunkel. Die Männer, die sich seit Tagen in einem winzigen Farblager unter dem Dach versteckt hielten, schliefen. Sie schliefen in Mänteln und in Decken gepackt, um die Kälte in dem ungeheizten Raum zu überstehen. Dr. Klein, leitender Angestellter in der Fabrik, hatte einen Wink vom rumänischen Polizeipräfekt, einem Bekannten, der die erste Säuberungswelle der Kommunisten ungeschoren überstanden hatte, bekommen: In den kommenden Nächten sollten Aushebungen unter den »Hitleristen« stattfinden.

»Schlafen Sie besser nicht zu Hause«, hatte er nur gesagt.

In den letzten Tagen hatte es Gerüchte gegeben, wonach die Deportation der Deutschen Rumäniens abgeblasen sei, weil die USA dergleichen als Verstoß gegen die Menschenrechte angeprangert hatten.

»Absichtliche Falschmeldung«, hatte der Präfekt nur gesagt.

Im Labor direkt unter dem Farblager, wo sich die Männer im Schutz der Dunkelheit wenigstens notdürftig waschen konnten, schrillte das Telefon. Walter Klein war sofort wach, öffnete vorsichtig die Luke und stieg eilig die Leiter hinab. Das vereinbarte Zeichen. Zweimal läuten, Pause, wieder zweimal läuten. Er hob wortlos ab und hörte die zitternde Stimme des rumänischen Nachtportiers:

»*Fabrica este incercuită de rusi si securitate!* Die Fabrik ist umstellt von Russen und Sicherheitspolizei!«

Rasch kletterte Klein die Stufen hinauf, zog die Leiter nach oben und schloß die Bodenluke hinter sich. »Sie wollen am Morgen alle hundertfünfzig deutschen Weber holen und natürlich die Geschäftsleitung«, sagte er zu Doktor Eugen Reger, Miteigentümer der alteingesessenen Kronstädter Tuchfabrik, der sich mit ihm zusammen versteckt hielt.

Eugen Reger schwieg.

»Er sagt, die Fabrik ist umstellt.« Die Nacht war eisig. Walter Klein merkte jetzt erst, wie kalt seine Füße waren. Sie schmerzten. »Ich werd mich freiwillig bei den Russen melden«, versuchte er zu witzeln. »Man hat mir erzählt, die Waggons zu den Bergwerken sollen geheizt sein …« Walter Klein ließ niemals den Mut sinken. Er war Ende Dreißig, groß und drahtig, ein begeisterter Sportler. Frau und Kinder hatte er bei der Schwiegermutter versteckt, die aus Altersgründen nicht auf den Listen stand, die die Russen zusammen mit rumänischen Securitate-Leuten angefertigt hatten. Seine Familie war also einigermaßen in Sicherheit.

»Still!«

Draußen hörte man Schritte auf dem festgetrampelten Schnee. Der Strahl einer Taschenlampe tanzte für eine Sekunde über das winzige Dachfenster, das tagsüber ein wenig Licht spendete. In dem engen, mit Farbdosen und Tiegeln angefüllten Raum stank es. Die Männer verrichteten ihre Notdurft auf Zeitungen, die sie dann zur Dachluke hinauswarfen. Hoffentlich hatte das keiner bemerkt.

Die Schritte entfernten sich wieder.

»Jetzt, wo wir wach sind, könnten wir eigentlich ein kleines Dinner veranstalten«, flüsterte Klein und wickelte aus Zeitungspapier ein Stück Salami und drei Scheiben vertrocknetes Brot aus. »Ich glaub nicht, daß sich Trenkner heute nacht hertraut zu uns.«

Trenkner war der technische Direktor der Fabrik, jenseits der Fünfundvierzig und daher außer Gefahr. Bei Frauen, vorausgesetzt, sie waren nicht schwanger oder hatten keine Kinder unter einem Jahr, wovor die Russen größten Respekt zeigten, lag das »arbeitsfähige« Alter zwischen siebzehn und dreißig Jahren. Seine Frau, Wally Klein, war knapp über diese Grenze hinaus und vermutlich in Sicherheit.

»A votre santé«, flüsterte Klein und prostete seinem Leidensgenossen mit einer Tasse ohne Henkel, in der noch ein wenig eiskalter Tee war, zu. Er hatte sich sein Betriebswirtschaftsstudium in Belgien mit Französisch- und Englischstunden verdient.»Daß sie uns das antun …« sagte Eugen Reger laut.

»Psst, mein Freund. Sie können doch nicht anders: Die Rumänen zittern doch auch vor den Russen. Was sollen sie machen, wenn die Russen Arbeitskräfte verlangen. Sie sehen uns halt alle als Kollaborateure und Hitleristen an. Aber die Bevölkerung, die hilft doch, wo sie kann …« Walter Klein sprach nun auch etwas lauter. »So begeistert sind die Rumänen auch nicht von den Kommunisten … Haß gegen uns hegen nur die Russen. Aber so ganz unverständlich finde ich das nicht …«

»Du hast recht, Klein«, sagte Eugen Reger. »Man muß auch bedenken, wie Hitler mit der rumänischen Regierung umgesprungen ist. Kannst du dich noch an das Minderheitendekret erinnern, über das wir alle so glücklich waren? Ich kann es fast noch auswendig: ›Der deutschen Volksgruppe gehören alle rumänischen Staatsbürger an, deren deutsche Volkszugehörigkeit auf Grund des Bekenntnisses zum deutschen Volk von der Volksgruppenführung anerkannt wird‹. Volksgruppenrecht nannte sich das wohl. Das haben wir nun davon …«

Die beiden Männer schwiegen und aßen andächtig ihr kärgliches Mahl. »Iß langsam, Eugen, wer weiß, wann sich Trenkner oder Ida-Tant wieder hertrauen«, mahnte Klein.

Ida Greysing hatte von Wally gehört, daß er sich hier versteckte, und war einige Male mit einem Topf Suppe unter dem Mantel im Dunkeln zu ihrem entfernten Neffen geschlichen. Manchmal hatte Ida-Tant in letzter Zeit für Wally und den Textilladen ihrer Schwester Pullover gestrickt, um ihr Haushaltsbudget etwas aufzubessern. Johannes-Onkel durfte davon keinesfalls wissen …

»Weißt du eigentlich, weshalb der alte Schulz andauernd auf Weltreise war?« fragte Klein plötzlich. »Damit ihn der Gevatter Hein nicht in seiner Villa auf der Postwiese anträfe, wenn er ihn holen kommt …«

»Sehr witzig«, murmelte Eugen Reger, mußte aber dennoch schmunzeln. Es wurde langsam hell. Das Dachfenster zeichnete sich als graublaues Viereck vom Dunkel des Raums ab. Billy konnte Eugens Gesicht und das Lächeln darin erkennen. Er war froh, ihn aufgeheitert zu haben.

Unten näherten sich erneut Schritte, russische Laute waren zu hören. Billy hob vorsichtig den Kopf zum Dachfenster und lugte hinaus. Er sah vier Männer in Uniform, zwei Rumänen, zwei Russen mit geschulterten Gewehren. Er sah sie nur von hinten. Ihre Rücken waren gebeugt. Sie waren offensichtlich erschöpft und übernächtigt. Einer rieb sich die Hände. Es mußte sehr kalt sein.

Walter Klein begriff, daß da unten in der eisigen Morgendämmerung Menschen das taten, was ihnen irgend jemand als ihre vaterländische Pflicht hinstellte. Wieder einmal. Daß sie ihre Familien hatten zurücklassen müssen. Wie er. Und daß sie alles lieber getan hätten, als um diese Zeit Deutsche auszuheben. Stumm betete er ein Vaterunser für seine Familie, für Eugen und für sich. Und er vergaß auch nicht, die Männer dort unten im Schnee, die genauso erschöpft waren wie er und vielleicht noch mehr froren, mit einzubeziehen.

»Glaubst du, daß das klappt mit Jantscho?« fragte Eugen Reger zaghaft. Er war dabei, den Rest der Salami und die letzte Scheibe Brot vorsichtig in das Zeitungspapier zu wickeln. Walter konnte sein gequältes Gesicht nun deutlich sehen. Es war fast ganz hell geworden, wahrscheinlich würde draußen bald die Sonne auf dem Schnee glitzern.

»Weshalb sollte es nicht klappen?« sagte Walter obenhin. »Der Jantscho aus der Burggasse hat doch zugesagt, daß er uns morgen Nacht um zehn Uhr mit seinem Taxi holen kommt, weil dann der Mond scheint. Du weißt doch, daß Trenkner das organisiert hat. Er wird uns dann in die Nähe von Bukarest an den Snagow-See bringen, zu einem Armenier, der Großkunde bei uns ist. Du weißt schon, derjenige, welcher unsere Stoffe immer als englische Ware verkauft hat. *Made in Bradford* ließ er immer in die Leiste einweben …

Trenkner sagt, daß er schon falsche Ausweise für uns hat. Wir können dann in Bukarest untertauchen, wie viele andere Sachsen auch.«

»Wenn das nur gutgeht«, sagte Eugen leise und zog fröstelnd die dicke Wolldecke enger um seine Schultern.

»Es wird gutgehen, du wirst sehen. Hab Vertrauen. Ich weiß übrigens schon, wie ich im neuen Paß heiße! Gestatten: Nicolai Niculescu!«

Es war fünf Uhr früh und noch dunkel. Sissi Sartori hörte ein merkwürdiges Rumpeln unten an der Tür ihres türkisfarbenen Hauses mit dem schmiedeeisernen Balkongitter in Broos, das jetzt Orăştie hieß.

Mit erstaunlicher Behendigkeit war sie aus dem Bett und schlich, ohne Licht zu machen, zur Zimmertür ihrer Tochter.

»Sissi, schnell... sie sind da«, zischte sie durch den Türschlitz.

»Joi Mama, was soll ich tun?« kam es leise und angstvoll von innen. Sissi junior war einunddreißig und ihr Leben lang daran gewöhnt, das zu tun, was ihre Mutter mit liebevollem Nachdruck für das Beste hielt.

»Versteck dich, Kind, versteck dich!« flüsterte die Mutter und stieg dann, so flink sie konnte, die Treppe zum Hauseingang hinunter. Gott sei Dank war Mausi in Kronstadt und offiziell mit einem Rumänen verheiratet. Ihr Sohn und ihre Neffen dienten alle in der rumänischen Streitmacht. Wer würde einen Offizier in rumänischer Uniform deportieren, auch wenn er einen deutschen Namen trug?

Sissi Sartori wußte nicht, daß sich ihr Sohn in diesem Augenblick bereits von Brad aus in einem Viehwaggon auf dem Transport ins russische Donezbecken befand und daß ihr Neffe Otto diesem Schicksal nur entgangen war, weil ihn sein rumänischer Fliegeroberst in Kronstadt versteckt hielt.

Das Rumpeln an der Tür wurde dringlicher. Sissi Sartori atmete tief ein und öffnete. Im Dunkeln standen vier uniformierte Männer mit Gewehren vor ihr. Nebenan, im Stoffgeschäft Oprean rührte sich nichts. Sissi Sartori war immer eine mutige Frau gewesen. Aber jetzt spürte sie, wie ihre Knie weich wurden.

Einer der Männer, vermutlich ein Russe, schob sie stumm beiseite und stieg mit den anderen die schmale Treppe hinauf. Im Licht der Lampe sah Sissi, daß ihre unrasierten Wangen von der Kälte gerötet waren. Sie mochten ungefähr so alt sein wie ihr Sohn und ihre Neffen. Aber diese Männer waren ihre Todfeinde. Sie wollten ihr Kind mitnehmen.

Die Soldaten schauten sich um.

»*Ŭnde este fiică voastră? In listă e trecuta, că locuieşte aici!* Wo ist Ihre Tochter? Auf der Liste steht, daß hier noch eine Tochter wohnt«, fragte einer der beiden Rumänen von der Volkspolizei scharf.

»*Fică mea nu este aici, ea este in Bucuresti!* Meine Tochter ist nicht da. Sie ist in Bukarest«, sagte Sissi mit fester Stimme. Sie versuchte dabei empört und respektvoll zugleich auszusehen.

»*Deschideti uşa!* Öffnen Sie diese Tür!« befahl der Rumäne. Er war sehr jung, beinahe noch ein Kind. Er erinnerte Sissi, obwohl sie sich dagegen sträubte, an einen der Bauernbuben, die früher auf dem Gut in Piszky bei der Kukuruzernte geholfen hatten. Sie konnte sich ihn viel besser in Lammfelljacke, weißen Tuchhosen und Opanken vorstellen als in der zu engen, verschlissenen Uniform, in der er offensichtlich jämmerlich fror. Die Angst schärfte Sissis Blick. Sie meinte, Unsicherheit, ja Beschämung in den Augen des Buben zu erkennen. Der Rumäne schaute rasch zu den beiden Russen.

»Öffnen Sie«, herrschte er sie schließlich an.

Einer der Russen gähnte. Er war blaß und hüstelte. Seine Hand, die den Gewehrkolben umklammerte, war rot, die Haut sah spröde und aufgerissen aus. Sissi wehrte sich gegen das mütterliche Mitleid, das in ihr aufstieg.

»Verrecken soll er!« dachte sie. Aber sie konnte den Gedanken nicht verhindern, daß nun dieses arme, kränkliche Kind einer russischen Mutter ihr eigenes Kind verhaften sollte und mitnehmen in ein Kohlebergwerk nach Rußland, von wo es vielleicht keine Rückkehr gab.

»*Poftiti uitati-va, ea nu este aici…* Schauen Sie ruhig, sie ist nicht hier …« sagte sie, ohne daß ihre Stimme zitterte, und warf sich die lila Wollstola, die sie vorhin mitgenommen hatte, um die Schultern. »Lieber Gott«, betete sie im stillen, »mach, daß sie sich versteckt hat ...« Sie öffnete langsam die Tür.

Der andere Russe, ein großer, vierschrötiger Kerl, trat mit dem Stiefel ungeduldig dagegen. Sein Blick zeigte, daß er die Macht genoß, die ihm unversehens zugefallen war. Wer wußte, wo diese Hitleristen ihre Brut versteckten.

Das Zimmer war leer.

Sissi war weg.

Die Mutter bemühte sich, ganz ruhig zu bleiben. »Sehen Sie, ich hab doch gesagt, sie ist in Bukarest«, sagte sie streng auf deutsch, ohne darauf zu achten, daß die Soldaten ihre Sprache nicht verstanden.

Die Soldaten schauten mißmutig um sich.

»*Dawai!*« sagte der blasse Russe und hüstelte. Dann waren die Männer verschwunden.

Hinter der weit offenstehenden Tür des Mädchenzimmers raschelte es. Ein leises Geräusch wie von Stoff, der an einer Wand entlangreibt ... dann ein Poltern ...

Mit einem Schritt war Sissi bei ihrem ohnmächtigen Kind. »Mein Gott, Kind ... Du warst die ganze Zeit hinter der Tür ... und sie haben nicht nachgeschaut«, flüsterte sie. Sissi blinzelte. »Still, Kind, nicht daß sie dich noch hören.«

Sissi brach in leises Wimmern aus. Der Magen der Mutter krampfte sich zusammen.

»Still, Kind. Nimm dich zusammen. Jetzt mußt du stark sein, hörst du. Du rennst jetzt, solange es noch dunkel ist, sofort in die Berge ... Hörst du, so schnell du kannst. Du rennst zur Marija, die wird dir helfen ... oder zum Krischan, dem Waldhüter ... die Rumänen sind gute Menschen. Maria soll dir rumänische Kleider geben ... Hörst du, du mußt in den Wald. Sie werden dich für eine rumänische Bäuerin halten, du bist so ein dunkler

Typ … Dort bleibst du, bis wir dich holen. Vielleicht finden wir inzwischen einen Rumänen, mit dem du eine Scheinehe eingehen kannst, und deine alte, rumänische Lehrerin hat gesagt, daß sie dich notfalls adoptieren will. Sie will nicht einmal Geld dafür. Sie sagt, es ist ihre Christenpflicht. Los, Kind, jetzt lauf und vergiß nicht: Kein deutsches Wort! Hast du mich verstanden, kein einziges Sterbenswörtchen Deutsch …«

Unten im Hof war Bewegung entstanden. Stimmen. Weinen aus dem Dunkel. »Mein Gott, sie holen die Tochter vom Friseur Wachel. Schnell, du mußt hier weg … und kein deutsches Wort!«

Neumarkt-St. Veit 1945

Es war trotz allem wieder Frühling geworden.

Mit unendlicher Gleichgültigkeit ging die Natur darüber hinweg, daß sich die Menschheit in der blutigen Endphase des Zweiten Weltkriegs befand, der an Greuel alle bisherigen übertreffen und weltweit an die sechzig Millionen Menschen das Leben kosten sollte. Die Deutschen hatten für ihre Verblendung teuer bezahlt. Ihr Land war zum Schlachtfeld geworden. Aber immer noch hingen viele mit verzweifeltem Starrsinn dem Führer an, der seine Fieberphantasien von Fanfarenklängen begleitet über alle Radiosender verbreiten ließ.

»Es war, als hätt der Himmel die Erde still geküßt«, deklamierte Hannes Greysing lächelnd, während er den schweren Opel Admiral behaglich durch die Landschaft steuerte. »Schau nur, Helli, die Wiesen und die Hügel ... wie in Siebenbürgen. Und da links, das Kirchlein mit dem Zwiebelturm. Kannst du es sehen?«

»Ich bin doch nicht blind«, entgegnete Hella knapp. Sie war nervös und angespannt.

Seit der Abfahrt von Dietramszell, wohin die »Zentrale für Deutschen Fremdenverkehr« evakuiert worden war, der sich Hannes und Hella nach dem Umsturz in Rumänien als sogenannte Volksdeutsche angeschlossen hatten, war ihnen kein einziges Auto begegnet. Ob sie nicht doch besser nachts gefahren wären? Aber abenteuerliche Situationen übten einen prickelnden Reiz auf Hella aus. Deshalb hatte sie auch darauf bestanden, Hannes zu begleiten. Der Admiral mußte von Dietramszell in ihr neues Quartier nach Neumarkt-St. Veit überführt werden.

Sie waren jung, sie waren gutaussehend, und sie hatten Stil.

Sie dachten nicht daran, daß sie keine Heimat und kein Einkommen mehr hatten. Sie fragten nicht danach, wie es weitergehen würde. Sie lebten, inmitten des Krieges, in Erwartung der Verheißungen, die das Leben für sie ganz ohne Zweifel bereithielt. Sie lebten in der Illusion, Mitglieder des feudalen Großbürgertums Siebenbürgens zu sein, das in Wahrheit bereits zusammen mit der Donaumonarchie untergegangen war.

»Das soll uns mal einer nachmachen«, sagte Hannes zufrieden, »wirklich ein Husarenstück. Wo nicht einmal mehr die Nazibonzen Benzin haben …«

Er hatte den Sprit in Dietramszell über den ebenfalls dort evakuierten Postminister Ohnesorge organisiert. Der Diplomatenstatus war schon etwas wert, nicht nur, was die Befreiung vom Kriegsdienst betraf. Und Organisieren war seinc Spezialität. Witz und Charme, gutes Auftreten waren dabei die besten Voraussetzungen.

Hella schaute gleichgültig auf ihre gepflegten, lackierten Fingernägel. Ein schwerer Duft von »Mitsouko« ging von ihr aus. Hannes sog ihn genüßlich ein. Er war viel zu zufrieden heute früh, um irgendwelche dunklen Gedanken an sich heranzulassen. Bald war der Krieg aus, und dann würden sie erst richtig loslegen, Hella und er …

»Ich hab gesagt, ich müßte als Angehöriger der rumänischen Nationalregierung im Exil dringende Akten transportieren«, sagte er gutgelaunt. »Ich hatte außerdem noch ein paar Flaschen Sliwowitz aus Berliner Beständen dabei …«

»Hmm«, machte Hella und schaute zum Seitenfenster hinaus.

»Das waren noch Zeiten, damals im ›Adlon‹ was? Gewohnt in der Suite, und das Fremdenverkehrsbüro unten in der Passage, und die Ehefrauen alle schon im Waldsieversdorf …«

Hella bemerkte den Seitenhieb wohl.

»Ja, ja, ich weiß, ihr habt jeden Abend fürchterlich gesoffen«, sagte sie. Hella war sich ihres Mannes völlig sicher. Er liebte sie, dessen war sie sich gewiß. Liebe bedeutete für sie Unterwerfung. Sie wollte sich nicht unterwerfen. » ...und außerdem hattest du es immer sehr eilig, am Wochenende zu mir nach Waldsieversdorf zu kommen, wenn ich mich recht erinnere«, fügte sie hinzu.

Hannes lachte gutmütig.

»Hab ich dir eigentlich erzählt, wie wir mit dem Gert und hundertfünfzig Sachen in der Nacht durchs Brandenburger Tor gebraust sind in diesem Admiral hier und er die Polizei mit seinem SD-Ausweis weggeschickt hat? Und wie ich mit dem Lord Amery fünfzig Flaschen Sliwowitz gegen Whisky gewettet hab, daß wir doch noch den Krieg verlieren?«

Hella seufzte. »Ja, ja, kenne ich alles ... Und daß ihr den Wein, den ihr gesoffen habt, statt ›Rosato Verona‹ ›Rosita Serano‹ genannt habt ...

Hannes überhörte Hellas Ton. Er hatte die Gewohnheit, auch in seiner Ehe selten zur Kenntnis zu nehmen, was ihm mißfiel.

»Was war ich damals froh, nach dem Umsturz 1944, daß die Deutsche Reichsbahnzentrale mein Büro im ›Adlon‹ für sechstausend Reichsmark monatlich übernommen hat«, fuhr er fort. »Und daß, gleich nachdem unsere Wohnung im Grunewald ausgebombt war, ein Zimmer dort frei wurde ...«

»Ich weiß, ich weiß. Jetzt erzähl mir bitte nicht zum hundertsten Mal, wie du dann in Wien warst, mit der rumänischen Exilregierung verhandelt hast und Horia Sima dir den Posten eines Staatssekretärs anbot und sagte: ›Wenn der Krieg gewonnen ist, machen wir Ordnung in Rumänien‹. Oder wie du letzte

Weihnachten im Luftschutzkeller bei Horst in Dahlem ›Stille Nacht‹ auf der Gitarre verjazzt hast. Kenn ich auswendig.«

»Sei doch nicht immer so kratzbürstig«, sagte Hannes versöhnlich und blinzelte in die Sonne. Er hatte das Fenster ein wenig heruntergedreht. »Als man mir sagte, daß die Front schon an der Oder verlief und die Russen vorrückten, hab ich mich jedenfalls beeilt, dich mit deiner Mutter zu holen. Ich hatte ja auch schon das Zimmer in Hall in Tirol, damit wir uns wieder in Richtung Kronstadt aufmachen könnten …«

»Pension Geisterburg hieß das Etablissement bezeichnenderweise! Daraus wurde dann ja auch nichts mehr, weil dort schon Kämpfe waren.«

Hannes lachte. »Wer weiß, wozu es gut ist. Hier in Deutschland ist es jedenfalls auch schön.«

»Typisch«, sagte Hella, »du schlängelst dich überall durch. Ich wäre lieber zu Hause.«

»Das ist mir neu, Hellilein. Wer wollte denn immer nach Deutschland in die Metropole, weg aus der Provinz?«

Hella schwieg. Sie wußte, daß sie Hannes mit ihrem Schweigen am meisten traf.

»Laß mich nur machen«, lenkte er ein. »Wir finden schon einen Weg. Laß mich nur machen. Bisher war doch auch alles bestens, oder vielleicht nicht?« Dabei spitzte Hannes die Lippen und fing an zu pfeifen.

»Bei dir … war es immer so schön …« erkannte Hella den Schlager.

Die wehmütige Melodie rief die Erinnerung an Berlin in ihr wach, wo sie in der Bar des »Adlon« oft mit Kollegen von Hannes getanzt hatte, und an das, was von Berlin schließlich übriggeblieben war: eine Kraterlandschaft, zerfetzte Wiesen und Felder, verkohlte Bäume, ausgebrannte Militärlastwagen. Diese

Bilder standen in krassem Gegensatz zu der bayerischen Zwiebelturmidylle vor ihren Augen.

Hannes nahm augenblicklich ihre Stimmung auf. »Es kommt einem vor, als hätte der Krieg diese Gegend vergessen.« Seine Hand wanderte auf Hellas Knie. Kaum merklich rückte sie von ihm ab. Eigentlich war es gar kein Abrücken, sondern eher dies winzige Zurückweichen, mit dem ihr Knie etwas spitzer wurde und Hannes' Hand ans Steuer zurückverwies.

Trotz regte sich in ihm. Warum setzte er sich immer wieder den Launen dieser Frau aus?

Hannes' Augen wanderten über die frischen grünen Hügel, über den blaßblauen Himmel und die zarten Schleier der Föhnwolken, die wie auf einem Aquarellgemälde verschwammen. Sollte Hella doch auf ihrem hohen Roß sitzen bleiben. Die Frauen in Berlin hatten sein Selbstbewußtsein gestärkt.

»Warum bist du eigentlich mitgekommen?« fragte Hannes unvermittelt.

»Aus Abenteuerlust«, kam es prompt und unverblümt. »Ich mag Dinge, die verboten und gefährlich sind.« Hannes wußte, daß Hella auf einer ihrer letzten Reisen von Kronstadt nach Berlin noch ganze Speckseiten aus Rumänien heraus geschmuggelt hatte und im hungernden Berlin dafür Schuhe und allen möglichen modischen Krimskrams eingetauscht hatte.

»Wir sind bald da«, sagte er versöhnlich. »Wie es jetzt wohl auf der Schulerau aussieht?« Er hatte lange nicht an zu Hause gedacht. Auch nicht an seine Eltern. Man war mit dem eigenen Überleben beschäftigt. Aber jetzt konnte es nicht mehr allzulang dauern, bis er mit Hella wieder auf der Promenade am Fuß der Postwiese bummeln und anschließend im »Café Transsilvania« ein Brogadiru-Bierchen trinken würde.

»Hast du an deine Eltern geschrieben?« fragte Hella sachlich. Natürlich wußte sie, daß er es nicht getan hatte.

»Ich weiß ja nicht, ob die Post überhaupt noch ankommt«, wich Hannes aus, denn Hella hatte ja recht. Seine Mutter wartete auf Nachricht von ihm, so sehr, daß er es beinahe zu spüren meinte. Ihm war die Trennung immer als bedeutungsloses Provisorium erschienen. Jetzt waren es aber schon vier Jahre … »Wir sind ja bald wieder unten und genießen ihre berühmte Krebssuppe«, fügte er hinzu.

»Lenk nicht ab«, sagte Hella. »Mein Vater hat uns doch geschrieben, daß sie ihn endlich angenommen haben bei der Waffen-SS. Er will uns in Neumarkt besuchen. Er ist so stolz, daß er noch einmal als Stadtkommandant von Waiblingen eine Uniform trägt.«

»Vielleicht erwartet er uns ja schon.«

Hella schlug die Beine übereinander. Ihr kleiner rechter Fuß mit dem hohen Rist wippte in der Nähe des Schalthebels auf und ab. »Ich bin noch immer ganz vernarrt in sie«, dachte Hannes und war froh, den Gedanken für sich behalten zu haben. Abgesehen von dem beschämenden Erlebnis in jenem Vorstadthäuschen war sie die erste und einzige für ihn geblieben. Sie wußte das nur zu genau.

»Wollen wir nicht irgendwo haltmachen und den Tag genießen?« fragte Hannes. Man mußte jeden Tag auskosten, auch wenn Krieg war.

»Bist du verrückt? Ich will möglichst schnell zurück«, sagte Hella nur.

»Dein Vater oder …« sagte Hannes. Er verstand.

»Red nicht. Ich bin nur etwas abgespannt«, gab Hella zurück. Dabei sah sie Hannes von der Seite herausfordernd an. Sie fühlte sich aufgehoben bei ihm, ohne es ihm jemals zu sagen. Es wäre ihr wie eine Kapitulation vorgekommen. Hannes gehörte zu ihrem Leben. Er war einfach immer dagewesen, es hatte keinen Weg gegeben, ihm zu entgehen, bis alle sie selbstverständlich für ein Paar hielten.

Ob sie ihn liebte? Sie stellte sich die Frage nie. Sie hatte Angst davor, denn wer liebte, verlor seine Macht. Er war da und würde immer dasein. Sie konnte sich nichts anderes vorstellen. Sie wärmte sich an der Macht über ihn, aber gleichzeitig wartete sie darauf, daß er sie brechen möge, ihr Respekt abnötigen würde. Hannes liebte sie, er kämpfte nicht mit ihr. Für ihn war die Liebe ein Geschenk, das er ihr aus vollem Herzen anbot. Er wollte ihre Liebe, nicht ihre Unterwerfung. Weil er ihr den Kampf verweigerte, schwand ihre Achtung, die sie ihm als Besiegte Brunhilde gern geschenkt hätte.

Sie fing an, ihn zu vergleichen. Sogar mit Karli, ihrem Bruder, der sich als zielstrebig und ehrgeizig erwiesen hatte; mit ihrem Vater, der aufrecht und mutig war und dessen Untadeligkeit sie überschätzte. Sie verglich ihn sogar mit dem zwölf Jahre älteren Mann ihrer Cousine Elvira, der Oberst bei der Waffen-SS und daher eine Respektsperson in Uniform war. Hannes wollte weder eine Respektperson in Uniform noch ein Siegfried sein. Beides fand er eher lächerlich als beeindruckend.

Ein scharfes Geräusch ließ Hannes und Hella aufblicken.

»Tiefflieger«, schrie Hella. Sie packte seinen Arm. Hannes riß sich los, gab Gas, schaltete.

Der Waldrand … schnell, zum Wald da drüben … in den Straßengraben!

»Raus, in den Wald! Das sind Lightnings!« Seine Stimme war ruhig. Er würde Hella beschützen.

Er zerrte Hella aus dem schrägstehenden Wagen. »Amis«, keuchte er gebückt. Schatten verdunkelten die Sonne. Maschinengewehrgarben fauchten durchs Gebüsch. »Es sind zwei!«

Hella schrie auf und wollte weglaufen. »Hinlegen!« brüllte Hannes und warf sich mit aller Kraft auf Hella, so daß er sie mit seinem Körper bedeckte. Die Garben krachten, das Holz der Bäume splitterte. Dann waren die Schatten weg. Totenstille. Kein Vogel regte sich.

»Aufstehen, sie kommen wieder«, befahl Hannes leise. »Hinter die Bäume!«

Hella gehorchte wie in Trance. Das Pfeifen näherte sich wieder. Diesmal von der anderen Seite.

Sie zuckten böse und angriffslustig wie riesige Moskitos. »Sie halten uns für Nazi-Bonzen«, dachte Hannes merkwürdig gelassen. »Wegen des Admirals.«

Die Garben zischten erneut ins Unterholz, schlugen knirschend in die Fichten ein.

»Sie drehen ab«, sagte er ruhig. Und lauter: »Sie drehen ab! Und wir leben noch, Helli, wir leben noch!«

Später saßen sie stumm nebeneinander im Auto. Sie hatten die Dunkelheit abgewartet und fuhren ohne Scheinwerfer.

Hannes war ungewöhnlich still und nachdenklich. Zum ersten Mal hatte er etwas von der perversen Faszination des Krieges erfahren. Er fühlte sich unendlich stark. Sie hatten ihn nicht erwischt. Er war der Überlegene gewesen. Hannes verzog spöttisch den Mund. Er war zu klug, um den Triumph auszukosten.

»Ein Zusammensein mit dir im Frühlingswald habe ich mir eigentlich etwas angenehmer vorgestellt«, brach er das Schweigen.

»Immerhin bist du ja auf mir gelegen«, entgegnete Hella unfreundlich. Sie schämte sich ihrer Angst und daß nicht sie, sondern Hannes kühlen Kopf bewahrt hatte. Ausgerechnet Hannes, der doch eigentlich der Schwächere von ihnen beiden war …

»Du bist mit mir im steten Wettstreit, Helli, als ob du der Kronstädter Liederkranz und ich der Kronstädter Männergesangsverein wäre«, sagte Hannes obenhin. Er wußte, was sie ihm übelnahm. Er war Zeuge ihrer Schwäche geworden. Eine Held hatte keine Angst.

Schwach sein bedeutete für Hannes dagegen etwas Menschliches, beinahe Liebenswürdiges. Es bedeutete Ehrlichkeit. Heldentum war dumm oder verlogen oder beides. Bereitwillig gestand er Hella seine Schwächen ein und wartete darauf, daß sie diese einhüllen möge in den warmen Mantel ihrer Liebe.

Hannes wartete viele Jahre vergeblich darauf, daß sie ihm ihrerseits ihre Schwäche zum Geschenk machen würde.

Eines Tages hörte Hannes auf zu warten.

Sie waren fast angekommen. Hannes sah bereits den Kirchturm von Neumarkt-St. Veit.

»Die Hunde bellen, aber die Karawane zieht weiter«, sagte er in das Dunkel hinein. Es war eins seiner beiden arabischen Lieblingssprichwörter, das ebensosehr zu seiner Mentalität paßte wie das zweite: »Auch der müdeste Fluß findet den Weg zum Meer.«

Hella war sich nicht sicher, ob er sie mit diesem orientalischen Fatalismus nicht provozieren wollte. Er schien den Vorfall mit den Tieffliegern eher von der sportlichen Seite zu nehmen.

Es war ihm jedenfalls keinerlei Beunruhigung anzumerken. Irgendwie gelang es ihm immer, mit geringer Anstrengung respektable Wirkung zu erzielen.

Hella fühlte so etwas wie Mißgunst für diesen Hans im Glück, der sich auch noch seines Lebens freute, als er alles verloren hatte. Als rumänische Staatsbürger fühlten sie sich beide nur am Rande von teutonischem Gemetzel berührt, vermochten sich jedoch bis zum Schluß nichts anderes als einen deutschen Sieg vorzustellen.

Wie viele Flüchtlinge aus Siebenbürgen lebten sie in Deutschland in merkwürdiger Ambivalenz: Sie hatten sich, wie es der Tradition entsprach und wie man es ihnen eingebleut hatte, dort »unten« am Rande des Orients immer als Deutsche, als Kinder des Westens gefühlt. Und jetzt, als sie in Deutschland, der »Urheimat«, waren, von wo ihre Ahnen vor achthundert Jahren ausgewandert waren, spürten sie, wie vieles fremd und exotisch an ihnen war. Sie lernten schnell, damit zu kokettieren, was ihre Andersartigkeit noch unterstrich.

Der schwere Wagen rollte den Hügel hinab zum Bauernhof des Bartholomäus Huber, wo Malvine, Hannes und Hella in zwei Zimmern untergekommen waren.

Man hatte ausgerechnet das sogenannte Prunkschlafzimmer des Bauernhofes mit einem riesigen Himmelbett gegen Mithilfe am Hof zugeteilt bekommen. Der Bauer war zunächst über die Zwangseinquartierung nicht gerade erbaut gewesen. Als sich jedoch herausstellte, daß Malvine Held erstaunlicherweise sowohl über größere Summen Bargeld als auch über hervorragende Kenntnisse in Haus- und Handarbeit verfügte, und ihr hünenhafter Schwiegersohn bei allen anfallenden Arbeiten auf dem Hof, besonders jedoch beim Schleppen der schweren Säcke mit Saatgut seine Knechte in den Schatten stellte, schaute er die Fremden vom Balkan mit milderen Augen an. Seine Söhne galten als vermißt und waren wahrscheinlich irgendwo im Osten für Führer und Vaterland gefallen.

Die anfänglichen Verständigungsschwierigkeiten waren groß. Mit der Zeit stellte man sich jedoch so weit aufeinander ein, daß Barthel, wie er sich inzwischen von Hannes nennen ließ, diesem gestand, mitunter abends nach der Arbeit am Dorfbach zu sitzen und über das Leben zu philosophieren. Im Augenblick jedoch schien Bartholomäus Huber äußerst ungehalten:

»Macht's daßt's davoa kimmt's!« brüllte er, indem er mit der Mistgabel in der Hand dem anrollenden Wagen entgegeneilte, »die schiaßn mir an Hof zam!«

Es war jetzt ganz dunkel, aber ein fahler Halbmond beleuchtete die Hofeinfahrt in unwirklichem Licht.

In diesem Moment erkannten Hella und Hannes das Pfeifen in der Luft, Motorenlärm, ein schwarzer Schatten verdunkelte wie ein Todesvogel den Mond.

»Verdammt«, sagte Hannes ruhig, »schon wieder.« Er glich in diesem Moment sehr seinem Vater. Ein verächtliches Lächeln verzog seine Lippen, als langweile ihn der erneute Tieffliegerangriff unsäglich. Er riß die Wagentür auf.

»Machen' S die Scheune auf, bittschön!« bat er in einem Kauderwelsch, das er für Bayrisch hielt. Er paßte sich überall gern den Gepflogenheiten an.

»Nix da! Mach, daß'd weiderkimmst!« schrie Bartholomäus Huber gegen den Flugzeuglärm an. Der Tiefflieger kreiste immer noch.

»Der hat wohl Angst, auf Kühe zu schießen«, brüllte Hannes. »Vielleicht ist er aus Texas ...« Es gab Momente, in denen Galgenhumor sehr hilfreich war.

Der Bauer grinste erschrocken und öffnete blitzschnell das Tor seiner Scheune. Hannes steuerte den Admiral mitten in die Strohballen. Sie hörten, wie Maschinengewehrgarben ins Dach schlugen. Der Bauer hatte sich neben den Wagen ins Stroh geworfen. Einmal, zweimal stieß die Lightning herab. Dann war es still.

Hannes rieb sich die Hände. Der Spuk war vorbei.

»Ich hab einen Bärenhunger, Helli, du auch?« Er ging durch die Dunkelheit voraus zum Bauernhaus, dessen Fenster verdunkelt waren. Hella folgte ihm mit etwas Abstand. Sie spürte, wie Hannes' Ruhe und Selbstgewißheit beinahe gegen ihren Willen auf sie übergingen.

Da sah sie ihren Vater stehen.

Merkwürdig schmal und schmächtig wirkte er in seinem gewaltigen Uniformmantel. Hellas Herz klopfte. Ihr Vater kam auf sie zu und lächelte. Hella wußte nicht, daß es dasselbe Lächeln war, mit dem er ihrer Mutter damals auf dem Marktplatz in Broos ihre Stoffblumen abgekauft hatte.

»Gestatten, gnädige Frau, Obersturmbannführer Held, Stadtkommandant von Waiblingen«, sagte er mit jener lässigzackigen Verbeugung, die sie schon als Kind an ihm bewundert hatte, und lächelte erneut. Hella stiegen Tränen in die Augen. Sie war froh, daß die Dunkelheit ihre Rührung versteckte. Sie sah, daß er gealtert war, und angstvolle Zärtlichkeit schnürte ihr die Kehle zu. Sie küßte ihn flüchtig auf die weiche, penibel rasierte Wange.

»Greysing, habe die Ehre«, begrüßte Ossi auch seinen Schwiegersohn – die Männer gaben sich kurz die Hand. Ossi Held trug endlich wieder Uniform.

Ossi richtete sich neben seinem riesigen Schwiegersohn kerzengerade auf und schaute seine Tochter liebevoll an. Er war jetzt sechzig, und der Uniformkragen saß ein wenig zu weit um seinen schmal gewordenen Hals, aber seine Augen waren immer noch tiefblau, und die dunklen Wimpern gaben ihnen jenen merkwürdigen Ausdruck von Kühle und Sehnsucht, in die sich freilich inzwischen ein Anflug Resignation gemischt hatte.

Erst jetzt bemerkte Hella ihre Mutter. Sie stand in einem selbstgenähten, dunkelbraunen Wollkleid mit ausgebeulter Weste schräg hinter Ossi. Hella kam es vor, als wenn sie ihren Vater geradezu neckisch anschaute.

»Joi, Kinder, wie gut, daß ihr da seid. Ich hab dir gleich gesagt, Hella, daß das zu gefährlich ist. Danket Gott, daß euch die Tiefflieger nicht erwischt haben, uns alle«, rief sie mit Emphase.

»Hast du deinen Vater gesehen, Hella, schaut er nicht blödsinnig aus in seiner Uniform«, fügte sie hinzu. Sein Lächeln hatte nicht ihr, sondern seiner Tochter gegolten. Hella war eine Held. Aus seinem Holz.

»Mir gefällt er«, entgegnete Hella knapp. »Aber warum stehen wir hier draußen herum? Nicht, daß die Amerikaner noch einmal zurückkommen!« Sie war entschlossen, es zu keinem der üblichen Geplänkel zwischen ihren Eltern kommen zu lassen. Schon gar nicht vor Hannes. Sie lebten getrennt, das genügte.

»Jetzt bist du aber stolz, nicht wahr, Ossi? Jetzt, wo alle anderen gefallen sind, haben sie dich doch noch genommen«, setzte Malvine noch einen drauf und brach in Gelächter aus.

Ossi hatte nur eine wegwerfende Handbewegung dafür. Die Zeiten, da ihn solche Äußerungen Malvines zur Weißglut gereizt hatten, waren vorbei. »Im Grunde hast du ja recht, Malvin. Ich wollte tatsächlich nur meine Uniform hier bei euch vorführen und natürlich auch nach dem Rechten sehen. Es heißt, die Amerikaner kommen von Regensburg herunter.«

»Sie haben ja auch bezeichnenderweise bei den Sondermeldungen der deutschen Wehrmacht im Radio die infernalischen

Fanfarenklänge eingestellt. Anscheinend gibt es nichts mehr zu feiern …« mischte sich Hannes mit ironischem Tonfall ein. Er kannte die Einstellung seines Schwiegervaters.

Hannes hatte Hunger und wollte ins Haus.

Später, am großen, blankgescheuerten Holztisch in der Bauernstube, wohin Bartholomäus Huber seine Gäste auf einen Obstler eingeladen hatte, gestand sich Hella, daß ihr Vater ihr in Uniform weit besser gefiel als in Zivil.

»Du siehst gut aus in Uniform, Tata«, bemerkte sie.

»Na, Greysing, und wann ziehst du eine an? Du siehst ja, daß so etwas den Damen imponiert …« versuchte Ossi zu scherzen.

»Da kannst du lang warten. Der drückt sich lieber«, antwortete Hella schnell.

»Darauf kannst du Gift nehmen. Außerdem ist der Krieg sowieso jeden Tag zu Ende. Ich wäre ja blöd …« warf Hannes ein und spähte dabei unauffällig in die Küche. Durch die reich geschnitzte Holztür, die einen Spalt offenstand, drangen verlockende Gerüche. Die Verpflegung in Dietramszell war nicht mehr gerade üppig gewesen. Aber hier beim Bauern, sozusagen an der Quelle … Es konnte jedenfalls nicht verwundern, daß sein Schwager Karli Held im Begriffe stand, die Tochter eines Hühnerfarmers aus Schwaben zu heiraten.

»Hast du deinem Vater schon erzählt, daß wir gestern beim ungarischen Baron Ovâry und seiner schwedischen Frau Dagni zu speisen die Ehre hatten?« fragte Hannes, um die Stimmung etwas aufzulockern.

»Erzähl es doch selber.«

»Na gut. Wir waren vorgestern also auf Schloß Feichten eingeladen. Es ging ungeheuer vornehm zu. Zum Abendessen servierte der italienische Butler Pepino, der tagsüber im Garten arbeitet, in Livree Pellkartoffeln. Sonst nichts. Und zwar auf Silbertellern. ›Servito‹, sagte er, als er uns zur Tafel bat.« Hannes lachte.

Ossi mochte es, wenn Hannes Witze machte. Das beherrschte er. Früher, auf der Kadettenschule, hatte Ossi auch gern die anderen zum Lachen gebracht. Und außerdem tat der Bub alles für Hella, wenn er ihr auch etwas zu ergeben war.

»Und jetzt erzähl ich euch einen Witz«, sagte Ossi gutgelaunt. »Stellt euch vor, mein Kommandant hat von mir verlangt, ich solle die Brücken von Waiblingen sprengen lassen, jetzt, wo mit unserem Sieg leider wirklich nicht mehr zu rechnen ist. Ich habe mich geweigert. Ich hab ihm gesagt, so einen hirnlosen Kadavergehorsam kann er von einem k.u.k. Offizier nicht verlangen. Er wollte mir ein Kriegsgerichtsverfahren anhängen. Auch deshalb bin ich hier …«

»Jessas, Obersturmbannführer, Sie san ja a Held!« entfuhr es Bartholomäus Huber.

»Sie wissen gar nicht, wie recht Sie haben«, sagte Ossi aufgeräumt. Er war mit sich zufrieden.

Hannes prostete seinem Schwiegervater zu. »Donnerwetter, Hut ab«, sagte er nur. Er hielt Angehörige des Militärs und daher auch Hellas Vater für redliche Einfaltspinsel, war jedoch von Zivilcourage in jeder Form angetan.

Nach einigen Obstlern war Bartholomäus Huber direkt froh, in diesen schlechten Zeiten nicht mit seiner Frau allein am Hof zu sein. Die Leute waren ehrlich, und sie hatten alles verloren, die Heimat, ihr Hab und Gut. »Prosit«, sagte er freundlich, »daß der Krieg bald vorbei is …«

»Sag mal, Greysing«, wandte Ossi sich an Hannes, »wann werdet ihr Malvin und mich denn zu Großeltern machen?«

»Um Gottes willen!« rief Malvine. »Dann hockt sie ja mit dem Kind zu Hause, die Arme … Und wer weiß, was das arme Kind erwartet. Ich sag immer: Ungeboren ist am besten!

Aber wie ich den Greysing kenn, wird er sich nicht danach richten, nicht wahr, Hella …«

Hella schwieg. Ihr waren solche Anspielungen höchst unangenehm. Hoffentlich ging Mama jetzt nicht noch ins Detail.

»Wenn ich an eure Flitterwochen denke«, fuhr Malvine unerbittlich fort, »ganz blaß war das arme Kind …«

»Mama, bitte!«

»Prosit, Barthel«, lenkte Hannes ab. »Auf daß der Krieg bald vorbei ist …«

»Woaßt scho … so an Knecht wie di kannt i scho braucha.«

»Ich halt mich bei dir fit fürs nächste Tennismatch, Barthel.« Hannes erwähnte nicht, daß er im Augenblick gar keinen Tennisschläger besaß. Daß heißt, er hatte zwar einen, aber die Bespannung war zerschnitten. Hella hatte sie in einem Anfall von Sartorischer Eifersucht mit einem Küchenmesser zunichte gemacht. Sie ertrug es nicht, wenn seine Aufmerksamkeit nicht ihr galt. Vielleicht spürte sie auch, daß er immer öfter die unkomplizierte Gesellschaft seiner Saufkumpane und Tennisfreunde suchte.

Die Abmachung lautete: Kost und Logis gegen Arbeit auf dem Hof. Das Himmelbett im Prunkgemach ging extra. Hannes hatte es für vierzig Reichsmark separat gemietet.

Malvine erledigte als Gegenleistung für ihr Zimmer die anfallenden Näharbeiten am Hof.

Die Bäuerin wunderte sich oft, weshalb die Wäsche, die Frau Held in Händen gehabt und durchaus lobenswert wiederhergestellt hatte, immer ein wenig nach Zitrone duftete. Malvine hatte sich nämlich, in Ermangelung einer guten Creme, angewöhnt, ihre Hände mit Zitronensaft einzureiben. Und als echte Sartori gelang es ihr auch in den Wirren der letzten Kriegstage mitten in Oberbayern Zitronen aufzutreiben. Überhaupt hatte Malvine seit dem Weggang ihres Ehemannes nach dem Wiener Schiedsspruch ihre alte Aktivität wiedererlangt. Ihre Migräne verflüchtigte sich beinahe zeitgleich mit ihrem Ehemann, und sie verbrachte den Krieg damit, zwischen ihren in Deutschland in Amt und Würden lebenden Kindern hin und her zu pendeln, ständig irgendwelche Geschäfte im Kopf und immer eine beträchtliche Summe Bares zur Verfügung.

Sie führte das Leben einer zufriedenen, weitgereisten Matrone, weshalb sie auch niemals Anstalten unternahm, Ossi zur Rückkehr zu bewegen, sondern ihm sogar die Scheidung vorschlug, was er jedoch strikt abgelehnt hatte. Von Zeit zu Zeit traf man sich bei einem der Kinder, ging freundlich miteinander um, hielt aber im übrigen auf Distanz. Hella und Karli fanden den neuen Zustand angenehmer als die Jahre, da noch das Feuer unerfüllter Leidenschaft die Auseinandersetzungen zwischen ihren Eltern genährt hatte. Allerdings beargwöhnte Malvine nun eifersüchtig die jeweiligen Ehepartner ihrer Kinder, die Hella und Karli in ihren Augen selbstverständlich nicht das Wasser reichen konnten.

Ossis Blick fiel auf Malvine. Er hatte sie lange nicht gesehen.

»Weißt du noch, Malvin … Damals auf dem Bahnhof in Broos, wie ich dich gebusselt hab …« sagte er leise. Sie war noch immer seine Frau, die Mutter seiner Kinder. Und keine andere sollte nach seinem Tod seine Offizierspension bekommen.

»Tja … nix dauert ewig, auch der schönste Jud wird alt und schäbig«, sagte Malvine sachlich. »Laß doch die Vergangenheit ruhn. Man muß mit der Zeit gehen.«

»Da ham' S recht, Frau Held, da ham' S recht. Sagen' S Herr Obersturmbannführer, wird des jetzt no was mit dera Wunderwaffen vom Hitler oder ned?« mischte sich Bartholomäus Huber ein.

»Ein Soldat hört niemals auf, auf den Sieg zu hoffen«, sagte Ossi streng.

Hannes Magen knurrte hörbar. Er gähnte verstohlen und beobachtete den dicken, grau-weiß getigerten Kater, der auf der Holzbank vor dem dunkelblauen Kachelofen in der Mitte der Stube lag. Nur das Zucken seiner schneeweißen Schwanzspitze verriet, daß er nicht schlief.

Es war inzwischen Mai geworden. Ossi Held hatte sich beim Grafen Ovâry einquartiert, der froh war, mit einem alten k.u.k. Offizier Ungarisch parlieren zu können. Da schlugen plötzlich Fäuste an die Tür des alten, mit bunter Lüftlmalerei verzierten Bauernhauses von Bartholomäus Huber. Es mußte auf Mitternacht zugehen. Das Haus war dunkel und still. Hannes und Hella waren sofort wach, horchten atemlos in die Nacht. Kurz darauf ein Geräusch auf der Treppe, ein kaum hörbares Klopfen an der Zimmertür.

»Hannes, kommmen's schnell … Amerikaner!« flüsterte die Stimme des Bauern.

»Ich komm gleich … Moment«, zischte Hannes, knipste das Nachttischlämpchen an und sprang aus dem Bett. Mit zwei Schritten war er beim Waschtisch, griff nach seinem Kamm, der immer griffbereit neben der Porzellan-Waschschüssel lag, und ordnete seine vom Schlafen verwirrten Haare. Dann schlüpfte er in seine Hose. Was auch passierte, man hatte den Dingen halbwegs korrekt entgegenzutreten. »Mach schon … zum Donnerwetter!« flüsterte Hella.

Vor der Tür standen vier GIs, Maschinenpistolen im Anschlag.

»*Where are those god damned deutsch Frauleins?*« brüllte einer, der so groß war wie Hannes. Die anderen drei blickten finster. Einer, klein, dunkel, von mediterranem Typ, fuchtelte mit seiner MP herum.

Hannes lächelte verbindlich, deutete mit kühler Wohlerzogenheit hinter sich auf die hölzerne Eckbank.

»*Have a drink*«, sagte er, und zum bleichen Bauern gewandt: »Schnell, den Obstler!«

Bartholomäus Huber gehorchte und stellte eilends seine letzten Vorräte an Selbstgebranntem auf den Tisch.

Und so kam es, daß eine Stunde später vier gröhlende Angehörige der siegreichen US-Army unter den nicht mehr gänzlich wachsamen Blicken eines bayerischen Bauern und eines rumäniendeutschen Ex-Diplomaten ein Zielschießen auf den mehrarmigen Leuchter an der niederen Holzdecke der Bauernstube veranstalteten, wobei dieser, sehr zur Erleichterung von Hannes' ästhetischem Empfinden sein verdientes Ende fand.

Die Damen im Obergeschoß waren vergessen. Beim durchaus freundschaftlichen Abschied im Morgengrauen fiel Hannes' Blick auf das schwarze Namensschild, das der kleine, dunkle GI wie die anderen an der Brusttasche seiner Uniform trug. »Manescu« stand da in weißen Buchstaben. Ohne Zweifel. »Manescu.«

»Are you from Rumania?« radebrechte Hannes vorsichtig, dem es bisher gelungen war, seine dürftigen Englischkenntnisse eindrucksvoll zu verschleiern.

GI Manescu fixierte ihn mühevoll.

»*Eşte din România?*« wiederholte Hannes leise. Über das Gesicht des GI breitete sich ein Leuchten.

»*Yes, my parents emigrated before the war. Christ a Rumanian...*« – und dann langsam, die Worte suchend: »*Da, da... parintii mei sunt emigranti de la inceputul războiului...*« Dabei förderte einen Packen Coupons aus der Hosentasche hervor.

»*Gasolin*«, sagte er, »*take it, friend...*«

Dann schwankte er mit seinen Kameraden die Anhöhe zum Wald hinauf, wo im Licht des anbrechenden Tages ein geparkter Jeep erkennbar wurde.

»Heilige Maria ...« seufzte Barthel Huber, während Hannes die Treppe zum Prunkschlafzimmer hinaufstieg.

Wenige Tage später war der Zweite Weltkrieg zu Ende. Das »Tausendjährige Reich« hatte es unter entsetzlichen Blutopfern gerade auf ein Dutzend Jahre gebracht. Auf der Dorfstraße von Neumarkt-St. Veit patrouillierten jetzt umgängliche GIs mit lässig umgehängten Maschinengewehren und Kaugummi. Hitler war tot, seine Regierung gefangen. Man munkelte von einem Konzentrationslager ganz in der Nähe, in Dachau, und anderen, in denen die Amerikaner Leichenberge ermordeter Juden entdeckt haben wollten. Einmal irrte ein ausgemergelter Mann in einem gestreiften Anzug durchs Dorf und behauptete, ein Überlebender zu sein. Niemand hörte ihm zu. Man hatte wichtigeres zu tun. Man mußte selbst überleben. Malvine, Hella und Hannes trugen eine Zeitlang ein Schildchen mit den rumänischen Farben und der Aufschrift »displaced person« auf dem Revers.

Stuttgart 1946

»Held … Held … Bravo … Held … Bravo!«

Das Publikum war außer sich. Durch das Guckloch im Vorhang konnte Karl Held erkennen, daß viele Zuschauer aufgestanden waren. Die ersten Reihen applaudierten stehend. Skandierten: »Held … Held … Held!«

Der Vorhang öffnete sich zum zwölften Mal. Karl ging leichtfüßig an die Rampe, verbeugte sich, hob eine Rose, die ihm aus einer Loge zugeflogen war, auf, führte sie an die Lippen und lächelte. Er war Don Carlos, Infant von Spanien, und nahm die Huldigungen seines Hofstaats entgegen. Die Scheinwerfer hüllten ihn in strahlendes Licht. In diesem Augenblick war er vollkommen glücklich, er war unsterblich. Er konnte in der Dunkelheit des Zuschauerraums tief unter ihm keine einzelnen Gesichter erkennen. Sie waren sein. Alle. Er hatte sie bezwungen mit seiner Kunst. Karl wußte, daß seine Mutter in der ersten Reihe saß. Fast in der Mitte. Er wollte seinen Triumph mit ihr teilen. Er führte die Rose mit einer eleganten Bewegung an die Brust, trat weit nach vorn und beugte ein Knie. Er sah in Malvines glückliches Gesicht, ihre Hände hoben sich ihm entgegen, und er legte die Rose unendlich vorsichtig hinein. In seinen Augen schwammen Tränen.

»Held … Held …« kreischte eine dünne Blondine in giftgrünem Taftkleid und Weißfuchsstola neben Malvine. »Er ist mein Sohn«, sagte Malvine. Aller Stolz der Welt lag in diesen vier Worten.

Alles an Karli kam Malvine majestätisch vor. Seine langen Beine steckten in Strumpfhosen, sein prächtiger Wams mit den mächtigen, gefältelten, aufspringenden Ärmeln betonte seine Schultern, seine schwarzen Augen glühten, und der aufgeklebte schmale Bart verlieh ihm ein noch männlicheres Aussehen. Die dürre Blondine zwängte sich an Malvine vorbei.

Bestimmt will sie zu ihm hinter die Bühne, die *curva*, fuhr es Malvine durch den Kopf, wobei sie den rumänischen Ausdruck für Hure benutzte. So etwas ließ sich leider nicht vermeiden, wenn man ein Stern am Theaterhimmel war. »Star«, sagte man ja neuerdings dazu. Ihr Karli hatte es allen gezeigt. Und sie, seine Mutter, hatte immer an ihn geglaubt. Sie hatte von Anfang an gewußt, daß er etwas ganz Besonderes war.

Und wenn Ossi platzte, Karli hatte es so weit gebracht wie niemand sonst aus der Familie. Den alten Greysing eingeschlossen. Wer jubelte denn dem hier oben in Deutschland zu?

Karli war es, dessen Glanz auf den Rest der Familie abstrahlte und der seine Mama in goldenes Licht tauchte. Er entschädigte sie für alles, was sie in ihrem Leben hatte erdulden müssen. Malvine faltete die Hände vorsichtig, fast andächtig über der Rose, die ihr Sohn ihr – vor allen Augen von der Bühne herunter – überreicht hatte. Ein grenzenloses Glücksgefühl dehnte sich heiß in ihr aus und schnürte ihre Kehle zusammen. Dankbar und gläubig schaute sie zu diesem großen Schauspieler, der ihr Sohn war, auf.

Was hatte das arme Kind alles durchmachen müssen. Aber jetzt war alles gut. Gott hatte ihr immer gesagt, daß er Außerordentliches mit Karli vorhabe.

Der Beifall ebbte allmählich ab. Im Saal leuchteten die Lichter auf. Karl Held stand noch immer in den Kulissen. Allein, wie verzaubert in einer Märchenwelt voller Ruhm, Glück und Applaus, in der Angst, Zweifel und Kummer keinen Platz hatten. Alles war möglich.

Er hätte die Arme ausbreiten mögen, um sich mühelos in den Himmel zu erheben. Er hörte die längst vertrauten Geräusche von Füßen auf dem Parkettboden des Zuschauerraums, Stimmengemurmel. Der Duft des Schnürbodens und der Kulissen stieg ihm in die Nase, vermischt mit dem Geruch lange nicht gewaschener, verstaubter Kostüme, Kleister, Schminke und Ölfarbe. Hier war er zu Hause.

Karl fuhr sich, wie um sich seiner selbst zu vergewissern, durch das krause, dichte Haar und machte sich auf den Weg in seine Garderobe. Er war ganz allein, die Kollegen hatten ihm noch auf die Schulter geklopft und waren gegangen. Seine Schritte hallten auf dem grau-beige gemusterten, häßlichen Linoleumboden des langen Ganges hinter der Bühne. Wie vertraut ihm dieser Weg war.

»Passed Se uff, daß Se ned ausrutsche, Herr Held!« sprach ihn eine dicke Putzfrau in einer dunkelblauen Kittelschürze an, die gerade Putzeimer, Schrubber und Wischtuch zurechtstellte. Karl Held schenkte ihr sein Bühnenlächeln, von dem es hieß, daß es ihm das Aussehen eines Katers gab. Er hätte sie umarmen mögen, mit ihr samt Schrubber und Eimer durch den ganzen langen, kalten Gang tanzen mögen. Vor kurzem noch hätte er sie kaum verstanden, aber in dem Dorf, wo er mit seiner Frau Ilse und den beiden kleinen Töchtern lebte, sprachen alle Schwäbisch.

Karli öffnete die Tür zu seiner Garderobe. Verschwenderischer Blumenduft schlug ihm entgegen.

»Entschuldiged Se, Herr Held, aber i han scho wieder neie Blume … i woiß gar net, wo i se no hiestelle soll«, sagte der Inspizient, der gerade damit beschäftigt war, ein Bukett weißer Lilien, dem ein rosa Briefchen beilag, auf dem Schminktisch abzustellen. »Bei Ihne siehts ja aus wie en em Blumelade …«

»Schäufele, Sie haben unrecht«, entgegnete Karli freundlich, »es schaut hier aus wie bei einer Beerdigung.« Gleichzeitig wunderte er sich über den seltsamen Vergleich. Dies war doch ein Tag des Triumphes.

»Die Telegramme han i auf de Schminktisch glegt, Herr Held«, sagte Schäufele eifrig und verließ die Garderobe.

Erst jetzt merkte Karli, daß auf dem Stuhl vor seinem Spiegel, beleuchtet von den vielen gleißenden Glühbirnen, die den Schminkspiegel umrahmten, jemand saß. Es war der junge, hübsche Page aus dem zweiten Akt. Er war noch im Kostüm.

Karli spürte, wie sein Herz schneller schlug. Das ebenmäßige, ernste Gesicht im Spiegel schaute ihn mit gletscherblauen Augen, in denen Ergebenheit und Herausforderung lagen, entgegen.

»Ich wollte Ihnen noch meine Bewunderung aussprechen und Ihnen danken, daß ich mit Ihnen gemeinsam auf der Bühne ...« Seine Stimme war dunkel, etwas belegt.

»Aber, junger Freund, in wenigen Jahren werden Sie auch Ihren Weg gemacht haben, dessen bin ich gewiß.« Karli hatte den jungen Eleven beobachtet. Er war hübsch und begabt, und er hatte Ausstrahlung. Diese merkwürdigen blauen Augen ...

»Ich möchte Sie nicht lange stören, Herr Held, aber ich wüßte so gern mehr von Ihrem Leben ... Ihrem Werdegang ...« sagte der Junge.

Karli wußte, daß er Mario hieß. Ob er sich nur so nannte? Mario ...

Karli räusperte sich.

»Also, zur Zeit probiere ich, parallel zu dieser Aufführung, an den Münchner Kammerspielen den ›Ariel‹, Premiere wird in wenigen Tagen sein. Unter der Regie von Erich Engel übrigens.«

Karli war langsam hinter den Stuhl getreten, auf dem der Page saß, und schaute ihm nun im Spiegel in die Augen.

»Und danach werde ich am Münchner Residenztheater den ›Clavigo‹ spielen. Es liegen noch andere interessante Angebote vor …« sagte er und griff nach den Umschlägen, die noch immer ungeöffnet auf dem Schminktisch lagen.

Die Augen des Pagen hielten ihn fest.

»Ich weiß sehr viel von Ihnen, Herr Held«, sagte der Page, »ich bewundere Sie sehr. Ich weiß auch von Ihrer Herkunft. Bitte erzählen Sie mir von Rumänien. Ich will alles wissen … Ich muß alles wissen, bitte …« Karli durchströmte ein Gefühl von Macht und Selbstgewißheit. Er schenkte Mario, dem Spiegel und sich selbst ein siegessicheres, unwiderstehlich katzenhaftes Lächeln.

»Ob Sie es glauben oder nicht, ich war schon als Primaner im ›Deutschen Landestheater von Rumänien‹ in Hermannstadt engagiert. Ich habe zweihundertvierzig Lei im Monat verdient. Und von meiner ersten Gage habe ich mir wunderschöne Taschentücher aus Leinen gekauft. Sie können sich denken, daß mein Vater, er war Offizier mit Leib und Seele, nicht gerade begeistert war von meiner Berufswahl … Aber er hat meinen Vertrag tatsächlich unterschrieben. Er war es auch, der mich schließlich nach dem Abitur auf der Schauspielschule in Berlin angemeldet hat. Er wollte, daß alles Hand und Fuß hatte. Meine Kindheit war unglücklich. Ich sehe alles grau in grau. Ich habe sehr unter meinem Vater gelitten …«

Karli ging mit langen, eleganten Schritten im Zimmer auf und ab. Er war sich bewußt, daß ihm der Blick Marios folgte. »Ja, und dann kam die bisher schönste Zeit in meinem Leben. Ich war mit Leuten wie Lola Müthel, Erich Schellow und Hans Quest in derselben Schauspielklasse …«

Es klopfte. Karli ging zur Tür, öffnete und erschrak. Der Telegrammbote. Er trug eine Uniform. Karli war nicht darauf vorbereitet gewesen.

»Ich wünsche nicht gestört zu werden«, brüllte er und erschrak erneut. Diesmal über die mörderische Wut, die ihn ergriff. Er erkannte an sich den Jähzorn seines Vaters mit einer Mischung aus Genugtuung und Beschämung. Er wußte, daß seine Frau und seine Töchter darunter litten, wie er darunter gelitten hatte. Er und Mama. Wie oft hatten sie heimlich zusammen geweint und gebetet ...

Hella war aus härterem Holz. Und jetzt hatte er sie überflügelt. Er hatte es nicht gewollt, denn er liebte sie. Plötzlich stand ihm ein Bild vor Augen aus Kronstadt. Er ungefähr sechzehn, die große Schwester endlich im Schwitzkasten. »Gib ihr, gib ihr!« hatte Mama geschrien. Aber er hatte Hella losgelassen ...

»Bitte, sprechen Sie doch weiter ...« sagte Mario. Karli sah, daß seine Wangen glühten.

»Ach ja, wo waren wir stehengeblieben?«

»Bei ihrer Zeit auf der Schauspielschule in Berlin.«

»Nun, es war eine herrliche Zeit, in allem das Gegenteil zu meiner Kindheit. Es war eine andere Welt. Ich war jeden Abend im Theater oder in der Oper. Eine Klasse über mir waren Friedrich Schönfelder, Joana Maria Gorvin. Sie ist übrigens auch aus Siebenbürgen: Wir nannten sie zu Hause ›Pitzu‹. Es hatten sich zweihundert Aspiranten beworben, zwölf wurden angenommen, darunter ich. Lothar Müthel und Herma Clement nahmen die Prüfung ab. Maria Koppenhöfer war auch in der Jury. Sie war zunächst wegen meines breiten Siebenbürgischen Akzents gegen mich. Inzwischen kann ich sagen, daß wir uns sehr viel näher gekommen sind ...«

»Ich verstehe, Herr Held. Ich verstehe ...«

»Sie können gern Karl zu mir sagen, so viel älter als Sie bin ich ja gar nicht.«

Karli war hinter Mario stehengeblieben und schaute in den Spiegel. Auch Mario war blond. In ihren Renaissance-Kostümen sahen sie wie Geschwister aus einer anderen Zeit aus. Weit entfernt von der Wirklichkeit. Eine seltsame Spannung lag in der Luft.

»Marias Mann war polnischer Jude. Sie meinte: ›Nicht noch so einen. Bis die endlich richtig Deutsch können …‹«

Karli lachte kurz auf. Er sprach deutlich, pointiert, er wußte, daß seine sonore Stimme sein Kapital war.

»Ich wohnte damals in der Bülowstraße 35. Es kommt mir vor wie gestern. Dabei ist es schon über zehn Jahre her. Ja, 1934 habe ich Aufnahmeprüfung gemacht … Meine Schwester und ihr jetziger Mann waren damals auch in Berlin. Sie studierte auf der Hochschule für Leibesübungen, und er bewohnte ein Gartenhaus in Ruhleben, direkt neben dem Reichssportfeld, weil sie dort im Internat war … Sie müssen wissen, Mario, daß ich meine Schwester sehr liebe. Übrigens wollte ihr Mann heute mit meiner Frau in die Premiere gehen. Aber er ist nicht erschienen. Er ist ein charmanter Luftikus, sehr gut aussehend. Aber das führt wohl zu weit …«

»O nein, bitte, Karl, erzählen Sie mir alles von sich …«

»Na gut.« Karli begann, von einem Bukett zum anderen zu gehen und, während er sprach, geistesabwesend die Umschläge zu öffnen.

»Mein Vater hat nach seinem Abschied vom Militär eine Spiegelfabrik aufgebaut. Er wollte, daß ich sie übernehme und Glassingenieur werde. Stellen Sie sich vor, er zwang mich, nachts die Spiegel mit Silbernitrat zu lackieren. Ich hatte dort im Lager immer entsetzliche Angst. Die vielen Spiegel im Dunkeln … Es war gespenstisch. Merkwürdigerweise entwickele ich mich jetzt langsam zu einem großen Spiegelliebhaber. Unsere Wohnung ist voll davon. Mein Schwager macht sich immer lustig darüber. Er war rumänischer Diplomat in Berlin. Im Augenblick leben sie hier in meiner Stadtwohnung auf der Alten Weinsteige …«

»Genauso hab ich sie auch eingeschätzt, Karl, so großzügig …«

»Nun, meine Schwester hat, obwohl sie mich als Kind sehr viel malträtiert hat, letztlich immer zu mir gehalten. Sie ist ein Kamerad. Ich weiß noch, wie sie zu meiner Abiturprüfung mit einem riesigen Hut kam, um die rumänische Kommission abzulenken. Und schließlich ist mein Vater sogar zum Professor ins Hotel, um ihn zu bestechen, damit ich nicht ein zweites Mal durchfallen würde. Stellen Sie sich vor, ein ehemaliger k.u.k. Offizier! Vielleicht liebte er mich doch, auf seine Art. Ich habe ihn einst unendlich gefürchtet …«

Karl schwieg lange. Die blauen Augen Marios schauten ihn aufmerksam an. Karl hatte das Gefühl, daß Mario verstand. »Wer hat wohl keine Spannungen mit seinem Vater. Ich meine, welcher Sohn, besonders wenn er eine Neigung hat … zum Theater … und zu solchen Dingen …« sagte Mario leise: Seine Stimme war angenehm weich, fast mädchenhaft. Hingebung lag in seinem Blick.

In Karl stieg etwas wie Ekel empor. Er fühlte sich angezogen und abgestoßen zugleich. Schwindel erfaßte ihn. »Ich muß mich jetzt fertig machen. Meine Familie erwartet mich, meine Mutter …« Seine Stimme klang wie in Trance.

»Bitte, Karl, verschließen Sie sich nicht. Sprechen Sie …«

»Na gut, aber … Gustav Gründgens war mein Lehrer. Er erzählte einmal von den Löwen auf Karinhall, die ein Kissen zerrissen, als er dort auf Göring wartete. Er studierte mit mir den

Romeo … Und dann waren wir oft bei unserer Mitschülerin Ulla, der Tochter des Reichsministers Kerrl. Wir schauten bei ihr, in der Villa am Wannsee, amerikanische Filme an. Sie ließ uns dann immer mit einem Zwölf-Zylinder Horch und Chauffeur abholen.« Karl war wieder ganz bei der Sache.

»Tja, Mario, und dann bin ich über Bochum und Meiningen, wo ich die Kostüme des großen Kainz trug und in einer Saison siebzehn Hauptrollen gespielt hab, nach Wien ans Volkstheater engagiert worden. Zusammen mit Curd Jürgens, O. W. Fischer, Gert Fröbe und Paul Hubschmidt, falls Ihnen die ein Begriff sind. Es sieht aus, als wenn wir es alle zu etwas gebracht hätten …«

»Das kann man wohl sagen, Karl …« Mario war atemlos.

»Hab ich dir gesagt, daß Berlin die schönste Zeit war in meinem Leben? Das stimmt nicht. Die kam jetzt erst in Wien. Weißt du, ich war ein politisch desinteressierter Mensch. Hitler hat mich nicht beeindruckt, ich hab ihn einmal in Berlin Unter den Linden gesehen … Ich hab mich eigentlich nur fürs Theater interessiert und für das Drumherum. Es war wunderbar in Wien. Wir haben probiert, gespielt, abends mit Lebensmittelmarken gekocht. Und dann die Partys beim Jürgens! Sie haben gesoffen und halbnackt getanzt: Es hat mich abgestoßen. Ich ging dann lieber ins Bett.«

Mario schwieg beeindruckt. Er wollte auch so werden wie Karl Held.

»Meine Mutter war oft bei mir in Wien. Sie hat für mich gekocht … Wir sind sehr eng verbunden. Sie war sehr unglücklich mit meinem Vater … Ich wohnte direkt neben dem Volkstheater und war gern zu Hause. Fröbe sagte deshalb auch zu mir: Held, dich sieht man überall, du kennst alle Leute, aber verkehren tust du mit niemandem. Tja, und dann hab ich 1941 meine

Frau bei Gesangsstunden kennengelernt. Sie hat beim Film als Synchronsängerin gearbeitet. Sie wurde gleich schwanger. Sie können sich vorstellen, daß meine Eltern auf dem Kopf gestanden sind, denn ihre Eltern haben eine Hühnerfarm bei Schorndorf … Aber ich fühle mich geborgen dort. Es ist wie damals auf unserem Gut in Siebenbürgen.«

Eine lange Pause trat ein. Es war alles gesagt.

Mario saß noch immer unbeweglich auf dem Stuhl vor dem Schminktisch, das helle Licht ließ sein geschminktes Gesicht edel, blaß und unwirklich aussehen. Seine kräftigen Bubenhände lagen ruhig auf der Stuhllehne. Seine kühlen, blauen Augen schauten unverwandt in den Spiegel und begegneten Karls glühendem, sehnsüchtigen Blick. Mario wußte plötzlich, daß die Sehnsucht und der Hunger darin nicht ihm galten und daß niemand sie je würde stillen können.

Karls Blick tauchte in den Spiegel und versank in Marios Augen. Wie im Traum sah er in dem Spiegel zwei blonde Männer im Kostüm einer versunkenen Zeit … Die Grenzen verschwammen. Karlis Hände hoben sich und legten sich auf die Schultern des Pagen. Der Infant neigte sich herab …

In der Tür stand Malvine Held. Sie mußte schon eine Zeitlang dort gestanden haben.

»Mama!« Karl Held drehte sich nicht um. Er spürte, daß sie es war. »Mama, hilf mir doch.«

Der Page drückte sich mit einem herausfordernden Blick an Malvine vorbei durch die Tür.

Karl sank vor seiner Mutter auf die Knie, verbarg sein Gesicht in ihrem weichen, warmen Schoß.

»Du hast mich errettet …«, stammelte er unter Tränen.

Sie streichelte sein krauses Haar. »Still, Kind, es ist alles gut«, sagte sie wie vor vielen Jahren. Auch sie weinte. »Ich muß weg vom Theater! Es ist stärker als ich. Ich kann nicht dagegen an. Dieses Milieu macht mich kaputt. Mama …«

»Es ist nicht schlimm. Beruhige dich doch, mein Karli …«

»Nur nicht daran rühren«, sagte eine leise Stimme in ihr, »es ist alles nur ein Traum.«

»Es gibt doch viele Künstler, die so sind …« sagte sie unter Tränen.

»Nur nicht daran rühren«, sprach es in ihr.

»Tata darf nichts erfahren! Mein Gott, er verachtet mich, so wie ich selber. Es ist nur Koketterie und dann diese Selbstbestätigung … Ich muß mich ganz dem Dienst an Gott verschreiben. Vielleicht ist dort der Ort, wo ich endlich Frieden finden kann. In der Anonymität … Ja, endlich Frieden …«

Malvine schwieg. Dann öffnete sie ganz langsam ihren pelzbesetzten Mantel und schmiegte ihr Kind fest an ihren Körper.

Die Tür flog auf. Karl war sofort auf den Beinen.

»Karli … Karli, du warst einfach umwerfend! Du bist mein Held!« Seine Frau stand in der Garderobe. Sie lachte laut und glücklich, packte ihn mit ihren starken, warmen Händen und drückte ihm einen schmatzenden Kuß auf die Lippen.

Auf einmal war alles ganz einfach.

Kräftig und bodenständig war sie und gesund. Sie liebte ihn ohne Bedingungen.

Er war ihr Held. Und er war ein Erfolg. Leise fiel die Tür hinter seiner Mutter ins Schloß.

Kronstadt 1950

»*Aici sunt documentele voastre, tovaraşe...* Hier sind Ihre Unterlagen, Genossin«, sagte der junge Mann mit schwarzem Schnauzbart freundlich. Ida Greysing war ihm bekannt. Sie war schon öfter wegen Ausstellungen ihres Mannes auf dem Amt gewesen.

»*Mulţumesc, tovarase...* Danke, Genosse«, entgegnete Ida.

»*Organizatia artistilor a stabilit data cand va avea loc expozitia...* Der Künstlerfonds hat das Datum der Ausstellung festgesetzt«, fuhr der junge Mann fort. Er erinnerte sie an Hannes.

»*Poftiti, sunteti asteptati in fiecare lună pentru a va ridica pensia d-voastră de artişti...* Bitte holen Sie von nun an jeden Monat Ihre Künstlerpension ab.«

»*Mulţumesc, tovares...* Danke, Genosse«, sagte Ida erneut.

Ida hielt den jungen Mann für einen der vielen Zigeuner, die neuerdings Posten in den Ämtern der Stadt innehatten. Er blickte auf. Die Stimme paßte nicht zu dieser schmalen, alten Frau. Genausowenig wie ihre großen, dunklen Augen. Sie gehörten nicht zu dem Gesicht einer Deutschen.

»*Pină cănd trebuie să fie picturile gata?* Bitte, bis wann müssen die Bilder komplett sein?« fragte Ida.

Der junge Mann sah kurz auf das Schriftstück in seinen Händen und wandte sich dann an den nächsten Wartenden.

»*Am puţin timp... Partidul se ocupa de tot si lucrurile vor decurge normal si corect...* Ich habe wenig Zeit. Die Partei investiert. Es wird jetzt alles gerecht werden«, sagte er voller Emphase.

Ida lächelte. »Er kann nicht lesen«, dachte sie, »er sitzt hier im Amt und kann nicht lesen. Und er schämt sich deswegen. Deshalb drischt er Phrasen.«

»*Mulţumesc tovarase, la revedere*... Danke, Genosse, auf Wiedersehen«, sagte sie verbindlich, ging an der langen Schlange der Wartenden vorbei und schloß ordentlich hinter sich die Tür. Es war nicht angeraten, in diesen Zeiten als Deutsche unangenehm aufzufallen. Man hörte auf dem Amt ohnehin fast nur noch Rumänisch. Mitten in Kronstadt! Aber man gewöhnte sich daran. An was gewöhnte sich der Mensch eigentlich nicht? Sie faltete die Papiere, die Johannes' nächste große Ausstellung bestätigten, mit ihren schmalen, inzwischen von dicken blauen Adern überzogenen Händen sorgfältig zusammen. Dann stieg sie mit ihrem immer noch weichen, lautlosen Gang die Treppe hinunter.

Vor dem Amt stand die schwarzglänzende Limousine des Genossen Bürgermeister. Ein Chauffeur in verblichener Livrée polierte die Rückspiegel. Ein struppiger, rehbrauner Hund schnupperte aufgeregt um ihn herum. Im Grunde hatte sich nichts geändert. Nur daß der Bürgermeister jetzt ein rumänischer Werktätiger und der Chauffeur vermutlich ein ehemaliger deutscher Fabrikant war. Ida kannte ihn nicht.

Sie bog in die Purzengasse ein. Sie freute sich, daß sie Johannes die gute Nachricht von der Ausstellung und von der genehmigten Künstlerrente mitbringen konnte. Er wurde auch bei den Kommunisten als bedeutender Künstler Rumäniens anerkannt. Und zum ersten Mal in all den Jahren würde nun auch ein, wenn auch bescheidenes, Auskommen gesichert sein.

Sie ging, ohne hinzuschauen, am Hotel »Krone« vorbei. Und dennoch standen ihr die Marmortische aus der k.u.k. Zeit vor Augen, dort, wo früher immer eine Zigeunerkapelle gespielt hatte. Inzwischen, so munkelte man, war der Hoteldirektor von der Securitate, und niemand ging mehr hin, weil unter den Aschenbechern auf den Marmortischen angeblich Wanzen klebten.

Wie sich Johannes freuen würde! Natürlich würde er nur mokant die Lippen kräuseln und sich über das Provinznest hinter dem Eisernen Vorhang, in dem sie lebten, lustig machen: Oraşul Stalin – Stalinstadt, wie das arme Kronstadt nun hieß.

Aber freuen würde er sich über seine große Einzelausstellung insgeheim doch. Es war sogar von einer Ausstellung in Bukarest die Rede gewesen …

Lärm ließ sie zurückblicken. Am Stadtpark hatte eine Zigeunersippe mit ihrem Planwagen haltgemacht. Sie erkannte den Wagen sofort an seinem halbrunden Aufbau, der typisch war für Zigeuner. Fröhlich und laut gestikulierend saßen oder standen sie in den Straßen. Die tiefschwarzen, verfilzten, mit bunten Bändern geschmückten Haare der Frauen fielen tief über den Rücken bis auf die bunten Röcke hinab.

Ida drehte sich um und ging weiter. Sie lächelte. »Mit denen wird die Partei noch ihre Freude haben«, dachte sie. »Die lassen sich in keine Regeln pressen!«

Im Gehen schaute sie in die Gesichter der Menschen, die ihr in der Straße entgegenkamen. Ernst, gewichtig ins Gespräch vertieft, in gedeckten Tönen gekleidet, der Schritt eilig, eifrig, arbeitsam. »Wenn das keine Sachsen sind«, dachte Ida. »Es hat sich wirklich nichts geändert, auch wenn Zigeuner und Sachsen sich jetzt von Amts wegen mit Genossen anreden.«

Ida wollte eben in die Hirschergasse einbiegen, als sie eine tiefe Altstimme innehalten ließ.

»Ida, weshalb gehst du so stolz an mir vorbei?« In der Stimme lag ein Augenzwinkern. Es war Rosie Meerwald. Die Meerwald-Mühlen waren inzwischen verstaatlicht. In Schürze und Kopftuch, mit Eimer und Lappen putzte sie die Fenster des Hirscherhauses. Ida versuchte, ihr Entsetzen zu verbergen.

»Wußtest du nicht, daß ich ehemalige Kapitalistin hier als Putzfrau arbeite?« fragte Rosie sachlich. »Ich bin nicht von gesundem Geblüt, nix *origine sânătoasă,* kein Arbeiterkind, also ran an den Putzlappen… Mein Bruder arbeitet übrigens als Chauffeur. Tja, sie haben das Unterste nach oben und das Oberste nach unten gewendet.«

»Ich wußte es schon, Rosie, aber wenn man dich dann so sieht«, sagte Ida zögernd.

»Na, dann geht es dir auch nicht besser wie meinem ehemaligen Dienstmädchen Elena. Als sie mich hier putzen sah, ist sie vor Schreck gleich auf die andere Straßenseite.« Rosie Meerwald lachte auf.

Sie sah sich um. Es wurde nicht gern gesehen, wenn man plauderte, anstatt zu arbeiten. Es schien sie niemand zu beobachten.

Ida wußte, daß Rosie ihre drei kleinen Kinder allein durchbrachte, da sich ihr Mann mit der »Nationalisierung« der Meerwald-Mühlen ins Ausland abgesetzt hatte. Rosie schien ihre Gedanken zu erraten.

»Man sollte sich wieder einmal treffen«, sagte sie, »aber man hat ja nur einen Tisch und einen Stuhl. Manchmal bin ich froh, wenn die Kinder abends ohne Abendbrot einschlafen, weil ich nichts für sie habe.«

»Ja, Rosie … Wenn ich da an die alten Zeiten in der Meerwald-Villa denke, als es bei euch aussah wie im Caféhaus, mit der Milch am Ofen, dem Bottich voller Sauermilch. Kaum zu glauben, in welchem Überfluß man einmal gelebt hat …« Ida senkte die Stimme. Unwillkürlich tat es Rosie Meerwald ihr gleich.

»Na, wer weiß. Ida, vielleicht kommen auch wieder bessere Tage. Wir Sachsen haben schon vieles überstanden. Weißt du, in der Stadt kursiert ein Witz: Man sagt, es gibt in ganz Rumänien genau tausend Kommunisten ...«

Rosie war energisch und pragmatisch. Ohne zu klagen, fügte sie sich in ihre Lage, ja machte sich sogar manchmal darüber lustig. Selbstmitleid war ihr fremd.

»Du hast recht, Rosie, dieses Parteigetue paßt gar nicht zu den Rumänen. Die bekamen ja genau wie wir einen Schreck, als nach dem Krieg plötzlich die kommunistischen ›Berater‹ aus Rußland erschienen. Tja, und jetzt sind wir seit siebenundvierzig, dem Geburtsjahr meiner Enkelin, Volksrepublik. Das paßt nicht zu ihrer Mentalität. Du weißt, daß wir immer viel mit Rumänen verkehrt haben. Sie haben immer gelebt und leben lassen. Denk dir, ich war vorhin auf dem Amt wegen Johannes' neuer Ausstellung. Da saß ein junger Zigeuner. Er konnte nicht lesen, welches Formular er mir grad ausgestellt hatte.« Ida kicherte. »Es wird ihn bald wieder hinausziehen in die Wälder. Der sitzt nicht lang in dieser Amtsstube ...«

»Du hast recht. Weißt du noch, wie die Zigeuner und die rumänischen Bergbauern nach dem Krieg die sächsischen Höfe vom Volksrat zugeteilt bekamen? ›Kolonisten‹ hat man sie genannt ...«

»Ja, Rosie, ich weiß. Ich war im harten Winter 1945 einmal in meinem Heimatort Weidenbach. Sie haben die Gartenzäune, die Dachbalken, Holzdielen und das Mobiliar verfeuert, kochten sich mit dem Saatgut fürs nächste Jahr ihre Mamaliga, und im Frühjahr wußten sie nicht weiter. Ich hab selbst gesehen, wie ein Rumäne sich Eier und Kartoffeln beim ehemaligen Besitzer seines Hofes borgte, der inzwischen im Gartenhäuschen hauste, aber schon wieder Hühner hielt und Gemüse anbaute ... Ich weiß nicht, ich finde ihre Art liebenswert. Man kann ihnen nicht böse sein.«

»Als wir 1945 in vierundzwanzig Stunden unsere Villa verlassen mußten ... Jetzt hausen dort Parteibonzen, die nicht lesen und schreiben können! Na, hoffentlich wissen sie wenigstens unsere Perser und die Bilder von deinem Mann zu schätzen ...«

»Immerhin, sie haben uns Deutsche nicht vertrieben. Soviel ich weiß, als einziges Land Osteuropas.«

»Na, aber sie haben doch der Deportation von fünfzigtausend Sachsen zur Zwangsarbeit nach Rußland zugestimmt.«

»Die Regierung hat zugestimmt, die Bevölkerung hat uns aber doch sehr geholfen. Ich kenne etliche, die von Rumänen versteckt worden sind.«

»Schon, schon ... man muß zugeben, daß der Kommunismus hierzulande dank balkanesischem Schlendrian und der uralten Bestechlichkeit ein einigermaßen menschliches Gesicht behalten hat.«

»Vergiß nicht, daß wir alles diesem Hitler verdanken.«

»So ist es. Und nun arbeiten eben unsere uralten Freibauerngeschlechter als Knechte bei den Genossenschaften oder in der Fabrik. Und ich putz hier am Hirscherhaus die Fenster. Immerhin gehören die Höfe und unsere Häuser jetzt dem Volk, jetzt haben alle nichts mehr.«

»Sag das nicht, Rosie! Ich hab vor ein paar Tagen im Omnibus zwei Rumänen reden hören: ›Schau nur‹, sagte einer, ›wie gut die Deutschen schon wieder angezogen sind.‹ Der andere antwortete: ›Ja, du hast recht. Man müßte ihnen die Hände abhacken, damit sie aufhören mit dem Arbeiten ...‹ Dann haben beide gutmütig gelacht. So, wie sie uns seit Jahrhunderten belächeln und vielleicht ein wenig bewundern …«

»Ich werd nie vergessen, wie am 10. Juni 1948 die Kommissionen in die Banken und Fabriken gekommen sind, und ein paar Minuten später sind die Besitzer als arme Leute herausgekommen. Weißt du übrigens, daß sie den Ambrosi, du weißt schon, den Wein-Ambrosi aus Mediasch, aus dem Gefängnis geholt haben, weil sie nicht wußten, wie man mit den Weinbergen umgeht?«

»Nicht sag! Na vielleicht normalisiert sich alles langsam wieder. Mein Neffe Walter und seine Frau sind ja auch aus dem Arbeitslager im Donezbecken zurück.«

»Aber wie viele haben die Strapazen und die Typhusepidemien nicht überlebt.«

»Du hast recht, es ist viel Unrecht passiert. Aber auf beiden Seiten. Wenn dieser Hitler nicht gewesen wäre …«

»Sag noch schnell, wie geht es deiner Nichte Dorle, ich hab lang nichts von ihr gehört?«

»Sie hat doch 1944 ihren Untermieter geheiratet, damit sie nicht deportiert wird. Sie arbeitet immer noch im Kindergarten. Weißt du, daß sie eine Tochter hat?«

»Das hab ich gehört. Unter uns Sachsen weiß man ja immer alles voneinander. Und noch etwas anderes, Ida. Sag, mußt du auch jeden zweiten Montag zu diesen zweistündigen politischen Schulungen, wo man den Marxismus eingetrichtert bekommt und die Internationale singen muß? Oder verschonen sie Künstlerfamilien damit?«

»Wir müssen nicht hin. Ich kann mir auch nicht Johannes beim Absingen der Internationale vorstellen …« Ida mußte lachen.

»Johannes beim Hersagen marxistischer Sprüche, zu komisch …« kicherte Rosie. »Ich kenn noch jemanden, der nicht so oft hin mußte: Lilly Walbaum. Ihr seid doch mit ihr verwandt. Sie hat in Hermannstadt ihr Schneideratelier und war als Werktätige nicht suspekt.«

»Das war einmal, liebe Rosie. Inzwischen haben sie sie enteignet, weil sie bereits dreißig Angestellte hatte und für Bukarester Minister arbeitete. Jetzt muß ich aber wirklich weiter. Johannes wartet auf mich …«

»Also, er wird ja auch einmal ein wenig warten können! Erst recht, wenn du mit mir redest. Schließlich war unsere Familie einmal euer bester Kunde …«

Ida schwieg.

»Wie geht es Hannes?« fragte Rosie, um die betretene Stille zu überwinden.

Ida wurde lebhaft. »Ja, die Kleine hafte am elften August ihren dritten Geburtstag. Es geht ihnen gut. Hannes hat jetzt einen guten, sicheren Posten bei einer Werbefirma in Stuttgart. Aber natürlich leben sie auch nicht mehr auf dem Niveau, das wir einmal gewohnt waren. Die Kleine malt und zeichnet sehr hübsch. Sie hat offensichtlich die Begabung ihres Großvaters. Ach, Rosie, ich hab Hannes seit acht Jahren nicht gesehen. Die Trennung fällt mir manchmal so schwer!«

»Ja, kannst du ihn denn nicht wenigstens besuchen?«

»Wo denkst du hin! Er war doch bei der Antonescu-Gesandtschaft, er steht bestimmt auf einer dieser Listen. Und wir dürfen nur endgültig ausreisen oder gar nicht. Es tut mir so weh, ich kann es gar nicht sagen …«

»Um Gottes willen, das kannst du Johannes nicht antun!«

»Natürlich nicht. Er braucht seine Stadt, sein Siebenbürgen. Er hat hier einen Namen, aber dort oben in Deutschland …

Gestern bin ich um drei Uhr in der Nacht für Fleisch angestanden. Er muß sich unbedingt gut ernähren. Und sein ständiger Husten gefällt mir auch nicht.«

»Mach dir nicht so viel Sorgen. Er ist nicht so zerbrechlich, wie du denkst. Nimm lieber einmal auch auf dich Rücksicht. Als dann, habe die Ehre … ich muß wieder an die Arbeit. Wir werden uns ja dann alle bei der Ausstellung sehen, die ganze alte Garde Kronstadts …«

Ida wandte sich zum Gehen. Da kam ein kleines Mädchen in einem schäbigen, dunkelblauen Kleid auf sie zugetänzelt.

»*Stiti cine este cel mai bun om din lume?* Weißt du, wer der beste Mensch auf der Welt ist?«

»*Nu, micuță mea, cine?* Nein, meine Kleine. Wer denn?« antwortete Ida und dachte an ihr Enkelkind.

»*Stalin, asa am ivațat in scoală…* Stalin. Das haben wir in der Schule gelernt«, sagte das Kind stolz und trippelte davon.

Manchmal war Ida unsagbar müde. Müde des Kampfes. Sie war einundsechzig. Wie viele Jahre hatte sie sich heimlich gesorgt, hatte anschreiben lassen, Aufschub erwirkt … Wie gut, daß das jetzt ein Ende hatte!

Die Tür zum Atelier stand einen Spalt offen. Alles war, wie es viele Jahre gewesen war. Manchmal schreckte sie in der Nacht auf und meinte, Hannes hinauflaufen zu hören, immer zwei Treppen auf einmal …

»Ich bin's, Johannes«, sagte Ida und ging im Mantel ins Atelier. Manchmal vergaß sie abzulegen. Auch wenn sie irgendwo auf Besuch war.« Ich bin wie ein sächsischer Bauer«, sagte sie dann, »drinnen ist es mir nicht zu warm und draußen nicht zu kalt.«

»Raten Sie mal, Herr Greysing, wie es mit Ihrer Ausstellung im Januar und der Pension steht?«

Johannes schaute nicht auf. Natürlich würde er so tun, als ginge ihn das alles kaum etwas an. Er war jetzt siebenundsechzig Jahre alt und brauchte sie mehr als je zuvor. Sein Spott und seine Ironie waren seit Kriegsende immer bitterer geworden, und manchmal schwang in seiner schönen, kontrollierten Stimme eine Resignation mit, die sie beängstigte. Er war immer noch der Mittelpunkt in seinem Kronstädter Kreis, aber der Kreis wurde kleiner …

An manchen Tagen, wenn sie unbemerkt ins Atelier trat, saß er ganz versunken da vor seiner Arbeit, traurig und einsam. Sie liebte ihn mehr als je zuvor und sagte ihm nie, was sie in seinem Gesicht gelesen hatte. Fast schämte sie sich, ihn so wehrlos gesehen zu haben und wollte es wiedergutmachen.

»Also, mein Herr«, verkündete sie laut. »Die Ausstellung wird im Januar nächsten Jahres stattfinden, und die Staatspension des Fondul Plastic ist genehmigt.« Sie schwieg erwartungsvoll.

Johannes starrte lange auf das Bild vor ihm auf der Staffelei. Er malte auf einer dünnen Spanplatte, weil es kaum mehr Leinwand zu kaufen gab. Es war eins jener Routine-Stilleben, die irgend jemand zur Silberhochzeit bestellt hatte und die er lustlos hinpinselte, die Schwarze Kirche im Hintergrund inbegriffen.

»Ich muß noch den Saal organisieren helfen und etliche Bilder rahmen lassen. Vielleicht wird es Ankäufe von staatlicher Seite geben«, sagte sie leise. »Ich freue mich sehr …«

»Ja, wenn das so ist«, entgegnete Johannes, »dann freue ich mich auch. Dann haben wir ja auf unsere alten Tage erstmals so etwas Ähnliches wie materielle Sicherheit. Das gibt es im Westen für Künstler nicht. Da kann sich die Bundesrepublik

Deutschland eine Scheibe abschneiden.« Johannes hob mokant die Brauen, in seiner Stimme lag ein Anflug leiser Belustigung. Ida sah es mit Freude.

»Übrigens ist Post gekommen von Hannes. Der Brief liegt im Flur auf dem Tischchen«, schloß Johannes und wandte sich wieder seiner Arbeit zu. »Ich hab ihn noch nicht aufgemacht. Du machst das doch so gern …«

Idas Herz wurde schneller. Auf dem Umschlag erkannte sie die flüchtige, ungeduldige Handschrift Hellas. Sie adressierte und frankierte die Briefe. Sie entfaltete den Brief langsam, wie etwas Kostbares. Eine Kinderzeichnung war beigelegt: Sie ging sofort ins Atelier zurück und zeigte sie Johannes.

»Wie gut sie die Dinge in den Raum stellt«, sagte er, nachdem er das Bild seiner Enkeltochter lange und prüfend betrachtet hatte.

Dann ging sie mit dem Brief in ihr Schlafzimmer, zog die Tür hinter sich zu und begann, die beiden mit der steilen, ein wenig verschnörkelten Schrift von Hannes eng beschriebenen Seiten zu lesen.

Liebe Mama, lieber Johannes!

Euren Brief vom 21. Juli haben wir erhalten. Er kam gerade noch rechtzeitig zum Geburtstag unserer Schnupsi an. Sie hat sich sehr über das hübsche Tüchlein und die Zeichnung von Johannes gefreut. Sie versucht jetzt andauernd, die Tiere abzumalen!

Es geht uns allen gut.

Wir suchen zur Zeit eine neue Wohnung, da die alte doch etwas zu klein wird und sich auch unsere Situation so weit gebessert hat, daß man an eine größere Bleibe denken kann.

Mit der Arbeit ist alles beim alten, mit dem Wiederaufbau der Wirtschaft wächst auch die Klientel für unsere Werbefirma. Es ist sogar die Rede von einem ›Dienstwagen‹ für mich, einem VW. Wir freuen uns sehr darauf, dann wieder beweglicher zu sein. Mein Chef ließ kürzlich etwas von einer Prokura für mich durchblicken, auch das wäre sehr erfreulich. Ihr seht, es geht wieder aufwärts.

Im Tennisverein bin ich diesen Sommer Clubmeister geworden. Das liegt wohl daran, daß die meisten meiner Konkurrenten entweder gefallen oder noch in Kriegsgefangenschaft sind. Hella hat jetzt auch – sozusagen aus Notwehr – angefangen Tennis zu spielen, und deshalb leben wir im Sommer weitgehend im Club. Auch die kleine Schnupsi hat hier schon Spielkameraden gefunden.

Hellas Mutter geht es besser, sie hat ihre Gallenoperation gut überstanden. Sie wird auch mit uns in die neue Wohnung umziehen. Hellas Vater lebt immer noch auf Schloß Feichten. Der Arme hat jetzt schon wieder keine Offizierspension mehr, kämpft aber erbittert darum.

Karli ist jetzt ganz vom Theater abgegangen. Wie Ihr wißt, wurde er von einer ominösen Sekte, ich glaube, sie nennt sich ›Church of God‹, bekehrt … hat dem sündhaften Leben auf der Bühne entsagt und gondelt inzwischen als Wanderprediger auf dem Motorrad durch ganz Süddeutschland. Ich denke, seine Bühnenerfahrung kommt ihm dabei sehr zugute. Er soll fantastisch predigen. Er lebt nach wie vor mit seiner Familie in einem Dorf bei Stuttgart. Nun ja. Ilse, seine Frau, ist eine Herzliche, Resolute. Sie tut ihm und seiner Exaltiertheit sicherlich gut.

Wir leben hier ganz gut, aber mit unserem früheren Leben läßt sich das natürlich in keiner Weise vergleichen. Auch nicht mit meiner Zeit während des Krieges in Berlin. Ich traure den

Zeiten nicht nach, als ich auf Staatsbesuch in München war und im Mercedes durch die beflaggte Ludwigstraße fuhr oder im Rathaus Schöneberg beim Berliner OB saß. Weißt Du noch, liebe Mama, wie ich Dich damals manchmal über eine Militärleitung angerufen habe?

Na, jetzt bin ich eben in unserem Tennisclub Vergnügungswart geworden, auch ein schönes Pöstchen, wenn auch nicht ganz so aussichtsreich …

Jetzt im Herbst denke ich öfter an die in glühenden Farben leuchtende Zinne hinter der Schwarzen Kirche. An die Kukuruzfelder vor der Stadt und die Pappelalleen, die Siebenbürgen durchziehen. Wer weiß, vielleicht ersetzt mir der Tennisverein etwas von dem Gefühl des Aufgehobenseins in unserer Stadt, wo jeder jeden kennt.

Das Leben hat mich nach Schwaben gewürfelt, und ich fühle mich hier sehr wohl. Du weißt ja … Unkraut vergeht nicht. Jetzt bin ich schon mehrere Jahre mit der Eisenbahn-Werbung befaßt. Merkwürdig. Noch in Berlin hat mir einmal eine Dame namens Kardosch, die ein Herr aus Braunau, dessen Namen ich nicht erwähnen möchte, mit Vorliebe konsultierte, geweissagt: ›Sie werden nie von den Bahngeleisen loskommen‹. Mal sehen, ob sie recht behält.

Ich hab gelegentlich ein wenig mit der Leber zu tun, sehe dann ziemlich gelblich aus, aber mein Tennisfreund Rudi ist jetzt Oberarzt geworden und sagt, das wäre harmlos. Er hat sehr darüber gelacht, als ich ihm von Johannes' Ausspruch anläßlich meiner Gelbsucht mit fünfzehn Jahren erzählte. Wißt ihr noch? »Ich werd eine blaue Kachel als Hintergrund nehmen und dich so malen«, hat Johannes gesagt. Ich nehme solche kleineren Gesundheitsschwankungen am liebsten nicht zur Kenntnis. Ihr wißt ja, daß ich es mit Dingen, die mir unangenehm sind, immer schon so gehalten habe.

Grüßt alle in Kronstadt. Wir hoffen fest, Euch bald wiederzusehen.

Sehr viele Grüße
von Hannes, Hella und Schnupsi.

Gegen Abend stand Johannes Greysing am Fenster seines Ateliers im ersten Stock und schaute auf die Hirschergasse hinunter. Der Brief seines Sohnes lag auf dem Rauchtischchen. Unten eilten die Menschen von der Arbeit nach Hause. Viele unscheinbare, einheitlich grau in grau gekleidete, junge Arbeiter und Arbeiterinnen aus den Fabriken, die in letzter Zeit rund um die Stadt aus dem Boden gestampft worden waren. Der Anblick schmerzte sein Auge. Wo war die Buntheit, die Vielfalt, der Formenreichtum geblieben, den er an seiner Stadt und ihren Menschen geliebt hatte?

»Selbst die Zigeuner kommen mir nicht mehr so farbig vor wie früher«, dachte er. »Aber das kann natürlich auch am Auge des Betrachters liegen. Vielleicht nehme ich Schönheit, auch wenn sie mir begegnet, gar nicht mehr wahr.«

Von den Alleen und Kukuruzfeldern Siebenbürgens hatte Hannes geschrieben. Gewiß, es gab sie noch. Aber lag nicht über alledem vor allem eine tiefe Schwermut?

Sein Malerleben neigte sich langsam, unaufhaltsam seinem Ende zu, so wie das Jahr da draußen vor dem Fenster. Und die Tage wurden immer kürzer. Hatte er nicht insgeheim immer geglaubt, eines Tages doch noch seiner Heimat den Rücken zu kehren?

Es war zu spät.

Zu spät.

Eine große Ausstellung stand bevor. Sie machte ihn krank, wie immer. Jede Pflicht, jeder Zeitdruck raubte ihm den Rest seines Schlafes. Aber wozu?

Es würde eine Ausstellung in Kronstadt sein. Nichts weiter. Einer seiner Logenbrüder war zu Besuch in Deutschland gewesen. Er hatte sich auch bei Hannes umgeschaut. Seither wußte Johannes, daß eine Ausreise via Familienzusammenführung nicht mehr in Frage kam.

Es war zu spät.

Er würde ein Maler aus Kronstadt bleiben.

Nichts weiter.

Sein germanisches Gefühl für den Wald, für diesen wilden Karpatenwald hatte ihn nicht gehen lassen. Die Jagd, die Kaffeehäuser, das Sommerhaus, das gute Leben. Wo war das alles geblieben?

Er hatte nicht immer nur interessante und gute Köpfe gemalt. Wie oft hatte er seine Kunst, seinen Geist verkauft? »Ich war immer nur ein halber Rebell«, dachte Johannes Greysing. Sein unerbittliches Gefühl für Qualität und Wahrhaftigkeit gestattete ihm kein Ausweichen. »Und jetzt bin ich als verdienter Kulturschaffender auch noch Pensionär bei den Kommunisten …«

Er würde ein Maler aus Kronstadt bleiben.

Stuttgart 1953

»Warum weinst du so, Mama?« fragte Hellas fünfjährige Tochter. Sie hatte ihre Mutter bis dahin niemals weinen sehen. Gebannt und ängstlich zugleich beobachtete das Kind, wie sich die Tränen einen Weg über die Wangen ihrer Mutter bahnten. Wie sie langsam an ihrer Nase entlang herabliefen, sich an der Nasenspitze sammelten und schließlich auf den dunkelrot gemusterten Teppich tropften.

Hella schaute wie geblendet auf. Ihre Augen nahmen das Kind kaum wahr.

»Laß nur ... es ist nichts ...« wehrte Hella ab. Sie schämte sich ihrer Tränen. Sie fühlte sich unendlich hilflos.

»Warum weinst du, Mama?« beharrte das Kind. Es fragte ohne Hast, mit der naiven Geduld, wie sie nur Kinder haben.

»Der Opa ist sehr krank, das weißt du doch. Er liegt im Krankenhaus«, sagte Hella leise. Sie wollte nicht, daß das Kind ihre Stimme zittern hörte.

Ihr Vater starb...

Im Januar, gleich nach Silvester, als Ossi aus Neumarkt-St. Veit gekommen war, weil sein Fieber und seine Heiserkeit nicht nachließen, war es um diese Zeit noch ganz dunkel gewesen. Er hatte eine Geschwulst am Hals gehabt. Kehlkopfkrebs, hatten die Ärzte gesagt. Ihm hatte man die Diagnose verschwiegen. Er würde sterben.

Ihre Mutter hatte den Tod in seinem Gesicht sofort erkannt. »Er wird sterben«, hatte sie am Bahnhof leise zu ihr gesagt.

Hella war wütend geworden. Sie vermochte nicht, sich den Tod ihres Vaters vorzustellen.

Ausgerechnet jetzt, wo er endlich wieder eine Offizierspension bezog und kein Sozialfall mehr war...

Draußen vor dem Fenster knallten Buben mit ihren Spielzeugpistolen. Es war Fasching. Faschingsdienstag sogar.

»Die knallet mit Käpsele«, sagte das Kind fachkundig.

»Was sind Käpsele?« fragte Hella ungeduldig, »sprich deutsch mit mir. Ich versteh kein Schwäbisch.«

»Sie knallen mit Kapseln«, sagte das Kind gehorsam. Es war gewohnt, daß seine Mutter die Sprache der Gegend nicht verstand. So wie das Kind es nicht verstand, wenn ihre Eltern ungarisch oder rumänisch miteinander redeten. Das taten sie meistens kurz vor Weihnachten oder wenn sie sich zankten, was in letzter Zeit immer öfter vorkam.

Das Kind freute sich, daß es der Geheimsprache der Eltern etwas Eigenes entgegenzusetzen hatte.

Draußen knallte es erneut.

»Ich will auf den Fasching«, maulte das Kind, »alle gehen. Ich will auch hin.« Hella antwortete nicht.

»Käpsele«, sagte das Kind aufsässig. »I will au Käpsele.«

Hella saß mit dem Kind auf der großen, dunkelbraun gebeizten Eckbank aus schwerem Holz, die Malvine irgendwo organisiert hatte, die Füße auf den kreuzförmig verbundenen Streben unter der Tischplatte.

»Mama, darf ich mir ein Lägerle bauen?« fragte das Kind und schaute sie freundlich aus großen, dunklen Augen an. Der Blick erinnerte Hella an Hannes. Das Kind legte auf den großen Tisch gern eine der alten an den Rändern mit einem Rhombenmuster verzierten Decken, die den langen Weg aus Kronstadt überstanden hatte, und saß dann stundenlang unter dem Tisch in der dämmrigen Höhle und spielte.

»Sie hat überhaupt keinen Bewegungsdrang«, dachte Hella befremdet.

»Mal lieber etwas. Mal doch eine Vase mit Blumen darin. Rote Tulpen«, sagte Hella und putzte sich die Nase.

»Au ja«, sagte das Kind.

»Oder du malst Maschkera …« sagte Hella.

»Was ist Maschkera?«

»Maskierte, einen Faschingszug«, erklärte Hella.

»Ja«, sagte das Kind artig und war still.

Stifte und Papier lagen ständig auf dem Tisch bereit. Das schöne weiße Papier brachte ihr Hannes aus dem Büro mit. Das Kind war ganz in sein Bild versunken.

Im Treppenhaus hörte man Schritte. Pfeifen. Der Schlüssel drehte sich im Schloß. »Hannes!« jubelte das Kind und rannte zur Tür.

Hannes hob die Kleine hoch, wirbelte sie durch die Luft und hielt sie fest im Arm. Dann begegnete er den angstvoll fragenden Augen Hellas.

»Es geht ihm einigermaßen. Sie haben ihm Morphium gegeben. Er schläft jetzt«, sagte er. Hella war augenblicklich ruhiger. »Deine Mutter ist ja bei ihm.«

Das Kind hing an seinem Hosenbein. Schmiegte sich an diesen großen, starken, lustigen Vater, dessen Stimme so schön kribbelte.

»Ich hab da eine kleine Dummheit für dich, Schnupsi, eine Überraschung. Soll ich sie dir herbeizaubern?«

Die Kleine wußte längst, daß Hannes gar nicht wirklich zaubern konnte, machte aber das Spiel begeistert mit.

»Abra kadabra, simsala bim«, murmelte Hannes geheimnisvoll und förderte aus seinem makellosen Einstecktuch seines

Sakkos eine Tafel Schokolade zutage. Das Kind zog sich zufrieden damit unter den Tisch zurück.

»Er hat mir aufgeschrieben, daß ich seine Aktentasche mitnehmen soll. Anscheinend traut er den Schwestern nicht«, sagte Hannes und hängte sein Sakko sorgfältig über einen Stuhl. Schnupsi kroch unter dem Tisch näher. Das Sakko roch so gut nach Rasierwasser, nach Hännes. Sie sah die dünne, abgegriffene Lederaktentasche, die ihr Vater auf die Eckbank gestellt hatte. Sie wußte, daß der Opa, wenn er zu Besuch war und mit ihr spazierenging, immer diese Tasche am Zeigefinger mit sich herumgetragen hatte, am kleinen Finger von Opas Hand, die ganz vernarbt war, hatte immer eins ihrer Jäckchen am Aufhänger gebaumelt. Er konnte so schöne Geschichten erzählen von der Jagd in Rumänien und von seinen Hunden Tasso und Waldi. Sie waren fremd und geheimnisvoll gewesen, diese Geschichten aus dem fernen Land, wo er und alle anderen aus der Familie einmal gelebt hatten. Und wo Johannes-Opa und Ida-Oma noch immer waren, die sie nur von Briefen her kannte.

Hella starrte auf die Aktentasche.

Sie war ein Teil von ihrem Vater. Er konnte sich nur noch schriftlich mitteilen. Die Kanüle im Hals hinderte ihn am Sprechen. Er hatte ihr die Aktentasche geschickt. Dann wußte er, daß er verloren war.

»Mach dich ganz steif, Schnupsi«, sagte Hannes zu seiner Tochter und hob sie an Genick und Kniekehlen bis zur Decke hinauf. Das Kind juchzte vor Vergnügen. Hannes genoß es.

»Ich mach uns was zu essen«, sagte er aufgeräumt und ging hinaus in die Küche. Das Kind hopste hinter ihm her. »Er hat den Gang seines Chefs angenommen, dieser Anpasser«, dachte Hella, die den beiden aus tränenblinden Augen nachschaute.

Im Friedrich-List-Krankenhaus, Zimmer vierzehn, erster Stock, brannte nur eine Nachttischlampe und ließ die weiße Nylongardine noch häßlicher erscheinen. In dem schmalen Zimmer standen, links und rechts an der Wand, zwei weißlackierte Krankenhausbetten. Dazwischen befand sich ein schmaler Tisch mit hellgrauer Resopalplatte und eine Art Bürostuhl, der für Besucher gedacht war.

Vor dem Bett rechts der Tür stand ein großer, mit vergilbtem Plastik bezogener Paravant. Er war in der wohlmeinenden Absicht aufgestellt worden, dem todkranken Patienten im linken Bett das Sterben des anderen zu ersparen. In Wirklichkeit aber unterstrich der Paravant jedoch den langsamen Tod, den er verbergen sollte, und verlieh jedem Röcheln dahinter etwas zusätzlich Beängstigendes.

Es roch nach Medikamenten und Desinfektionsmittel. Malvine Held hatte den Stuhl ans Bett herangerückt. Er war noch immer ihr Mann. Sie war da. Aber sie berührte ihn nicht. Zu viel war geschehen.

Sie schaute auf ihre Hände und schwieg. Es war kühl in dem Zimmer. Malvine fröstelte. Sie hatte das Bedürfnis, etwas zu tun. Aber ihre Stickarbeit lag zu Hause. Sie strich sich mit der Hand über die Augen, sie war müde. Ihre Hand roch nach Zitronensaft und Wolle und ein wenig nach den Pfefferminzbonbons, die sie in einem weißen Porzellanschälchen immer auf ihrem Nachttischchen stehen hatte. Ihren Kundinnen, denen sie Kleider änderte, war dieser Geruch vertraut.

Mit dem Geld, das sie verdiente, hatte sie einen Bausparvertrag abgeschlossen und ersteigerte auf Auktionen für Spottpreise schöne alte Biedermeiermöbel für die Wohnung, die sie mit Hella, Hannes und dem Kind teilte. Sie war beinahe sechzig, und Ossi würde jetzt mit siebenundsechzig sterben.

Hinter dem Paravant raschelte die Bettdecke. Dann war es still.

Ossis Mund verzog sich zu einem angedeuteten, bitteren Lächeln. Er hatte das Geräusch gehört. Der Oberst nebenan hatte ebenfalls Krebs. Ossis Hände, die Malvine so klein und hilflos erschienen wie Kinderhände, lagen auf der Bettdecke. Die Brandnarben traten überdeutlich hervor. Niemand war bei dem Oberst. »Alte Kameraden …« dachte Malvine, »so endet es also mit euch.« Ossis Bett stand nah genug, daß sie seine Hand hätte berühren können. Sie tat es nicht. Jetzt saß sie wieder an Ossis Bett, wie damals, im Privatlazarett ihres Vaters in Broos.

Daß er hier in einem Zweibett-Zimmer lag, als Kassenpatient mit Flüchtlingsausweis, war Hannes und Hella zu verdanken und ihrer Freundschaft mit dem jungen Oberarzt. Er hatte alles organisiert, als Ossi am Neujahrstag aus Neumarkt-St. Veit kam. Heiser und abgemagert, die Augen fiebrig glänzend. Die Geschwulst am Hals hatte ihm den Atem genommen. Er war zum Sterben zu ihr und den Kindern gekommen. Es war zu spät gewesen für eine Operation, jetzt hatten sie ihm radioaktive Isotopen eingepflanzt und eine Kanüle in die Luftröhre, damit er nicht erstickte.

Malvine sah Ossi lange an. In ihrem Gesicht standen Mitleid und Verwunderung. Plötzlich fingen seine Hände an, auf der Bettdecke umherzuwandern.

Auf Ossis Stirn standen Schweißperlen. Sie tupfte sie mit ihrem zerknüllten Taschentuch ab. Seine Augen waren geschlossen. Seine Lippen bewegten sich lautlos.

»*Köszönöm* …« verstand sie. »*Köszönöm* … Danke«. Malvine fühlte Wehmut, aber keinen verzweifelten Schmerz. Das war vorbei. Sie hatte ihn geliebt. Um ihn gekämpft auf ihre Art. Ob ihn Gott jetzt bestrafte, für alle seine Sünden?

Wenn nur Karli käme. Siebzehn Gemeinden betreute er und predigte in drei Flüchtlingslagern. Sie könnten miteinander an Ossis Sterbebett beten und ihn vielleicht zur Buße bewegen …

Unten auf der Straße hörte man Schreie, Geknalle, Johlen: Faschingsdienstag.

Eine Krankenschwester war auf leisen Gummisohlen ins Zimmer gekommen, hatte kurz nach dem Oberst geschaut und dann mit flinken Fingern Ossis Infusion ausgetauscht. Sie war blond und drall. Früher hätte sie Ossi gefallen, dachte Malvine unwillkürlich.

Ossi hatte keine Angst. Er mußte auch diese Situation mit Haltung durchstehen. Seine Gedanken verschwammen.

Plötzlich fühlte er sich hochgehoben … Ja, es war sein Vater, der ihn trug … In die Ordination des Stabsarztes. »Held, wo sind Ihre Waden«, sagte er. Ja, er hatte doch Typhus gehabt auf der Kadettenanstalt, und Mutter hatte ihn gepflegt … Mutter … Mutter, bist du da?

Er spürte keinen Schmerz. Der stechende Schmerz im Hals war verschwunden. Er war ganz ruhig.

»Bin ich am End schon tot? Mutter?«

Wie kam er denn nach Vorchdorf in Österreich? Ach, er hatte doch gerade erst die Tschippendorfer in ihrer Siedlung in Österreich besucht … Sie waren geschlossen mit ihrem Treck aus Nordsiebenbürgen dorthin geflohen. Damals 1944 … Er fühlte sich so glücklich bei ihnen. Seit langer Zeit zum ersten Mal war er zu Haus … Ein Stück Heimat … Er stand am Bahnhof. Die Musikkapelle war in Paradeuniform angetreten. Der Regimentstambour meldete: Herr Major, die Kapelle zu ihrem Empfang angetreten! Er gab ein Zeichen, und ein Marsch erklang. Sie geleiteten ihn mit Marschmusik zu seinem Quartier …

Alle die Ohlers und Webers waren da und die Pralls … Der Pfarrer begrüßte ihn von der Kanzel herab … Und dann war er wieder in sein bescheidenes Zimmerchen in dem bayerischen Nest zurückgekehrt …

Wer hätte gedacht, daß der Major Held sein Leben im Exil beschließen würde? Wie hieß doch das alte Trutzlied der Sachsen, das die Kleine in der Kirche von Vorchdorf vorgetragen hatte? Mutter, du hast es mir oft vorgesagt …

Deiner Sprache, deiner Sitte,
Deinen Toten bleibe treu!
Steh in deines Volkes Mitte,
Was sein Schicksal immer sei.
Wie die Not auch dräng und zwinge,
Hier ist Kraft, sie zu bestehn,
trittst du aus dem heilgen Ringe,
Wirst du ehrlos untergehn.

Malvine sah, daß Ossi die Lippen bewegte. Sie konnte nicht erkennen, was er sagte.

Ossi richtete sich mühsam auf. Seine Hand griff zitternd nach dem kurzen Bleistiftstummel und den kleinen Notizzetteln, die immer neben dem Bett lagen.

Es dauerte lang, bis er mit seiner runden, auch jetzt noch sorgfältigen Schrift einen Satz geschrieben hatte. Dann fiel seine Hand kraftlos herab.

Malvine nahm den Zettel vorsichtig weg. Es war ein Vordruck des Krankenhauses. An die Stadt Stuttgart, Gesundheitsamt, Hohe Straße 28, las sie automatisch. Sie drehte den Zettel um. Ihr Blick begegnete dabei Ossi. Sie erschrak. Sie war nicht darauf gefaßt gewesen. Seine Augen, die sie viele Jahre vermieden hatte, waren unverändert. Tiefblau, aber die Kühle war daraus gewichen. Nur noch Sehnsucht. So stark und unverblümt und verzweifelt, daß Malvine seinem Blick auswich. »Schreibe den Csepanern, aber ganz kurz, ohne viel zu erzählen, sie sollen beten für mich.

Michael Hosch, Pfarrer Vorchdorf, Bez. Gmunden, O. Ö.« Ossi Held war tot.

Malvine saß eine Weile still auf ihrem Stuhl. Dann faltete sie den Zettel zusammen. Langsam neigte sie sich zu ihrem Mann hinunter, ihre Hand strich zart über seine Augenlider. Ihre Lippen berührten vorsichtig seine Stirn.

Kronstadt 1958

November. Es war den ganzen Tag über nicht richtig hell geworden. Vor dem alten Gerichtsgebäude aus der k.u.k. Zeit am Ende der Purzengasse, die jetzt Strada Republicii hieß, gleich neben Post, Finanzamt und dem ehemaligen Hotel »Aro«, inzwischen Hotel »Carpati«, waren am frühen Morgen schwerbewaffnete Soldaten aufmarschiert und hatten sogenannte Rogojina, Strohmatten, aufgestellt, um das Gebäude gegen Blicke abzuschirmen. Jedermann wußte, daß heute die Urteile im Hochverratsprozeß gegen führende Mitglieder der sächsischen protestantischen Kirche gefällt werden würden.

»*Vin!* Sie kommen«, zischte die Rumänin neben Ida Greysing, die mit ihr in der Menge wartete.

Die Wachposten vor den Strohmatten standen unbeweglich.

»*Vin, trădătorii!* Da kommen die Hochverräter«, sagte die Frau und streckte sich auf die Zehenspitzen.

»*Ei sunt nevinovați!* Blödsinn«, flüsterte ihr Mann neben ihr, »natürlich sind sie unschuldig.«

»*Liniste! dacă te aude cineva!* Ruhig! Wenn dich jemand hört«, sagte die Frau.

»*Este un proces de intimidare...* Es ist eindeutig ein Einschüchterungsprozeß«, insistierte der Mann leise.

»*Liniste, sunt pretutinendi oameni din securitate!* Still! Hier sind überall Leute von der Securitate!«

Ein grünes Polizeiauto mit vergitterten Fenstern bog um die Ecke. Idas Hand legte sich unwillkürlich auf den Arm ihrer jungen Freundin Wally Klein, deren Mann Billy unter den Angeklagten war.

»Ich hab pro forma einen Advokaten für Billy nehmen dürfen«, flüsterte Wally. Ida spürte, wie sie zitterte.

»Mein Gott, daß er ein Jahr bei der Securitate mitten in der Stadt gefangen war! Wir haben nicht einmal gewußt, ob er noch lebt.«

Direkt vor dem Gerichtsgebäude, beinahe verdeckt von den Sichtblenden, blieb der Wagen stehen. Mehrere Polizisten sprangen heraus und stießen mit lautem Rumpeln die Schiebetür auf. Gebückt, grau und abgemagert stiegen die Angeklagten, mit Handschellen gefesselt, aus dem Auto.

»Billy!« flüsterte Wally.

Er hörte sie nicht. Den Blick gesenkt, stieg er langsam mit den anderen Angeklagten die Treppe zum Justizgebäude hinauf. »Sie haben sie gefoltert.« Wallys Stimme war tonlos.

»Still, Kind, sonst holen sie dich auch noch. Denk an deine Kinder.«

»Procurorul *cere pedeapsa cu moartea!* Ich fordere die Todesstrafe«, brüllte der Ankläger.

Dr. Walter Klein schreckte hoch. Von der hölzernen Anklagebank aus konnte er im Nebel, der sich ein wenig gelichtet hatte, die herbstliche Zinne sehen. Er war müde.

»*Ascultarea posturilor de radio imperialiste... raspandirea informatiilor false despre Uniunea Sovietica...* Abhören von imperialistischen Sendern ... Verbreitung falscher Nachrichten zuungunsten der großen Sowjetunion anläßlich der Ereignisse in Ungarn ... Landesverrat ... Spionage ... Konterrevolution ... subversive Elemente ...«

Die Worte hämmerten auf Klein ein. Er hörte sie kaum. Er war so müde. »*Cer*«, schrie der Ankläger. »Ich fordere ...« und immer wieder »*Cer!*«

Die etwa zwanzig Angeklagten, unter ihnen die wesentlichen Männer um den sächsischen Stadtpfarrer der Schwarzen Kirche und der Stadtpfarrer selbst, schwiegen. Sie hatten keine Kraft mehr. Man hatte sie über ein Jahr verhört, gequält, einige gefoltert.

»Geben Sie es endlich zu … Wer hat mit Ihnen zusammengearbeitet … zugeben … gestehen …«

»Dr. Walter Klein! Aufstehen! *Sculati!*«

Er gehorchte; seine Knie gaben nach, er mußte sich festhalten.

»*Douazeci si cini de ani munca silnica!* Fünfundzwanzig Jahre Zwangsarbeit!« drang es von weitem an sein Ohr. Es berührte ihn kaum.

Ob Wally ihn gesehen hatte? Sicher war sie auch in der Menge gewesen da draußen. Fünfundzwanzig Jahre Zwangsarbeit …

Es war Nacht. Durch die Gitterfenster der schmalen Zelle fiel das Licht der Straßenlaterne. Von nebenan war das gleichmäßige Klopfen von Hammer und Amboß zu hören.

»Sie legen wieder einen in Ketten«, sagte Walter Klein.

»Wir kommen auch noch dran. Die mit fünfundzwanzig Jahren und die Lebenslänglichen bekommen dicke Eisenkugeln an die Knöchel. Wegen Fluchtgefahr! Daß ich nicht lache …«

Walter Klein kauerte auf seiner harten Pritsche. Es war kalt in der Zelle. Die dünne Wolldecke wärmte nicht. Er war ein großer, durchtrainierter Mann von über fünfzig Jahren. Selten ließ er den Mut sinken.

»Morgen werden sie uns also ins Lager im Donaudelta bringen, junger Freund«, fügte er trocken hinzu.

Er teilte seine Zelle mit einem jungen sächsischen Geistlichen, der zur Zeit der Verhaftung ebenfalls im Kreis um den Stadtpfarrer gearbeitet hatte.

»Ich bin wohl der einzige von der alten Garde, der mit euch Jungen zur Zwangsarbeit muß. Das hat man nun von seiner Sportlichkeit«, scherzte er.

»Ja, Herr Doktor. Wie Sie nur den Humor aufbringen«, kam es leise aus dem Dunkel. Dann war es still in der Zelle. Draußen klopfte der Hammer.

»Wußten Sie, daß dieser Bau der Securitate, in dem wir uns befinden, einmal einem reichen rumänischen Schafzüchter gehört hat und Villa Popovi? hieß? Sein Sohn stand vor dem Krieg mit vielen Sachsen auf freundschaftlichem Fuß und hat mancher hübschen Kronstädterin den Hof gemacht …«

Aus dem Dunkel kam keine Antwort.

Es mußte schon Morgen werden. Walter schien es, als seien die Gitterstäbe ein wenig heller als noch vor einigen Minuten. Er hatte schon lange keine Uhr mehr. Man hatte sie ihm, ebenso wie seinen Hosengürtel, wegen Selbstmordgefahr abgenommen.

Jetzt würde er also ein zweites Mal in einem Arbeitslager landen. Er erinnerte sich noch genau an die sechs Monate im Jahr 1945 im Lager Caracal im Moldaugebiet. Er hatte versucht, einen Bekannten durch eine »Spende« an die kommunistische Partei in Höhe von drei Millionen Lei, die über den Polizeipräfekten weitergeleitet werden sollte, freizubekommen.

»*Un hitlerist de la fabrica Schulz a incercat se mituiasca prefectul politiei*« hatte in der neugegründeten Zeitung »Scentea« damals gestanden. Er sah die Schlagzeile noch vor sich: »Hitleristen der Schulz-Fabrik versuchen, den Polizeipräfekten zu bestechen.«

Er würde wieder Wanzen knacken wie damals, dünnen Palukes kochen für die Mithäftlinge, vielleicht sogar wieder Englisch- und Turnunterricht geben. Nur daß es diesmal fünfundzwanzig Jahre waren …

Diesmal war ein Militärgericht eigens aus Klausenburg angereist, um den Vernichtungsschlag gegen die Geistlichen der ungarischen und deutschen Minderheit, aber auch gegen die eigenen, rumänischen Popen zu führen.

Sie hatten ja von ihrem Standpunkt aus sogar recht. Wir haben im Oktober 1956 tatsächlich Radio Wien gehört, den Südwestfunk, und ich habe den anderen davon erzählt: vom Freiheitskampf der Ungarn, vom Hilferuf des armen Imre Nagy an den Westen, von den russischen Panzern in Budapest … Und dann hat das rumänische Regime, der Chef der rumänischen Arbeiterpartei Gheorghe Gheorghiu-Dej es mit der Angst zu tun bekommen, daß es ihm genauso gehen könnte.

»Ein Schauprozeß zur Einschüchterung«, sagte er laut in die Dunkelheit.

Niemand antwortete. Ob der andere schlief?

Jedenfalls war er von zwei Herren in Zivil verhaftet worden. »Kommen Sie bitte mit, eine Routineuntersuchung«, hatte der Herr im Trenchcoat gesagt. Und dann hatte er über ein Jahr im Securitate-Hauptquartier in der Strada Prundului, der früheren Angergasse eingesessen. Wally und die Kinder hatten erst jetzt, kurz vor dem Prozeß erfahren, daß er überhaupt noch lebte.

Merkwürdigerweise fiel ihm ein, wie er zum ersten Mal mit Wally tanzen gegangen war. Hannes und Hella waren mit ihnen im Czell-Palais gewesen, nachdem man bei den Greysings im Sommerhaus in der Noa zusammen Crocket gespielt hatte. Er sah sie noch nebeneinandersitzen, Hella, dunkel und exotisch, und seine Wally, blond, licht und damenhaft … Hannes, das

Glückskind, hatte es gerade rechtzeitig nach Deutschland gespült.

Ihm, Billy, war niemals etwas in den Schoß gefallen. Sein Vater war früh gestorben, die Zementfabrik war verkauft worden, und er hatte sich sein Studium in Lüttich teilweise mit Deutschstunden verdient. »Monsieur Klein donne des leçons d'Allemand«, hatte er auf einen Zettel am Eingang der Universität geschrieben. Jede Woche hatte er einen vier Seiten langen Brief an seine Mutter geschrieben. Das war sein Band zur Heimat gewesen.

Als er fünf Jahre später nach Kronstadt zurückkam, war er ein begehrter Junggeselle gewesen. Promoviert, sportlich, er hatte allen höheren Töchtern der Stadt nebenbei Französischstunden gegeben, während er bei der Tuchfabrik Schulz langsam, aber sicher aufstieg.

Er hätte sie alle haben können, aber er wartete auf Wally, auf die überwältigende Gestalt in seinem Leben. Sie hatten am 5. November 1938 geheiratet in der Schwarzen Kirche, und der Stadtpfarrer, der mit ihm zusammen verhaftet worden war, hatte sie getraut …

Das Hämmern hielt für einen Augenblick inne. Bleiche Morgendämmerung kroch jetzt durch das enge Fenster. Vor drei Jahren, am 5. November, hatten sie auch Johannes Greysing zu Grabe getragen, in zwei Tagen also … Der Stadtpfarrer hatte am Grab des großen Künstlers gesprochen.

»Wissen Sie eigentlich, Herr Doktor, daß Weimer draußen an Leukämie gestorben ist?« hörte er plötzlich die Stimme des jungen Geistlichen. »Sie haben mir eine Nachricht zugesteckt. Sie haben ihn tatsächlich bestrahlt, hier in der Haft!«

Walter Klein schwieg. Es war also wahr.

»Ich hab auch von einem rumänischen Popen gehört, Florescu, den sie mit glühenden Schürhaken und Messern gefoltert haben. Vor allem die Christen wollen sie vernichten. Sie haben ausgehungerte Ratten durch ein Rohr in seine Zelle getrieben. Wenn er schlief, haben sie ihn angenagt ...«

»Er ist jung und voller Auflehnung«, dachte Walter Klein.

»Versuchen Sie ihnen zu vergeben«, sagte er leise.

»Diktaturen bringen immer das Schlechteste im Menschen zutage. Denken sie nur an Hitler und seine Gestapo ...«

Draußen vor der Tür waren Schritte zu hören. »Mein Gott, sie holen mich! Sie stecken mich wieder in eins ihrer Eisfächer! Sie werden wieder durch eine Luke beobachten, ob ich auch ja nicht erfriere.«

»Glaub ich nicht. Beruhigen Sie sich, Brandsch ... Wir werden doch heut oder morgen ins Lager gebracht.«

Ein Schlüsselbund klirrte. Ein Wachmann erschien und legte auf jede Pritsche ein grau gestreiftes Etwas. Dann verschwand er so schnell, wie er gekommen war.

Walter Klein war aufgestanden.

»Sträflingsanzüge«, sagte er trocken. »Sehen Sie das CR am Rücken? Contra Revolutionar ... Das wird wohl unsere Lagerkleidung sein.«

»Ob es dort auch diese Holzverschläge gibt, in die gerade ein Mensch hineinpaßt. Er war mit Nägeln gespickt. Ich mußte stundenlang stehen, und wenn ich einschlief, haben sich die Nägel in mein Fleisch gebohrt ...«

»Sie haben Furchtbares erduldet, junger Freund. Ich hatte Glück, mich haben sie bisher nicht gefoltert.«

»Sie haben mir und anderen Rückenwirbel gebrochen, mehrere Knochen zerschlagen. Sie haben mir tiefe Wunden in den Körper gebrannt. Die Securitate ... Wahnsinnige ... lauter Wahnsinnige.«

»Hoffentlich müssen wir uns im Lager keiner Gehirnwäsche unterziehen. Ich hab es einmal erlebt … Sechzehn Stunden am Tag: Kommunismus ist gut … Kommunismus ist gut … Christentum ist dumm … ist dumm … Gib es auf … Gib es auf … Und dabei muß man bewegungslos dasitzen … tagelang …«

»Wie haben Sie das nur überstanden, Herr Doktor.«

»Vielleicht bin ich ja wirklich ein Paprika-Jancsi, ein echtes Stehaufmännchen. Aber warten wir ab. Wer weiß, ob ich diesmal das Lager überlebe. Sie waren noch nie zur Zwangsarbeit, Brandsch … Aber ich …«

»Reden Sie, Herr Doktor …«

»Soweit ich informiert bin, werden wir ins Donaudelta gebracht zu den Mais- und Sonnenblumenkolchosen von Periprava. Vermutlich werden wir wieder in Baracken hausen zu je sechzig Mann … die Lager fassen meist ungefähr sechshundert Leute … und auf Strohmatten schlafen. Die Wanzen werden auf uns herunterfallen in der Nacht. Und dann die Ratten … Wir werden ›Turtoin‹ essen, so eine Art Ziegel aus Maisbrei und ›Arpacas‹, Gerstenbrei, aber nie genug. Und gegen die Eiseskälte im Winter wird man uns dünne, wattierte Jacken geben. Den Wind aus Rußland nennt man dort ›Crivâts‹. Wir werden Holzbalken schleppen über die gefrorenen Lagunen im Delta, einbrechen und fast erfrieren. Wir werden die Norm auf den Feldern erfüllen im Sommer. Wenn es nur nicht zu einer Ruhr-Epidemie kommt! Wir hatten damals einen einzigen Arzt für sechshundert Menschen. Wir haben die Toten nachts begraben … Aber wir werden wieder Lieder singen, deutsche Volkslieder, gegen die Kälte, und wir werden das Abendmahl einnehmen aus Brotkrumen und Wasser. Wir werden beten, und wir werden es durchstehen. Hören Sie! Ich geb euch auf den Feldern Französischunterricht, und wir werden es durchstehen …«

»Woher wissen sie das, Herr Doktor?«

»Wir werden es durchstehen, weil wir beten werden und nicht anfangen, zu hassen …«

Vor der Tür näherten sich erneut Schritte.

»*Klein, mergi inainte! Aici, sunt lanţurile tale!* Klein, antreten. Deine Ketten…«

Als Billy vom Wachposten zum Amboß gebracht wurde, kam ihm eine alte sächsische Volksweise in den Sinn:

Et saß e kli wält Vijeltchen
Af enem gräne Nestchen.
Et song de ganz Wängternocht,
De Stämm dä moßt äm klängen …

Er würde überleben … für Wally und die Kinder!

Am Abend des nächsten Tages, dem dritten Todestag von Johannes, saß Ida Greysing in einem der mit braunem Leder überzogenen Jugendstilfauteuils, die sie ihr ganzes Leben lang auf allen Stationen begleitet hatten, vor dem Fenster ihres Wohnzimmers. Ein Paar zweiarmige Messingleuchter spendeten flackerndes Kerzenlicht. Es schien Johannes' Totenmaske Leben einzuhauchen.

Dahinter, eingerahmt von zwei Ikonen, hing Johannes' letztes Selbstporträt.

Ida war, wie fast jeden Tag, in der Abenddämmerung am Friedhof gewesen, hatte ein paar jener letzten, braunvioletten Astern, die Johannes so oft gemalt hatte, zum Grab gebracht, und ein Vaterunser gebetet.

»Jetzt steh ich schon drei Jahre allein, Johannes«, hatte sie geflüstert. »Es ist so schwer ohne dich.«

Es war ihr, als hinge in den Zimmern immer noch ein Hauch jener Mischung aus Ölfarbe, Terpentin und Zigarettenrauch, und sie hatte Angst vor dem Tag, an dem der Geruch ganz verschwunden sein würde.

Vor ihr, auf Johannes' Rauchtischchen, lag ein Stapel alter Briefe. Die meisten aus Deutschland. Daneben ein paar verschrumpelte Kastanien, die Johannes ihr von einem seiner letzten Spaziergänge mitgebracht hatte. Unwillkürlich streckte sich Idas Hand nach den Briefen aus und zog den untersten heraus. Sie schaute lange auf die hastig und eng geschriebenen Zeilen, die sie niemals abgeschickt hatte. Heute war sie froh darüber.

Sie hätten Hannes noch mehr beunruhigt.

Sie hatte abgewartet, bis er mit seiner Familie aus dem Urlaub in Österreich zurück war und hatte nur ein Telegramm geschickt, sonst nichts:

»Johannes ist am 5. November um elf Uhr nachts gestorben. Wir haben ihn am 7. November fünf Uhr nachmittags würdig begraben.«

Den Brief, den Aufschrei ihrer Trauer hatte sie für sich behalten. So hatte sie es immer gehalten. Sie rückte ihren Sessel näher an die Kerzen heran und begann mit einer seltsam distanzierten Neugier, mit der sie in letzter Zeit ihr eigenes Leben betrachtete, zu lesen.

Kronstadt den 7. 11. 1955

Lieber, lieber Hannes, ihr lieben Drei!

Johannes hat mich allein gelassen. Wie schwer das für mich ist, kann ich Euch nicht mit Worten schildern, hab ich doch nur für ihn gelebt. Doch wie sagte ich meinem Bruder Hermann, als wir heute hinter dem Sarg auf die Gasse traten und er mich fragte: Soll ich dich nicht führen, Ida? – Nein, Hermann, mich führt Hannes, und Maria, seine Schwester, geht nebenher …

Es waren, mein Kind, so schwere Stunden in den letzten drei Wochen, daß ich als Pflegerin beinahe versagt habe. Krebs ist die furchtbarste aller Krankheiten. So langsam zerstört zu werden, vollends zerstört, von Grund auf. Wenn ich Euch nicht hätte, wo wäre der weitere Sinn meines Lebens?

Ich habe eine Totenmaske machen lassen. Sie ist ein Meisterstück. Ich will sie in Bronze gießen lassen. Du kannst dir nicht vorstellen, Hannes, wie schön sein Kopf auf dem Totenbett war! Schmal und stolz, mit großem Reichtum hinter der Stirn.

Cisek, sein Freund und Weggefährte, sprach wunderbar. Es war schon dämmrig. Das hätte Johannes gefallen. Immer wenn ich frei bin, werde ich um fünf Uhr zu ihm gehen. Immer wenn ich frei bin? Wie gut, daß ich an der großen Ausstellung in Bukarest mitarbeiten muß. Sie wird im Februar stattfinden. Johannes hat sich noch so auf sie gefreut. Nun ist es doch eine Retrospektive geworden.

Oft warst Du uns so nah, wenn ich nachts an seinem Bett saß und mir entsetzlich weh zumute war. Dann war ich nicht allein. Du hast mir über die große Entfernung geholfen, diese Last zu tragen.

Beneid mich nicht um diese letzte Zeit, die ich mit ihm teilen durfte. Zuletzt war sein Körper nur noch ein Skelett und sein Gesicht zerstört. Das schmerzte mich am meisten. Dies scharfe Hirn war nur noch Augenblicke klar. Hermann hat mir in dieser Zeit sehr geholfen. Und der arme Willy, unser Bruder, saß, wenn Johannes schlief und ich fort mußte, an seinem Bett. Man konnte ihn keine Sekunde mehr allein lassen. Willy, der Arme, macht mit seinen fünfundsiebzig Jahren immer noch Nachtwächterdienst. Er und Hermann sind beide arm dran, weil sie alt sind und keine Familie haben. Hab ich doch immer Euch, ihr Lieben, auch wenn ich Euch seit vielen Jahren nicht mehr gesehen habe. Ich komme zu Euch, aber nicht ohne die schönsten der alten Möbel, die ich immer für Euch bewahrt habe.

Vor vielen Monaten hat mir Johannes das Versprechen abgenommen, zu Euch zu gehen, falls er vor mir stürbe. Ich hatte immer geschworen, daß ich ohne ihn niemals fortgeh. Ihr macht Euch keinen Begriff, wie arm er war. Unfaßbar. Oft frag ich mich, warum?

Sei bei mir, Hannes, in meinen schwersten Tagen: Mein Schmerz um Johannes ist unauslöschlich! Tränen fließen. Nur wer ihn und seine Kunst kannte, weiß, was ich verlor.

Gerade war ich noch einmal an seinem Grab. Es ist so schwer, allein zu bleiben, übrigzubleiben. Es war kein Mensch mehr draußen, nur ich. Dich, Hannes, fühlte ich neben mir.

Vielleicht ist es wenigstens noch mir vergönnt, Euch zu sehen. Johannes hatte sich so darauf gefreut, mit dir als reifem Menschen Gedanken auszutauschen. Du hast viel verloren, Hannes.

Weihnachten steht vor der Tür. Ich werde es ganz still verbringen, in Gedanken bei Euch und bei Johannes.

Ich muß zu Euch. Jetzt gehöre ich zu Euch.

Es wird mir das Weggehen bestimmt nicht leicht, das weiß ich. Aber dafür bekomme ich Euch mit Eurer Liebe und Herzlichkeit und mit Eurem Leben. Ich muß Euch, meine liebsten Menschen, mit allem, was noch in mir ist, beglücken können.

Wie heißt der Ort, von dem du mich holen wirst, Hannes? Wann wird es soweit sein? Es wird so schön sein, wenn wir nach so langer Zeit wieder zusammen sind.

Ach, Kind, wie gern hätte Johannes noch gelebt! Er hatte das Gefühl, noch große Werke schaffen zu können. Die letzten Monate haben mich viel Kräfte gekostet, wußte ich doch seit mehr als einem Jahr, daß er verloren. Ich konnte es Euch nicht schreiben. Ich wollte Dir nicht unnötig früh diese traurige Mitteilung machen.

Johannes wußte, daß seine Lunge nicht mehr in Ordnung war, doch wußte er nicht, was ihm fehlte. Er hat es nie erfahren. Wie hat er darunter gelitten, nicht mehr arbeiten zu können! Nun ist sein Selbstporträt das letzte Bild geblieben. Es ist unglaublich, daß ein Todkranker so malen konnte.

Einmal sagte er zu mir: ›Wenn ich vor dir sterbe, was wahrscheinlich ist, fahr zu Hannes. Ich will es so. Wenn es ein Nirwana gibt, treffen wir uns ja doch einmal, denn dort gibt es keine Grenzen.‹«

Ida ließ das letzte Blatt auf die Knie sinken. Ja, es war gut gewesen, diesen Brief nicht abzuschicken.

Ihr Blick fiel auf das Selbstporträt an der Wand. Es zeigte Johannes, wie immer korrekt gekleidet in weißem Hemd und Krawatte, darüber einen weichen Pullover. Die Palette in seiner linken Hand, die Pinsel, in verschiedenen Größen, die er wie einen Fächer hielt, nahmen auf dem Bild viel Raum ein. Nie zuvor hatte er seinem Handwerkszeug auf den Selbstporträts solche Bedeutung zugemessen. Ida bemerkte es erst jetzt und verstand. Er hatte Abschied genommen von seiner Arbeit, vielleicht ohne es zu wissen. Abschied war auch aus seinem Gesicht zu lesen.

Die Ironie war daraus gewichen. Er hatte auf diesem Bild seinen Schutzschild abgelegt. Das Bild war von erschütternder Wahrhaftigkeit.

Ida faltete unwillkürlich die Hände.

Nur wer Johannes gekannt hatte, wußte, daß er in seinen Bildern seine Seele offenbarte, die er sonst hinter dem Panzer seiner Unnahbarkeit und seines Spotts verschloß.

Ida stand auf. An die Kommode gelehnt standen ein paar ungerahmte Bilder. Ida nahm das kleinste, es war auf eine Spanplatte gemalt, in ihre Hände. Sie wußte, daß es eine Studie zur »Hochzeit zu Kana« war: ein schlichter Christuskopf, den Johannes nicht einmal für gelungen hielt. Ida liebte das Bild. Jesus neigte sich darauf mit unendlicher, wehmütiger, verzeihender Liebe dem Leiden der Menschen zu, seinen Kopf umstrahlte feines, überirdisches Licht. Das Licht, das Johannes sein Leben lang gesucht und immer wieder dargestellt hatte.

»Herr, erlöse ihn, lasse Dein Angesicht leuchten über ihm und gib ihm Frieden«, flüsterte Ida.

Plötzlich wußte sie, daß sie nun endlich die Ausreise zu Hannes nach Deutschland beantragen durfte.

Epilog

Der Tag der Ausreise war gekommen.

Ida Greysing saß schon früh auf der Bank unter der weitausladenden Buche nahe dem Greysingschen Familiengrab. Es würde ein heißer Tag werden heute.

Gegen Mittag würde sie nicht mehr hier sein.

Der Orient-Expreß verließ um elf Uhr die Stadt, in Richtung Bukarest, Budapest, Wien und Salzburg.

Salzburg … wo übermorgen Hannes auf mich wartet und mich heimholt zu sich.

Heim?

War sie nicht hier daheim bei Johannes?

Ich löse nun mein Versprechen ein, Johannes, und gehe zu Hannes nach Deutschland. Nur du weißt, wie schwer mir der Abschied geworden ist … Jetzt schließt sich der Kreis. Unser Sohn wird mich in Salzburg abholen. Weißt du noch? Ach, Johannes …

Auf einmal war es Ida, als hörte sie die große Glocke der Schwarzen Kirche dröhnen, wie damals, als sein Sarg in die Erde gesenkt wurde. Seine Schwarze Kirche, die er so oft gemalt hatte.

Ida hob den Kopf. Von ihrem Platz aus konnte sie die Zinne in lichtem Grün und davor den dunklen Turm der Kirche sehen. Kühl war es heute früh in der Kirche gewesen, als sie gekommen war, um Abschied zu nehmen. Sie hatte das riesige, in Spitzbögen verlaufende Gewölbe, die wunderbaren Fenster betrachtet, die dreischiffige, spätgotische Basilika, die nüchtern protestantische Ausstrahlung. Sie war links vom Altar bei der

»Hochzeit von Kana« lange stehengeblieben, jenem Bild, das sie der Kirche als Johannes' Vermächtnis hinterlassen würde.

Da war es wieder gewesen, dieses Licht. Golden leuchtete es aus dem von Christus in Wein verwandelten Wasser.

Das Licht der Liebe und der Barmherzigkeit.

Johannes…

Die Turmuhr schlug. Ida schreckte auf. Es war noch Zeit.

»Hannes, mein Kind, ich komm zu dir«, sagte sie leise und sah auf ihre Hände, die gefaltet in ihrem Schoß lagen. Die Hände einer alten Frau. Ida wunderte sich darüber. Wo war die Zeit geblieben?

Ida lächelte. »Hab ein wenig Nachsicht mit einer Zweiundsiebzigjährigen«, sagte sie zu sich selbst.

In zwei Tagen würde sie Hannes gegenüberstehen. Nach neunzehn Jahren Trennung. Ein Mann in seinen besten Jahren würde ihr entgegenkommen. Sie kannte diesen Mann nur von Fotos. Seine Tochter trug schon hohe Absätze und sehr weite Röcke. Auch sie hatte die Augen des Weidenbacher Pfarrers.

Die Freude machte sich in ihr breit.

Sie würde zu ihm kommen nach Stuttgart. In der Nähe lag das Universitätsstädtchen, in dem ihr Vater einst Theologie studiert hatte.

Sie hatte Jahre gezögert vor diesem Schritt. Johannes' Grab, die Möbel, die meisten seiner Bilder, die jetzt unter Denkmalschutz standen und nicht ausgeführt werden durften, alles, alles mußte sie zurücklassen.

Sie würde auf Hannes angewiesen sein.

Freunde hatten ihr abgeraten. »Einen alten Baum verpflanzt man nicht.« Einsam hatte sie schließlich ihre Entscheidung getroffen. Sie wußte, daß sie nie zurückkehren würde. Zwischen seinem und ihrem Grab würde halb Europa liegen.

Verzeih mir, Johannes … Ich muß zu ihm, muß ihn endlich wiedersehen …

Sie wußte, daß sie das eherne Gesetz ihres Stammes brach und ihrer Heimat unwiederbringlich den Rücken kehrte.

Johannes hatte es so gewollt.

Hannes war jetzt der Mann, nach dem sie ihr Leben ausrichten würde. Sie würde, so lange es ihr noch beschieden war, auf ihren Sohn warten, wie sie einundvierzig Jahre lang auf Johannes gewartet hatte.

Er war in seiner Werbefirma Direktor geworden. Die Wahrsagerin hatte recht behalten. Seit ein paar Monaten lebte er mit seiner Familie in einem gepachteten Schloß bei Stuttgart, wo Hella mit viel Geschick ein privates Altersheim für gehobene Ansprüche führte. Sie hatte es von Karli übernommen, der inzwischen der Bühne, aber auch seiner Berufung zum Wanderprediger abgeschworen hatte. Er mußte sich jetzt dem Hotelgewerbe in der Schweiz zugewandt haben.

Sie würde bei Hannes im Schloß wohnen.

Sie würde mit Malvine zusammen für die Kinder sorgen. Ja, es würde alles gut werden.

Es schien ihr auf einmal, als warteten auf sie dort in Deutschland der Glanz, das Ansehen und das Glück, das sie einmal gekannt. Das hatte Hannes geschafft, dieses Glückskind, dem alles in den Schoß fiel, der niemals ringen und suchen mußte, wie sein Vater es sein Leben lang getan hatte.

Ida war aufgestanden.

Es war Zeit für einen letzten Rundgang durch die Stadt. Lange stand sie vor dem Grab, die Hände gefaltet. Schließlich beugte sie sich nieder und berührte mit der Hand vorsichtig die steinerne Grabplatte. »Familiengrab Johannes Greysing«, stand am Rundbogen unter der Buche. Und darunter: »Maler Johannes Greysing. 1883–1955«. Nichts weiter. Ihre Hand blieb für Sekunden liegen.

Dann wandte sie sich entschlossen zum Gehen.

Als sie von der Langgasse in die Purzengasse einbog, wanderten ihre Augen über die vertrauten Häuserzeilen, die so viele Jahre die Kulisse ihres Lebens abgegeben hatten. Jetzt würde es anderswo weitergehen.

Nur sie war noch übrig. Bei Hannes wartete das Leben. Einzig Mariechen, Johannes' Schwester, lebte noch in einem kleinen Zimmer neben dem Kassenamt. Man mußte ihr täglich das Essen bringen. Die Meerwalds würden sich um sie kümmern.

Auf dem Marktplatz, inzwischen in »Platz des 23. August« umbenannt, stand noch immer das ockergelbe Haus, in dessen Erker sie so oft mit Hermann geplaudert hatte.

Auf der Kornzeile lag noch immer das Walbaumsche Patrizierhaus, in dem Johannes aufgewachsen war. Sie hatte es nur ein einziges Mal betreten. Ihr Blick wanderte nach links, wo die Klostergasse, die jetzt *»Strada 7. Noiembrie«* hieß, in den Marktplatz einmündete. Immer noch prangte dort die schnörkelig-überladene Fassade der ehemaligen Siebenbürgisch-Sächsischen Sparkassa, der ihr Schwiegervater vorgestanden hatte.

Noch immer wollte sich der Abschiedsschmerz, den Ida halb fürchtete, halb herbeisehnte, nicht einstellen. Sie begriff, daß sich der Abschied in ihr längst unmerklich, Tag für Tag, vollzogen hatte.

Hannes war jetzt ihre Zukunft.

Ein junger Mann mit dunklem Gesicht rempelte sie: *»Scusați!* Entschuldigen Sie bitte«, sagte er höflich. Man hörte kaum noch Deutsch in der Stadt.

Es wurden immer weniger.

Sie gingen alle zurück in das Land, aus dem ihre Vorfahren vor achthundert Jahren hergekommen waren.

Der Kreis schließt sich, dachte Ida. Auch dieser Kreis.

Sie sahen Ida von weitem kommen.

Sie war wie immer ganz in Schwarz. Aufrecht ging sie den Bahnsteig entlang und verschmähte jeden Arm, der sich ihr hilfsbereit bot. »Sie geht wie ein Husar«, dachte ihre Großnichte Ursula, obwohl sie nicht recht wußte, wie Husaren eigentlich gegangen waren.

Schweigend, ernst und sehr konzentriert gab Ida jedem ihrer Verwandten die Hand. Dann drehte sie sich um und stieg erstaunlich behende in den Zug. Hinter sich vernahm sie verhaltenes Schluchzen. Der Waggon roch nach Metall und Maschinenöl.

Im Gang vor ihrem Abteil hatte sich ein alter, rumänischer Bauer auf seinem mit Schnüren zusammengehaltenen Koffer niedergelassen und schnitt sich mit einem Taschenmesser dicke Stücke von einem schwarzen Speck ab. Eins davon spießte er auf sein Messer und hielt es Ida entgegen.

»*Poftiti, tovarașe*... Wollen Sie, Genossin?« fragte er freundlich.

Ida sah, daß ihm die oberen Schneidezähne fehlten. Auch sie lächelte.

»*Nu multumesc, tovarase. Voi pleca la fiul meu in Germania!* Danke, nein, Genosse, ich fahre zu meinem Sohn nach Deutschland.«

»*Atunci!* Ja dann ...« sagte der Bauer, wischte das Messer an seiner hellen Tuchhose ab, steckte es in die Tasche seiner ärmellosen Schaffelljacke und wickelte den Speck liebevoll in Zeitungspapier.

Im Abteil lagen, sorgfältig im Gepäcknetz gestapelt, ihre Koffer. Die kleine Holzkiste war wie abgemacht unter einer Sitzbank. In ihr hatte sie, sorgfältig eingepackt, das dunkelblaugoldene Service der Walbaum-Ahne, die in Schweinsleder gebundenen Walbaumschen Bücher, die Messingleuchter, die Ikonen, den silberbeschlagenen Ebenholzspiegel und den siebenbürgischen Krug, den Johannes so oft gemalt hatte, seine Palette und seine Totenmaske verstaut. Zuunterst hatte sie, in den Kelim von Johannes' Bett eingeschlagen, seine schönsten Bilder versteckt. Wenn sie sie nur nicht fanden! Sie würde notfalls den Schmuck, der ihr noch geblieben war, an der Grenze dafür hergeben …

Sie ging zum Fenster und schob es herunter. Sie waren alle noch da. Hände streckten sich ihr entgegen, Gesichter schauten zu ihr empor. Einige weinten. Sie sah es mit Dankbarkeit und leisem Erstaunen.

Es ging sie nichts mehr an.

Sie ergriff die Hand ihrer Großnichte und hielt sie lang in der ihren. Aufrecht und ernst stand Ida da. In ihren Augenwinkeln blitzte ein Lächeln auf. Wahrscheinlich hielt Ursula das Licht darin für das Glitzern unterdrückter Tränen.

Aufrecht stand sie da. Eine zierliche, schwarze Gestalt, mit streng aus dem Gesicht gekämmtem, weißen Haar, ernsten, kraftvollen Zügen, unendlich großen, dunklen Augen und einem zarten, lila Seidentüchlein um den Hals, das nach Echt Kölnisch Wasser duftete.

Hannes hatte es ihr geschickt.

Sie hatte ein wenig Rouge aufgelegt.

Idas Blick schweifte über den tiefblauen, rumänischen Sommerhimmel.

Dann setzte sich der Zug zögernd in Bewegung.

Johannes … Johannes … Johannes … flüsterte er. Ida hörte es ganz deutlich. Und dann, schneller werdend, nur noch Hannes … Hannes … Hannes … Hannes …

Inhalt